Los Críptidos

En busca del Kraken

Título original: LES CRYPTIDES. À la poursuite du KRAKEN
Traducción: Juan Carlos Durán Romero

comercial@editorialmarenostrum.com
www.editorialmarenostrum.com

ISBN: 978-84-92548-48-4
Depósito legal: M-42370-2010

Impreso en España

Alexandre Moix

Los Críptidos

En busca del Kraken

A mi hija Julie, por primera vez.

A mi mujer Laetitia, como siempre.

Con sólo mirarlo quedarías aterrado.
¿No es demasiado feroz para excitarlo?
¿Quién podría resistir ante él?

Libro de Job, 41, 1-2

1

El huracán

LA NOCHE HABÍA caído brutalmente sobre Plouarec. Y sin embargo sólo eran las cuatro de la tarde. Bien es cierto que los días terminan pronto en diciembre. Pero la oscuridad que de golpe había invadido ese pequeño puerto pesquero, perdido en la punta extrema de la Bretaña, tenía algo de inquietante. Una apariencia de fin del mundo. Normalmente, el sol de invierno se hunde lentamente tras los acantilados, y lanza un último reflejo triste al horizonte antes de ahogarse indolentemente en el océano. Hoy, el sol había desaparecido en pleno cielo. Sin previo aviso. Engullido en pocos minutos por espesas y amenazadoras nubes llegadas del mar. Las ventanas de las casas, perdidas en la negra noche, se iluminaban una por una. Los habitantes del pueblo cerraban las contraventanas. A lo lejos, el faro de las Ballenas había empezado a barrer las tinieblas con su largo haz de luz blanca. Se había levantado una violenta ventisca. La mar se hinchaba de coléricas olas. Presintiendo el peligro, los pocos marineros que estaban todavía en el mar volvían a toda velocidad hacia el puerto. Sobre esa escarpada costa, las tormentas eran más bien corrientes. Pero la que se preparaba era insólita.

Curiosamente, los pájaros habían abandonado el cielo. Se les veía a lo lejos, huyendo en dirección a tierra firme. No quedaba ni una sola gaviota, ni un solo cormorán que poblara el silencio de la costa. Sólo el lúgubre silbido del viento y el ronquido de la marejada, que ahora se lanzaba con fuerza contra las rocas.

Una atmósfera extraña reinaba en el pueblo. Los habitantes volvían a sus casas apresuradamente, abreviando su conversación y posponiendo sus quehaceres para más tarde. Todos tenían la misma impresión. Todo aquello tenía algo de anormal. Pero, ¿qué? Nadie hubiera sabido decirlo. En el puerto, los barcos recién amarrados cabeceaban nerviosamente. No eran más que cáscaras de nuez hostigadas por las olas. Se les oía entrechocar borda contra borda. Refugiados en *La Goélette*, el único bar del pueblo, los pescadores, inquietos, asistían sin decir nada a la llegada del huracán.

Ahora el puerto estaba completamente desierto y el viento, más potente, soplaba a fuertes ráfagas. Se introducía bajo las contraventanas de las casas, acompañado por un aullido estridente. La mar, desbocada, levantaba olas inmensas que se estrellaban contra las rocas haciendo surgir en el aire una lluvia de crepitante espuma. Rizos enormes rodaban al asalto de los diques para abatirse al pie de las casas. A lo lejos, el faro, tomado como rehén por un mar vengativo, no era más que un fantasma. El rugiente oleaje tomaba impulso para sepultarle.

En el bar *La Goélette*, los marineros, sentados ante su vaso de sidra, se hacían todos la misma pregunta. ¿Por qué no había vuelto el *Ragedingue*? Había zarpado muy pronto esa mañana con los demás pesqueros, ya debería estar allí. Yan Galard, el capitán, tenía reputación de trotamundos. Era sin duda el mejor marino de la costa de Bretaña. ¡Qué no sabría él de inclemencias del tiempo! Había atravesado docenas de tempestades. Y centenares de tormentas. Se había enfrentado a los vientos más violentos, resistido a las olas más terroríficas. Se había perdido varias veces entre nieblas de las que nunca se vuelve, y cada vez había conseguido evitar el naufragio. Valeroso pero no inconsciente, Yan Galard era un patrón de pesca testarudo, que sabía correr riesgos, sabiendo también evaluar el peligro. Tenía un conocimiento del cielo y de los elementos que hubiese impresionado a cualquier meteorólogo. Adivinaba con varias horas de antelación el tiempo que iba a hacer. Y ningún marinero recordaba vez alguna en la que el capitán Galard, auténtico barómetro viviente, se hubiese equivocado. Neblina, aguanieve, sirimiri, chaparrón o mar gruesa, lo preveía todo. Una facultad envidiada por buena parte de sus compañeros. Galard el Bizarro, como le llamaban allí, conocía el océano como la palma de su mano. Cada roca, cada arrecife, cada escollo le era tan familiar como los muebles de su dormitorio. Hubiese podido navegar con los ojos cerrados sin cometer el menor error de rumbo. Tanto de día como de noche.

En el pequeño bar reinaba la incomprensión. ¿Qué le había pasado? Cierto que la tormenta que en aquel momento se desencadenaba sobre el pueblo era algo fuera de lo normal, pero aún así. Hacía falta algo más para asustar al capitán. En última instancia, un tifón habría podido preocuparle.

Empezaba a llover. Viscosos pegotes de lluvia helada mezclada con aguanieve se estrellaban contra los empañados cristales del bar.

—¡¡LA PUERTA!!

Una corriente de aire gélido estremeció a los marineros sentados a la mesa. Un joven de diecisiete años, empapado de la cabeza a los pies, cerró inmediatamente la puerta castañeteando los dientes. Era Arno, el sobrino y grumete del capitán Galard. Esa vez no había podido acompañar a su tío por culpa de un fuerte resfriado que le había impedido embarcarse. Envuelto en una parka chorreante, sacó la cabeza de la capucha, se sacudió como un perro mojado y frotó vigorosamente sus enrojecidas manos. Aterido de frío, se acercó la barra. Los marineros interrumpieron bruscamente sus conversaciones.

—¿Y bien?

Dumolusco, cuyo verdadero apellido era Dumoulec, el patrón de *La Goélette* (que debía ese apodo al don inigualable que poseía para cocinar los mejillones como nadie), miró al chaval con aire interrogante y le sirvió un tazón de chocolate bien caliente. En el silencio de la pequeña sala llena de humo, sólo se oía el furor de la lluvia golpear los cristales. Arno, aterido de frío, abrazó torpemente el tazón, lo acercó a su boca con una mano temblorosa y bebió lentamente un primer trago que le ánimo un poco. Bebió un segundo. Y después un tercero. La tensión estaba a punto de estallar. El ruido de la lluvia martilleaba cada segundo que pasaba, como el tic-tac regular de un reloj diabólico.

—¡¿Vas a responder de una vez?! —lanzó, desde el fondo de la sala, un viejo pescador refunfuñón de larga barba blanca, golpeando secamente sobre la mesa con el puño.

Arno se volvió hacia él, bajó la cabeza como para disculparse y anunció con una voz temblorosa que ocultaba su tristeza:

—Vengo del puesto de vigilancia costera... ¡Es terrible!... ¡El

Ragedingue ha desaparecido de la pantalla de radar ante mis ojos!...

Arno se estaba aguantando las lágrimas.

—Mi tío ni siquiera ha tenido tiempo de enviar un SOS. No hay esperanzas...

—¡Rápido, hay que llamar a los de rescate!

Un marino se levantó de golpe y corrió hasta el teléfono. Pero Arno le detuvo con un gesto y anunció con voz trágica:

—No merece la pena... Los barcos de la SNSM[1] están ya todos mar adentro, frente a Ouessant, para socorrer a un petrolero a la deriva... Es demasiado tarde... Ojalá hayan tenido tiempo de saltar a la balsa de salvamento...

La noticia cayó como una losa y fue seguida por un largo silencio. La tormenta embestía con fuerza. El viento proyectaba contra las ventanas una lluvia aún más violenta. Su estruendo infernal subrayaba de forma cruel el drama que acababa de representarse. En alguna parte en alta mar, el capitán Yan y su tripulación habían naufragado.

Trastornados, los marineros intercambiaban miradas resignadas, teñidas de cólera e impotencia.

—...la única tormenta que mi tío no había predicho... —murmuró Arno, triste y pensativo—. Y ni siquiera estoy a bordo.

Una lágrima apareció en el rabillo del ojo. Dejó que se derramara a lo largo de su mejilla sin secársela.

1 Sociedad Nacional de Salvamento Marítimo.

2

El pecio misterioso

A LA MAÑANA SIGUIENTE, Plouarec se despertó bajo un manto de nieve. Hacía años que aquello no sucedía. El viento había cesado. El cielo estaba cubierto. Gris. Pesado. Grandes copos revoloteaban sobre el silencio del puerto. Danzaban de aquí para allá zigzagueando, antes de posarse suavemente como el algodón sobre los tejados de las casas. Una espesa capa blanca cubría el pequeño pueblo. Se diría un sudario cubriendo un cuerpo. Rendido, el mar se había retirado, dejando embarrancados a los barcos cubiertos de nieve. La temperatura había bajado brutalmente durante la noche. Un frío polar obligaba a los habitantes a permanecer encerrados en sus casas.

Arno caminaba solo por el sendero que bordeaba el acantilado. La nieve se clavaba en su rostro. Miraba a lo lejos, escrutando el horizonte en busca del menor signo de vida, del menor indicio que le devolviera la esperanza de volver a ver vivo a su tío. En vano. En el fondo, lo sabía. No volvería a ver nunca más a ese hombre que había sido como un padre para él. El que lo había recogido tras la muerte de sus padres y le había educado;

formado, armado para la vida. El que había hecho de él un marino, un adolescente fuerte y responsable. Echaba terriblemente de menos a Yan. Tenía ganas de gritar. Pero no. Eso hubiera sido aceptarlo y resignarse. Renunciar a la esperanza. Negarse a tener fe. Conocía al capitán. Sabía que un día Yan podría reaparecer de repente, después de meses de ausencia. «Un día me iré a países más cálidos ¡y nadie podrá impedírmelo!» repetía a menudo. Quizás hubiese aprovechado esa terrible tormenta para huir al otro lado del mundo, allí donde el mar es transparente como el cristal y tan cálido como el agua de una bañera. Dentro de un año, de dos, quizás de diez, Yan volvería. Abriría entonces la puerta del pequeño bar de *La Goélette,* como si nada hubiese pasado, y con su vozarrón nada amable soltaría: «¡Bueno, grumete! ¿Cuándo levamos el ancla?»

Visualizar esa escena hizo sonreír a Arno. Pero la sonrisa se esfumó inmediatamente para dar paso a una realidad más cruel. Yan, probablemente, estaba muerto. Ya no existía posibilidad alguna de encontrarle con vida. El mar devolvería, quizás, su cuerpo a la playa. Era la única esperanza que le quedaba a Arno: volver a ver a su tío, aunque fuese muerto.

El joven derramó una lágrima que el frío congeló inmediatamente. Bajó por el sendero con la tristeza agarrada a la garganta. Seguía nevando. Los copos entrechocaban sin hacer ruido. Se diría que estuviesen jugando a golpearse entre ellos con una suavidad respetuosa. Sus pies se hundían en un espeso y crujiente manto. Por encima del mar, el cielo se había vuelto de un color amarillento. El faro, a lo lejos, desaparecía tras una bruma diáfana. Era una masa sin perfil sobre un lago helado. Arno caminaba a buen paso para luchar contra el frío que amenazaba con paralizarle. De pronto, en el silencio sordo y sedante que producía la nieve, un ruido extraño le provocó un sobresalto. Procedía de una pequeña cala, algo más abajo. Arno conocía bien ese lugar. Venía a veces por la tarde para contemplar la puesta de sol. O algunas noches de luna llena, cuando el recuerdo doloroso de sus padres le despertaba de golpe. Intrigado, el joven descendió por el sendero, escaló un enorme y resbaladizo pico del que conocía cada muesca, se deslizó como una anguila entre dos rocas escondidas tras un bosquecillo de zarzas y se introdujo ágilmente en el interior de un túnel invisible que atravesaba el acantilado, un pasaje secreto que había descubierto por casualidad hacía mucho tiempo y que sólo él conocía. Salió por un agujero practicado en una roca que sobresalía una decena de metros por encima del mar. Desde allí, el espectáculo era grandioso. Cuando el cielo estaba despejado, se podía percibir en el horizonte la temblorosa y terrorífica sombra de la isla de Ouessant. Por la noche, su potente faro, situado a varias decenas de kilómetros de allí, brillaba como una luciérnaga perdida en medio del océano. Arno había convertido esa gruta en su refugio. Se pasaba horas allí soñando despierto, leyendo o simplemente mirando al mar, imaginándose mil y una vidas, llenas de aventuras, tesoros y tierras lejanas. Era una gruta estrecha, pero cómoda. Arno la había acondicionado con lo estrictamente necesario: paja en el suelo para dormir caliente bajo las estrellas, una linterna, un par de gemelos, un cuadernillo para escribir y dibujar y algunos libros protegidos por un gran saco de tela. La gruta era lo suficientemente profunda como para estar resguardado del viento y de la lluvia. Arno había pasado allí horas maravillosas. Noches de verano contando estrellas fugaces, tardes de tormenta mirando cómo los rayos dibujaban el horizonte como fuegos artificiales lanzados desde arriba...

Desde donde se encontraba, Arno oía mejor el extraño ruido que le había hecho estremecerse en el sendero. Era un sonido metálico. Como si alguien golpease la roca con una barra de hierro. Decidió arriesgarse y se encaramó como pudo a las paredes de la gruta, inclinándose hacia el vacío, con la mitad del cuerpo hacia delante. La nieve le helaba el rostro. Entonces lo reconoció. Estaba allí, bamboleante como el cadáver de una ballena varada. Atrapado entre dos rocas, el pecio del *Ragedingue* descansaba sobre un costado.

3

Un extraño descubrimiento

La gente se agrupaba en torno al pecio. Todo el pueblo estaba presente. Había que empujarse para ver lo que quedaba de la embarcación. Dos periodistas del pequeño periódico local, *El Faro Oeste*, en busca de una exclusiva, preguntaban al azar a los eventuales testigos y fotografiaban desde todos los ángulos el navío varado, que al día siguiente ocuparía la primera plana del diario. Los pescadores, conmocionados, pasaban uno a uno delante de los restos del *Ragedingue*, santiguándose y alejándose después bajo la nieve, sin decir palabra. Las mujeres de los marineros desaparecidos lloraban a sus esposos, a sabiendas de que no volverían a ver sus cuerpos. El duelo iba a ser largo, demasiado largo. En cuanto a Arno, de nuevo huérfano, sollozaba. Acababa de perder a su segundo padre. Una rabia terrible crecía dentro de él. Abominaba de ese mar que se había tragado al único ser querido que tenía en el mundo. Lo miró con odio, desafiándolo con el puño.

La embarcación estaba irreconocible. Era una triste carcasa desmantelada, empotrada contra la roca. Tres gendarmes, enviados rápidamente al lugar, la inspeccionaban meticulosamente. Entre el pequeño grupo de curiosos, un hombre discreto, cuyo rostro ocultaba un gorro polar encajado en la cabeza, les observaba con sospechoso interés. El pecio estaba en un estado lamentable. Agujereado de parte a parte, su casco parecía un queso gruyere. Sobre la borda, se distinguían unas muescas curiosas cuyo origen faltaba por determinar. El motor había desaparecido. Había sido arrancado junto con la popa del navío. La proa, o más bien lo que quedaba de ella, presentaba huellas de laceración. En cuanto al puente, se veían sobre él unas extrañas perforaciones. Los gendarmes accedieron al interior de los restos con dificultad. Armados de potentes linternas, se introdujeron como pudieron por la escotilla y penetraron a duras penas en las calas. Después visitaron las cabinas con la esperanza de encontrar supervivientes. Pero allí les esperaba un espectáculo escalofriante. Las cabinas habían sido literalmente vaciadas de su contenido, como si éste hubiese sido aspirado desde el exterior. No quedaba nada. Un agujero del tamaño de un ojo de buey había sido practicado en el casco, a la altura de cada una de ellas. Ningún hombre hubiese podido sobrevivir a un golpe de esa fuerza. Empujados por la succión asesina, los marineros habían muerto seguramente destrozados al pasar a través de la afilada chapa. El drama que había sufrido la embarcación debió ser espantoso.

—¡Dios mío! ¡Mirad!

La voz resonó en la cabina.

Uno de los gendarmes apuntó con su linterna hacia el techo. La luz de la lámpara mostró una visión horrorosa. Los tres hombres sintieron un escalofrío.

—Pero ¿qué es eso?

Una espesa gelatina traslúcida colgaba por toda la superficie. Se diría una telaraña babosa sobre la que colgaban viscosas estalactitas. Con gesto lento, el gendarme barrió las paredes con la linterna. La cabina estaba completamente cubierta de esa pasta inmunda. Uno de los hombres hundió valientemente el dedo en aquella extraña materia pringosa con aspecto de silicona. Tenía la misma consistencia que la gelatina. Cuando quiso retirar el dedo, éste quedó pegado a un largo filamento elástico que se despegó de la pared. El gendarme no conseguía deshacerse de él. Los tres hombres estaban perplejos. En veinte años de servicio, no habían visto nada parecido.

Cuando volvieron a subir al puente del barco, el gentío, ansioso por asistir al desenlace del terrible drama, esperaba de pie sobre la nieve. El enigmático personaje de rostro oculto escuchaba discretamente las conversaciones. Apenas los gendarmes saltaron a tierra, los dos periodistas se precipitaron sobre ellos para acosarlos a preguntas. Los tres hombres, con aspecto visiblemente preocupado, se sentían poco dispuestos a hablar.

—Caroline Clot, del *Faro Oeste*... ¿Cuántos marineros han sido declarados desaparecidos? ¿Existe alguna esperanza de encontrar supervivientes? ¿Por qué no intervino la SNSM? ¿Podrían explicarnos cómo el capitán Galard ha podido dejarse sorprender por una tormenta así? ¿Existe la posibilidad de que no hubiese recibido la alerta meteorológica? ¿A qué pista dan preferencia? ¿Piensan que se trata de un fallo técnico o humano?

—David Cabalerc, del *Goémon*. ¿Piensan que existe relación entre el naufragio y la discutible personalidad del capitán? ¿Qué piensan de la polémica que surge hoy a este respecto? ¿Piensan que ha podido minimizar la tempestad poniendo en peligro su vida y la de su tripulación?

Caroline Clot añadió inmediatamente:

—El *Ragedingue* era un barco viejo, todo el mundo lo sabe. ¿No creen que el accidente hubiera podido evitarse si se hubiesen realizado en el barco controles más severos y de forma más regular? ¿No creen que ya sería hora de realizar un estudio serio sobre el grado de vejez de los pesqueros de este puerto?

Los gendarmes apartaron molestos a los periodistas con un movimiento de brazos, y escalaron las rocas hasta el sendero que llevaba al pueblo. Pero los dos reporteros no se amilanaron. Hastiado, el policía de mayor rango se plantó ante ellos, les dedicó una mirada feroz y les lanzó con toda la autoridad que tenía:

—Estamos dando los primeros pasos de la investigación. Todo apunta a que la tempestad en alta mar ha sido de una violencia inusitada. En cuanto a los tres barcos de la SNSM, ya habían salido para socorrer a un petrolero en dificultades frente a las costas de Ouessant. Sin embargo, algunos detalles extraños deben ser objeto de una investigación más profunda y esperaremos a que el trabajo de la policía científica nos aclare las causas reales de esta tragedia en los próximos días. En cuanto al capitán Galard, a pesar de que no es apreciado por todo el mundo, se trata, sin embargo, de un patrón de pesca responsable, y por ahora nada permite indicar que hubiese podido cometer un error de apreciación. Todas las líneas de investigación permanecen por lo tanto abiertas y no privilegiamos ninguna. En consecuencia, creo que esta polémica es tan prematura como fuera de lugar. Fin de la declaración.

El gendarme golpeó sus manos una contra otra como para escenificar una claqueta de cine. Los periodistas se quedaron con la palabra en la boca. En voz baja, Caroline Clot intentó esbozar una última pregunta. En vano. Los tres hombres desa-parecían ya tras la espesa cortina de nieve.

Unas horas más tarde, cuando todos los lugareños habían vuelto a sus casas, el célebre doctor Alfred Mackal, médico forense de la universidad de Rennes y agente de la policía científica, procedía a sacar muestras dentro del casco. La marea alta agitaba entonces el pecio. Una decena de gendarmes vigilaban la cala, que había sido declarada zona bajo vigilancia. Se había instalado un perímetro de seguridad para evitar que los periodistas, que surgían de todas partes, se acercaran al pecio. A sus sesenta y tres años, y con su metro sesenta y cinco de estatura, el doctor Mackal era un hombrecillo admirado y respetado por todos. En la región, era toda una autoridad. Antiguo investigador en el Centro de Biología Marina de Roscoff y profesor emérito del Colegio de Criminología de Montreal, era un motivo de orgullo para el pueblo. En su juventud había sido un científico de renombre y se había dado a conocer sobre todo por sus trabajos dedicados a las criaturas marinas y a los venenos. Así que los gendarmes no habían dudado ni un solo instante en requerir su ayuda.

A la luz de su linterna, Alfred Mackal clavó, con gesto preciso, una larga pipeta en la extraña materia que cubría las paredes y, con un ruido de succión, aspiró una cantidad suficiente. Vació la muestra en el interior de un gran tubo de ensayo y lo guardó cuidadosamente en un maletín. Lanzó una mirada inquieta alrededor de la estancia y frunció el ceño. Tenía aspecto preocupado. Se acercó al lugar de la pared que presentaba la enorme perforación y la estudió con ojo experto.

—Mira, mira... —masculló, pensativo.

Los bordes de metal estaban seccionados de forma extraña.

Pasó el dedo por encima y se cortó. Estaban tan afilados como una cuchilla de afeitar. Sacó una pinza y arrancó un trocito de chapa que introdujo en una bolsa de plástico. Una marca poco corriente le llamó la atención sobre otra parte de la pared. El tabique, a pesar de su solidez, había sufrido un hundimiento de más de un metro cuadrado y varios centímetros de profundidad. El golpe debía haber sido de una violencia insólita. El impacto procedía de un objeto extraordinariamente contundente. Quizás un tipo desconocido de torpedo, que no hubiese estallado. El doctor no podía afirmarlo. En todo caso, ese arma aún no identificada parecía lo suficientemente poderosa como para triturar a cualquier hombre en una fracción de segundo. Tomó varias fotos y después, con la ayuda de una especie de cera moldeable que aplicó sobre la pared, consiguió una huella del impacto dejado por el golpe.

Cuando Alfred Mackal salió del interior del pecio, el día empezaba a caer. La marea alta había cubierto completamente la cala. Largas olas negras acariciaban tímidamente la nieve sobre las rocas. Escoltado por los gendarmes, como si se tratara de una misión de la mayor importancia, el doctor alcanzó rápidamente el sendero que bordeaba la costa y desapareció en el crepúsculo. En el silencio de la cala, se oía al *Ragedingue* gemir como un espectro.

El hombre de la gorra llevaba ya varias horas esperando escondido detrás de una roca. A esa hora, la vía estaba libre. Se acercó discretamente al navío y permaneció inmóvil por un instante para asegurarse de que nadie lo estaba espiando. Su silueta destacaba frente a la negra inmensidad del mar. No era más que una sombra casi invisible recortada en la oscuridad. Con extremo cuidado, pasó por encima de la cinta policial que rodeaba el pecio, se deslizó hasta el barco y desapareció en el interior del casco. Desde el exterior se percibía el halo de una linterna bailar en todas direcciones. La misteriosa silueta tardó bastante tiempo en volver a aparecer. Salió del navío, saltó sobre la arena y huyó corriendo en la noche.

Pero, desde su gruta, Arno había asistido a la escena.

Los Críptidos

4

La llegada

—¡CARDO!

—¡Imbécil!

—¡Tonta del c...!

—¡Mocoso!

Los improperios llovían en la sala de llegadas del aeropuerto de Tromsø, en el norte de Noruega. Cuatro niños, llegados desde Nueva York para pasar las navidades en casa de su abuelo, esperaban su equipaje ante una cinta ya cargada de maletas.

—¡Renacuajo!

—¡Vaca inmunda!

—¡Boris! ¡Béa! ¿Os vais a callar de una vez? ¡Porque si no os voy a agarrar de la cabeza y a chocar una contra otra!

Adèle Abelmans no bromeaba en absoluto. Tenía la mirada amenazadora y la mano levantada, dispuesta a sacudir a sus dos insoportables primos. Hacía horas que toleraba sus grescas y estaba a punto de perder los nervios.

—¡Se lo diré a papá...!

—Beeeeee... se lo diré a papá nanananana... —el chico imitaba a su hermana.

—¡No lo vuelvo a repetir! La próxima vez....

El tono era seco. A sus diecisiete años, Adèle poseía una autoridad natural que inspiraba respeto y temor. Era una morenita guapa de pelo corto, cortado en cuadrado. Su rostro era un óvalo casi perfecto adornado por unos ojos marrones magníficamente rasgados y una boca en forma de almendra. Cuando sonreía, sus carnosos labios se separaban para dejar a la vista dos filas de dientes de un blanco resplandeciente. Pero en aquel momento el ambiente no favorecía la sonrisa franca. Aunque de carácter más bien fácil y conciliador, Adèle sabía también mostrarse severa cuando era necesario. Al ser la mayor, exigía que se la escuchase y que se la obedeciese. Lo que, evidentemente, exasperaba a sus primos, que estimaban, en su fuero interno, que no debían recibir más órdenes que las de sus padres. Con catorce años cumplidos, Boris y Béatrice —todo el mundo la llamaba Béa— eran dos gemelos turbulentos que en realidad no se parecían. Tenían caracteres completamente diferentes. Excepto esa afición innata a regañar sin descanso y pelearse por lo más mínimo. Boris era de naturaleza arrogante y grosera, mientras que Béa, más reservada, actuaba a la chita callando con aspecto inocente. El uno era rubio y fuerte, la otra morena y rellenita. Él era arrogante, ella acomplejada. Boris y Béa se profesaban amor y odio a la vez.

—¡¡Ayyy!!

Béa se sobresaltó y se llevó la mano a su brazo mirando a Adèle con cara lastimera.

—¡Boris me ha pellizcado!

Luego intentó atrapar el pelo de su hermano para darle un

tirón. Adèle los separó con gesto brusco y les prometió un buen castigo.

—Creo que han llegado nuestras maletas...

La voz tímida que acababa de imponer un brusco retorno a la realidad era la de un hombrecillo que no levantaba tres palmos del suelo y delgado como un fideo. Era Tom, el menor de los cuatro. Sus cabellos negros revueltos y sus gruesas gafas de hipermétrope le daban un aire despistado. Parecía recién llegado de la luna. Tenía diez años, pero aparentaba ocho. A causa de su corpulencia de gorrioncillo recién caído del nido, se reían mucho de él en el colegio, lo cual le importaba un comino. Tom poseía una gran madurez intelectual para su edad, lo que hacía de él un niño solitario y encerrado en sí mismo.

A pesar de sus numerosas diferencias, Boris, Béa y Tom sentían una gran admiración por Adèle, su prima. Sus padres habían desaparecido misteriosamente cuando ella era aún muy pequeña. Nunca llegó a conocerlos. Adoptada por sus tíos cuando tenía un año, había visto nacer sucesivamente a Boris y Béa y después a Tom. Habían crecido juntos. Y se había ocupado siempre de ellos como una madre. Un lazo indefectible les unía de por vida.

Los niños se presentaron en la ventanilla de servicios sanitarios del aeropuerto. Adèle entregó un certificado. Un hombre, con aspecto antipático, lo examinó de un vistazo, lo selló con un gesto mecánico y desapareció sin mediar palabra. Al cabo de unos minutos, volvió con una jaula en la mano. Estaba cerrada a cal y canto con cuatro candados y una gruesa cadena que daba varias vueltas. Tras las rejas de aireación se oía gemir a un animal.

—¡Nono!

Béa, loca de alegría, se abrazó a la caja. El extraño animalito, que había reconocido la voz de su ama, bailaba, loco de contento, en el interior, moviendo la cola. Sacó por una rendija su bigotudo hocico y, con su larga y áspera lengua, lamió la nariz de la niña.

Adèle constató divertida que la jaula había sido reforzada. El hombre sacó una llave y abrió los candados uno por uno.

—¡Vuestro animalucho nos ha dado un trabajo de mil demonios! —dijo con tono de reproche—. No sé cómo ha conseguido escapar varias veces de la jaula a pesar de los cerrojos de seguridad. Ya veis que hemos tenido que añadir algunos más además de una cadena gruesa...

Los niños se miraron con aire de complicidad.

—¡... y ha organizado un lío horroroso! Se ha dedicado a excitar a los demás animales y a abrir todas las jaulas. ¡Vamos a necesitar horas para calmarlos a todos!

Se oía un guirigay de gatos maullando y perros llamando a sus amos.

En cuanto quitaron la cadena, el animal saltó fuera de su prisión. Feliz de haber recobrado su libertad, saltó sobre los hombros de los niños pasando de uno a otro con la agilidad de un monito. Estaba como loco. Trepó por el pelo de Béa, saltó a la cabeza de Boris tapándole los ojos con sus patitas de largas garras, intentó quitarle las gafas a Tom, dio un enorme lametón en la cara a Adèle quien, con gesto de asco, lo empujó con suavidad y, después de una pirueta mal calculada, el animal se dio de nalgas contra el suelo. Los niños se echaron a reír. Entonces, con aspecto confundido, se alzó sobre sus patas traseras y levantó la cabeza intentando mantener un poco las formas.

Nono no era un suricato como los demás. Único superviviente de una inundación en Namibia, que había acabado con todo su clan cuando no era más que un bebé, el doctor Abelmans, abuelo de los cuatro niños, lo había salvado y domesticado. Ante el asombro del científico, las capacidades intelectuales y psicomotrices del mamífero se revelaron fuera de lo común y superaron con creces a las de su especie. El día que cumplió doce años, Béa lo recibió como regalo. Desde entonces, Nono y los niños se hicieron inseparables. Los cinco formaban una tribu a la que el suricato protegía con devoción y servía con fidelidad. Todos los niños del mundo hubieran soñado poseer un animal de compañía tan extraordinario. Su espléndido pelaje gris leonado, suave como el plumón de oca, lo convertía en un peluche ideal para dormir. Eso había sido objeto de disputas casi diarias, para saber si era Béa, Boris o Tom quien dormiría con él, antes de que se zanjara definitivamente la cuestión: era el animal de Béa y sólo ella tenía ese derecho. Aquello siempre había escandalizado a Adèle, que pensaba que la cama no era sitio para animales. Pero sus ojitos maliciosos perdidos en el centro de dos manchas negras, su hocico siempre húmedo y sus largos bigotes gatunos le hacían absolutamente irresistible. A sus tres años, Nono era un joven exaltado. Travieso, juguetón, bromista, tenía una energía, una paciencia y una bondad increíbles. Se le podía molestar o acariciar durante horas sin que dijese nada. Al contrario. Le encantaba que le chincharan o que le hiciesen cosquillas en la barriga, su lugar preferido.

—¿Cómo estáis niños? ¿Habéis tenido buen viaje?

—¡¡Bob!! —exclamaron a coro los cuatro.

Detrás de ellos había aparecido un hombre de físico impresionante. Medía casi dos metros y parecía extraordinariamente constituido. Dentro de su grueso anorak negro y su pantalón de caza, se adivinaba con facilidad su poderosa musculatura. A pesar de las muchas arrugas y algunas cicatrices en el rostro, era un hombre guapo. En su juventud había debido ser un irresistible Don Juan porque irradiaba un evidente encanto. Bob era el mayordomo del doctor Abelmans, su perfecto ayudante, su fiel mano derecha. Era él quien se ocupaba de los niños cuando éstos iban a pasar las vacaciones a casa de su abuelo. Se convertía a la vez en su chofer, en su preceptor, en su protector y, sobre todo, en su mejor amigo. Bob cargaba con un pasado enigmático. Lo único que los niños sabían de él, era que había sido mercenario en África y había estado implicado, mucho tiempo atrás, en un oscuro asunto de tráfico de marfil. Pero se intuía que Bob escondía en su interior un secreto mucho más profundo.

Boris, Béa y Tom saltaron a su cuello. Él les estrechó a los tres con fuerza y se dobló literalmente en dos para dar a cada uno un beso en la frente.

—Y bien, Adèle ¿no le das un beso al viejo Bob?

Con el creciente pudor de sus diecisiete años, Adèle le tendió una discreta mejilla. Bob, feliz, la besó. Intimidada, Adèle enrojeció ligeramente y se escondió para no la viera. Después de todos esos abrazos de bienvenida, Bob recogió el equipaje.

—Daos prisa, niños, porque todavía queda mucho camino y vuestro abuelo está impaciente por veros.

Bob sintió un repentino tirón en los bajos del pantalón. Dirigió sus ojos verdes hacia el suelo y distinguió a Nono, que intentaba atraer su atención.

—¡Oooh..! ¡Pero si estás aquí! Pobrecito, me había olvidado completamente de ti... Perdóname, Nono... Que sepas que me alegro mucho de verte.

Bob le acarició la cabeza lo más suavemente posible, pero su poderosa mano casi le estrujó el cráneo. Nono se sacudió nerviosamente para estirar sus orejas, que habían quedado completamente aplastadas. Emocionado por ese improvisado gesto de afecto, el suricato se incorporó sobre sus patas traseras y avanzó con la cabeza erguida, muy orgulloso.

En el exterior del aeropuerto era de noche. En aquella región tan cercana al polo Norte, en invierno el sol no sale nunca. Hay que esperar a la primavera para volver a ver el día. Cuando los niños salieron, les invadió un frío terrible. Se apresuraron a entrar en el coche mientras Bob guardaba el equipaje en el maletero. Béa, Boris, Tom y Nono se sentaron detrás, mientras que Adéle se instalaba delante. El coche tenía suficiente espacio para alojar a seis o siete personas sin demasiadas estrecheces. Era un taxi inglés que Bob había traído de su Escocia natal. Un viejo cacharro que había vivido mucho.

—¡En marcha! —gritó.

Bob giró la llave de contacto y el coche desapareció en la noche polar.

5

¡En marcha hacia las islas!

DESDE LA SINUOSA carretera que serpenteaba a lo largo de la costa, la vista era maravillosa. En la noche se recortaba un fascinante grupo de islas nevadas con extrañas formas y montañas dentadas. Sus lúgubres crestas dibujaban un horizonte que se unía a un cielo lleno de estrellas. En el mar, a lo lejos, los faros hacían bailar, cada uno a su turno, sus luces multicolores. En el coche, el silencio era total. Con la boca abierta, los cuatro niños miraban desfilar ese paisaje único en el mundo. Cada vez que venían a Noruega, para ellos era un espectáculo sorprendente. Cada pueblo por el que pasaban tenía más encanto que el anterior. Cubiertos por una nieve espesa que brillaba con mil colores, parecían salir directamente de un libro de las maravillas. Las casas, cabañas de madera sobre pilotes, estaban decoradas con farolillos que iluminaban las calles con luces festivas. De vez en cuando se veían esculturas de nieve inacabadas perfilándose sobre la calzada. Grandes abetos de Navidad, de varios metros de alto, cargados con guirnaldas luminosas, balizaban la carretera hasta el mar.

Bob circulaba ahora sobre la cornisa, frente al acantilado. La carretera estaba bordeada por grandes montones de nieve. Abajo del todo, en el fondo del valle, los pueblos no eran más que minúsculos puntos de luz perdidos en la inmensidad de la noche, y la costa, un encaje negro que se adentraba en el mar.

—¡Mirad! ¡Una estrella fugaz! —exclamó Béa sobresaltando a todo el mundo.

Nono, hecho una bola sobre sus rodillas, se despertó de un salto para volver a dormirse inmediatamente. Con la nariz pegada a la ventanilla del coche, la niña, ensimismada, escrutaba el cielo.

—Es increíble... Ni siquiera son las tres de la tarde y parece que estamos en medio de la noche.

Béa, a la que intrigaban las cosas de la ciencia, todavía no se explicaba ese fenómeno tan curioso.

En el asiento de atrás del coche, una vocecita rompió el silencio.

—Eso se llama «la noche permanente» —dijo Tom, al que todo el mundo creía dormido—. Es un fenómeno que se observa en las regiones polares —añadió con tono seguro—. En invierno, en el polo Norte, por encima de los 66,5 grados de latitud, no sale el sol. En verano, pasa lo contrario. El sol está presente día y noche. Y cuando se pone, no se pone de verdad, permanece en el horizonte. Es el «sol de medianoche»

Sustraídos de la contemplación, los niños escuchaban con atención las brillantes explicaciones de su hermano pequeño. Adéle y Béa, aunque simulaban haberlo comprendido todo, esperaban, sin confesarlo, una demostración más clara. Tom habló de forma más didáctica:

—Béa, como sabes, la Tierra tarda un año en girar alrededor del Sol...

Béa asintió sin dudar, satisfecha de saber al menos eso.

—Durante ese año, la Tierra está más o menos inclinada hacia el Sol. Y las regiones del globo no están igualmente iluminadas...

En el coche, Adèle y Béa, cautivadas, no perdían detalle. Bob, los ojos puestos en la carretera, escuchaba con aspecto divertido. Boris bostezaba y suspiraba para dejar bien claro a su hermano que sus explicaciones le molestaban.

—En verano, el Sol ilumina el polo Norte permanentemente durante seis meses, día y noche. En invierno, el polo Norte está oculto con respecto al Sol e inmerso en la noche hasta el mes de marzo... y eso es todo.

Las niñas permanecieron ensimismadas. Gracias a su inteligencia superdotada, Tom era un pequeño genio. Se pasaba horas leyendo en su cuarto, estudiando enormes y complejas enciclopedias o recortando y guardando artículos de revistas especializadas. Se interesaba por todo. Tenía la nariz permanentemente hundida en algún libro complicado, para desolación de su hermano y de su hermana, que a menudo le reprochaban ser demasiado serio.

Horas después, el coche seguía bordeando la costa. Agotados por el viaje y el desajuste horario, los niños se habían dormido. Bob soñaba despierto. El ruido del motor era su única compañía. A la vuelta de una curva, surgiendo de ninguna parte, la luna se recortó en el horizonte. Su creciente de fría plata temblaba sobre la superficie del océano. A lo lejos, las montañas parecían despertarse en la clara noche. A cada lado de la carretera, la luna depositaba sobre la centelleante nieve un hilo de luz azulada. La sinuosa carretera bordeaba inmensos barrancos que caían peligrosamente hasta el mar. El trayecto para llegar a casa del abuelo era largo. Vivía en una mansión que dominaba el océano en el extremo sur de las islas Lofoten, entre los pueblecitos perdidos de Moskenes y Nusfjord. Una región inhóspita conocida por sus fuertes vientos y sus abruptos acantilados.

Cuando Bob llegó por fin al camino escarpado que conducía a la morada del doctor Abelmans, el coche fue engullido por una niebla que se podía cortar con cuchillo. No se veía nada a veinte metros. La luna y las estrellas habían desaparecido completamente. El cielo había dejado de existir. La nieve, que se confundía con la bruma, creaba una atmósfera malsana y asfixiante. Como si el cielo y la tierra se hubiesen juntado. El coche se hundió prudentemente en una oscuridad cada vez más espesa. Se detuvo ante una inmensa verja. Un nombre, grabado sobre ella, se recortaba poco a poco entre la niebla. Se podía leer: *Sløttsund.*

Bob bajó del coche, empujó con todas sus fuerzas las enormes puertas bloqueadas por la nieve y volvió a subir al vehículo. Boris levantó un párpado mientras empujaba ligeramente la cabeza de Béa que se había dormido sobre su hombro y, con voz pastosa, dijo: «¿Hemos llegado?», antes de volver a caer en un sueño profundo.

Bob se metió por un pequeño sendero salvaje y rocoso. El coche se deslizaba silenciosamente sobre el camino, dejando tras de sí largas huellas de rueda sobre la nieve fresca. En la oscura noche, los arbustos cubiertos de escarcha parecían esqueletos dormidos que los faros del viejo taxi iban despertando uno por uno. Cubiertos por la nieve, siniestros grupos de rocas con aspecto de calavera parecían montar guardia discretamente. El mar no debía estar lejos, se le oía rugir. Al final del camino, una inquietante silueta gris emergió de pronto entre la bruma. Una masa vaporosa de perfil imponente apareció entonces ante los faros del coche. La mansión del doctor Abelmans se erguía en las tinieblas.

Los Críptidos

6

La mansión fortificada

NONO SALTÓ SOBRE la cama de Béa y le lamió enérgicamente el rostro. Ella lo rechazó con gesto torpe y volvió a cubrirse con el grueso edredón bajo el que desapareció completamente para volver a dormirse. Nono no podía estarse quieto. Daba vueltas como un león enjaulado. Estaba deseando que los niños se despertasen. Se acercó a la cama de Adèle e, incorporándose sobre sus patas traseras para alcanzarla, le hizo cosquillas en la cara con sus largos bigotes. La joven se sobresaltó. Abrió los ojos y acarició al animalito con una mano aún dormida.

—Buenos días, Nono...

El suricato movió la cola, giró sobre sí mismo durante un momento y trotó hasta la habitación de los chicos a los que enseguida se oyó gemir y echar pestes contra el animalucho infernal.

Aunque ya eran las nueve de la mañana, seguía siendo de noche. En el exterior se oía al océano rugir a lo lejos y a las olas estrellarse contra los acantilados. Era el *Moskenesstrommen*, la corriente más potente del mundo cuyo estruendo se escucha en kilómetros a la redonda. Calentitos dentro de sus camas, los cuatro niños, agotados por el largo viaje, se despertaban perezosamente. En cada una de las habitaciones, las brasas de un fuego de chimenea terminaban por consumirse lentamente, rasgando la penumbra con su brillo rojizo. La habitación de las chicas y la de los chicos, separadas por un tabique, eran idénticas y disponían ambas de un minúsculo cuarto de baño con ducha y lavabo. Eran dos pequeñas habitaciones comunicadas, bajo el tejado, situadas en el flanco oeste de la mansión, que estaba situada sobre un vertiginoso acantilado que caía peligrosamente hasta el mar. Las habitaciones, muy lujosas, de aspecto gótico muy señorial, lucían un artesonado de vigas antiguas. Las paredes, cubiertas con gruesos y cálidos tapices, representaban escenas locales de pesca. Las camas tenían magníficos doseles de maderas preciosas tallados con monstruos legendarios. Por la noche, a la hora de dormir, las pequeñas llamas agonizantes de la chimenea proyectaban en la habitación una luz suave que hacía temblar a cada criatura. Y entonces, todo un mundo extraño, hecho de sombras inquietantes, cobraba vida ante los cansados ojos de los niños. Hidras de tres cabezas, centauros con cola de diablo, búhos gigantes con alas de gallo, cabezas de dragón y sirenas siamesas se movían por las paredes de las habitaciones.

Adèle se levantó la primera. Se calzó sus grandes y mullidas pantuflas y se acercó a tientas al ventanuco gótico que dominaba el acantilado. Con buen tiempo, la vista era magnífica. El océano, salpicado de islotes nevados, se extendía hasta perderse de vista. Y a veces, por las mañanas, cuando el alba cruzaba el crepúsculo, se podía ver un fino hilillo de luz roja levantarse melancólicamente en el horizonte, para desaparecer después en la noche triunfante. Esa mañana, una espesa niebla cubría la costa y producía la impresión de vivir dentro de una nube. Nono, feliz, se lanzó de un salto en los brazos de Adèle, que le dio un tierno abrazo. Tras haber encendido todas las luces, la joven despertó a Béa, a Tom y a Boris. Lo que no fue nada fácil. Sobre todo en el caso de Béa, capaz de dormir durante horas con un profundo sueño. Era muy difícil despertarla, a veces era incluso necesario recurrir a algún ardid o mostrar severidad para que se levantase. Al final, tras haberse vuelto a dormir tres o cuatro veces, y tras un titánico esfuerzo, conseguía despertarse enfurruñada y agresiva.

¡Ya está! Por fin estaban allí. Hacía meses que esperaban esas tres semanas de vacaciones lejos de sus padres. Pasar las navidades en Noruega, en casa del abuelo, era sagrado. Era un ritual inmutable que no se hubiesen perdido por nada del mundo. En la mansión de *Sløttsund* se sentían libres e independientes. Su abuelo, víctima hace mucho tiempo de un misterioso y grave accidente que siempre había mantenido en secreto y que le privó definitivamente del uso de sus piernas, se pasaba la vida en una silla de ruedas, lo que, por supuesto, le impedía correr detrás de ellos. En consecuencia, no tenía otra elección que mostrarles confianza. Era una suerte para ellos el que un adulto no los considerase unos críos. A esto había que añadir que la mansión era un lugar formidable para el juego y la aventura, aquello bastaba a Tom, Boris, Béa y Adèle para sentirse felices allí.

Los cuatro bajaron por la pequeña escalera de caracol, toda ella de piedra, que daba acceso a sus habitaciones y atravesaron un largo y oscuro pasillo adornado con blasones vikingos, retratos de personajes célebres y bustos de animales disecados que parecían montar guardia. El final del pasillo, una magnífica puerta de ébano tallado sobre la que estaban representadas escenas del *Bestiario fantástico y divertido* de Ulisse Aldrovandi, daba acceso a una pequeña habitación donde parecían acumularse desde hacía siglos objetos tan extraños como increíbles: espejos deformantes, cuadros en trampantojo, telescopios binoculares, sextantes, brújulas parlantes, tableros de ajedrez en forma de esfera, martillos siameses, plumas de cinco puntas, asiento calefactor, bicicleta de ruedas cuadradas... Un formidable gabinete de curiosidades que desde siempre los había entusiasmado.

La mansión de *Sløttsund* era una vieja fortaleza con setecientos años de historia que había sido construida sobre el acantilado para impedir cualquier invasión procedente del mar. Cuando Gérald Abelmans la compró, hacía unos treinta años, *Sløttsund* no era más que una ruina decrépita que amenazaba con derrumbarse. Hoy, erguida a más de ciento cincuenta metros de altura, la construcción se levantaba, orgullosa e imperturbable, sobre uno de los lugares más espectaculares de la región. Con sus numerosas estancias, sus desvanes, sus múltiples sótanos que durante mucho tiempo sirvieron de calabozos, sus murallas de granito formando un poderoso cortaviento, su suntuoso claustro colgado entre el cielo y el mar y su torre de defensa coronada por un cañón que desafiaba el horizonte, la mansión era una pequeña joya de la arquitectura medieval y una obra maestra en su modernidad. En efecto, el anciano lo había reformado todo y concebido su construcción en función de su discapacidad. Elevadores, ascensores, raíles y rampas eléctricas, escaleras con módulos móviles, escalones pivotantes, camas amovibles, puertas y ventanas deslizantes con infrarrojo y reconocimiento de voz... Lo había previsto todo para poder moverse con facilidad y rapidez en todo tipo de circunstancia y colmar sus necesidades sin la ayuda de nadie. Pero la mansión tenía una triste reputación. Su apariencia austera, su situación geográfica, así como la misteriosa sucesión de muertes de varios propietarios habían propagado irracionales leyendas en torno a *Sløttsund*. Era una mansión maldita que atraía la mala suerte. Se decía habitada por espíritus vengativos. Se comentaba incluso que, a veces, durante la noche, se oían los gritos de los fantasmas de los prisioneros, roídos por las ratas en sus mazmorras siglos antes. Y desde que el enigmático doctor Abelmans había tomado posesión del lugar, pasaban cosas aún más extrañas. Se decía que el viejo loco era un peligroso brujo que utilizaba animales para realizar experimentos aterradores. Experimentos que tenían como fin crear nuevas especies que, algún día, invadirían la Tierra.

—¡¡¡Guaauuuuu!!! —Los niños, maravillados, no pudieron contener su sorpresa.

Cuando abrieron la gran puerta del salón, se encontraron frente a un espectáculo sobrenatural. Un gigantesco abeto de Navidad completamente decorado parpadeaba en la penumbra. Decenas de guirnaldas luminosas con destellos multicolores serpenteaban a lo largo de las grandes bóvedas ojivales, dando la impresión de un techo estrellado. El salón era una estancia desmesurada que había sido habilitada en el coro de la antigua capilla del castillo. Inmensos ventanales góticos se elevaban hasta el techo, dejando ver el cielo a través de vidrieras que describían leyendas del mar y que, en verano, teñían la luz del sol con miles de colores. Encaramados a magníficas columnas de piedra, poblando los capiteles, demonios, diablos y animales fantásticos mostraban sus fauces abiertas, como si fuesen gárgolas, para aterrorizar a los visitantes. En cuanto a las paredes, estaban cubiertas de obras inestimables. Como el famoso *Atlas de las tierras septentrionales y las maravillas que allí se encuentran* de Olaüs Magnus, que data de 1539 y recoge todos los monstruos de las regiones nórdicas. O bien el grabado original en madera del *Historiae Animalium* de Conrad Gesner, de 1551, que mostraba a un monstruo cornudo atacando un navío comercial. O el exvoto de la capilla de Saint-Tomas del puerto de Saint-Malo, una pieza excepcional misteriosamente desaparecida y que mostraba un pulpo gigante que surgía del agua y atrapaba con sus inmensos tentáculos los tres palos de un navío para hundirlo en las profundidades. Era un lugar sorprendente, donde reinaba una atmósfera insólita.

CLIC-CLAC. CLIC-CLAC... De pronto, en el silencio de la gran sala, se puso en marcha un mecanismo. Los cuatro se sobresaltaron. Segundos después, un pequeño grupo de autómatas empezó a moverse sin que nadie lo pusiese en marcha. Un vagabundo vestido con harapos empezó a cantar una canción de Navidad. Abría mecánicamente la boca cada cinco segundos moviendo su sombrero arriba y abajo de forma entrecortada, mientras su compañero, sentado sobre un taburete de paja, le acompañaba rasgando compulsivamente su arco contra un viejo violín. Un perro pelado ladraba a intervalos regulares, levantando lentamente la cabeza para luego volverla a bajar. Nono, que no entendía que el animal era falso, le respondía lloriqueando. Tom, Boris, Adèle y Béa contemplaban fascinados ese trío improvisado que sólo existe en los sueños infantiles. Cuando el «concierto mágico de Navidad», obra de su abuelo, terminó, una voz familiar se escuchó en el fondo de la sala.

7

El enigmático doctor Abelmans

—BUENO, NIÑOS... NO parece que tengáis mucha prisa por ver a vuestro anciano abuelo... ¿Es que nadie va a venir a darme un beso?

Sentado ante un plato de arenques frescos, Gérald Abelmans se encontraba en la oscuridad, presidiendo una gran mesa cuadrada sobre la que les esperaba el desayuno.

—¡Abuelo!

Los niños se abalanzaron sobre el anciano y le besaron. Nono, todavía intrigado por el perro disecado, intentaba volver a ponerlo en marcha. Giraba a su alrededor haciéndole muecas, esperando así atraer su atención.

Gérald Abelmans no era un abuelo corriente. No aparentaba en absoluto su edad. Con su perilla y su bigote blancos, su amplia frente apenas arrugada, sus largas y hermosas manos, su mirada viva, sus camisas a cuadros arremangadas, tenía más el aspecto de un trampero en plenitud de sus fuerzas que el de un anciano de setenta y cinco años quejándose de su suerte. Y eso, a pesar de su minusvalía. Su carácter jovial, desenfadado, simpático y bromista, acentuado por una mirada traviesa de color verde, le rejuvenecía considerablemente. La vida que había llevado hasta entonces no se parecía a la del común de los mortales. Había seguido un periplo fuera de lo corriente. Todo lo que Abelmans había ambicionado, lo había conseguido. A fuerza de trabajo y de tenacidad. Era un hombre testarudo. Nada se resistía a su voluntad. Multimillonario que había amasado su fortuna muy joven en la industria metalúrgica, Gérald Abelmans dejó su profesión de la noche a la mañana para dedicarse por completo y en exclusiva a su única pasión: la criptozoología, esa ciencia de los animales enigmáticos y extraordinarios en los que nadie cree, o más bien nadie quiere creer, y de la que fue el fundador, una ciencia marginal voluntariamente ignorada y señalada con el dedo por científicos del mundo entero. Pronto, Abelmans se consagró a esta actividad «indigna» que consistía en aportar pruebas de la existencia de esos animales que desafían a la razón. Durante años, financió y organizó él mismo expediciones a través del mundo en busca de huellas de criaturas misteriosas. La prensa no tardó en ocuparse del tema, y Abelmans se convirtió rápidamente en un fenómeno, después en una estrella nacional a la que se invitaba a las galas del más alto copete, a las cenas más selectas para, seguidamente, conseguir fama internacional. Los jefes de estado le invitaban personalmente y los servicios secretos de países occidentales recurrían a él bajo cuerda. Pero a pesar de su éxito, la comunidad científica, que continuaba rechazando esa pseudo-ciencia, se las ingeniaba para boicotear al infame fabulador, para resistirse a aceptar esos extraños e increíbles descubrimientos, y continuaba su campaña de descrédito contra ese «iluminado», ese «loco» que creía ver monstruos y otros híbridos improbables por todas partes. Tras algunos fracasos sucesivos y varias misiones desastrosas, los periodistas se sintieron traicionados por aquel al que habían ensalzado. Le abandonaron tan rápidamente como le habían convertido en héroe y pisotearon su reputación tanto ante las autoridades como ante el gran público. Abelmans se convirtió en algo peor que un asesino sanguinario: en un paria. El monstruo era él. Se le llamó mitómano, mistificador, falsificador y peligroso. Desde entonces todo el mundo huyó de él como de la peste. En la calle, en las galas, donde antes se lo rifaban, habían dejado de pronunciar su nombre salvo para denigrarlo. Sus amigos dejaron de serlo. Los jefes de estado, que le habían recibido con gran pompa unos meses antes, le prohibieron la entrada a sus territorios. La CIA, el MI5, la DST, el KGB, a quienes había sacado de apuros en varios asuntos delicados, le ponían obstáculos y torpedeaban sistemáticamente sus proyectos. Después el tiempo pasó. Abelmans y su equipo de fieles se hundieron poco a poco en el anonimato y la indiferencia más absoluta. Decepcionado, profundamente golpeado, herido en su ego, Abelmans se retiró de la vida mundana. Había renunciado definitivamente a luchar en favor de la verdad y a querer demostrarles nada a sus contemporáneos. Apoyado por una pequeña red de incondicionales, continuó, sin embargo, organizando expediciones de menor envergadura de las que nadie quería oír hablar, con la secreta esperanza de que las generaciones venideras, más atrevidas, serían más aptas para enfrentarse a la realidad y admitir por fin la evidencia. En 1991, tras una misión confidencial extremadamente peligrosa en las montañas del Tibet, Gérald Abelmans puso punto final a sus actividades. La expedición había sido una pesadilla. Todo su equipo, excepto tres de sus miembros y él mismo, fue completamente aniquilado. Su mujer, su hijo mayor Philip, de treinta y tres años, padre de Adèle, y su nuera tuvieron una muerte atroz. A sus cincuenta y ocho años, Abelmans sufrió heridas graves y perdió definitivamente el uso de sus dos piernas. Un drama terrible del que no quiso volver a hablar y cuyo terrible secreto aún guardaba. Aislado ahora en su mansión, se pasaba las horas interesándose secretamente en esas historias de monstruos y criaturas de las que se oye hablar vagamente de vez en cuando en ciertas regiones recónditas del globo. El doctor Abelmans tenía una personalidad compleja que conservaba aún una buena parte de misterio. Pero, a pesar de ello, se había convertido en un hombre más tranquilo que intentaba disfrutar de la vida y que contemplaba con calma crecer a sus nietos, por los que sentía una verdadera adoración. Tom, Boris, Adèle y Béa se habían convertido en su principal razón de vivir. Tierno, cariñoso y atento, les mimaba y agasajaba tanto como podía, se anticipaba a sus deseos y les apoyaba en sus elecciones. Eran adultos en formación a los que deseaba armar contra el mundo y la dura sociedad de los hombres, evitando a la vez hacerles perder la indispensable ingenuidad de la infancia que hace la existencia más soportable y más hermosa.

—¡Qué contento estoy de veros! —exclamó—. ¡Pero bueno, cómo habéis crecido!

Sentado en su silla de ruedas, Gérald Abelmans les contempló y les hizo desfilar ante él.

—Cada día estás más bella, Adèle. Me imagino que los chicos deben pelearse para besarte...

La jovencita enrojeció. Se encogió de hombros para evitar una respuesta.

—Y tú, Béa, ya veo que sigues sin renunciar al chocolate; para desesperación de tus padres, imagino... Pues bien, mejor. ¡Tienes mucha razón! Porque estás preciosa tal y como eres.

El rostro de Béa se iluminó con una amplia sonrisa. Sus ojos brillaban. Durante un segundo se sintió guapa.

—Buah...

Tom y Boris se miraron y sofocaron una risita burlona. Béa les lanzó una mirada amenazadora.

—Tú, Boris —prosiguió Abelmans—, sigues con tu espíritu sarcástico y no te lo reprocho. Has nacido burlón y eso no tiene cura. No es una enfermedad, tampoco un defecto. Es incluso una forma de inteligencia que prueba tu sentido crítico en cualquier situación. Sólo ten cuidado de no ir demasiado lejos. Y cuida de no caer en la burla hiriente propia de personas necias y malvadas, algo que no eres.

Boris, incómodo, hizo una mueca y bajó la vista, un poco avergonzado. Béa le miró con expresión de revancha.

—En cuanto a ti, mi pequeño Tom, aunque todavía eres el más bajito, eres el mayor en cuanto a méritos. Me he enterado de que tus padres y tus profesores estaban muy contentos contigo y de que tus notas han sido de nuevo brillantes. Continúa así. Estoy muy orgulloso de ti.

Tom, emocionado, se colocó sus gruesas gafas en la nariz para ocultar su rubor.

—Y ahora, niños —concluyó el anciano— ¡a comer! Debéis tener un hambre feroz.

En un abrir y cerrar de ojos, los cuatro se dispersaron en torno a la mesa y se sentaron en su sitio de costumbre. Nono, tan atareado como siempre, se dedicaba a tirar de la cola al autómata para hacerle reaccionar. El desayuno se presentaba copioso. Pan de molde, bollos con chocolate, miel, mantequilla, cereales, yogures, mandarinas... Un auténtico festín. Hambrientos, los niños no tenían ojos más que para sus tostadas, sus tazones de chocolate y sus montañas de cereales que se ablandaban crepitando en la leche fría. De pronto, Abelmans les interrumpió.

8

Una sorpresa desagradable

—¡AY NIÑOS!... ¡MIS NIÑOS!... he olvidado deciros... Debéis saber que, si podéis disfrutar de este magnífico y copioso desayuno, es gracias a la sorpresa que me he permitido daros...

Los niños se miraron entre ellos, intrigados. Atentos a los labios de su abuelo, esperaban que continuara.

—Esta sorpresa llegó ayer por avión... Habla mucho, es posible que demasiado, a veces grita, yo diría que a menudo, pero cocina muy bien, y ya lo ha preparado todo para vuestra llegada y se ocupará muy bien de vosotros...

Una señora gorda entró en la sala. Abelmans miró a los niños con expresión divertida.

Adèle, Boris, Tom y Béa, tazón en mano, las cucharas en la boca, estaban estupefactos. Se habían quedado tan inmóviles que parecía que alguien había pulsado el botón de pausa.

—¡Oh, no, Ophélie no! —murmuró Boris con expresión desesperada.

La señorita Ophélie Duranton, alias Delmentón, era una mujercita rellena, de pecho rebosante, parecida a un globo. Los niños le habían colgado inmediatamente ese simpático mote, que hacía referencia al generoso don que le había dado la naturaleza: en lugar del mentón, Ophélie poseía una particularidad que no hubiera podido llamarse, ni siquiera por educación o perífrasis, «doble mentón». No, era un enorme bocio similar al cuello de un pelícano que, cuando se enfadaba, y Dios sabe que tal cosa ocurría a menudo, se hinchaba más y más, hasta hacerla parecerse a ese ridículo pez japonés, salpicado de púas, llamado pez globo, porque como tal se infla cuando se enfada. Pero a sus sesenta y cuatro años, no era fácil de engañar. Al servicio, desde hacía muchísimos años, de Charles Abelmans y de su mujer Eva Anker (los padres de Boris, Tom y Béa), había visto nacer a los niños y siempre se había ocupado de ellos como una segunda madre. Educada en un colegio de monjas, era una mujer de principios que no soportaba desviaciones en la conducta. Enérgica, recta, estricta, inflexible, aunque justa, sabía hacerse respetar y llevar en todo momento la batuta. De hecho, los niños la temían. Y cuidado con aquel o aquella que osara enfrentarse a ella. Se podían contar con los dedos de una mano las veces en las que, por inconsciencia más que por heroísmo o por valentía, uno de ellos había intentado resistírsele. Pero en el fondo, era una mujer cariñosa, tierna, protectora y extremadamente pudorosa, pues habría preferido cortarse la lengua antes de decirles lo mucho que los quería. En cuestiones de cariño, prefería las pruebas. Pero éstas había que adivinarlas.

—¡Buenos días, niños! —exclamó con voz seca y bronca.

No hubo respuesta. Boris, Tom, Adèle y Béa, que no podían creerse esa sorpresa inesperada, seguían petrificados. Ya veían sus vacaciones echadas a perder por esa vieja bombona con voz de lechuza. No-hagas-eso-ordena-tu-habitación-qué-desorden-ayuda-un-poco-pon-la-mesa-muévete-holgazán-venga-demonios-ponte-en-marcha-venga-si-no-vas-a-criar-raíces-estás-soñando-despierto-eh-te-estoy-hablando-responde-sí-o-no-por-favor-y-todo-gracias-a-quién-ve-a-lavarte-las-manos-buenos-días-adiós-gracias-a-la-cama-deprisa-y-no-olvidéis-lavaros-los-dientes... Las cosas no iban a ser muy divertidas con ella detrás cada treinta segundos. Al final, la estancia en Noruega no se anunciaba de las más entretenidas.

—¡BUENOS DÍAS, NIÑOS! —repitió con tal tono que no responder hubiese estado más cerca de la inconsciencia que de la falta de educación.

—Buenos días, Ophélie —respondieron a coro, obligados a la fuerza.

—Buenos días, viejo búho —murmuró Boris.

—¿Qué has dicho, mi querido Boris? ¿Tienes algo que añadir? ¿Algo así como «una frase amable de bienvenida»? Viniendo de tu parte, me emocionaría bastante. Venga, te escuchamos.

—No, no, nada... —gruñó el chico tragando saliva.

Y después añadió:

—Esto va a ser un rollo.

Ophélie se retiró, dejando a los niños solos con su abuelo, que les deseó buen provecho. En el silencio de la gran sala, se podía oír el ruido de los cubiertos, de las bocas y del fuego que lanzaba sus grandes llamas resplandecientes al asalto de los leños. Se respiraba una atmósfera monacal. Tras haberles prometido una Navidad grandiosa y unas agradables vacaciones durante las cuales todos sus deseos —dentro de los límites de lo razonable— serían satisfechos, el doctor Abelmans volvió a sus ocupaciones.

Con la facilidad de un atleta, llevó su silla de ruedas hasta el pie de la escalera que daba acceso al pasillo que conducía a su despacho. Abelmans pulsó uno de los botones del mando a distancia colocado sobre su silla y los escalones se inclinaron para formar una rampa rectilínea dotada de unos raíles que subían o bajaban. Avanzó hasta el pie de la rampa y bloqueó las ruedas de su silla en los raíles. La silla se elevó automáticamente hasta arriba. Abelmans pulsó otro botón del mando y la rampa volvió a convertirse en una escalera. Desapareció luego por el pasillo y la puerta de madera tallada del salón se cerró sola.

—¡Estaba seguro! Ya os había dicho que ese viejo espantapájaros vendría hasta aquí para vigilarnos —exclamó Boris con rabia.

—Sí, para que luego hablen de vacaciones guays y de una Navidad grandiosa. Va a ser la peor de nuestra vida. Esa víbora nos va a espiar todo el tiempo, como hace siempre —dijo Béa, tan irritada como su hermano gemelo.

—¡Eh! ¡Vosotros dos! ¡Tranquilizaos!

Adèle, más comedida, se pasaba el tiempo llamando a la calma.

—Conocéis a Ophélie tan bien como yo. Hay que saber encantarla como a una serpiente, para que se duerma. De modo que nos pondremos a tocar la flauta para que nos deje tranquilos lo que duren las vacaciones. Controlaos e intentad ser un poco más diplomáticos. Por la cuenta que nos tiene a los cuatro. ¿Entendido?

Boris y Béa, más tranquilos, asintieron con una gran sonrisa de complicidad y se volvieron hacia Tom para obtener su acuerdo. Pero el hombrecito, más interesado en la *Cosmografía universal y pintoresca* de Sébastien Münster, colgada sobre la chimenea, que en el debate, no había escuchado nada de la conversación. Se decidió, pues, por unanimidad, es decir, sin él, que los niños se controlarían y simularían hacer buenas migas con la gruesa cocinera. Dentro de dos días sería Navidad. Hubiera sido una pena ganarse su enemistad desde el primer momento.

9

Terror en alta mar

24 DE DICIEMBRE, 21,30 HORAS. Perdido en la niebla, a la altura de las islas del Oso, el *Explorer*, un petrolero de pabellón escocés de quince mil toneladas y ciento cincuenta metros de eslora, llevando a bordo veintiséis marineros y veinticinco mil metros cúbicos de gasóleo pesado, atravesaba la negra noche de Noruega. El mar estaba en calma. Desde lo alto del puente, el capitán escocés Forest Glenn Wood, tras haber realizado las verificaciones de rigor, redactaba minuciosamente en su cuaderno de bitácora cómo, el día antes, el petrolero había sido seguido por un objeto misterioso. El capitán había descrito la «cosa» en un informe muy detallado. Pero sus superiores habían minimizado el incidente juzgándolo sin importancia. Cuando quiso saber algo más de la naturaleza de ese objeto desconocido que había estado a punto de atacar la nave, le respondieron de forma evasiva que no era de su competencia ni competencia de la compañía. ¿Un submarino nuclear? ¿Algún artefacto militar? No pudo sacar nada en claro.

Pero aquella noche, como muchas otras, no tenía nada que

señalar. El navío realizaba dócilmente su trayecto hacia el sur. En la caldeada cabina del piloto sólo se escuchaba el ronroneo sordo y lejano de los motores y los bips de los radares que sonaban regularmente como el hipnótico tic-tac de un reloj. A bordo, los días y las noches se sucedían sin sorpresas. Al capitán le costaba a veces luchar contra esa rutina lenta y fastidiosa. En esa Nochebuena, en la que nada se distinguía de otras noches salvo por algunas guirnaldas que colgaban aquí y allá y un minúsculo árbol de Navidad de plástico olvidado en una esquina, el ambiente era más bien tristón. El capitán, lejos de su familia, no estaba para fiestas. Se imaginaba a sus hijos abriendo pronto los regalos mientras él, perdido en alguna parte en medio del océano Ártico, olvidado por todos, permanecería con los ojos fijos en las malditas pantallas de control que no mostraban nada apasionante. Estaba deseando que llegara el día siguiente para llamar a sus hijos y desearles una feliz Navidad. Por fin escucharía sus voces, después la de su mujer, a la que no veía desde hacía varias semanas. Compartiría con ellos al menos unos minutos al teléfono. El capitán sentía una gran tristeza. Echaba muchísimo de menos a su mujer y a sus hijos. Pero así eran las cosas. Había elegido esa profesión con todos los inconvenientes que acarreaba. Y, en el fondo, le gustaba ese trabajo. El ambiente de los puertos, la tripulación, la fraternidad a bordo, el océano y sus cambios de humor...

Forest Glenn Wood se hallaba realizando esas reflexiones cuando, de pronto, el ruido de un terrible choque le sobresaltó. Rápido como el rayo, se levantó de un salto hasta los sónares, pero las pantallas no indicaban nada sospechoso. Se volvió hacia su segundo:

—¿Lo ha oído, John? ¿Qué ha sido eso? ¡Hemos tenido que chocar con algo!

—Para mí todo está en orden, capitán. No entiendo nada. No detecto nada anormal...

Después, un segundo golpe, mucho más potente, seguido de una tremenda sacudida, hizo temblar todo el navío.

—¡Esto no tiene nada de normal...!

Al capitán le costaba disimular su inquietud. El silencio se podía cortar. Permaneció inmóvil, los ojos fijos en las pantallas, esperando un drama inminente. Ignoraba de qué se trataba, pero algo iba a pasar pronto.

¡¡¡GLAANNNG!!!

Un golpe terrible estremeció al petrolero que, sacudido por todos lados, empezó a balancearse rápidamente. Después, de golpe, el navío se elevó, como llevado por una inmensa ola. El *Explorer* se estremeció para después caer violentamente, golpeando con todo su peso contra la masa de agua. Arrastrado por sus miles de toneladas de fuel, el navío se inclinó hacia la proa, que se hundió peligrosamente bajo el agua. A bordo comenzó una especie de zafarrancho de combate. Las sirenas aullaban. Los miembros de la tripulación, presa del pánico, se agarraba desesperadamente a cualquier cosa que pudiera evitar que fueran lanzados de un lado para otro. Trombas de agua salían de todas partes, arrancando a su paso trozos enteros del navío. En las crujías, ríos de vajilla y de objetos diversos fluían con la potencia de un río desbordado. El agua subía inexorablemente, ahogando las cabinas una tras otra. Los hombres gritaban arrastrados por la corriente. Algunos, sin aliento, todavía corrían, intentando escapar desesperadamente perseguidos por toneladas de agua. Otros, sin fuerzas, se dejaban llevar y desaparecían entre las olas.

Se dio la alerta roja y la orden de evacuación. En los pasillos, un altavoz anunciaba que el petrolero acababa de chocar contra un objeto no identificado. En la cabina que dominaba el navío, el capitán, lanzado contra el suelo, intentaba levantarse. Imposible. El balanceo se lo impedía. John, agarrado a sus aparatos, intentó una maniobra de reequilibrado. Pero el petrolero cabeceaba demasiado. Una fuerza increíblemente poderosa le hacía oscilar de derecha a izquierda. Después, de golpe, como por arte de magia, todo volvió a la calma. El capitán se alzó e intentó percibir el objeto desconocido. El petrolero presentaba una escora de más del veinte por ciento. Pronto volcaría completamente sobre el flanco.

—¡Capitán! ¡Capitán! ¡Se están abriendo grietas entre las calas dos, tres y cuatro, y en la tercera, quinta y novena cisterna, con vías de agua en la totalidad del doble casco! —exclamó el segundo—. A este ritmo, no vamos a aguantar mucho tiempo... Si el corrimiento de la carga de gasoil acentúa más el desequilibrio, podría producir una deformación de la estructura misma del barco. Es decir...

—Gracias, John... gracias... intente llegar hasta las balsas de salvamento como pueda... Ya no le necesito... Adiós.

John, en posición de firmes, golpeó con los talones y salió sin hacerse de rogar, dejando al capitán solo en la sala de mandos. El capitán sabía que ya no había nada que hacer. El navío, reventado, comenzaba a hundirse en las negras y heladas aguas del océano. Sin perder un segundo, el capitán Wood envió una señal de socorro y, en una maniobra desesperada, casi por cargo de conciencia, escrutó una última vez el horizonte, hacia una niebla que, sin embargo, hacía imposible cualquier observación. De pronto, lanzó un grito de espanto.

—¡Dios mío! ¿Pero qué es eso? ¡¡OOOOH!! ¡NOOOO! ¡NO-OO! ¡¡¡SOCORRO!!!

El capitán aulló de terror.

Una forma extraña había surgido fuera del agua. El capitán apenas tuvo tiempo de percibirla, pues la enigmática aparición ya había pulverizado completamente la cabina.

10

El superviviente

EN LA GRAN SALA de mandos de la capitanía de Tromsø, el teniente Kurt Sørensen se comía nerviosamente las uñas. Este marinero rudo e intrépido, famoso patrón del remolcador *Nørdnørge*, gozaba de una reputación de héroe gracias a sus salvamentos en el mar. Sin embargo, esa vez, sabía que su intervención no sería suficiente y que la noche sería larga. Acababa de recibir la llamada de socorro del *Explorer* y no le calculaba más de treinta minutos para llegar al fondo del océano. Así que había que actuar con rapidez. Cada segundo perdido sería una posibilidad menos de salvar a la tripulación. A las 22 horas, hora local, el *Nørdnørge* se internó en la niebla en dirección a la zona del drama. Con sus potentísimos cuatro motores de veintiún mil caballos y su velocidad cercana a los veinte nudos, el mítico *Nørdnørge* llegaría al lugar en menos de veinte minutos. Eso dejaba apenas una decena de minutos para salvar a toda una tripulación de veintiséis personas. Era un gran desafío. A unos centenares de kilómetros de allí, en la base aérea de Bodø, dos helicópteros Lince y Súper Abejorro de la marina noruega con un equipo de curtidos socorristas a bordo, despegaron sin tardanza, seguidos por un avión de reconocimiento marítimo, del tipo Atlántico 2, que fue el primero en llegar al lugar. La niebla era inusualmente densa y convertía la misión en peligrosa y prácticamente imposible. Sólo un potente radar electrónico enlazado vía satélite que había en el avión permitió localizar con precisión el infortunado petrolero. Cuando los equipos de socorro llegaron al lugar asistieron, petrificados, a un espectáculo indescriptible.

—Si tiene que existir el infierno, en verdad se parecería a esto —dijo Kurt Sørensen a su tripulación, reunida sobre el puente.

El barco había sido cortado literalmente en dos. La parte de proa ya estaba desapareciendo. Se hundía en el océano a una velocidad vertiginosa, creando a su alrededor enormes remolinos de gasoil que aspiraban los cuerpos inertes de algunos marinos que, desesperados, habían saltado por la borda. En pocos segundos, el trozo de metal desapareció, tragado por una marea negra que se cerró sobre él como un manto blando y espeso. Milagrosamente, la parte de popa, escorada a lo largo, se mantenía aún a flote. No por mucho tiempo. El teniente Sørensen no podía hacer más que contemplar la amplitud del desastre. Su intervención era inútil. El casco vertía sus veinticinco mil metros cúbicos de petróleo en el océano. La catástrofe ecológica ya estaba consumada. En la helada noche, los dos helicópteros, tras varias piruetas poco afortunadas, se aproximaron con dificultad a lo que parecía ser el puente de popa del navío y los socorristas saltaron a bordo del *Explorer*. Al cabo de unos minutos, el grupo de salvamento reapareció. Llevaban consigo a un hombre: el capitán Wood. El único superviviente de los veintiséis miembros de la tripulación. Volvieron a subir a los helicópteros, que zumbaban como moscardones sobre ellos. Después, el Lince y el Super Abejorro giraron sobre sí mismos y desaparecieron en la niebla. Tras dar algunas vueltas sobre la zona del drama, el Atlántico 2 volvió igualmente a su base. En cuanto al *Nørdnørge*, tras haber lanzado los grandes tubos inflables que permitían cercar la mancha de petróleo, se sumergió tristemente en la noche, dejando hundirse tras él los últimos pecios del *Explorer*.

11

Unas navidades interrumpidas

El fuego crepitaba en la gran chimenea del salón. Grandes llamas rojizas bailaban alegremente exhalando un agradable olor a corteza quemada y a espinas de abeto. Reunidos en torno a una copiosa cena de Nochebuena, los niños, su abuelo, Bob, Ophélie y el suricato, vistiendo todos sus mejores galas, disfrutaban de la comida sin decir palabra. Tan solo se oía el chisporroteo de la leña y el del fuego proyectando brasas contra la rejilla. El pavo relleno de castañas no dejaba lugar a comentarios. Era una obra de arte culinaria que evidentemente tenían que agradecer a Ophélie. Con la sopa de ballena al curry, que había servido de primero, una pura delicia en sí misma, la cocinera se había superado. Entre bocado y bocado, la mujer recibía los halagos de los cinco voraces comensales que repetían una y otra vez, devorando hasta la última migaja. En su esquina, Bob degustaba cada trozo de carne rebañando los bordes de su plato.

—Está delicioso, mi querida Ophélie. Si cocina usted así todos los días, voy a secuestrarla y no volverá a salir nunca de aquí —le dijo el doctor Abelmans mirándola con expresión pícara.

Incómoda, la cocinera se ruborizó y empezó a inflarse. Se parecía a un globo aerostático escarlata, a punto de estallar. En esa noche de fiesta, Ophélie no se había olvidado de nadie, pues hasta Nono tenía también su propia cena de Nochebuena. De pie sobre una silla, entre Tom y Béa, las dos patas delanteras sobre la mesa, el animalito, vestido con una pajarita y una servilleta atada a una pinza en torno a su cuello, devoraba, en una gran ensaladera, malvaviscos tostados cubiertos de miel, su plato preferido. Pero lo que los niños esperaban con impaciencia, era el postre. Cuando llegó el bizcocho de chocolate blanco y mantequilla de caramelo, empezó la batalla campal. Boris y Béa, como de costumbre, se pelearon por el trozo más grande. Todos querían servirse primero. Béa adelantó inmediatamente su plato. Boris le apartó violentamente el brazo para pasar delante. Béa respondió por lo bajo con un fuerte codazo que hizo que su hermano se doblara en dos y se quedara sin aliento, a punto, incluso, de dejar caer el plato.

—¡Augg! ¡Maldita foca! ¡Me las vas a pagar!

En el mismo momento en que quiso levantarse de su silla para pegarla, un vozarrón resonó en toda la sala. Los muros empezaron a temblar. Ophélie, roja de cólera, los ojos exorbitados, el bocio hinchado hasta el pecho, se había transformado en un pez globo enfurecido:

—¡¡YA BASTA!! ¡BORIS! ¡TE ACONSEJO QUE TE SIENTES INMEDIATAMENTE! ¡BÉA! ¡TU COMPORTAMIENTO ES INADMISIBLE EN UNA NOCHE COMO ÉSTA! ¡¡NO ESTAMOS EN LA SELVA, QUE YO SEPA!!

Paralizados, los niños esbozaron un «sí» tímido con la cabeza y hundieron sus narices en el plato, intentando hacerse olvidar.

En el salón podía oírse el vuelo de una mosca. Abelmans, impasible, asistía divertido a la escena. Bob, a quien poco incumbía esa demostración de fuerza, observaba con avidez el pastel que coronaba la mesa y esperaba su turno, paciente pero seguro. Tom y Adèle, procurando evitar atraer sobre ellos la atención de la tormenta, miraban al techo con expresión falsamente despreocupada. En cuanto a Nono, imperturbable, intentaba de-senredarse los bigotes, pegados por culpa de la miel.

Eran las 23,40 horas cuando sonó el teléfono.

—¡Ah! Quizás son vuestros padres que quieren felicitaros la Navidad con antelación —dijo la cocinera.

Ophélie abandonó la sala para ir a responder y volvió instantes después. Atravesó apresuradamente el salón y se inclinó al oído de Abelmans para susurrarle algunas frases inaudibles, que Adèle intentó descifrar discretamente. Abelmans, que se preguntaba quién podría ser el grosero que se atrevía a molestarle en una noche como aquella, frunció primero el ceño. Después cambió de expresión. Se crispó de golpe y su tez se volvió casi lívida.

—Gracias, Ophélie, gracias...

Ophélie se alejó y empezó a quitar la mesa. Abelmans parecía preocupado. Tenía su mirada vacía fija en algún punto del espacio.

—¿Pasa algo malo, abuelo? —preguntó Adèle, a la que extrañó su actitud.

—¿Va todo bien, señor? —añadió a su vez Bob, que conocía bien al doctor Abelmans y sabía cuándo le preocupaba algo importante.

—No... todo va bien, niños. En todo caso no eran vuestros

padres. Gracias, Bob, no tiene de qué inquietarse. Todo está en orden. Gracias. Vamos, es Navidad. ¡Una mala noticia no nos va a estropear una noche de fiesta como ésta!

Justo a la media noche, un extraño reloj de cuco se puso en marcha. Colgado a la derecha de la chimenea, encima del grupo de autómatas, un pajarillo articulado, vestido con un pijama demasiado grande y un gorro de dormir con pompón, surgió de su nido y avanzó saltando sobre una rama. Se detuvo, colocó algunas plumas de su ala con el pico y silbó doce veces seguidas. Al décimo silbido, el pajarito se quitó el gorro de dormir para hacer una reverencia, dio media vuelta y desapareció. En ese momento, un enorme reloj de arena graduado, igual que una clepsidra, giró sobre sí mismo, vertiendo la arena que empezaba ya a caer lentamente hacia abajo. Entonces, los niños corrieron hacia los regalos. Al pie del gran abeto, que rozaba las majestuosas bóvedas, yacían amontonados grandes paquetes. Boris, Tom, Adèle y Béa no tardaron en identificar los suyos. Ante la mirada divertida de Bob y la expresión inquisitiva de Ophélie, que hubiese deseado que todo hubiera estado mejor organizado y quien, a pesar de todo, velaba finalmente para que todo transcurriese bien, los niños abrieron sus regalos. En la euforia general, nadie notó la ausencia de Abelmans.

El anciano se había encerrado en su despacho, una exigua habitación que antaño había servido de celda monacal. La única ventana, tallada en la pared, consistía en una pequeña y estrecha abertura acristalada que daba al océano. Pero la habitación tenía todo tipo de comodidades y avances técnicos: ordenador portátil, teléfono inalámbrico, luz artificial que imitaba la solar y que permitía al cuerpo, durante las largas noches polares, creerse en pleno día e impedir así la secreción de la melatonina, la hormona del sueño... Una biblioteca a rebosar ocupaba la pared del fondo. En el centro, una mesa, sobre la que reposaban los informes pendientes, le servía de despacho. Sentado en su silla de ruedas, Abelmans hablaba por teléfono.

—¿En coma...?

—...

—¿Qué clase de delirio?

—...

—Ah, ya veo... En efecto es muy extraño... ¿Cómo?... El shock ah, sí...

—....

—¿Un ataque de origen desconocido? ¿Qué quiere decir?

—-...

—En efecto resulta muy interesante... ¿Y qué tipo de heridas ha podido usted advertir en el capitán Wood?

—...

—¿Cómo? ¿Puede repetirme eso...?

—...

—¿Enormes marcas redondas por todo el cuerpo acompañadas de quemaduras de tercer grado... del tamaño de un plato? —Abelmans tomaba notas sobre una hoja mientras hablaba —. Según usted, ¿esas extrañas heridas podrían parecerse a las que se observan en los ataques de las medusas, por ejemplo?

—...

—Hum, hum... ya veo, ya veo... —Abelmans escribía como si le dictaran—. Interesante, muy interesante... ¿Es posible visitar al capitán Wood?

—...

—En coma, lo sé, pero... Sí, por supuesto... pero me gustaría que se le examinase... ¿Me autoriza usted?

—...

—Se lo agradezco... Enviaré a Bob, a quién ya conoce usted, creo. Me imagino, vistas las circunstancias del drama, que Wood ha sido puesto bajo estricta vigilancia.

—...

—Por supuesto, por supuesto. Tengo mucho interés... ¿Cómo? ¿Está hablando? ¿Y qué dice?

—...

—¿Siempre la misma palabra? ¿Qué palabra?

—....

—Lástima... Bien, bien, bien... Escuche, amigo mío, le agradezco muchísimo que haya hecho esto por mí...

—...

—Sin duda. Cuente conmigo y con mi completa discreción. Todo será confidencial, eso por supuesto. Nadie verá entrar ni salir a Bob del hospital. Se lo prometo. Sepa que estoy en deuda con usted, querido amigo...

—...

—Lo mismo digo...

—...

—Adiós, querido amigo... Y gracias por haberme avisado tan rápido... Adiós.

Colgó. El doctor Abelmans permaneció pensativo un largo rato. Se debatía entre la excitación y la inquietud. Hacía años que no había experimentado una sensación parecida. Era turbador. Casi extraño. Abelmans sentía un nudo en el estómago. El mismo que había conocido hacía mucho tiempo, en su juventud. Un intenso nudo en el estómago que le hacía latir el corazón. Abelmans se sentía revivir.

Cuando volvió a reunirse con los niños en el salón, los papeles de regalo, las cajas de cartón y demás embalajes alimentaban las grandes llamas del fuego.

—¡Feliz Navidad, niños! —les dijo.

Boris, Adèle y Béa, locos de alegría, saltaron al cuello de su abuelo.

—¿Os gusta?

Las navidades habían sido generosas con los niños: aparte de una buena suma de dinero para sus gastos, habían recibido libros, un bolígrafo de tinta mágica, una linterna de largo alcance, juegos de mesa y juegos de vídeo.

Tom, sentado ante la chimenea, se había apartado ya de los demás. Ojeaba los libros que acababa de recibir. Los *Recuerdos entomológicos* de Jean-Henri Fabre en dos tomos, la *Historia de los animales* de Aristóteles, *La isla misteriosa* y *Dos años de vacaciones* de Julio Verne ya parecían apasionarle. En cuanto a Nono, desfilaba todo orgulloso con su nuevo collar equipado con una brújula electrónica y un barómetro en miniatura. Al pie del abeto de Navidad, ahora vacío, quedaban dos paquetes, apenas visibles, a los que nadie había prestado atención. Abelmans miró primero a Bob y luego a Ophélie, y estos se miraron a su vez.

—Creo que esto es para ustedes... —les dijo.

Emocionados, el mayordomo y la cocinera abrieron sus regalos ante la mirada maliciosa del abuelo. Ophélie recibió un suntuoso «bolso de mano con luz interior». Incrustada en el fondo, una lamparita se alumbraba automáticamente cuando se abría el bolso, lo que permitía ver claramente el interior y no tener ya que vaciarlo por completo para encontrar algo. Un invento genial de Abelmans que turbó a la señorita Dumenton. Acalorada de la cabeza a los pies, Ophélie se ruborizó como una adolescente. Con los párpados palpitantes y la voz temblorosa, dio gracias con un suspiro y se aventuró a dedicarle una mirada tierna y febril. Abelmans le respondió con una sonrisa seductora como sólo él sabía hacer. Bob, recatado, dijo un «Muchas gracias, señor» deferente y caluroso, cuando descubrió con alegría un GPS de última generación que permitiría modernizar un poco su viejo taxi.

Tras haber hablado con sus padres por teléfono, los niños subieron a acostarse. Cansados, se pusieron los pijamas tambaleándose. Boris, Tom y Béa se durmieron en unos segundos. Nono buscó su sitio un momento, se arremolinó contra Béa y se durmió. Sólo se distinguía una bolita de pelo gris que sobresalía de las sábanas y que subía y bajaba lentamente al respirar. Adèle no dormía. Echada sobre su cama, los ojos completamente abiertos, daba vueltas a las terribles palabras que había escuchado esa noche, cuando Ophélie había venido a buscar al doctor Abelmans para que fuese a responder al teléfono: «ataque», «mortal», «hospital», «grave», «inmediatamente». Había otra similar a «bosque» en inglés o algo parecido. No estaba segura. En todo caso, había debido suceder algo importante para que su abuelo abandonase la sala una noche de Navidad. Estaba deseando que llegase el día siguiente para hablar de ello con los demás.

En el exterior, la niebla prácticamente había desaparecido. Una brisa marina soplaba ahora contra los cristales. Desde donde se encontraba, Adèle podía percibir de nuevo el brillo de las estrellas a través de la bruma. En la chimenea, el fuego moría plácidamente. Las llamas de la víspera no eran más que una alfombra de brasas incandescentes que destellaban como luciérnagas. A su alrededor, las paredes y los techos se animaban con reflejos extraños y sombras familiares. Proyectados por la luminiscencia de los tizones, los monstruos de las camas vacilaban como fantasmas. Adèle, acunada por el lejano ruido de las olas, terminó por dormirse.

12

Un misterio

¿«BOSQUE» EN INGLÉS? ¿Pero qué querría decir con eso? —preguntó Béa.

—No lo sé... ¡pero me gustaría saberlo! —respondió Adèle.

—Quizás se ha producido un «ataque» «mortal» en un «hospital» del que no sabemos el nombre y estaría situado en un «bosque» en Inglaterra —apuntó Boris, que intentaba encontrarle un sentido a aquel grupo ilógico de palabras.

Reflexionó un instante y luego dijo en voz alta:

—¡Caballo G en F3...!

Béa empujó un gran caballo de hielo que se deslizó lentamente entre el peón y el alfil y se detuvo tres casillas más lejos. Embutidos dentro de sus trajes polares, sus manoplas de plumón de oca y sus botas forradas, Boris y Béa se enfrentaban a Adèle y a Nono en una partida de ajedrez gigante. El tablero, enteramente constituido por piezas esculpidas en hielo, se parecía a una pequeña pista de patinaje cuadrada de sesenta y cuatro casillas. Estaba situado en un antiguo claustro rodeado de grandes ventanales con vistas al mar, que albergaba un magnífico jardincito a cielo abierto. Lo rodeaba un corredor, formado por columnas unidas entre sí por arcos góticos. Era un sitio magnífico que daba la impresión de estar suspendido en el vacío, entre el cielo y el mar. Potentes proyectores, dirigidos al tablero, expandían una agradable luz amarilla. Alrededor, la nieve, con aspecto de polvo de oro, se teñía de reflejos que brillaban en la noche como diamantes. Desde lo alto de su silla de árbitro, como las que se ven en los campos de tenis, Boris y Adèle observaban la partida, mientras Béa y Nono, en el suelo, esperaban sus órdenes.

—Te toca mover, Adèle —insistió Boris.

Adèle jugaba con las negras, o mejor dicho las verdes, pues, para distinguirlas de las blancas, Abelmans las había congelado con sirope de menta, lo que les daba un magnífico color verde transparente.

—Ya lo sé, ya lo sé, déjame pensar.... ¡Peón D6!

Nono se puso en marcha y empujó con todas sus fuerzas el peón, que se deslizó suavemente hasta el sitio indicado.

—Ajá... ¡la defensa Philidor! Ya veo, ya veo... ¡La señora no se anda por las ramas!

Boris respondió inmediatamente:

—¡Peón en C4!

—¡Buah! ¡Estás jugando sin pensar! —le espetó Béa, que desplazó el peón de mala gana. Yo no hubiese jugado así. D4 era mejor. Ya es hora que de bajes de ahí y suba yo.

—¿Adèle? ¿Juegas?

Adèle estaba preocupada.

—¡No, no y no! ¡Ay! Si sólo... —exclamó Adèle.

Béa levantó la mirada hacia su hermana.

—¿Qué te pasa?

—Que ya sabe que va a perder, je je je...

—Me huelo que está pasando algo grave —dijo Adèle—. ¿Visteis la cara del abuelo ayer, cuando Ophélie vino a hablarle? Y después nos dejó a todos allí y se encerró en su despacho a saber para qué. Todo eso resulta extraño. Aquí hay algo que no marcha bien...

—¿Y si fuésemos a dar una vuelta por su despacho? Quizás podríamos enterarnos de lo que estaba haciendo —exclamó Boris, al que no detenía nada.

—¿Estás loco o qué? —contestó Béa, con tono horrorizado—. Si el abuelo se enterase de que hemos entrado en su despacho, nos colgaría a los cuatro por los tobillos sobre el acantilado hasta que el frío nos convirtiese en cubitos de hielo. Si tienes más ideas tan estúpidas como esa, suéltalas ahora, seguro que te sentirás más ligero...

—Ya estás empezando a hartarme...

—Dejad de pinchaos, os aseguro que no es el mejor momento. Boris tiene razón. La única manera de saber algo más es ir a registrar el despacho del abuelo.

—Pero ¿cómo vamos a hacerlo? —replicó Béa—. Ophélie nos está espiando todo el día. Está al corriente de todo lo que hacemos. Me apostaría lo que sea a que nos está observando con prismáticos desde la ventana de su habitación e intentando leer nuestros labios.

Adèle reflexionó un instante.

—No veo más que una solución...

Boris y Béa la miraron con gran atención.

—...¡hacerlo en plena noche!

—¡Estás loca! —gritó Béa.

—¡Biennn! ¡Guayyy!

—¡Y esta misma noche! ¡No hay tiempo que perder! —añadió Adèle con tono decidido.

Boris saltaba de alegría. Estaba deseando una aventura, y la iba a tener.

Durante ese tiempo, sentado ante un gran fuego de chimenea, Tom leía tranquilamente en su habitación. Las aventuras de los quince chicos naufragados en una isla del Pacífico, contadas por Julio Verne, le apasionaban. Se imaginaba en su lugar. Dos años en una tierra desconocida en medio del océano con una banda de amigos... ¡Su sueño! Sin padres, sin colegio, sin Béa, sin Boris, sin peleas... La paz. La libertad. La auténtica vida. Tom bebió un trago de su *gløogg*, una especie de té dulce con especias, y empezó un nuevo capítulo. El humeante brebaje expandía aromas exóticos que invadían su espíritu y le trasladaban a un mundo imaginario y desconocido, hecho de aventuras palpitantes, de sueños maravillosos y de paisajes lejanos e inaccesibles. Un mundo interior que nunca hubiese deseado abandonar.

Se preguntaba, al igual que Briant, Gordon y Doniphan, los protagonistas del libro, si la isla era en verdad una isla o más bien un continente, cuando su lectura fue interrumpida por unas ganas irresistibles de probar uno de los *lussekatter*, bollos de chocolate aromatizados con azafrán, que Ophélie había preparado para la merienda. Dejó el libro y bajó discretamente hasta la cocina en la que, a escondidas, devoró la mitad del plato. Le había traicionado su glotonería, pero siempre sería posible acusar a Nono o a Béa de habérselo comido todo. Cuando volvía a su habitación, le sorprendieron unos gritos. Se sobresaltó, creyendo que la gorda Dumenton le había pillado con las manos en la masa. Pero las voces procedían de más lejos. Del despacho de Abelmans. Tom atravesó el salón, cruzó un pasillo por la izquierda y, caminando de puntillas, se acercó sin hacer ruido a la puerta del despacho. Se oía una fuerte discusión entre Gérald Abelmans y Bob. Tom pegó el ojo a la cerradura y espió la escena. Bob, de espalda, con los brazos cruzados, se mantenía de pie frente a Abelmans, oculto tras la impresionante estatura del mayordomo.

—Le estoy pidiendo un favor, Bob... ¡Es de la mayor importancia!

—Se lo repito, señor, mañana es imposible. Se lo había advertido...

—Bob, se lo suplico. Quizás esté en juego el futuro de la ciencia...

—Pasado mañana, sin problema.

—Bob... Bob...

—¡No, no y no!

—Pasado mañana quizás sea demasiado tarde... ¿Ha leído usted los periódicos esta mañana? ¡Todo el mundo habla de ello! La marea negra avanza inexorablemente hacia la costa. Es una catástrofe ecológica... *Ellos* lo saben. Ellos intentarán ocultar el asunto. *Ellos* lo volverán a hacer... Como antes. Ya lo sabe. Bob... hágalo por todos nosotros, por los que hemos luchado durante todos estos años...

—¡NO! ¡Pasado mañana!

—En recuerdo del pasado, Bob, en recuerdo del pasado.

—NO.

—Bueno... qué le vamos a hacer. Pero a estas alturas, ni siquiera es cabezonería. Es una tontería. Ay, si pudiera utilizar todavía mis piernas...

—A partir de pasado mañana, podrá usted disponer de mí. Haré todo lo que quiera. Pero mañana, los únicos que podrán darme órdenes serán el oso polar y la culata de mi fusil.

¡Bob, cazador de osos polares! Tom no podía creérselo.

—Pronto no quedará uno solo de sus queridos y tiernos animales, si no acabamos pronto con lo que pienso que es la tragedia del siglo... Hay que reaccionar deprisa, Bob, muy deprisa. Y no va a ser fácil. Porque ellos están ahí, *ellos* han vuelto. Nos vigilan. Nos espían. *Ellos* harán todo lo posible para impedirnos desvelar la verdad. Vamos a estar solos, una vez más, contra *ellos* y el resto del mundo. Vamos ¡váyase! Vaya... Pero me temo que pasado mañana será demasiado tarde... y yo se lo habré advertido.

Tom no se perdió ni una coma. Y cuando, de pronto, Bob se giró y abrió bruscamente la puerta, el chico ya había desaparecido.

13

Abelmans desaparece

SENTADOS EN TORNO a Tom sobre la gran alfombra de la habitación de los chicos, frente a la chimenea, Boris, Adèle, Béa y Nono escuchaban su relato con atención.

—«¡Quizás esté en juego el futuro de la ciencia!» ¿De verdad dijo eso? —preguntó Adèle, dudando—. ¿Estás completamente seguro?

—Completamente. Palabra por palabra. Os lo aseguro.

—En todo caso, debe ser realmente importante para que el abuelo quisiera enviar a Bob... —añadió Boris.

—¡Una marea negra! ¡es terrible! —dijo Béa, preocupada—. Y ni siquiera estamos al corriente... ¿Y Bob? ¿Quién habría podido imaginar que pudiese matar osos polares? —prosiguió la niña, a quien llenaba de tristeza esa visión.

Adoraba a los animales y se sentía traicionada de pronto por un hombre al que creía incapaz de hacer tal cosa y al que siempre había considerado un acérrimo defensor de la naturaleza. Sintió un escalofrío al imaginárselo apuntando con su fusil a un venerable oso blanco.

—Por otra parte, Adèle, puedo contestar a tu pregunta —añadió Tom, orgulloso— Ya sabes, el famoso «bosque en inglés» del que nos hablaste esta mañana...

Adèle abrió los ojos como platos. Estaba en ascuas.

—Pero antes de llegar a eso, tengo que contar las cosas en orden.

Los niños, impacientes, se estrecharon para escuchar en silencio el cautivador relato de su hermano pequeño. Un pequeño fuego crepitaba suavemente, creando una atmósfera cálida y acogedora. La luna, muy alta en el cielo, iluminaba con su pálida luz el tapiz medieval. A lo lejos ronroneaba el océano.

—Cuando Bob se fue, me escondí en el viejo baúl del pasillo, ya sabéis, y estuve esperando un buen rato a que el abuelo saliese de su despacho. ¡Y todavía estoy esperando!

—¿Quieres decir que aún no ha salido? —preguntó Adèle.

—Pues... precisamente... eso es todo un misterio... No sólo no ha vuelto a aparecer sino que ha desaparecido. Se ha volatilizado.

Un escalofrío recorrió el pequeño grupo. En la penumbra de la habitación, Boris, Adèle y Béa intercambiaron miradas de extrañeza.

—¡Oh! Te habrás despistado... y ha debido salir sin que tuvieses tiempo de verle...

—Os digo que, desde donde estaba, era imposible perderlo de vista. Cuando miré de nuevo por el ojo de la cerradura, ya no estaba en su despacho. Abrí la puerta, y la habitación estaba vacía. Ni rastro del abuelo. Había volado.

—Pero ¿adónde ha podido ir, sobre todo en su silla de ruedas? —inquirió Béa.

—Quizás ha salido por la ventana para saltar con una cuerda elástica, ése es un deporte que le encanta —dijo Boris, quien creyó que lo mejor era relajar la atmósfera soltando la primera broma que se le pasara por la cabeza aunque sólo él le viese la gracia.

—Busqué algún pasadizo o puerta camuflada, pero no encontré nada —continuó Tom, con un don natural para contar historias y un arte innato para hacerlas increíblemente cautivadoras—. Entonces oí acercarse los pasos de Ophélie. Recogí rápidamente una carta que había sobre la mesa del abuelo, al lado del teléfono, pensando que podría ser interesante, y subí al dormitorio como si nada hubiese ocurrido.

Tom se levantó, pasó por encima de Nono, que se había dormido acurrucado cerca del fuego, lanzó un leño dentro de la chimenea y volvió a sentarse sobre la alfombra frente a su prima y a sus hermanos, que le observaban con la boca abierta. La luna alumbraba ahora las camas de los chicos. Había trazado, sobre los gruesos edredones, una banda de color azul metálico que serpenteaba a lo largo de las columnas del dosel. Los monstruos de madera, prisioneros de su haz de plata, parecían hipnotizados. Pronto darían las doce de la noche.

—¿Y esa carta? ¿Qué has hecho con ella? ¿Qué decía? —le preguntó Adèle.

—Pues bien... Esa carta... ¡aquí está!

Tom sacó de su bolsillo una hoja doblada en cuatro.

—¡Fantástico! —exclamó Adèle.

—¡Bravo, hermanito! —añadió Boris con una cierta dosis de envidia.

—¡Tom, eres el mejor! —se unió Béa con tono sincero.

Tom se colocó las gafas sobre su nariz como cada vez que se sentía incómodo.

—¡Enséñanosla, pronto! —le animó Adèle a quien Tom tendió la hoja.

Adèle la desplegó y la leyó en silencio.

—¿Y bien? ¿Qué dice? —inquirió Boris, muy excitado.

—Queridos míos, siento deciros que nos equivocábamos completamente y que estábamos muy lejos de comprender la amplitud del drama que se está produciendo. Escuchad...

Béa, Boris y Tom callaron. Rompiendo el religioso silencio, Adèle leyó en voz alta.

—Es una carta del abuelo dirigida al padre Arne Grõnningsaeter del hospital de Tromsø.

Mi querido Arne:

La trágica aventura que ha sufrido el Explorer es algo extraordinario. La tesis según la cual el petrolero se habría hundido solo, por culpa se su mal estado, me parece, si no improbable, por lo menos increíble si nos atenemos al relato que ha realizado el capitán Sørensen y a lo que me dijo usted ayer por teléfono. Pero hay que tener pruebas y hacer todo lo posible para comprender este terrible drama y realizar una investigación seria. Porque, hasta donde sé, no se ha hecho nada en este sentido. Más bien al contrario. Según mis informaciones, se está intentando acallar el asunto. ¡Sorprendente! En el momento en el que una gigantesca marea negra amenaza con contaminar nuestras costas, se cierne un silencio total sobre las causas de tal desastre ecológico. Según el informe que ha llegado a mis manos, estoy en disposición de decirle que el origen de la catás-

trofe no se debe a ningún tipo de error humano o de fallo técnico. Me hago una pregunta al igual que se la hago también a usted: ¿es posible que un petrolero se parta en dos como una cerilla sin razón alguna, en medio del océano con el tiempo en calma? Permítame que lo dude.

Además, estoy muy impresionado por los resultados de su examen relativos al capitán escocés del Explorer, Mr. Forest Wood. Lo que me cuenta a propósito de sus misteriosas heridas («Señales de ventosas de unos veinte centímetros por todo el cuerpo, especialmente en el cuello, espalda, tórax y abdomen, con quemaduras de tercer grado, marcas de cortes profundos en los miembros inferiores y superiores, múltiples hematomas y equimosis circulares sobre el rostro, especialmente a nivel de la mandíbula inferior y del cráneo, traumatismo craneoencefálico...») me intriga profundamente y me hace pensar que no estamos en presencia de un simple naufragio, sino ante un drama de otra naturaleza que personas muy poderosas tienen mucho interés en silenciar. En cuanto a la demencia repentina del capitán, sobrevenida durante su estado de coma y que, según sus propios términos, «se parece a una logoclonia repentina, con articulación verbal espasmódica y repetición de una palabra incomprensible, resultado de un shock psicológico severo...» eso parece confirmar la tesis de un ataque de origen desconocido y de una extrema violencia.

Por esa razón me permito hacer uso de su generosidad y me gustaría hacer examinar lo antes posible al capitán Forest Word. El encargado de hacerlo sería Bob, mi brazo derecho, y, repito, cuanto antes, mejor.

Reciba, querido amigo, el caluroso saludo de un viejo amigo que le necesita.

«He llegado a la conclusión que la búsqueda de la verdad era una locura, porque, una vez encontrada, no sabría a quién contarla», decía Bernardin de Saint-Pierre.

Atentamente suyo,

Gérald Abelmans.

Muy revelador. La carta de Abelmans cayó como una bomba. En la penumbra de la pequeña habitación, los niños permanecieron estupefactos. La carta, y la misteriosa desaparición unas horas antes de su abuelo en el recinto de la mansión presagiaban una amenaza terrible.

—Tu «bosque en inglés» no era otro que el capitán Forest Wood, el superviviente de un naufragio que tuvo lugar ayer noche. Esa era la famosa mala noticia de la llamada telefónica —dijo Tom con tono seguro.

Adèle se sintió tonta.

—¡Mañana nos vamos a Tromsø! —exclamó, como para hacer olvidar que se había equivocado—. Ya que Bob está de caza, iremos en su lugar. Tenemos que ayudar al abuelo.

Tom, Boris y Béa aprobaron la idea. Adèle, con toda la autoridad y el aplomo de un líder, asignó varias tareas importantes. Nono, despertado de su profundo sueño por toda esa agitación, observaba a los cuatro niños con expresión alucinada.

—Tú, Tom, vas a bajar enseguida al despacho del abuelo para poner la carta exactamente donde estaba. Sobre todo no debemos despertar sospechas. (El chico asintió.) Béa, ¿podrás fabricar un carné de identidad escocés falso a nombre de Adèle Wood, sabiendo que sólo dispondrás de unas horas?

—Va a ser un poco justo, pero creo que podré hacerlo.

—Muy bien. Entonces ponte a trabajar inmediatamente. No hay un segundo que perder.

Apasionada por la fotografía y la grafología, Béa era una excelente falsificadora. Concienzuda y meticulosa, era capaz de trucar cualquier foto y reproducir y falsificar los documentos administrativos más diversos (pasaportes, carnés de identidad, carnés de prensa, carnés de policía...). Un don único que siempre asombraba a sus hermanos.

—Tú, Boris, no te olvides de tu MP3 grabador. Recordad que necesitamos pruebas. En cuanto a ti, Nono, nos esperarás aquí, tranquilamente.

Adèle le acarició con ternura la cabeza. El animalito, que parecía comprender todo lo que le decían, adoptó una expresión triste. Sobre sus dos patas, con los brazos caídos, rogaba con la mirada que le llevasen con ellos.

—No, no, no... No intentes ablandarme, Nono. Serías un estorbo allí donde vamos.

El suricato volvió a acostarse delante de la chimenea, refunfuñando. Con el rostro hundido entre sus patas, miraba a Adèle con expresión enfadada.

—¿Y por qué Nono no puede venir con nosotros, si se puede saber? —preguntó Béa.

—Sencillamente, porque un hospital es un lugar en el que está prohibida la entrada de animales. No nos dejarían pasar.

—Nono podría esperarnos fuera... —afirmó Béa, que iba enfadándose poco a poco.

—Escucha Béa, será más fácil si Nono se queda aquí. No le necesitamos, te lo aseguro...

Béa lanzó a su prima una mirada asesina.

—Pues bien, ¡yo quiero que Nono venga conmigo!

—Béa, déjalo, te lo ruego, no te portes como una niña...

—¡No soy una niña! En cambio tú, ¡te pones en plan jefecilla y hay que obedecer todas tus órdenes! ¡La señora dice tal cosa, y hay que hacerlo! ¡Pues no! Eso no funciona conmigo. Nono viene con nosotros, si no yo tampoco voy.

—Pero, Béa, Adèle tiene razón, es imposible... A mí también me gustaría que viniese, pero Nono va a ser un verdadero estorbo —dijo Tom, con tono más bien diplomático.

—Sí, esa bola de peluche estará mejor aquí, durmiendo cerca del fuego... —añadió Boris como a quién le importa un rábano el resto del mundo pero quiere echar algo de leña al fuego.

—¡Ah! Tú también... Ya veo que aquí todo el mundo se pone en mi contra. ¡Muy bien! Gracias, muchas gracias... Claro, cuando Adèle dice algo, hay siempre dos pánfilos haciéndole la rosca. Pues bien, yo no voy con vosotros, y os las arreglaréis solitos para lo del carné de identidad. Vamos, Nono.

El animal, que se sentía responsable de la pelea, se acercó a Béa, avergonzado, las orejas echadas hacia atrás. Béa lo agarró con gesto brusco y se fue a la habitación de las chicas cerrando ruidosamente la puerta.

14

El delirio del capitán

AL DÍA SIGUIENTE, los niños cogieron el autobús de las seis y media para Tromsø. Era el único autobús que pasaba cerca de *Sløttsund* y que daba servicio a los habitantes de las islas Lofoten. La víspera, Adèle, Boris y Tom habían conseguido finalmente convencer a Béa para que renunciase a llevar a su suricato. No fue fácil. Tras una larga discusión e interminables negociaciones, los tres decidieron, para acabar con la pelea, comprarle el pastel que ella quisiera a su llegada a la ciudad. Béa, a la que no había que tomar por idiota y que sabía muy bien que esa promesa era un ardid, exigió que se le diese el dinero por adelantado. Adèle que veía pasar el tiempo y a la que angustiaba la idea de que, en pocas horas, tendrían que levantarse, consintió darle el dinero que había recibido en Navidad. Béa, victoriosa, aprovechó la ocasión. Con expresión condescendiente y desdeñosa, aceptó la oferta. A pesar de ello, todavía estaba enfadada.

Con la mejilla pegada al cristal del autobús, encerrada en un mutismo lleno de revancha, Béa daba la espalda a los demás mientras miraba desfilar el paisaje. Boris y Tom se habían dormido apoyados el uno sobre el otro. Adèle, pensativa, se sentía mucho menos serena. Se preguntaba cómo su abuelo había podido desaparecer y qué le había pasado. Estaba muy inquieta. Antes de salir, se había ocupado de dejar una nota a Ophélie sobre la gran mesa del salón para decirle, sin más explicaciones, que esa mañana habían salido para Tromsø muy temprano.

El autobús circulaba atravesando paisajes grandiosos: inmensas y heladas llanuras, montañas nevadas, abruptos acantilados, poblaciones olvidadas... A veces, el conductor hacía sonar el claxon para advertir a los esquiadores que atravesaban la carretera y se detenía con frecuencia en medio de ninguna parte para recoger a variopintos individuos que, embutidos en su ropa de nieve, querían llegar «a la ciudad». Tras cinco horas de un largo y penoso trayecto, el autobús atravesó un puente colgante sobre el océano, que unía la pequeña ciudad de Tromsø al continente.

—¡Eh! ¡Vosotros dos! ¡Despertad! ¡Estamos llegando! —gritó Adèle a Tom y a Boris, que emitieron un gruñido de oso malhumorado.

Los sacudió enérgicamente. La ciudad, situada sobre una isla al final del puente, extendía su ribete de luces sobre el mar. Cada casa era un punto de color que brillaba en las tinieblas. A su espalda, sobre el continente, las nevadas colinas del fiordo aclaraban el cielo con una pálida blancura. El autobús dejó por fin al grupo de viajeros a la entrada del viejo puente, al pie de la antigua iglesia. En el exterior, la temperatura alcanzaba los quince grados bajo cero. Se sentía la influencia del cercano círculo polar. Los niños se estremecieron. Se embutieron en sus gruesas manoplas, dieron varias vueltas a las bufandas sobre sus cuellos, se calzaron el gorro y caminaron los cuatro a paso decidido en dirección al hospital universitario. Béa, todavía enfadada, arrastraba los pies adrede para retrasarlos.

Atravesaron los muelles. En el puerto descansaban inmensos navíos, altos como edificios de varias plantas, bajo la inquietante presencia de las grúas. En unas horas, todos se marcharían, cada uno por su lado, hacia cualquier lugar del mundo. Ferris, petroleros, portacontenedores y cargueros esperaban ser abastecidos de mercancías. Más lejos, sobre el canal, los barcos pesqueros, deslizándose sobre el agua como espectros invisibles, se cruzaban en la noche como un ballet de sombras chinescas. Algunos volvían tras varias semanas en el mar a descargar su carga de pescado. Otros zarpaban, zigzagueando entre los prácticos que, similares a ratones que arrastran elefantes, guiaban a los grandes cargueros hasta los amarres. En el puerto, el mar, inmóvil, parecía un gran espejo que reflejaba las luces de la ciudad.

Tras recorrer varias callejuelas llenas de encanto, los niños llegaron frente al hospital.

—Bueno, ahora nada de tonterías. Hay que organizarse bien. ¿Todos sabemos lo que debemos hacer? —preguntó Adèle—. Béa... estaría bien que dejases de poner cara de perro.

Béa miró para otro lado, como si no la hubiese oído.

—¿Béa?

—Habíamos quedado en que iríamos a *Olivier* en cuanto llegásemos... —respondió Béa, con tono seco—. ¡Me lo habíais prometido!

Olivier, dirigida por un francés, era la pastelería más famosa de la región.

—Béa, tenemos el tiempo justo, te lo aseguro.

Boris, por una vez con expresión seria, intentó hacerla entrar en razón.

—Te juramos que iremos en cuanto salgamos de aquí ¿verdad?

Tom y Adèle asintieron.

Cuando llegaron a la recepción del hospital, Adèle que, a sus diecisiete años, hablaba con fluidez varias lenguas, y cuya facilidad para asimilarlas fascinaba a sus primos, se presentó, hablando un noruego impecable, como la hija del capitán Forest Wood. La recepcionista observó a Tom y a los demás sin desconfiar. Eran cuatro niños llegados expresamente desde Escocia para ver a su padre en coma. Para borrar toda sospecha, Adèle añadió que su madre, ocupada por el complicado papeleo administrativo, llegaría después, por la tarde. Por el momento, ella y sus hermanos desearían ver a su padre unos instantes. La mujer les pidió la documentación. Adèle, tensa, le mostró el carné de identidad falso que Béa había aceptado finalmente fabricar durante la noche. La recepcionista lo examinó rápidamente y miró un instante a Adèle. Los niños retuvieron la respiración. Con el corazón en un puño, sentían cómo les invadía el pánico a ser descubiertos. ¿Funcionaría aquel engaño? Béa, segura de su trabajo, no parecía preocupada. Sabía que funcionaría. De pronto, la mujer descolgó el teléfono:

—¿Profesor Grönningsaeter? Le llamo de recepción. ¿Podría usted venir, por favor? Le necesitamos aquí... De acuerdo, gracias... —colgó—. El doctor va a bajar... Esperadle aquí, por favor.

Había hablado con tono seco y frío. Los niños, nerviosos, intercambiaron miradas inquietas. Esperar al profesor Grönningsaeter se les hizo interminable. La recepcionista susurró algo al oído del médico, que escrutó a los niños con expresión de sospecha. Luego, ella le mostró el falso carné de identidad, que el hombre estudió con interés.

—Maldición... se fastidió —murmuró Boris.

Adèle y Tom palidecieron como estatuas de mármol. Ya se estaban preparando para salir corriendo cuando el profesor Grönningsaeter avanzó hacia ellos, con el carné de identidad en la mano. Béa permaneció imperturbable.

—Buenos días, niños, estoy muy contento de conoceros.

Ante la sorpresa general, el profesor demostró una gentileza increíble, expresándose en un inglés que los cuatro niños, americanos de adopción, juzgaron excelente. Devolvió el carné a Adèle y acarició la cabeza del pequeño Tom con un gesto afectuoso. Béa, bastante orgullosa de sí misma, sonreía.

—Me imagino la tristeza que debéis sentir por haber tenido que viajar hasta aquí —añadió el profesor con expresión apenada—. Vuestro padre sufre un coma que es consecuencia de un traumatismo craneal debido a un terrible impacto. Pero su vida no corre peligro. Ahora sólo es cuestión de tiempo. Hay que esperar... lo siento mucho. El naufragio de un barco es un acontecimiento grave y en cualquier caso será necesario un largo periodo de restablecimiento psíquico... Por esa razón, no puedo autorizaros a verle hoy. Está bajo vigilancia. Deberéis volver cuando vuestro padre despierte. Yo me encargaré de preveniros personalmente en cuanto esté mejor. Dejad una forma de contacto en recepción. Lo siento de veras...

De pronto, Béa estalló en sollozos. Se estremecía convulsivamente sin poder parar. Boris, Tom y Adèle, boquiabiertos, la miraban sin entender nada. El profesor Grönningsaeter la abrazó para consolarla.

—Oh, mi niña, no llores. No estés triste... Tu papá se va a curar, te lo prometo... Bueno, como excepción, os autorizo a dejaros solos unos minutos con él.

Béa, orgullosa de su numerito, se volvió hacia sus hermanos y su prima y les dedicó discretamente un guiño de victoria. Ellos le respondieron con una sonrisa.

Rodeado por un sinfín de tubos y aparatos de control, el capitán Forest Glenn Wood, ayudado por un respirador artificial, tenía un sueño agitado. Entre los pitidos y el ruido de las máquinas, se le oía farfullar. Los niños, cuando se acercaron a él, dieron un paso hacia atrás al contemplar horrorizados sus terribles heridas. Sus brazos estaban cubiertos de yagas y largos cortes le atravesaban la carne. Su cuello no era más que una repugnante contusión. Su rostro, cubierto por un espeso vendaje, no dejaba entrever más que dos grandes ojos sanguinolentos. Su mandíbula, sólidamente sujeta por una prótesis, parecía que había estallado en mil pedazos. Pero sin duda lo más impresionante eran las marcas de quemaduras en forma circular que cubrían su cuerpo. Era muy extraño. Como si su piel se hubiese fundido por efecto de unas enormes ventosas. Adèle echó un discreto vistazo a través de la cortina de la ventana que daba al pasillo. Los tres policías de servicio, encargados de vigilar al capitán, dormitaban tranquilamente.

—Vamos, no hay tiempo que perder —exclamó la joven, que dirigía la operación con un dinamismo mayor que el habitual.

Como una perfecta profesional, Béa, al igual que un forense

practica una autopsia, sacó su cámara de fotos digital y fotografió hasta el último resquicio del herido. Al mismo tiempo, Boris encendió su dictáfono mientras Adèle y Tom intentaban interrogar al moribundo. En vano. Adèle, políglota experimentada, le habló en distintas lenguas para intentar despertar en él recuerdos profundos. Sin resultado. Le susurraron al oído palabras clave como *Explorer, naufragio, mar, petrolero, drama, ahogado*... para hacerle reaccionar. Nada que hacer. El capitán permanecía mudo como un pez. Los únicos sonidos que emitía eran unos gruñidos inarticulados. Los niños estaban a punto de abandonar cuando, de pronto, presa de convulsiones, el capitán se levantó de un salto gritando. Con las manos crispadas, los pies paralizados y los ojos desorbitados, el superviviente del *Explorer* revivía su terrible drama. ¿Qué había sucedido? ¿Tan terrible era lo que había visto? Los niños se sintieron aterrorizados. De pronto, el capitán se agarró con todas sus fuerzas a las barras de la cama y repitió a toda velocidad, gritando de terror, aquel nombre de estremecedoras resonancias: «¡El KRAKEN! ¡El KRAKEN! ¡El KRAKEN! ¡El KRAKEN! ¡El KRAKEN!» Después, le invadió un último espasmo y volvió a caer sobre la cama como un cuerpo inerte. Cuando, prevenido por los policías, el profesor Grönningsaeter y todo su equipo entraron en la habitación, los niños ya se habían ido.

La vuelta en autobús se realizó en un silencio mortal. Conmovidos, Adèle, Boris, Tom y Béa permanecieron cada uno en su asiento intentando olvidar lo que habían visto. No lo conseguían. La violencia de la escena les seguía invadiendo y permanecería sin duda grabada durante mucho tiempo en su memoria. Béa había olvidado incluso pasar por *Olivier*.

Cuando llegaron a la mansión, fueron recibidos por un comité de bienvenida completamente inesperado. Sentados a la mesa del gran salón se encontraban Ophélie y Gérald Abelmans, los brazos cruzados, la expresión seria, esperando explicaciones. Los niños intentaron justificarse balbuceando y cortándose lamentablemente la palabra unos a otros. El resultado fue confuso, incoherente, una auténtica sucesión de mentiras a cual más gorda. Para defenderse, contaron que la misteriosa desaparición de su abuelo les había afectado terriblemente. Esa justificación, totalmente estrafalaria desde el punto de vista de un adulto, provocó la risa sarcástica de Ophélie e hizo enrojecer discretamente a Abelmans quien, para no desacreditarse, tuvo que mostrarse inflexible.

—Pero ¿qué clase de embustes son esos? ¡Responded! ¡Estaríais dispuestos a matar a vuestros padres para salir del aprieto! ¡Es una vergüenza! ¡Lo que estáis inventando sobre vuestro abuelo roza la difamación! —gritó la vieja cocinera.

Los niños, que ignoraban lo que significaba la palabra «difamación», pero que imaginaban que debía ser una enfermedad grave reservada a los mentirosos de su calaña, bajaron la cabeza.

Los cuatro fueron inmediatamente castigados y obligados a permanecer en sus habitaciones sin comer.

—¡Y QUE NO OS VEA EL PELO DURANTE UN BUEN RATO! ¡DESAPARECED! —concluyó la cocinera, enfurecida, transformada una vez más en un gran pez globuloso.

15

Nono no responde

—PERO ¿DÓNDE HA podido ir Nono? —se preguntó Béa de nuevo.

Desde su vuelta, la tarde del día anterior, los niños no habían vuelto a ver a su suricato. Decididamente, las desapariciones en la mansión se estaban convirtiendo en algo corriente.

—Resulta increíble que nadie lo haya visto —añadió—. Estoy convencida de que se ha escapado y de que no volverá. Le habrá molestado que le dejásemos aquí solo y se ha marchado... Estaba segura. No debí haceros caso. No lo volveremos a ver por vuestra culpa.

Sentada sobre la cama, la cabeza entre sus brazos, Béa lloraba.

Adèle se acercó para consolarla, pero Béa la rechazó bruscamente y redobló su llanto.

—¡Ya nos estás hartando con tu animalucho! No hablas más que de eso desde ayer por la tarde. ¡Cambia el disco, que vas a acabar rayándolo! —exclamó Boris, que había perdido la paciencia.

—¡Eh, Boris, cállate ya! Cálmate —contestó Adèle con tono autoritario, aunque parecía igual de nerviosa.

—De todas formas, es una extraña coincidencia... —apuntó Tom que, a pesar de estar inmerso en la apasionante lectura de Julio Verne, no dejaba de escuchar la conversación desde la habitación de los chicos.

—¿Qué quieres decir con eso? —preguntó Boris.

—Primero, la desaparición del abuelo; después, la de Nono. Y todo en la misma semana... Hay de qué sospechar...

—¿Quieres decir que Nono podría haber sido secuestrado?

—Yo nunca he dicho que el abuelo había sido secuestrado...

—¡Pues yo os digo que Nono se ha marchado, que estaba harto de todos vosotros! —gritó Béa, que se echó a llorar de nuevo.

—¡Ya estamos otra vez! Bufff...

Boris prefirió encerrarse en su habitación con Tom. Cerró de un portazo y se tumbó en la cama con un videojuego. En la habitación de las niñas se oía a Béa sollozar.

—Suénate la nariz, Béa, por favor —le ordenó Adèle, irritada.

Los cuatro niños habían sido severamente castigados. Habían recibido la orden de no abandonar sus habitaciones durante todo el día. Ophélie les subiría la comida en bandejas que dejaría en el descansillo de la escalera. Se palpaba el nerviosismo desde esa primera hora de la mañana. Se sentía cómo entre ellos crecían tensiones y rivalidades. Empezaban a formarse clanes. De las palabras se pasaba rápidamente a las manos, y de las manos a las lágrimas. Apenas levantados, Tom, Boris y Béa habían estado a punto de pelearse. Adèle, cansada, había renunciado a hacer de guardián. Los cuatro niños habían decidido finalmente dejar de hablarse. Aislados cada uno en su rincón, se ignoraban. Y no eran más que las diez de la mañana. La jornada se predecía larga.

—¡Dios mío!

Sentado a la mesa, ante su habitual plato de arenques frescos, Abelmans no daba crédito a lo que leía. En el *Boreal News*, el periódico local que Ophélie acababa justo de traerle, se anunciaba en primera página la muerte del capitán Wood.

—Escuche esto, Bob...

MUERTE Y MISTERIOSA DESAPARICIÓN DEL CAPITÁN WOOD.

Tras haber sido encontrado muerto en su habitación del hospital de Tromsø por el equipo de guardia, ayer noche a las 23,30, el cuerpo del capitán del Explorer, Forest Glenn Wood, desapareció misteriosamente minutos más tarde. «Cuando llegué para realizar la visita de control, el paciente escocés ya no respiraba. Los tubos de las perfusiones habían sido arrancados, el electrocardiograma, desenchufado. Entonces avisé inmediatamente al profesor Arne Grönningsaeter —jefe del servicio de reanimación de la UCI de Tromsø— que no pudo más que constatar el fallecimiento», explica Selma Samundsen, enfermera en el hospital, que no duda en añadir: «En mi opinión se trata de un asesinato, no tengo ninguna duda.» Una muerte que aún resulta más extraña si se tiene en cuenta que, en el momento en que iban a retirar el cuerpo, el equipo de asistentes constató con estupefacción que había desaparecido.

Único superviviente del terrible naufragio del petrolero que costó, hace tres días, la vida a los veinticinco miembros de la tripulación, el capitán Forest Glenn Wood, escocés de 55 años, estaba sumido desde entonces en un coma artificial para atenuar su sufrimiento, un coma que, según el profesor Arne Grönningsaeter, «no ponía en ningún momento su vida en peligro». En opinión de este último, el capitán del Explorer tenía incluso «todas las posibilidades de sobrevivir. No logro entenderlo».

Esta muerte repentina y la increíble posterior desaparición del cadáver del capitán son totalmente incomprensibles y enturbian un asunto mucho más complicado y enigmático de lo que parece. En efecto, tras la admisión del capitán escocés en su unidad, el profesor Arne Grönningsaeter ha sido acosado y ha recibido en varias ocasiones amenazas telefónicas referentes al capitán. Las sospechas se centran en militantes ecologistas extremistas, en protesta por la gigantesca marea negra que se cierne actualmente sobre nuestras costas.

El capitán fue, pues, inmediatamente puesto bajo la vigilancia de tres policías que montaban guardia día y noche ante la puerta de su habitación. Largamente interrogados durante la noche, los tres funcionarios afirmaron no haber constatado nada anormal ni haber visto a nadie entrar o salir de la habitación, salvo a las enfermeras de guardia y al profesor Arne Grönningsaeter, actualmente interrogados por la policía, además de los cuatro hijos del capitán, venidos de Escocia para visitarle ayer por la tarde. Los tres policías volverán a ser interrogados en las próximas horas por el juez encargado de la instrucción. Se ha abierto una investigación que intentará explicar cómo puede desaparecer un cadáver ante las narices de tres agentes de policía de servicio sin que estos se den cuenta. Una investigación que arrojará, esperémoslo, luz sobre esta rocambolesca y sórdida historia.

Anneli Ansen.

Abelmans, estupefacto, dejó caer su tenedor. Bob cogió el periódico.

—Lo sabía. Lo presentía. Ya no hace falta que se apresure, Bob. Puede dejarlo... Hemos perdido la primera oportunidad...

Abelmans dio un puñetazo sobre la mesa.

—¡Maldita sea!

—Lo siento, señor...

Bob se sentía confuso. Ayer todo era posible. Ahora, sin embargo, era demasiado tarde. Si lo hubiese sabido... Se lo reprochaba con amargura. Si hubiese sido consciente de la importancia de esa misión, hubiese anulado su caza. En lugar de eso, se había empecinado en creer que aquello no era más que el capricho de un anciano que echaba de menos la aventura.

—Déjelo, Bob. El mal está hecho. Pero consuélese, quizás esta historia no acabe aquí... Aunque el capitán Wood ya no pueda testificar sobre *ya sabe qué*, encontraremos tarde o temprano alguna pista que nos demostrará su existencia. En todo caso, hemos aprendido al menos algo esencial con este asunto, y es que nuestros enemigos están alerta, Bob. *Ellos* han vuelto, más poderosos que nunca. ¡Y *ellos* no retrocederán ante nada!

Bob se estremeció. Presentía un gran peligro. Un peligro cercano, inminente.

Después, de golpe, el rostro del viejo Abelmans se iluminó.

—¡Bob! ¡Deprisa! ¡Páseme el periódico!

El anciano agarró de nuevo el *Boreal News*, releyó el artículo de una ojeada y levantó la cabeza estallando de alegría.

—¡LOS NIÑOS! Bob... ¡LOS NIÑOS!

Bob pensó un instante, y después esbozó una amplia sonrisa.

—Creo, señor, que a partir de ahora habrá que contar con ellos.

—Yo también lo creo... —respondió Abelmans con tono de satisfacción—. Esos cuatro granujillas son aún más despiertos de lo que me imaginaba —añadió, muy orgulloso—. Y su desobediencia de ayer es prueba de ello. Ha llegado la hora de levantarles el castigo. Desde ahora, velaremos secretamente para que no les pase nada...

Bob y Abelmans sellaron ese pacto improvisado con un guiño de complicidad.

16

El pasaje secreto

EN CUANTO SE VIERON libres de su encierro, Adèle, Boris, Tom y Béa corrieron hasta el jardín. Según su abuelo, que se había tenido que inventar un pretexto cualquiera para no perder su credibilidad, los niños debían su liberación anticipada al «Tío Bob». Había sido él quien, a fuerza de argumentos convincentes, había defendido su causa y obtenido finalmente la indulgencia de Abelmans. Debían agradecérselo de verdad porque no había sido nada fácil. Evidentemente, Ophélie se había opuesto con tenacidad al levantamiento del castigo. Pensaba que unos días encerrados serían beneficiosos para todo el mundo. Al final tuvo que ceder.

En el exterior estaba nevando. El cielo era pálido y tranquilo. En el gran parque, situado a la entrada de la mansión, los niños libraban unas alborotadas batallas de bolas de nieve. Tom y Adèle, grandes estrategas, se enfrentaban a los intrépidos y ofensivos Boris y Béa. Se les oía reír y gritar de alegría en el silencio de la noche.

Cuando por la tarde regresaron a sus habitaciones para cambiarse, una pregunta les seguía atormentando. ¿Dónde habría podido ir Nono? El animal seguía sin aparecer.

—¿Creéis que deberíamos contárselo al abuelo? —preguntó Béa, la más apesadumbrada por aquel asunto.

—Creo que cuanto menos digamos, mejor para todos —replicó Adèle.

—¡Eso! ¡No tengo ganas de pasar más días enclaustrados en el dormitorio por culpa de los caprichos de un peluche! —añadió Boris, con cierto tono provocador.

—Lo mejor sería registrar toda la mansión, habitación por habitación —propuso Tom, que no perdía ocasión de correr nuevas aventuras—. Si Nono se ha escondido, acabaremos por encontrarlo. Algunos malvaviscos bien colocados... ¡y creo que caerá en la trampa!

—Esperaremos a que todo el mundo se acueste... —insistió Adèle.

Tras una cena más bien glacial, durante la cual nadie se dirigió realmente la palabra, los cuatro niños subieron a sus habitaciones para organizar su plan de ataque.

—Hay que ser ordenados y empezar de forma lógica —precisó Tom, que había contado no menos de treinta y cuatro habitaciones en la mansión.

—¡Nos vamos a pasar la noche buscando! —exclamó Béa, que ya se sentía cansada con antelación.

—¡Así harás un poco de ejercicio, gordinflona! —le atacó Boris—. Si pierdes cien gramos por habitación que visites, podrías adelgazar tres kilos en una noche... lo cual sería un récord en tu caso. Pero te aseguro que, por desgracia, eso no cambiaría nada tu silueta.

El golpe partió como un rayo. Boris, doblado en dos, se quedó sin aliento. No conseguía respirar.

—¡Eso por los kilos de más!

—¡Basta ya! ¿Podemos hablar seriamente? —Adèle levantó la voz.

Boris, las manos en el vientre, lanzó a Béa una mirada de venganza.

—Tendremos que dividirnos en dos grupos —continuó Tom, imperturbable—. Propongo que, en beneficio de la operación, Boris y Béa no estén juntos... —miró a Adèle—. Creo que todo el mundo estará de acuerdo ¿no?

Adèle asintió.

—Béa, tú vendrás conmigo. Boris, tú irás con Tom.

Nadie se opuso a la decisión de Adèle.

En medio de la oscuridad, en pijama, armados con linternas y teléfonos portátiles a modo de talkie-walkie, los dos grupos se dispusieron a registrar por separado la mansión. Era casi medianoche. Un angustioso silencio reinaba en el castillo. Habían acordado que Tom y Boris se ocuparían del ala norte. Y que las chicas se dirigirían hacia el ala sur. Era la parte inhabitada y la que contaba con mayor número de habitaciones, casi todas ellas salas vacías y frías, en las que se amontonaban muebles antiguos cubiertos con grandes sábanas blancas. Allí también se encontraba la «sala de armas», llena de armaduras auténticas, espadas, ballestas, lanzas, arcos, cuchillos, alabardas, clavas, mazas y hachas terroríficas dignas de un museo de guerra medieval. En esta parte del castillo, Abelmans almacenaba igualmente viejas pinturas, lienzos sin valor que tapizaban las cuatro paredes de una sala de techo medio hundido y suelo levantado. Sin embargo, podía distinguirse entre ellos un magnífico Le Sidaner original, así como un inédito de Corot cuya autenticidad nunca había podido probarse. Había sido allí también donde Abelmans, en su juventud, había instalado un taller de escultura cuyas grandes ventanas ojivales se abrían al mar. El lugar, abandonado desde hacía mucho tiempo, estaba poblado de estatuas de todos los tamaños, en su mayoría inacabadas, y que, a la luz de las linternas, parecían cobrar vida por primera vez después de treinta años. Allí estaba también la torre del Cañón. Una torre cuadrada de unos veinte metros de alto, constituida por una escalera de piedra y un ascensor central que permitían acceder a la terraza donde un viejo cañón solitario vigilaba tristemente el océano desde hacía siglos. Era el punto más elevado de la mansión. Desde arriba, el panorama de 360 grados ofrecía una vista excepcional de las montañas de las islas Lofoten y del mar.

El lado de los chicos era la parte habitada de la mansión. Allí se situaban el gran salón, los dormitorios de los niños, de Ophélie, de Bob y del abuelo, la cocina, el gabinete de curiosidades, el claustro, el despacho de Abelmans, la cámara de los escribas y toda una multitud de antecámaras, pasillos, habitaciones misteriosas y lúgubres sótanos en los que los niños no se aventuraban jamás. Estaba, por ejemplo, la sala de torturas, una habitación extraña, sin ventanas, situada sobre el vacío, en cuyo fondo había, tallada en la piedra, una trampilla en forma de rendija, parecida a un matacán, que permitía en otra época arrojar a los prisioneros vivos desde lo alto del acantilado. O también ese siniestro sótano, llamado la «madriguera de la bruja», en el que, muchos siglos atrás, una joven acusada de brujería fue encerrada durante años en una terrible jaula de hierro suspendida del techo.

Tras haber explorado concienzudamente todos los rincones de la mansión, los dos chicos seguían con las manos vacías. Nono había desaparecido completamente. De pronto, Tom se quedó quieto.

—Boris... ¿Has oído? —le dijo en voz baja.

—¿QUEEE? —le respondió su hermano, gritando.

—Chisss...

—¿Qué pasa? ¿Tienes miedo de despertar a los muertos? Idiota, es mi móvil... Béa me envía un mensaje.

Lo leyó en voz alta.

«Akí fin. Sin Nono. Snif. Y vostr?»

Boris le respondió con una rapidez sorprendente. «Idem. Queda despacho. Ns vms allí. La prxma vez te comprará un gato disecado. :)»

—Muy gracioso, tu chiste, Boris... de muy buen gusto, me ha dado un ataque de risa —le soltó Béa con tono seco y sarcástico en cuanto se reunieron ante la puerta del despacho de Abelmans.

—¡Eh, ya vale! ¡Dejadlo ya, vosotros dos! —exclamó Adèle.

—¡CHISSSS! —dijo Tom—. ¡Escuchad!

Los cuatro niños callaron.

—¿No lo oís? —insistió Tom—. ¡Escuchad mejor!

Y de nuevo aguzaron el oído.

—Se diría que alguien está arañando desde el otro lado... —precisó Boris.

—¡Escuchad! —dijo Adèle—. Parece un gemido.

—¡Nono! Es él, es Nono...

Béa estaba loca de alegría.

—¡Vamos! No perdamos el tiempo —ordenó Adèle, que quería mantener su papel de jefe—. Béa... es tu turno.

La puerta del despacho carecía de pomo. Para abrirla se necesitaba, pues, una llave.

Béa se arrodilló y sacó de su bolso un gran destornillador. Ayudada por los otros tres, que apuntaban sus linternas sobre ella como si se tratase de una operación quirúrgica complicada, Béa retiró delicadamente el tornillo de la tapa de la cerradura y hundió el destornillador en el ojo de la puerta. Sin resultado. El destornillador no era lo suficientemente largo para hacer girar el mecanismo.

—Tom, pásame la radiografía. Y apagad las luces, os voy a necesitar.

El chico sacó del bolso una radiografía sustraída unas horas antes entre las cosas de su abuelo, previendo eventuales puertas cerradas. Béa deslizó la radiografía entre la puerta y el marco y la subió suavemente a lo largo de la cerradura.

—A la de tres, empujáis la puerta con las manos todos al mismo tiempo. Atención... uno... dos... ¡tres! ¡Vamos, empujad!

Boris, Adèle y Tom empujaron con todas sus fuerzas intentando hacer el menor ruido posible, mientras Béa hurgaba en la cerradura con ayuda de la radiografía.

De pronto, se escuchó un clic y la puerta se abrió como por encanto.

—Bravo, Béa, eres un as —le dijo Tom.

—¡Genial! —exclamó Adèle.

—Sí, no está mal... nada mal... —añadió Boris, que siempre

tenía algo que objetar cuando se trataba de los logros de su hermana gemela.

Cuando entraron en la pequeña habitación, todo estaba en calma. En el exterior, la nieve caía en grandes copos y se había acumulado formando montones sobre los bastidores de la pequeña ventana. Adèle volvió a cerrar la puerta con rapidez. Los niños encendieron entonces sus linternas con las que barrieron toda la estancia para descubrir al suricato. Las sombras se movían rápidamente sobre las paredes.

—¿Nono?

Los gemidos, junto con el ruido de quien rasca nerviosamente, se redoblaron.

—¡Viene del otro lado de la pared! ¡Allí!

Boris apuntó con su índice a la biblioteca situada en la pared del fondo. Los niños se acercaron sin hacer ruido.

—Debe ser una biblioteca de doble fondo y Nono ha quedado atrapado en el interior —explicó Béa, que ya estaba quitando los libros uno por uno.

—¡Son falsos!

Béa blandió una caja de cartón hueca adornada con una hermosa tapa de cuero rotulada con líneas doradas y flores. Una perfecta imitación de un libro antiguo.

—¡Increíble! ¡No hay ni uno de verdad! —confirmó Adèle, que sostenía entre sus manos una pila de libros tan ligera como un bloque de poliestireno.

Los niños se pusieron a vaciar todos los estantes hasta que, de pronto, Boris dejó escapar un grito.

—¡Mirad!

—Pero ¿qué es eso? —se extrañó Adèle.

Detrás de una fila de libros, incrustada en la pared, apareció una pequeña pantalla táctil. Adèle la rozó débilmente. De inmediato se encendió y proyectó una cegadora luz roja que alumbró los intrigados rostros de los niños, dejando el resto de la habitación en una inquietante penumbra. Un mensaje parpadeante apareció a continuación sobre la pantalla: «Identidad no válida», «Identidad no válida»...

—¡Extraordinario! ¡Es una pantalla de reconocimiento digital que controla el acceso a un pasaje secreto! —concluyó Béa.

Los niños no sabían qué hacer. En el silencio de la pequeña habitación, Nono, prisionero en un sitio misterioso, todavía desconocido, gemía para que le liberasen.

—¡Guauuu...! —exclamó Boris, fascinado por ese descubrimiento inesperado.

—¡Fan-tás-tico! —añadió Adèle, que no podía creer lo que estaba viendo.

—Ahora nos falta saber qué vamos a hacer... —dijo Tom, mucho más pragmático.

En el momento en el que Tom quiso acercar su dedo a la pantalla, Béa le detuvo.

—¡Eh, eh, eh...! No toquéis nada... el sistema debe estar previsto para bloquearse definitivamente tras varios intentos fallidos.

—Entonces ¿qué vamos a hacer? —se inquietó Boris, que ardía de impaciencia por poder penetrar en el pasaje secreto.

—Me está rondando una idea... Esperadme... Voy a buscar algo al dormitorio.

Minutos más tarde, Béa volvió con una bolsa llena de objetos.

—Pero ¿qué es todo eso? ¿Qué vas a hacer? —preguntó Boris,

intercambiando una mirada de asombro con Tom y Adèle, que no sabían más que él.

—Voy a proceder a la recogida de las huellas digitales del abuelo. No es una operación muy complicada en sí misma. Basta simplemente con un poco de rigor y de concentración.

Béa había cambiado completamente de tono. Llevada por su pasión, se había transformado en una auténtica experta, hábil, ingeniosa y segura de sí misma.

—¡¿CÓMO?! ¡¿Vas a hacer QUÉ?!

—Una huella digital es una mezcla de sudor, de piel muerta, de grasa y de polvo que se posa dejando un dibujo único y propio de cada uno de nosotros, reproduciendo a la perfección los surcos de la piel...

A la vez que hablaba, Béa aplicaba delicadamente sobre la pantalla táctil una película plástica transparente autoadhesiva, que despegó muy despacio, al cabo de unos segundos.

—Ahora, Adèle, dame tu dedo.

Adèle la miró extrañada.

—Hace un momento tocaste la pantalla. Así que debo tomarte la huella para compararla con las que se encuentran sobre la película y diferenciarla de la del abuelo.

Con una habilidad que impresionó a todos, Béa tomó el dedo de Adèle, lo llenó de tinta y lo aplastó con un movimiento muy preciso sobre una hoja prevista a tal efecto. Tras haber determinado la huella digital de su abuelo, Béa, a la luz de las linternas y bajo la mirada fascinada de los otros tres, vertió sobre la película plástica un espeso gel que se secó instantáneamente.

—¡Ya está! —gritó, victoriosa—. ¡Tengo el dedo del abuelo!

Boris, Tom y Adèle estaban boquiabiertos.

—Por suerte para mí, el abuelo no utiliza tecnología punta —dijo bromeando—. Con un sistema de reconocimiento del iris, habría tenido que arrancarle un ojo mientras dormía...

En el exterior, la nieve, compacta, se pegaba a los cristales de la pequeña ventana. En la habitación, la noche se había hecho más densa, más espesa, aún más inquietante. Era un momento crucial. Béa se acercó a la pantalla táctil y presentó la falsa huella de Abelmans. Los niños retuvieron la respiración. En el silencio absoluto, se oía el latir de sus corazones. Petrificados, esperaban que algo sucediese.

De golpe, se oyó una especie de clic. Un ruido de cerradura que se abre. El panel de la pared en el que se apoyaba la librería giró sobre sí mismo y descubrió la entrada a un misterioso subterráneo.

17

La cripta de los secretos

—¡NONO! —GRITÓ BÉA, loca de alegría.

Nono saltó al cuello de los niños, pasó de brazo en brazo, lamió frenéticamente a sus cuatro liberadores que, felices por haberle encontrado, le acariciaban afectuosamente. Libre. Por fin libre. Después de un día entero encerrado tras un muro, el animal dejaba escapar toda su alegría. Béa le tomó entre sus brazos y le estrechó con fuerza. El animal frotó con ternura su frío hocico contra la nariz de su dueña. Después, se metió en la mochila de Béa, de la que sólo sacó la cabeza, y se acurrucó confortablemente antes de dormirse como un bebé.

Pero la extrañeza, la estupefacción que se podía leer en las caras de los niños habían hecho olvidar ya la euforia del reencuentro. Una largo subterráneo en forma de bóveda, débilmente iluminado por antorchas cada diez metros, se extendía ante sus asombrados ojos. Las paredes rezumaban humedad. En el techo, las telarañas estaban cubiertas de gotas de agua. En el suelo habían sido instalados unos raíles eléctricos, adaptados probablemente a la silla de ruedas de Abelmans con el fin de permitir su desplazamiento. De pronto, un ruido sordo les sobresaltó. Cuando se dieron la vuelta, el trozo de pared mecánico de la librería se acababa de cerrar solo. Estaban, pues, prisioneros en un misterioso subterráneo que no sabían a dónde les llevaría. Sin más elección que la de avanzar, los niños se pusieron en marcha en fila india, con un nudo en el estómago, a lo largo del siniestro túnel que no acababa nunca, lanzando miradas inquietas aquí y allá. El eco de sus pasos se propagaba por la galería. Al final, tras varios minutos de marcha, descendieron por una escalera de piedra con mucha pendiente, a lo largo de la cual estaba fijada una rampa que permitía a la silla de ruedas de Abelmans deslizarse sin problemas. Tom contó cuarenta y siete escalones antes de llegar ante una gruesa puerta que Béa no tuvo ninguna dificultad en abrir. Después bajaron de nuevo varios escalones.

—¡Guaauuuuu! —gritó Boris.

Se quedaron subyugados. Una sala inmensa se abría ante sus ojos. En la penumbra, las brasas aún vivas de un fuego de chimenea salpicaban la habitación con reflejos rojizos. Robustas columnas sostenían argos góticos de varios metros de alto. Era una cripta muy antigua, de dimensiones impresionantes. El suelo de la sala estaba cubierto por losas irregulares de granito. Sobre el muro del fondo, estrechas rendijas talladas en la roca servían de ventanas. Tras ellas se extendía el abismo: ciento diez metros de vacío y, en el horizonte, la noche, el océano. La cripta parecía una auténtica leonera. Llena de multitud de objetos diversos, de muebles, sillones, cofres, aparatos electrónicos e informáticos de todo tipo, era una curiosa y fascinante mezcla de antigüedad y del último grito en productos de alta tecnología. Sobre la gran mesa de trabajo que reinaba en el centro de la habitación, frente a la chimenea, varios ordenadores permanecían encendidos. Informes y demás papeles estaban esparcidos por doquier.

Pero lo más impresionante de todo era la gigantesca biblioteca que cubría los muros. Formada por varios miles de obras, bien apretadas unas contra otras, se extendía hasta el techo. Varias escaleras deslizantes, acopladas a elevadores, permitían acceder a todas las estanterías. Los niños, con la boca abierta, se quedaron plantados ante ella. Todos los libros estaban meticulosamente clasificados por género, por autor, por siglo, por país. La recorrieron rápidamente con la mirada. Estaba repleta de libros extremadamente raros y excepcionalmente diversos. Homero, Aristóteles, Buffon, Fabre, Darwin, Freud o Einstein se codeaban de igual a igual con Voltaire, Rousseau, Flaubert, Sartre, Proust o Montaigne; Nietzsche, Hegel, Hobbes o Platón. A estos se les unían los grandes nombres de la novela de aventuras como Julio Verne, Edgar Poe, Conan Doyle, Maurice Leblanc, Defoe, J.K. Rowling, Allain y Souvestre o Alejandro Dumas. Eso sin contar los numerosos ensayos, biografías, memorias y diarios íntimos que se unían a la larga lista. Tom estaba extasiado. Lo más impresionante era que cada libro había sido leído, releído y estudiado muchas veces.

Pero lo que más atrajo su atención fueron las extrañas cajas de cartón que, a centenares, abarrotaban los estantes de la biblioteca. Sobre cada una de ellas se podía ver la imagen de una extraña criatura, bajo la que se inscribía el curioso nombre que parecía corresponderle. Yeti, Monstruo del Lago Ness, Dragones comehombres, Chupacabras, Big Cats, Olgoi-Khorkhoi, Mapinguari, Tortugas Gigantes, Serpientes Colosales, Mokele Mbembe, Arañas de mar secuestradoras, Anélidos de las arenas, Unicornios, Almasty, Rinogrados, Homo Pongoide, Megamouth, Varano de Komodo... Los niños se encontraban frente a un tesoro inestimable. Ante ellos se encontraban cuarenta años de intensos estudios y de encarnizado trabajo. Una suma de documentos única en el mundo que contaba con más de cincuenta mil informes constituidos por recortes de prensa, fotos, testimonios, dibujos, películas de videoaficionados, crónicas de misiones, informes secretos, muestras, resultados de autopsias... Todos los archivos de la criptozoología, desde Aristóteles hasta nuestros días, estaban reunidos allí, en esa cripta. Era el fruto de toda una vida, el resultado de un enorme sacrificio. Abelmans había consagrado toda su existencia a la búsqueda de Críptidos, esas criaturas misteriosas que pueblan el planeta y sobre las que la ciencia rechaza admitir su existencia. Enterrando dogmas, poniendo en duda creencias bien arraigadas, los increíbles descubrimientos de Abelmans le habían traído la desgracia. Fueron los que desencadenaron la hostilidad general y le habían valido el desprecio de sus colegas, el rechazo y el destierro. Era toda esa Verdad, acumulada durante años, y que abarcaba varios siglos, la que los niños tenían ahora, sin saberlo, ante ellos. Los cientos de miles de archivos que se alzaban hasta las bóvedas encerraban terribles secretos. Los terribles secretos del pasado de su abuelo.

Mientras Tom ojeaba ya algunos libros al azar, Boris, Adèle y Béa inspeccionaban meticulosamente el resto de la cripta.

—Debemos estar justamente bajo el salón —dijo Boris mirando al techo—. El conducto de la chimenea se corresponde.

—¿A cuántos metros creéis que estamos bajo la mansión? —preguntó Béa, a la que todo aquello tenía fascinada.

—Quince, quizás más —respondió Adèle, que había hecho un rápido cálculo en función de los escalones que habían bajado.

—Y pensar que nos reíamos del abuelo, porque creíamos que ni siquiera sabía lo que era un e-mail... —dijo Boris, señalando cuatro potentes ordenadores conectados entre sí.

En el fondo de la sala, sobre un pupitre entre dos ventanas, un libro de gran formato atrajo la atención de Boris. Era una obra muy antigua de unos cincuenta centímetros de alto con tapas serigrafiadas en oro y refuerzos de metal en las esquinas. Una pesada cadena, fijada a la encuadernación por un lado y al pupitre por el otro, impedía moverlo de su sitio. Boris lo abrió. En la primera página, encuadernada en piel, se podía leer:

Libro de las Runas

Alfabeto, gramática y diccionario rúnico

por

Thibaud d'Assigny, obispo de Orleans

En el año

MCDLIII

Un texto en dos columnas se extendía después en cientos de páginas, entrecortado a veces por misteriosos signos de aspecto cabalístico, ordenados en tablas, que correspondían a las letras de un alfabeto desconocido.

a b d þ ð e f g h ï k ŋ o p q r s t u v y z æ ø

Boris, que no entendía nada, cerró el libro y se unió a Adèle y a Béa, agrupadas en torno a una gran mesa central que parecía servir de despacho. Al lado de los ordenadores, en medio de un revoltijo de libros y papeles, se encontraba una de esas grandes cajas de cartón, pero sin imagen, que llevaba, escrito con la letra de Abelmans, un nombre que hizo estremecerse a Adèle.

—¡Pero bueno...! ¡Venid a ver!

Arrancado de su lectura por esa exclamación repentina, Tom se precipitó hacia la gran mesa. Inclinados sobre el hombro de Adèle, los tres niños se quedaron sin habla. Sobre la caja podía leerse en mayúsculas: «KRAKEN».

18

La terrorífica criatura

SENTADOS CON LAS piernas cruzadas ante la chimenea, sobre una vieja alfombra, los niños examinaban en secreto, a la luz de las brasas, la misteriosa caja. Nono, al que Béa había sacado de su mochila, se había vuelto a dormir, arrullado por los murmullos, ante la piedra todavía tibia del hogar. Había que darse prisa, pues la hora avanzaba y el temor a ser sorprendidos les aterraba. En cuanto oían un crujido de la madera o el sonido del ventilador de un ordenador que se ponía en marcha, se sobresaltaban. Lo que habían descubierto en la caja era fascinante. Se trataba de un compendio de artículos de prensa, notas escritas a mano o informes confidenciales, clasificados por categorías en subcarpetas de inquietantes títulos: «Extraños naufragios», «Ataques inexplicados», «Heridas sospechosas», «Desapariciones misteriosas», «Falsos testimonios y pruebas amañadas», «Elementos probatorios», «Informes de las víctimas», etc. Todo trataba del enigmático «Kraken». Adèle cogió una subcarpeta al azar y dio con una serie de artículos de la prensa francesa que leyó en voz alta. Hablaban de naufragios en las costas de Bretaña y de Normandía. El más reciente, el del pesquero *Ragedingue*, había tenido lugar antes de Navidad. En el margen, Abelmans había anotado esta frase: «*¿Kraken? Ver mail Mackal. Confirmar la llegada de Bob.*»

Algunas páginas más adelante, sobre un artículo referente al naufragio del *Explorer*, fechado el 25 de diciembre de 2008, que apuntaba que el petrolero se había hundido de forma inexplicada, Abelmans había escrito con mayúsculas en el margen: «*Pero bueno... ¡¿quién se va a creer eso?! Llamar a Arne. ¡Urgente! Recoger el testimonio de Wood. Bob. Muy importante* (subrayado dos veces).» En la página siguiente, en un artículo del día 26, se hablaba de un mensaje codificado que el capitán Wood habría enviado minutos antes de perder el conocimiento. Abelmans había garabateado en rojo: «*¿Qué ha pasado con ese mensaje? ¿Quién lo recibió? ¿Qué decía? ¡Buscar el mensaje!*» Más adelante, en un artículo que anunciaba la muerte del capitán Wood y la misteriosa desaparición del cuerpo, había anotado: «*¿Dónde está el cuerpo? ¿Quién?*» Después, en un artículo que se extendía dos páginas, se podía leer en grandes titulares: «¡El capitán, encontrado!» El periodista explicaba que la muerte del capitán Wood había sido inventada y su desaparición organizada, para protegerle de un eventual peligro, a causa de las amenazas recibidas. De hecho, simplemente habría sido trasladado en el mayor de los secretos a otro hospital. Despierto del coma, podría volver a su casa, en Escocia, en los próximos días, y disfrutar de un merecido descanso cerca de los suyos. Abelmans, irritado, había escrito en letras mayúsculas sobre todo el cuerpo del texto: «*¡IMPOSIBLE! ¡FALSO!*» Y, al pie de la página, a menor tamaño: «*¿Dónde están las pruebas? ¿Quién manipula? ¿Qué palabra repetía? ¿Habrá visto al Kraken?*»

Los niños sintieron un escalofrío. En la chimenea, las brasas se apagaban poco a poco, permitiendo que sus rostros desaparecieran progresivamente en las sombras. En las tinieblas de la gran cripta, se oía al *Moskenesstrommen* rugir a lo lejos. El miedo iba invadiéndoles. De pronto, Tom rompió el silencio.

—¡Eureka! ¡Lo encontré!

Los otros tres se sobresaltaron.

—¡He encontrado lo que quiere decir «Kraken»! —dijo, blandiendo triunfante una hoja suelta mecanografiada que acababa de sacar de una subcarpeta titulada «Árbol genealógico del formidable Kraken»—. Escuchad...

La voz de Tom resonó como en una capilla. Adèle, Boris y Béa escuchaban con atención nerviosa.

El Kraken es la más inmensa y terrorífica criatura que haya existido nunca en la tierra. Un monstruo de pesadilla provisto de una decena de tentáculos, tan largos como los mástiles de un barco, y más poderosos que un regimiento de elefantes. De aspecto realmente extraño, se sitúa a medio camino entre un pulpo colosal y un calamar gigante. Sus gigantescos tentáculos están armados, en toda su longitud, por una doble fila de ventosas venenosas tan grandes como platos. En el centro de ese bosque de brazos, que lanza como látigos, se esconden dos apéndices aterradores, aún más gruesos, aún más largos, auténticos dardos mortales que el titán despliega y lanza como arpones a una velocidad de vértigo. Sus ojos, situados a cada lado de su cabeza, son dos enormes globos negros y vidriosos, sin expresión y de una fijeza espantosa. Hundidas entre dos lóbulos carnosos, sus fauces están provistas de dos mandíbulas mortales que trituran y desgarran todo lo que se pone a su alcance. Su afilado cuerpo, que puede alcanzar los cuarenta metros de largo, le permite desplazarse tan rápido como un torpedo.

El Kraken hiberna oculto en los abismos de las profundidades y no se despierta más que una vez cada quinientos años. Una vez despierto, el espantoso predador, hambriento, merodea por las profundidades o la superficie de los océanos, tragándose todo a su paso y masacrando sin piedad a todo el que se le pone por delante. Llega a atacar incluso a los navíos más poderosos, que atrapa creyendo que son presas comestibles y arrastra hasta el fondo en apenas unos minutos.

La última vez que el monstruo fue avistado se remonta al siglo XVII. Pero hoy, algunos criptozoólogos temen que la extracción continua de gas y petróleo en los mares de Noruega termine despertándolo y provocando su cólera. Lo que podría resultar una auténtica catástrofe, teniendo en cuenta su diabólica fuerza.

¿Existen varios Kraken? ¿De qué sexo es? ¿Macho o hembra? ¿Cómo se reproduce? ¿Cuál es su vida media? Tantas cuestiones permanecen todavía sin respuesta...

—... firmado el doctor Gérald Abelmans —concluyó Tom.

Los niños se estremecieron. Lo que acababan de oír les había puesto la piel de gallina. No podían creérselo. Resultaba tan surrealista, tan improbable que, durante un instante, empezaron a dudar de la veracidad de toda esa historia y de la autenticidad de todos esos dossieres y documentos que se amontonaban a su alrededor por centenares. Se preguntaron si todo aquello no era pura mistificación, invenciones propias de un abuelo que, simplemente, había enloquecido. Su minusvalía, su soledad, la muerte de su mujer y de su hijo mayor podrían haberle hecho perder la cabeza hasta el punto de caer en la mitomanía y el delirio persecutorio. ¡Pero no! Existían un montón de pruebas. Pruebas tangibles. Como ese capitán herido que había pronunciado a gritos el nombre de la horrible criatura, la desaparición repentina de su cuerpo, todas esas terribles heridas... Como ese petrolero que había naufragado en circunstancias realmente extrañas.... No, su abuelo no estaba loco. No fabulaba. Todo aquello era perfectamente real. Todo aquello existía de verdad. Los niños se imaginaron entonces lo que su abuelo había debido sufrir durante todos esos años intentando convencer al mundo entero. Los ataques de sus colegas, las burlas de sus amigos más cercanos, el desprecio a toda una vida, la soledad frente a los ejércitos de escépticos y la verdad amordazada frente a la duda de toda una masa de incrédulos. Sin embargo, ellos mismos, Adèle, Boris, Tom y Béa, durante el espacio de un segundo, se habían negado a creer. Habían preferido pensar que su abuelo se había vuelto un paranoico senil y tarado. Era más fácil. Más cómodo. Más evidente. Sintieron vergüenza. Se sentían culpables de haber pensado tales cosas de él. Pero ya no tenía remedio. Petrificado por siglos de oscurantismo, el espíritu del hombre rechazaba someterse a ideas nuevas, a los descubrimientos más asombrosos, a lo inconcebible. Los niños se sobrepusieron. Un inusitado nerviosismo les invadió de pronto. Adèle, Boris, Tom y Béa acababan, sin saberlo, de meter la mano en el asunto más extraordinario e increíble del siglo. Un asunto extraordinario, palpitante, terrible. Pues el enemigo era de talla. Se trataba de un monstruo terrorífico, del animal más gigantesco que la naturaleza haya podido concebir, de una criatura inimaginable cuya existencia desafiaba a la razón. Esa noche, todos juntos, juraron probar su existencia. En nombre de la ciencia, en nombre de la verdad, en nombre de su abuelo.

—Creo que he encontrado algo que nos puede interesar... —dijo Boris, cuyo rostro, iluminado por la pantalla del ordenador, rasgaba la oscuridad.

Desde hacía varios minutos, Boris, sentado ante la gran mesa, ojeaba los archivos electrónicos de su abuelo. Tom, Adèle y Béa se acercaron a él.

—¿Qué es? —preguntó Béa, intrigada.

—Es un e-mail con fecha de ayer enviado por un tal Alfred Mackal.

De: Mackal Alfred [mailto: alfredmackal@yahoo.fr]
Enviado : miércoles 26 de diciembre de 2008 23 :43
A: gabelmans@yahoo.com
Objeto: A propósito del *Ragedingue*

Querido Gérald,

Me dirijo a ti en lo que concierne a los análisis de las muestras de la famosa sustancia que recogí a bordo de los restos del pesquero bretón Ragedingue.

¡Los resultados son estimulantes! He llegado a conclusiones de una extrema importancia que deberían interesarte. Comprenderás que no puedo darte pruebas por e-mail.

Por eso le entregaré, en propia mano, como convinimos, un paquete que contiene el precioso frasco así como mi informe (que te recuerdo es ultraconfidencial) a tu ayudante (¿puedo confiar de verdad en él?).

Espero que esta vez algunas gotas de verdad que he recogido te permitan levantar el velo sobre lo que tú sabes.

Alfred

PD: Avísame pronto de la llegada de Bob.

Los niños se observaron, interrogantes. El fuego se había extinguido. En la gran cripta, no se veía más que cuatro rostros iluminados por la luz de una pantalla.

—¡Tenemos que ir! —declaró Béa, arrastrada de repente por la sed de aventura.

—¡Estoy de acuerdo! —añadió Tom, más motivado que nunca.

—¡Y además Bob seguramente nos necesitará! —precisó Boris, como para justificar ese brutal impulso general.

—Habrá que estar preparados —concluyó Adèle quien, pese a sus diecisiete años, alentó aquella decisión precipitada y completamente irreflexiva.

Eran casi las tres de la mañana cuando los niños abandonaron la cripta. Subieron la escalera y atravesaron el largo y húmedo subterráneo hasta llegar a la puerta secreta, que Béa abrió fácilmente accionando un botoncito escondido entre dos piedras. Volvieron a encontrarse entonces en el punto de partida, en el minúsculo despacho de Abelmans.

En el silencio de la noche, el trozo de pared giró con suavidad para cerrar nuevamente la cripta de los secretos.

19

Una partida precipitada

—¡NO SE OLVIDE DEL chubasquero, Bob! Bretaña es una región de Francia donde llueve mucho, ya lo sabe. ¡Sobre todo en esta época del año! He sacado su anorak, sus guantes de piel, botas y calcetines calentitos, varios pantalones de recambio, por si se mojan, una bufanda, jerséis de lana de cuello vuelto, un paraguas, y además...

—Gracias, gracias, Ophélie, no se preocupe ¡todo irá bien!

Bob le dio un beso en la frente.

Hacía ya un buen rato que la cocinera trajinaba para ayudar a Bob a preparar sus maletas. Corría en todos los sentidos, realizando rápidas idas y venidas entre la habitación y la lavandería, de la que llegaba, sin aliento, con los brazos cargados de ropa recién planchada. Nono, al que había puesto a trabajar, tenía por cometido recuperar los calcetines y los calzoncillos de la secadora y traerlos lo más rápidamente posible a la habitación. Entre dos viajes, el animal aprovechaba para saltar sobre la ropa caliente en el interior de la máquina y hacer rodar el tambor como si fuese la rueda de un hámster. Aquella improvisada centrifugadora le divertía mucho. En la habitación, Ophélie, auténtico tornado, abría las puertas de los armarios, sacaba los cajones y desplegaba ropa que guardaba inmediatamente en grandes bolsos de viaje, ante la mirada perpleja de Bob, que se preguntaba cómo una mujer tan pequeñita podía contener tanta energía. Aparte de meter la nariz en todos lados, Ophélie era servicial, atenta, previsora y, a veces, casi demasiado maternal.

—Tendrá usted mucho cuidado allí. ¿Me lo promete?

—No se preocupe, no dejaré de enviarle todos los días noticias mías.

—Y no se aventure usted en el mar... Nunca está uno seguro de no naufragar...

El mayor defecto de Ophélie, dejando aparte su autoridad natural y su propensión a querer dirigirlo todo, era ver el mal por todas partes. Se imaginaba sin cesar improbables catástrofes o graves accidentes allí donde no podían producirse. Y a pesar de que sólo les separaban quince años, Ophélie no podía evitar considerar a Bob como un niño grande e inconsciente que no dejaba de meterse en problemas y que no dudaba en lanzarse, arriesgando su vida, a insensatas aventuras. Lo cual tenía el efecto de molestar a Bob, que creía que Ophélie era adorable, en verdad, pero quizás demasiado dominante. Con diplomacia, siempre dispuesto a aplacar conflictos y a limar asperezas, Bob aguantaba en silencio y seguía el juego, aceptando que le tratara como un niño, sin decir nada. Sabía bien que Ophélie sólo estaría allí unas semanas, y prefería complacerla dejando que fuese ella quien tomase el mando.

Envuelto en su grueso anorak, Bob se encontraba ya en la puerta, dispuesto a marcharse, cuando surgieron, en pijama,

Adèle, Tom, Boris y Béa. Y también Nono, que saltó a los brazos del hombre.

—¿Y ES AHORA CUANDO OS LEVANTÁIS? ¡PERO BUENO! ¿HABÉIS VISTO LA HORA QUE ES?

Apenas hacía cinco minutos que se habían levantados y Ophélia ya les estaba gritando. ¡Empezaba bien el día!

De pronto, como para ensañarse con ellos y dar la razón a la cocinera, el pajarillo del reloj de cuco surgió de su nido. Había crecido mucho desde Navidad y ahora vestía un pequeño peto color malva, un sombrero tirolés y patines de ruedas adornados con la bandera noruega. Rodó hasta el extremo de su rama, sacó del bolsillo un cilindro de plástico que se llevó al pico y sopló con todas sus fuerzas. Diez grandes pompas de jabón volaron una tras otra y explotaron, sucesivamente, dejando escapar un ruido estrepitoso de globo que estalla. El gran reloj de arena giró sobre sí mismo. Eran las diez en punto.

—Pero ¿adónde vas, Bob? ¿Te vas? ¿Nos dejas? —interrogó Béa, a quien intrigaba la presencia de dos grandes bolsas de viaje.

—Niños, no os inquietéis, efectivamente me voy unos días. Pero pronto estaré de vuelta —respondió Bob con tono extremadamente calmado y tranquilizador.

—¿Adónde vas? —insistió Tom, que parecía conocer la respuesta.

—A Bretaña —respondió Bob mientras se enfundaba su gorro de piel.

—¿A BRETAÑA? ¿YA? —exclamó Boris, que se dio cuenta demasiado tarde de su metedura de pata. Los demás le clavaron una mirada de reproche.

—¿Cómo que ya...?

—Boris quiere decir... tan temprano... —respondió precipitadamente Béa, intentando arreglar el desaguisado.

—¡EVIDENTEMENTE, PARA UN ATAJO DE HOLGAZANES, LAS DIEZ ES TEMPRANO! —saltó Ophélie, más vehemente que nunca.

—¡Bob, nos vamos a Francia contigo! —dijo Adèle con un tono que no admitía discusión.

Bob se echó a reír y Ophélie levantó la vista al cielo. Pero Boris, Tom y Béa, con solidario impulso, se unieron a su prima.

—¿PERO QUÉ TONTERÍAS ESTÁIS DICIENDO? ¡EL CASTIGO DE LA ÚLTIMA VEZ NO HA SIDO SUFICIENTE, POR LO QUE VEO! ¡DEJAOS DE NIÑERÍAS Y MARCHAD INMEDIATAMENTE A VESTIROS!

—¡NO! ¡Nos vamos con Bob!

—PERO ¿ESTO QUÉ ES? ¿UNA REBELIÓN?

—Venga niños, sed razonables. Es imposible y lo sabéis muy bien. Allí donde voy no puedo llevaros conmigo bajo ningún concepto... —dijo Bob para intentar consolarlos.

—Nos vamos contigo, Bob. ¡Y se acabó! —dijo Tom, tajante.

—Niños... niños... vamos a ver...

—¡BUENO, YA HA DURADO BASTANTE LA BROMITA...! ¡CREO HABEROS DICHO QUE SUBIÉSEIS INMEDIATAMENTE A VUESTROS CUARTOS PARA...

— ...VESTIRNOS! ¡YA LO SABEMOS! —dijo a voz en grito Adèle, cortando valientemente la palabra a Ophélie, sin mirarla siquiera, y ante los ojos estupefactos de sus tres primos.

Fue demasiado. Adèle que, desde hacía días, no hacía sino esperar una ocasión para desahogarse con la cocinera, aprovechó aquella inesperada oportunidad para mandarla a freír espárragos. La agresión matinal y gratuita de Ophélie era la excusa perfecta. La jovencita que, sin embargo, había recomendado no crear fricciones con Ophélie y que había llamado al orden a sus primos para que permaneciesen tranquilos hasta el final de las vacaciones, rompía ella misma ese pacto de no agresión cometiendo lo irreparable: contestar a Ophélie. La cocinera, absolutamente confundida ante aquella muestra inesperada de insolencia por parte de Adèle, tartamudeaba. Estaba tan desconcertada que ni siquiera era capaz de exteriorizar su cólera. Lo cual la encolerizaba todavía más. Pero los niños sabían que aquello no duraría mucho tiempo, y que la tormenta que se preparaba no tardaría en estallar con más violencia que nunca.

—A... A... ¡ADÈLE! ¿TÚ? CO... CO... ¿CÓMO TE ATREVES A...? YO... YO... TE PROHIBO QUE...

—¡EH! ¡EH! ¡YA VALE! —replicó Adèle que, sin tener ya nada que perder, aprovechaba, mientras aún había tiempo, la calma que precede a las grandes tempestades.

Era una locura, y lo sabía. Pero aquello no era nada en comparación con el inmenso placer del que disfrutaba en aquel instante. Boris, Tom y Béa le dedicaron miradas de lástima, como si anticiparan ya los rayos y truenos que iban a abatirse sobre ella.

—¡¡¡DESCARADA!!! ¡¡¡SUBE INMEDIATAMENTE A TU HABITACIÓN Y NO VUELVAS A SALIR DE ALLÍ!!!

Boris, Tom y Béa se taparon los oídos. Nono corrió a esconderse detrás del grupo de autómatas. Ophelie vociferaba. Con el rostro enrojecido, el bocio tan gordo como el de un sapo en periodo de acoplamiento, la cocinera se hinchaba a ojos vista. Nunca la habían visto en un estado de cólera tal. Su rabia era terrible. La cocinera se volvió tan escarlata que los niños pensaron, con inmenso regocijo, que iba a estallar de un momento a otro.

—¡NUNCA EN MI VIDA ME HABÍAN HABLADO DE ESE MODO! ¡¿ME OYES?! ¡NUNCA! ¡ES UN ESCÁNDALO! ¡SUBE A TU HABITACIÓN, TE DIGO!

Adèle no se movía. Con mutismo insolente, desafiaba a la cocinera, que estaba completamente histérica. Mientras tanto, Bob, indiferente al conflicto, se había ido a guardar sus cosas en el maletero del coche.

—Pero ¿qué está pasando aquí? ¿Qué significa este griterío? ¡Se os oye desde el otro lado de la casa! ¿Os habéis vuelto todos locos o qué?

Abelmans apareció en su silla de ruedas. Con expresión seria y ceño fruncido, contemplaba aquella escena tan lamentable como ridícula.

—¡SEÑOR! ¡A ESTOS CUATRO GRANUJAS SE LES HA METIDO EN LA CABEZA MARCHARSE CON BOB! Y, CON TODO EL RESPECTO HACIA USTED, ESTIMO POR MI PARTE QUE UN CASTIGO...

—Bueno, Ophélie, bueno... Ahora cálmese... No merece la pena ponerse en ese estado...

El anciano la hizo callar. Molesta, la cocinera respiró hondo, colocó la enorme pechera en su lugar, giró sobre sus talones y desapareció en la cocina. Se le oía murmurar sola: «¡Bueno! ¡Si ahora van a darles la razón...! ¡Dónde vamos a parar! Si de mí dependiese...»

—¿Qué significa toda esta historia? Vamos, vamos, hijos míos... Bob no se marcha de vacaciones. Lo envío a visitar en mi nombre a un amigo mío que está muy enfermo. Y como desgraciadamente no puedo desplazarme...

—¿Y qué nos impide ir con él y visitar la región mientras él permanece junto al lecho de tu «amigo»? —preguntó Tom con tono socarrón.

Abelmans parecía desconcertado.

—Francia está lejos, es un viaje cansado para tan poco tiempo, y además Bob no os necesita... Va a ser sólo ida y vuelta.

—El viaje para venir desde Nueva York hasta aquí ha sido mucho más largo. Y lo hemos aguantado perfectamente... —apuntó Béa.

—¡Venga! Abuelo, por favor —suplicó Boris.

—¡NO!

—¡Vamos...! —pidió Adèle—. Haremos como que no existimos. Bob ni siquiera sabrá que estamos allí...

—Por Dios, pero ¿qué os pasa esta mañana? Bueno, escuchad, hijos míos, no vamos a litigar todo el día. He decidido enviar a Bob a Bretaña por razones personales que no os incumben. Bob irá, pues, solo y vosotros os quedaréis aquí. Se acabó la discusión. Además, creo que Ophélie os ha dado una orden...

Ellos permanecieron inmóviles. El abuelo avanzó en dirección a Bob que volvía de su coche y dio la espalda a los cuatro niños quienes, rectos como estacas, no se habían movido ni un centímetro.

—¡A nosotros también nos gustaría visitar los restos del *Ragedingue*! —exclamó Adèle.

Bob y Abelmans se miraron sin comprender.

—¿Cómo...? ¿Qué has dicho? —preguntó el anciano, que no daba crédito a lo que acababa de oír y ni siquiera se atrevía a volverse.

Adèle lo repitió alto y claro y con mucha seriedad. Abelmans se dio media vuelta. Ante él, los niños enarbolaban una sonrisa victoriosa.

—¿Cómo conocéis ese nombre? ¿De dónde lo habéis sacado? ¿Cómo sabéis que Bob debe ir allí...?

Hacía las preguntas sin querer saber realmente las respuestas. Sabía que, desde su escapada a Tromsø, los niños estaban al corriente de ciertas cosas. En lo más profundo de sí mismo, se sentía asombrado de su coraje. Estaba orgulloso y veía en ellos unos dignos herederos, dispuestos a todo para la búsqueda de la verdad. «De tal palo tal astilla», pensó. Su cabezonería, su indisciplina, su insumisión frente a las órdenes y la autoridad, su rebelión, su sed de aventuras les honraba. Evidentemente, Abelmans no podía permitirse decírselo. Se guardaba todo aquello para él. Por eso prefería ayudarles bajo cuerda, como si nada, sin que se diesen cuenta.

Tras un largo silencio durante el que el anciano y los niños se miraron fijamente, sin pestañear, el abuelo dijo:

—Bob, cuide bien de ellos... y vosotros ¡obedeced a Bob al pie de la letra! A la menor tontería...

Fue una auténtica explosión de alegría. Adèle, Boris, Tom y Béa saltaron como locos, besaron a su abuelo, bailaron a su alrededor, se echaron al cuello de Bob. Nono, al que las escenas de euforia le dejaban en trance, se puso a girar sobre sí mismo en el suelo. Ophélie, que había asistido de lejos a toda la escena, apostrofó a Abelmans:

—¡Es usted un inconsciente, señor! ¡Si sus padres se enteran de esto! A su edad ¡es un escándalo!... Ay, Señor, ¡si no son más que unos críos...!

—¡Qué quiere usted, Ophélie, los viajes forjan a la juventud y estos niños están llenos de recursos!

Ophélie cerró de un portazo la puerta de la cocina. Bob, Abelmans, Adèle, Tom, Boris y Béa se miraron con una sonrisa cómplice.

Una hora más tarde, los niños y su suricato estaban cómodamente instalados en el viejo taxi de Bob, que atravesaba lentamente la nevada avenida de la mansión. Se volvieron para saludar a su abuelo a través del cristal de la ventana trasera. Solo en el umbral de la puerta, Abelmans, sentado en su silla de ruedas, se despedía de ellos con la mano. El coche se hundió en la noche y el anciano desapareció. La mansión de *Sløttsund* no era más que una masa sombría salpicada aquí y allá por lejanas lucecillas que iban desvaneciéndose en la oscuridad.

20

Un hotel muy particular

LA *GOÉLETTE* ERA el único hotel del pueblo. Se trataba de un establecimiento un poco antiguo y con una decoración pasada de moda, pero cuya situación, frente al mar, le daba cierto encanto. Sin ofrecer grandes comodidades, era lo suficientemente acogedor como para poder pasar en él una noche o dos, pero no más. Los turistas eran escasos en Plouarec. Y más en aquella época del año en la que ni una sola habitación estaba ocupada. Dejando aparte algunos representantes de comercio habituales, no se veía mucha gente por allí. Por lo tanto, la llegada a mediados de semana de un extranjero acompañado de cuatro niños y un extraño animal provocó una oleada de interrogantes. La noticia de su presencia corrió como un reguero de pólvora y ya se había convertido en la comidilla del pueblo. Todo el mundo se preguntaba quién podría ser ese misterioso personaje llegado de ninguna parte con sus cuatro mozalbetes. Porque a Plouarec no se llegaba por casualidad. Situado en algún punto entre el mar y las llanuras rocosas del Finisterre, aquel pueblo olvidado en el fin del mundo apenas aparecía en el mapa. Así pues, alguna poderosa razón les había llevado hasta allí. ¿Cuál? Esa era la pregunta que todo el mundo se hacía.

Arno, que desde la muerte de su tío trabajaba en *La Goélette* como chico para todo, fue, lógicamente, el encargado de enseñarles sus habitaciones. Eran tres pequeños dormitorios contiguos situados en la primera planta. Bob dejó sus maletas en la habitación del medio, a la izquierda de la de los chicos y a la derecha de la de las chicas. Lo que le permitiría vigilarlos a todos y evitar conversaciones nocturnas a través de los tabiques. Las habitaciones eran muy modestas, por no decir vetustas. En cada una de ellas, una cama doble cubierta por una vieja manta de un azul gastado ocupaba casi todo el espacio. Atrapada entre la pared y la cama había una diminuta mesita de noche, de madera barnizada, sobre la que descansaba una lámpara de cabecera colocada sobre un tapete y cuya pantalla parecía salida de otra época. Del techo colgaba, inestable, una lámpara de porcelana blanca, sostenida nada más que por dos simples cables eléctricos. Frente a la cama, un gran armario con espejo lacado, que servía de guardarropa, ocupaba el resto de la habitación. Las paredes estaban cubiertas por un viejo papel pintado de flores amarillas, rasgado en algunos sitios. En cuanto a la moqueta, igualmente azul y salpicada de manchas, desprendía un desagradable olor a polvo que hubiera disuadido a cualquiera de caminar con los pies descalzos. Detrás de la puerta de entrada, un viejo lavabo y un espejo, iluminados por un neón protegido por una pantalla de plástico traslúcido, así como un plato de ducha escondido tras una cortina de tela completamente enmohecida, hacían las veces de cuarto de baño. El único punto positivo era la vista. La ventana daba al puerto. El mar estaba allí, a apenas cincuenta metros, con sus barcos balanceándose y sus gaviotas chillando en el cielo.

Cuando Adèle entró en la habitación de las chicas, sintió una punzada en el corazón. Le gustaban la comodidad y la limpieza, y declaró que se negaba a dormir en un sitio como ese, en el que además debía compartir la cama con Béa. Adèle era una melindrosa. Cualquier cosa le daba asco. Para ella era inconcebible beber en el vaso de otra persona o utilizar los mismos cubiertos. La sola visión de un pelo en una ducha, un lavabo o una almohada la volvía loca. La idea de tener que tocar la piel de otra persona mientras dormía le quitaba el sueño. En cuanto a lavarse después de otro, ¡aquello era inimaginable para ella! ¡Qué lejos estaban del lujo señorial de *Sløttsund*! ¡Y decir que podría haberse quedado esperando tranquilamente el regreso de Bob, bien calentita en su magnífica habitación de la gran mansión en Noruega! Adèle ya se estaba arrepintiendo de haber insistido en venir. Pero, después de todo, ¿esto no formaba también parte de la aventura? Habían querido estar allí ¡y allí estaban! Era el momento de asumirlo. No compartía en absoluto el entusiasmo de sus primos, quienes, fanáticos de los campos de vacaciones, encontraban aquí el ambiente de camping y mochila, algo que ella, precisamente, detestaba. Finalmente, se sintió obligada a ceder.

Cada cual en su habitación, los niños ordenaron sus cosas, felices de ver por fin el día. Era como un agradable despertar tras un largo sueño. Adèle se acercó a la ventana. En el exterior caía una fina lluvia. Observó cómo la llovizna bailoteaba para volar después en ráfagas. El viento la arrastraba y la proyectaba contra los cristales. Sobre el muelle del pequeño puerto, podían verse restos de nieve sucia que la lluvia fundía. Era un amasijo pastoso y resbaladizo que serpenteaba hasta el mar, un mar embravecido, lleno de espuma blanca bailando sobre las olas. Al final del espigón se distinguía la borrosa imagen de un faro. Los niños no aguantaban quietos. Estaban deseando ponerse sus botas y sus chubasqueros para partir a la aventura.

Bob los reunió en su habitación. Parecía tener prisa y hablaba como una ametralladora.

—Niños, me tengo que ir urgentemente a Brest, a una cita importante, y desgraciadamente no puedo llevaros conmigo. Es posible que vuelva tarde. Así que no me esperéis. Cenad en el restaurante del hotel y acostaos. Bueno, os dejo. Toma, Adèle, nunca se sabe... ¡por si acaso!

Bob le entregó un sobre lleno de dinero.

—Son las doce... Deberíais ir a comer abajo, hacen unas crepes que tienen un aspecto delicioso. Venga, divertíos mucho y ¡sed prudentes! Me voy... No quiero que hagáis ninguna tontería. ¿Me lo prometéis?

—¡Bob! Espera... Toma, te confío a Nono... —dijo Béa—. Podría serte útil. Además, así no estarás solo y nosotros nos quedaremos más tranquilos sabiendo que está contigo. Siempre es mejor estar acompañado en un país extranjero...

El suricato, nada convencido con aquella decisión, se refugió rápidamente debajo de la cama. Béa le tiró de la cola y se lo entregó a Bob, que se sintió muy conmovido por esa muestra de afecto, pues sabía lo que significaba ese animal para Béa y el sacrificio que representaba para ella. Nono, obligado a aceptar una situación que no le gustaba en absoluto, puso cara enfurruñada.

—Cuídate mucho, Nono. Y sobre todo obedece al tío Bob —le

dijo Béa, comprobando que su collar con la brújula estaba bien atado.

Luego se acercó para besarle pero, mostrando su desacuerdo, el animal le volvió la espalda y la rechazó.

Bob tomó a Nono en sus brazos, cerró la puerta y bajó las escaleras de cuatro en cuatro. Subió a un coche de alquiler aparcado delante de *La Goélette* y se marchó inmediatamente.

21

La visita a los restos

YA ESTÁ, POR FIN libres. Bretaña se extendía ante ellos como una maravillosa tierra de aventuras. Y la tentación era demasiado grande como para no aprovecharla inmediatamente. Mientras comían sus crepes, establecieron un plan para llevar a buen puerto la investigación. Primero, encontrar los restos del pesquero e inspeccionarlos. Después, interrogar a los habitantes del pueblo a propósito del misterioso naufragio.

—Supongo que entre toda esta gente habrá alguien que, por fuerza, esté al corriente de algo, alguien que quizás haya oído hablar del Kraken y que pueda decirnos lo que pasó de verdad —apuntó Adèle—. Nuestro objetivo es saber si el monstruo fue realmente el responsable del naufragio y si alguien lo ha visto. En este tipo de pueblos, es difícil tirar de la lengua a alguien. Habrá que estar atento y ser astutos, tener los oídos bien abiertos. No olvidemos que debemos obtener el máximo de pruebas y testimonios posible.

Los otros tres la escuchaban como quien escucha a un jefe.

—Bueno, no tenemos ni un segundo que perder, porque no

nos queda mucho tiempo antes de que Bob vuelva. Y no olvidéis lo que siempre dice el abuelo: «La verdad existe. Sólo se inventan las mentiras.»

Adèle, Boris, Tom y Béa subieron a la habitación de las chicas.

—Béa, el dictáfono.

—¡Listo!

—Cámara de fotos.

—¡Lista!

—Tom. ¿Te has acordado del mapa detallado de la región?

—Sí.

—¡Boris! Linterna, brújula, teléfono móvil, mechero y botella de agua.

—*¡Yes!* Todo listo.

—De acuerdo. Lo meteremos todo en mi bolso y tú lo llevarás.

—*No problem.*

Los cuatro niños volvieron a bajar. Se habían vestido con botas, gruesos jerseys y chubasqueros, dispuestos para la aventura.

Adèle se acercó a la barra y se dirigió a Dumoulec, llamado Dumolusco, el dueño de *La Goélette.*

—Disculpe, por favor... ¿Sabe usted dónde se encuentran los restos del *Ragedingue*? —le preguntó.

La pregunta cayó como un chorro de agua fría en la sala. Todas las miradas se dirigieron hacia ellos. Los marineros, sentados a la mesa frente a sus almuerzos, intercambiaron miradas de desaprobación y empezaron a murmurar. La pequeña sala se convirtió en un concierto de susurros y confidencias secretas.

—¿Qué queréis del *Ragedingue*? —preguntó a su vez el dueño.

Desprevenida, Adèle no supo qué responder.

—Allí no hay nada interesante... Estáis perdiendo el tiempo. Por otra parte, no es un lugar para niños de vuestra edad. ¡Olvidaos de eso!

—Y además ¡allí pasan cosas extrañas! ¡Y eso no concierne a los forasteros! ¡El *Ragedingue* tuvo lo que merecía, y está muy bien donde está! —vociferó un robusto y curtido pescador, tatuado en los dos antebrazos.

Sentado algo más lejos, otro marinero le interpeló.

—¡Eh, tú! ¿Qué estás insinuando?

—¡Digo que con un capitán así, no me extraña que el *Ragedingue* haya acabado sus días en un acantilado!

La reflexión del pescador levantó un auténtico clamor. Se oyeron risas, gritos, silbidos. Algunos le abuchearon, otros le aplaudieron. Se calentaron los ánimos. En pocos segundos, la discusión se encendió y se formaron dos grupos enfrentados a insultos, amenazas y empujones. Los unos atacaban de forma violenta al capitán del *Ragedingue*, los otros le defendían con todas sus fuerzas. Pasmados, los niños contemplaban la apasionada querella que el pesquero era capaz de suscitar. La simple mención de su nombre había bastado para encender la discusión.

—¡El capitán Galard era sin duda el mejor marino de los últimos veinte años! ¡Mejor que todos vosotros juntos! —gritó un marinero.

—¡Claro! ¡El borracho más grande que haya habido en Plouarec, querrás decir! —respondió otro.

—¡Eso! ¡El bebedor mejor dotado de su generación! —añadió otro pescador.

Sonaron fuertes carcajadas.

—¿Acaso hay alguno entre vosotros que no lo haya necesitado al menos una vez en su vida? ¿Eh? ¡Venga, hablad! —gritó un marinero de negra barba.

—¿Te refieres a necesitarlo para terminar una botella de whisky? —respondió un adversario.

Volvieron a sonar risas.

—¡Galard es un asesino que hizo perder la vida a cinco de sus hombres porque estaba ebrio perdido! ¡Esa es la verdad! ¡Así que dejad de hacer de él un héroe o una leyenda! ¡Era un borrachín al que habría habido que retirar el permiso de navegar! ¡Y se acabó!

Un clamor cundió en la estancia. Los silbidos recorrieron toda la sala. Algunos se levantaban ya para pelear.

—¡MENTIRA! ¡OS PROHÍBO QUE HABLÉIS ASÍ DE MI TÍO! ¡ERA UN HOMBRE Y UN MARINERO EXTRAORDINARIO! ¡MÁS QUE CUALQUIERA DE VOSOTROS!

Se hizo un gran silencio. Desde la barra, donde secaba enérgicamente los vasos, Arno, loco de rabia, cerraba los puños. Se estaba conteniendo para no estrangular a los desgraciados que acababan de insultar la memoria de su tío. De pie ante la barra, los cuatro niños intentaban pasar desapercibidos. Se sentían responsables del giro que habían dado los acontecimientos.

—¡Vamos, hijo, cálmate! ¡Y date prisa! ¡Que eso no puede hacerse solo! —le dijo el dueño.

El joven, todavía irritado, se puso a frotar las jarras con nerviosismo.

—Y vosotros, la próxima vez que os oiga hablar de Yan Galard y de su maldita embarcación, os echo de mi casa —añadió Dumoulec con tono amenazador.

Los marineros volvieron a sentarse y retomaron sus conversaciones como si nada hubiese pasado. El dueño se volvió entonces hacia los niños y, con tono seco y desinteresado, les dijo:

—En cuanto a vosotros, encontraréis los restos del pesquero a unos tres kilómetros de aquí. Tomad el camino que sube en dirección a Saint-Kardec, caminad un kilómetro largo. Allí llegaréis a un cruce. Doblad a la derecha y seguid el camino de los Tres Malditos hasta la costa. Allí encontraréis lo que buscáis.

Ya hacía un rato que Adèle miraba a Arno. El joven se dio cuenta. Adèle se sonrojó y giró la cabeza con rapidez, con aire avergonzado. Los niños dieron las gracias a Dumolusco y salieron del bar. Arno les vio alejarse con envidia. Hubiese querido ir con ellos, acompañarles. Tanto más cuanto que él conocía un atajo que llevaba más rápidamente a los restos. Dumolusco les había indicado una ruta mucho más larga, con el fin de que los niños se perdiesen por el camino y, desanimados, tuviesen que dar media vuelta. Pero aquello había sido subestimar su tenacidad y su capacidad de aguante. Desgraciadamente, Arno no podía dejar su trabajo. No podía rebelarse contra la autoridad tiránica de su jefe, que había hecho de él un auténtico esclavo. Arno ya no era más que un camarero sin importancia en un tugurio perdido de Bretaña. Desde la muerte de su tío, sus ambiciones de marino y de aventurero habían volado para siempre. Sus sueños de navegante y de alta mar habían acabado muriendo trágicamente en un bar, entre borrachos, trapos y vajilla. Dumolusco era un hombre rudo que le hacía la vida difícil. Huraño, rígido, lunático, poco amable y poco cariñoso, había aceptado hacerse cargo de Arno con la condición de que le obedeciese al pie de la letra. El joven se había convertido en un adolescente sumiso que no se arriesgaba a enfrentarse a las reglas. Arno, que debía a Dumoulec haberle librado de una vida de mendigo, aguantaba sin rechistar su mala suerte y cumplía sin protestar las tareas más ingratas. Barría el bar todas las noches hasta tarde, se levantaba todas las mañanas al alba para preparar el café y poner todas las mesas para la comida del mediodía. Después recogía los cubiertos, lavaba la vajilla, limpiaba la sala de cabo a rabo y cuidaba del bar hasta la noche. Y de nuevo las comidas, el servicio, los borrachos que no se iban nunca y la limpieza antes de cerrar. El pobre chico ya no podía más. Pero no se atrevía a quejarse, no estaba en su temperamento. Además, Dumoulec le había prevenido: a la mínima, le echaba. Sometido a los caprichos de un hombre que le explotaba, Arno vivía el miedo cotidiano de acabar en la calle.

Arno veía alejarse a Tom, Adèle, Boris y Béa con aire soñador. Envidiaba su libertad. Esos cuatro niños llegados de fuera eran para él como la llamada de alta mar, una esperanza lejana de lo que quizás llegaría a ser un día: un gran viajero. ¿De dónde venían? ¿Quiénes eran? Se moría de ganas de saberlo. Hubiese querido convertirse en su amigo. Él nunca había salido de su pueblo. Su horizonte era el del mar, el pequeño puerto, la costa, las llanuras, los alrededores, y los diez metros de la terraza del bar. Fuera de Plouarec existía todo un mundo hecho de ciudades, de gente diferente, de países que no conocía y que quizás nunca llegaría a conocer.

—¡Eh! ¡Eh! ¿Estás soñando despierto, chico? Venga, ¡al trabajo! ¡Los clientes esperan!

La despiadada realidad, encarnada en Dumoulec, acababa de volver, interrumpiendo bruscamente los sueños de Arno.

Tras dos horas de marcha bajo la lluvia, los niños llegaron a la cima de una pequeña cala. Ante ellos, golpeado por las olas, apareció el *Ragedingue*, inmenso y siniestro. Los cuatro soltaron un grito de estupor. Encallado en las rocas, el navío no era más que una carcasa completamente calcinada, una masa de metal quemado sacudido por las olas. Adèle, Tom, Boris y Béa bajaron hasta los restos y subieron a bordo. El barco se balanceaba ligeramente al ritmo de la marea. Su casco chirriaba contra las rocas. En el interior, el espectáculo era desolador. Apenas quedaba nada del pesquero. Todo se había fundido. Un incendio había asolado los restos. Los niños los exploraron minuciosamente, registrando hasta lo más recóndito. Pero no descubrieron nada extraordinario. Ya estaban pensando en marcharse cuando Tom, que se había quedado atrás, percibió algo.

—¡Venid a ver!

En la pared de una de las cabinas, un agujero abierto del tamaño de un ojo de buey se abría desde el exterior. Béa lo fotografió inmediatamente.

—¡Mirad! Se diría que la pared de la cabina ha sido horadada desde fuera. ¿Estáis pensando lo mismo que yo...? —preguntó.

Adèle, Tom y Béa intercambiaron miradas circunspectas. Sí, estaban pensando lo mismo.

—Acordaos de la descripción del Kraken —les dijo Tom—. Tentáculos gigantescos que taladran y arrancan... la fuerza de un Titán, más poderoso que un ejército de elefantes... Imaginaos la escena. Presas del pánico, los hombres dejan el puente del barco y, corriendo aterrorizados, se refugian aquí, en la cabina. Se creen por fin fuera de peligro, pero entonces un tentáculo inmenso atraviesa el casco del barco de un solo golpe y surge en el interior de la cabina. El brazo asesino busca, tantea, sondea la cabina en busca de las presas refugiadas allí. El tentáculo roza a un marinero que no sabe cómo escapar. Lo encuentra y le atrapa. El hombre no tiene tiempo de hacer un sólo gesto cuando el brazo le ha cogido y se ha enrollado a su alrededor. Las ventosas se pegan a su piel. El pescador lucha y grita, pero cuanto más se debate más se cierra en torno a él la viscosa trampa. Está perdido. Después, el tentáculo se retira, llevándose al marinero hasta la mandíbula de la bestia que, ante los ojos de los demás, lo devora sin piedad. ¡Una auténtica carnicería!

Adèle, Boris y Béa sintieron un escalofrío al imaginar esa escena, que Tom había sabido describir con un realismo aterrador.

—¡Tuvo que ser horrible! —dijo Béa.

—El horror absoluto... —añadió Boris, que visualizaba muy bien la escena.

Instantes más tarde, salieron del barco. Todavía llovía. La marea alta había invadido ya toda la cala. Sólo los restos del *Ragedingue* sobresalían del agua.

—Lástima irnos con las manos vacías —pensó Boris en voz alta.

—Tenemos las fotos, ya es algo —añadió Tom, mucho más positivo.

Saltaron sobre una roca y emprendieron el camino de regreso. Desde lo alto de la cala, Tom se volvió y contempló una última vez el mísero pesquero que flotaba como un esqueleto carbonizado.

22

Jonás el tuerto

CAÍA LA NOCHE. Gruesos nubarrones oscuros se amontonaban en el horizonte, cubriendo el cielo de un crepúsculo prematuro. En el puerto, las casas se alumbraban una a una, extendiendo sobre el muelle una luminosidad húmeda y pálida. Fuera, la lluvia golpeaba las ventanas del bar y se lanzaba con rabia contra los paseantes. Atraídos como mariposas por las luces de *La Goélette*, los pescadores, de vuelta de faenar, envueltos en sus chubasqueros, entraban uno tras otro en el interior del bar.

—¡Grumete! ¡Un vino caliente! —dijo un pescador.

—¡Que sean dos!

—¡Otro para mí!

—¡Lo mismo!

—¡Para mí una sidra!

—¡Vamos, grumete! ¿Viene eso?

El joven Arno se apresuraba a servir a los habituales. Revoloteaba entre mesas y sillas, limpiaba con la esponja las jarras derramadas, distribuía cerillas y ceniceros, estrechaba manos aquí y allá, cobraba las consumiciones, devolvía el cambio...

La Goélette se había convertido en un ensordecedor murmullo de voces graves y risas roncas. Sentados en una esquina cerca del gran ventanal, Adèle, Boris, Tom y Béa observaban con curiosidad esa efervescencia cacofónica. Intentaban escuchar las conversaciones, pero no eran más que charlas confusas y sin interés. Se discutía de las últimas noticias del día, de las previsiones meteorológicas del día siguiente, de la subida del precio del petróleo y de las condiciones de trabajo de los pescadores.

Envuelto en un viejo chaquetón desgarrado y una decrépita bufanda enrollada en torno a su cuello, un hombre de rostro patibulario irrumpió en el bar. Abrió violentamente la puerta de una patada y avanzó titubeando hasta la barra. Sus botas se arrastraban por el suelo. Se oyeron entonces algunas risas socarronas y murmullos burlones. El hombre estaba ebrio, lo que no parecía sorprender a nadie. Los niños le observaron y sintieron un escalofrío. Además de lucir una enorme cicatriz que le atravesaba el rostro, le faltaba un trozo de labio y tenía, probablemente, un ojo vacío bajo el parche. Bajo su recia barba, su piel estaba picada de viruelas y agrietada. Pero lo más espeluznante era su mano derecha, sin dedos, en la que se podían percibir muñones de falanges minúsculas, provistos de uñas que parecían encogidas como las garras de un gato. El viejo pescador se volvió hacia la asamblea, balbuceando, y cruzó su mirada con la de los niños, que se quedaron de piedra.

—¡Otrosss fo... rasss... teros! —les espetó, apuntándoles con su espantosa mano. Esssch que no pueedennn dejarnossss... trrrrrrnannnquilos. ¡DIOSSSSSS! Que se va... vayannnn por donde hannnn venidoooo... ¡Pájarossss de mal agueroooo!

Adèle, Boris, Béa y Tom se quedaron aterrorizados.

—¡Largaos! ¡Vol... volved a vuestrassss casassss!

El hombre se mostraba cada vez más violento.

—¡Cierra la boca, Jonás!

—¡Deja a los chavales tranquilos, viejo pellejo!

Se escuchó una salva de insultos a través de la sala.

—Osss... oss... os prohíbo... hablarrrme así.... porgue yyyyyo-ooo ¡lo ssse tooodo! Y vosotrrrosss no sabeisss... ¡naaaada! Así que callaaaossss panda de iggggnorannntesss...!

—¡Ya estamos! ¡Ya empezamos con los delirios! —gritó un marinero.

—¿Otra vez tu historia del elefante rosa? —gritó otro, levantándose de la mesa.

Toda la sala de echó a reír.

—¡Exxxx.. ac ta mente, seññññorrr! Yyyyyoo, yo ¡lo he visto! ¡Mmmmás grande quequeque... un ele... ele... elefante... rrrrosssa!

—¡Parece que cuanto más bebes, más crece!

Volvió a oírse una carcajada general.

—Yyyo... digo la ffffff... ffff... la fffverdad, yyyyooo, seññññorrr. Lllll... lo he visto... como ttt... ttte... estoy fffviendo a ti, ¡desssgraciaooo! Ffffbrrraazos inmmmensossss y todo... y todo...

—¡Venga, Dumolusco! ¡Sácalo del bar!

—¡Vete ya a acostarte, a dormir la mona!

Una nueva carcajada estalló en la sala.

—Venga, Jonás, harías bien volviendo a tu casa —le dijo el dueño—. Nos estás mareando con tus historias de borracho, siempre lo mismo... ¡venga, vete!

—Os digo... os digo... que lo he... que lo he... ¡fffvisstooo! ¡Y yyyoo, mme ggquedo aggquí! Un... un... güi.. güi... güisssguiii, mocoso!

Ya se habían levantado dos marineros para ayudar al viejo pescador a salir del bar. Éste último se resistió y empezó a buscar pelea. Los dos hombres lo agarraron firmemente y lo empujaron hacia la salida. El espantoso personaje gritaba. Apuntó por última vez su siniestra garra hacia los cuatro aterrorizados niños y les dijo:

—Os... os he... afff.. affvisado... jjjjovencitos... ffforasterosss... ¡atttenciónnn a los que... ssseee... mmmettten... en los assss.... suntos ajjjjennnosss!

Adèle, Boris, Tom y Béa se acurrucaron en su esquina. Toda la sala se puso a vociferar contra el repulsivo pescador.

—¡Venga! ¡Ahora vete!

—¡Que se vaya ya, ese beodo!

—¡Vete a empinar el codo a otra parte!

—¡Estamos hartos de tus cuentos! ¡Hace una semana que deliras, desgraciado!

—¡Vete, Jonás! ¡Y que no te vea por aquí durante una buena temporada! —concluyó el dueño con la voz del que no bromea en absoluto.

Los dos marineros le echaron fuera violentamente y le miraron con desprecio, amenazándole con el puño. Sobre el muelle, el viejo borracho se tambaleó y a punto estuvo de caer en un charco de agua. El desdichado zigzagueaba bajo la lluvia vociferando injurias. Hizo como que se alejaba para después volver a pegar su atroz rostro contra el gran ventanal del bar, a la altura donde estaban sentados los niños. Adèle, Boris, Tom y Béa dieron un salto atrás. Su cicatriz, en la que se distinguían a la perfección las costuras, parecía aún más repugnante y les encogió el corazón. La lluvia fluía en hilillos sobre ella. Tras el cristal, se le oía gritar.

—¡MMMaacchhhaaasosss, suciossss... niñññossss entrometiiidossss! ¡Es innutillll! ¡Nunca co... connocereissss... mi sssecreto! ¡Nadie lo ssss... sssabraaaa... suciassss rrrrraaatttassss! ¡JA! ¡JA! ¡JA!

Soltó una risa diabólica que les heló la sangre. Su boca no era más que un agujero tachonado de dientes podridos que las caries habían acabado por tallar en punta. El repugnante individuo escupió sobre el cristal y se alejó delirando en plena noche. Segundos más tarde, un hombre, tocado con una gorra, sentado discretamente en una esquina del bar, se levantó, salió a su vez y siguió los pasos del viejo Jonás.

Los niños, desorientados por la terrible escena, intercambiaron miradas de angustia. Después, como si nada hubiese pasado, los marineros retomaron sus conversaciones allí donde habían sido interrumpidas, y la pequeña sala volvió a su ronroneo jovial, al que se añadía ahora un trajín de cubiertos y ruidos de bocas. Hambrientos por su jornada en el mar, los marineros devoraban sus platos sin dejarse distraer. En cuanto a los niños, petrificados por lo que acababa de pasarles, ni siquiera se habían dado cuenta de la buena cena que les habían servido. Bajo su vaso, Adèle descubrió un papelito doblado en cuatro. Lo desplegó y leyó:

«Esta noche. A las doce. Faro del espigón.»

Adèle miró a su alrededor esperando poder desenmascarar al misterioso autor de ese enigmático mensaje; después se lo pasó a sus primos.

—¿Y si fuese una trampa? —dijo Béa.

—Es posible —apuntó Tom—. Pero de todas formas somos cuatro. ¿Qué riesgo corremos?

—¡Hay que ir! —exclamó Boris, muerto de curiosidad, y deseando un poco más de acción—. ¡De todos modos, no nos vamos a ir a acostar ya, como niños buenos!

—Me pregunto cómo este papelito ha podido llegar a nuestra mesa sin que nos diésemos cuenta... —dijo Adèle, que hablaba consigo misma—. Esta noche sacaremos algo en limpio.

Fuera, la lluvia se había calmado. Sobre el muelle, las luces del bar se reflejaban en los charcos de agua y brillaban sobre los adoquines mojados. A un centenar de metros de allí, el pequeño faro del espigón lanzaba su rayo de luz en la noche. A través del ventanal del bar, los niños lo miraron como si fuese una amenaza cercana.

23

El secuestro

ANONADADO, EL DOCTOR Alfred Mackal se hundió en su sillón. Sentado frente a él, Bob le miró, estupefacto. En el pequeño despacho anexo a un laboratorio, un silencio de muerte cayó sobre los dos hombres. Eran las nueve de la noche. Todo estaba en calma en el departamento de análisis toxicológicos del centro de investigación de la policía científica de Brest. A esas horas, los locales estaban casi vacíos. No se oía nada más que, aquí y allá, en los cuartos vecinos, el ruido de algunas máquinas de experimentación en funcionamiento y el murmullo de ordenadores todavía encendidos. El doctor miró de nuevo consternado al otro lado de la habitación. Todavía no podía creérselo.

Incrustado en una de las paredes del despacho, un espléndido acuario servía de fachada a una ingeniosa caja fuerte. Aparentemente normal, el acuario era un trampantojo que daba una auténtica impresión de profundidad. De hecho, la fina pared de cristal —tras la que minúsculos peces, agrandados por un efecto lupa, nadaban tranquilamente entre las algas— no tenía más espesor que el de una trampilla montada sobre goznes invisibles.

En el fondo de la pared de cristal, un espejo impedía ver lo que había detrás, donde se encontraba precisamente una caja fuerte de enigmas electrónicos: un sistema revolucionario de inteligencia artificial que inventaba cada diez minutos todo tipo de códigos y jeroglíficos extremadamente complejos y cuyas soluciones se encontraban encerradas en el interior de un compartimento inviolable. Solo unas pocas personas tenían acceso a él. La apertura de la caja no estaba, pues, al alcance de cualquier aprendiz de ladrón y era necesaria una audacia insensata, además de alguna complicidad interna, para intentar acceder a un sistema como aquél. Y sin embargo, el ladrón lo había conseguido hacer con maestría. Pues el acuario, abierto de par en par, dejaba ver una caja fuerte completamente vacía.

—¡Es una catástrofe! —dijo el doctor—. No entiendo cómo alguien ha podido introducirse aquí sin que yo lo haya visto... En todo caso, el hombre que ha hecho esto debe estar extremadamente bien informado, porque somos muy pocos aquí los que conocemos el emplazamiento de esa caja fuerte. ¡Un robo de esta importancia en plena sede de la policía! Confieso que me he quedado de piedra. ¡Estoy perplejo! A parte de un miembro de nuestro equipo, en verdad no veo quién hubiese podido tener acceso a ese tipo de información...

Alfred Mackal continuaba asombrado. Bob se levantó e inspeccionó el cofre que Mackal acababa de abrir ante sus ojos unos minutos antes.

—Y sin ninguna huella de haber sido forzado... —murmuró Bob—. ¿Cómo es posible? Haga memoria... ¿No se ha ausentado usted en ningún momento?

No... Espere... Sí, esta mañana, he recibido una llamada telefónica de uno de mis colegas. Me pedía que pasase a verle a su despacho porque había recogido restos de un líquido sospechoso en un cadáver y deseaba que fuese a identificarlo. Permanecí veinte minutos largos en su laboratorio.

—Y cuando volvió ¿no observó nada extraño?

—Nada. Absolutamente nada. De hecho, ya lo ha visto. ¡He abierto la caja fuerte ante usted sin imaginar que el frasco que contenía las muestras del *Ragedingue* y mi informe analítico habían desaparecido!

—¿Sospecha de alguien en particular?

—De nadie en absoluto. ¿Qué quiere usted decir?

—Quiero decir que el hombre que se ha introducido en su despacho bien podría ser uno de sus colegas...

Bob dio unos golpecitos con el dedo contra la pared del acuario. Un pececito azul de cola plateada nadaba al lado del cristal mirándole con indiferencia.

—¿Quiere usted decir que podrían haberme tendido una trampa y sacado del despacho para poder desvalijarlo?

—Por qué no...

El doctor Mackal, a quien todo este asunto había trastornado, se puso febril.

—Entonces ¡*ellos* podrían estar infiltrados en la policía! Es más grave de lo que pensaba... Abelmans tenía razón. *Ellos* siguen nuestras huellas de nuevo —hablaba en voz baja, como si alguien pudiese escucharlos—. ¡Es una catástrofe! No poseemos ninguna prueba. ¡Se han volatilizado! ¡Bufff...!

—Vamos a tener que actuar con cautela. Doctor ¿podría decirme lo que contenía exactamente ese frasco?

—Colágeno.

Bob miró con aire dubitativo.

—Colágeno anormalmente rico en ácidos aspárticos y en ácidos glutámicos.

—No comprendo... —dijo Bob—. ¿Puede ser más claro?

—¿Más claro? Pues bien, ¡estamos en presencia del *Decapus giganteus*!

Bob frunció el ceño.

—¿Cómo?

—¡*El Decapus giganteus!* El decápodo más antiguo conocido. Un gigante de los mares que vivió al final del periodo Cámbrico. ¡Un monstruo que vivió hace más de quinientos millones de años! ¡Un fósil viviente! ¡El Kraken, amigo mío, el Kraken!

—¡¿El Kraken?! —se asombró Bob, sofocado—. Creía que ese animal terrible no era más que una leyenda, un mito, una pura invención del folclore noruego.

—¡Pues no! ¡Ese dinosaurio existe sin duda! ¡Por muy improbable que pueda parecer! Lo que le estoy contando no es ni ciencia-ficción ni fabulación, mi querido Bob, sino la pura y estricta realidad. Yo mismo no salgo de mi asombro, por eso verifiqué mis análisis varias veces antes de rendirme a la evidencia: estamos sin dudarlo ante la presencia del Kraken, la mayor criatura que haya existido sobre la tierra. Mis conclusiones son irrefutables. Ahora la cuestión es descubrir cómo ese inmenso animal ha podido sobrevivir hasta nuestros días. Y, sobre todo, cómo va a evolucionar. La literatura sobre ese tema abunda en escenas catastróficas, en maremotos, en destrucciones de puertos, en naufragios, en muertos y en desapariciones asociadas a él. Todo eso no presagia nada bueno. Y confieso que estoy muy preocupado. Con una criatura como esa libre en nuestros océanos, existen serias razones para creer que corremos graves peligros. Por eso puedo afirmar sin pestañear que el pesquero *Ragedingue* fue atacado por ese monstruo, y que al animal no debió llevarle mucho tiempo destrozar a los seis marineros. ¡Pobres hombres! No me atrevo a imaginar el horror de sus últimos instantes. Todo esto es evidentemente alto secreto. Y dado que hemos perdido la única prueba de su existencia, veo difícil que, usted o yo, podamos denunciar su presencia a la prensa. El pobre Abelmans sufriría una violenta humillación de la que seguramente no se recuperaría...

Bob no podía creer lo que estaba oyendo. Durante un momento se quedó sin habla. Aquella increíble noticia le había dejado de piedra. En el silencio del centro de investigación de la policía científica, la noche había tomado un cariz extraño. Se había convertido de pronto en algo trágico, amenazador. Bob experimentó una extraña sensación. Como si alguien le observara. Como si fuese a surgir un peligro inminente.

—Todo acaba aquí. Lo siento. Me hubiese gustado que fuese de otro modo. Buena suerte, Bob, y dé un fuerte abrazo de mi parte a mi viejo amigo Gérald.

Tras haberle dado las gracias efusivamente, Bob se despidió del doctor Mackal y salió. En el exterior, la noche estaba cargada de gruesos nubarrones negros. Una débil brisa marina le acarició el pelo. Bob escrutó el cielo y levantó el cuello de su impermeable. Empezaba a llover de nuevo. Pequeñas gotas, ligeras, le golpeaban los hombros. Al otro lado de la calle, Nono le esperaba en el coche. Bob atravesó la calzada. A través de las empañadas ventanillas, el animal, sobrexcitado, le hacía gestos desesperados. De pronto, Bob sintió un golpe terrible. Cayó sobre el asfalto, semiinconsciente, y, con la energía que le quedaba, se arrastró unos metros hacia su coche. Un segundo golpe se abatió sobre él con más fuerza y le hizo perder el conocimiento. Tres hombres lo levantaron y lo metieron precipitadamente dentro del maletero de un gran todoterreno que arrancó de inmediato. Nono, que había conseguido salir solo del coche, echó a correr como un loco tras los secuestradores.

24

Las revelaciones de Arno

ADÈLE, BORIS, TOM Y BÉA empezaban a impacientarse. Ya eran las doce pasadas y su famoso desconocido no había aparecido todavía. Al pie del faro, perdidos en la noche, los cuatro niños tiritaban dentro de sus chubasqueros. Una fina lluvia les helaba los huesos. Sobre los muelles, las casas no eran más que sombras sin vida. A lo lejos, el bar aún brillaba; después se apagó también y su lejano resplandor desapareció de golpe, dejando a los niños en completa oscuridad. Sólo el faro hacía girar su luz. Las tinieblas habían cubierto el pequeño puerto. El mar no era más que una pasta blanda y oscura que se confundía con el cielo.

—Deberíamos marcharnos... —dijo Bea en voz baja—. Esto no me gusta nada.

—¡Miedica! —le lanzó Boris, que no perdía ocasión de provocar a su hermana—. ¿Prefieres quizás dedicarte a cazar cucarachas en tu habitación?

—¡Eh, Boris! ¿Sabes qué? Vete a la mm...

—¡Eh! ¡Vale ya, vosotros dos! No es el momento... —exclamó

Adèle, que escrutaba la penumbra intentando percibir alguna cosa.

—¡ESCUCHAD! —gritó Tom.

Los otros tres se sobresaltaron. Aguzaron los oídos. Nada.

—Pues me había parecido oír…

—¿Te has vuelto loco? ¿A quién se le ocurre meternos un susto así? —exclamó Boris.

—¡Je, je... y era yo la miedica! ¡Me parto de risa! ¿Eh, gallina? ¡Controla tus nervios! Ya nos dirás si quieres que te acompañemos al hotel. Lo entenderíamos.

Boris frunció los labios y cerró los puños. Pero antes de que hubiese tenido tiempo de lanzarse sobre Béa, Tom gritó, con el brazo estirado.

—¡ALLÍ!

Por el muelle caminaba una sombra. Avanzaba hacia ellos. La sombra se acercó y luego se detuvo. No estaba más que a unos metros. Dio un paso, después dos y levantó su capucha. Era Arno, el joven camarero del bar. Adèle, Boris, Tom y Béa respiraron. Habían sentido mucho miedo. Arno les miró con una sonrisa tranquilizadora y se detuvo frente a Adèle, que bajó inmediatamente la mirada.

—El mensaje ¿lo dejaste tú? —le preguntó Tom con una voz todavía temblorosa.

—Chissss...

Arno se llevó el dedo índice a los labios y les hizo una señal con la cabeza que quería decir «seguidme». Ellos sintieron inmediatamente que podían confiar en él e, impulsivamente, le siguieron sin preguntarse adónde podría llevarlos. En la oscura noche, recorrieron un largo sendero flanqueando el acantilado que dominada peligrosamente el océano, caminando a tientas en fila india tras los seguros pasos del joven grumete. La lluvia les azotaba el rostro. En algunos sitios, fuertes rachas les empujaban con violencia. Después atravesaron una landa fangosa y desolada, batida por el viento que traía el eco lejano de las olas. Llegaron después a una cala a la que iban a estrellarse olas llenas de rabia. Sin ver nada, atravesaron todavía otro sendero y escalaron unas rocas, poniendo los pies en las huellas de Arno. Después, entre dos bloques de piedra, se introdujeron a ciegas por una grieta tallada en la roca, penetraron en el interior de una pequeña galería que atravesaron, doblados en dos, a lo largo de varias decenas de metros, y desembocaron en la gruta secreta de Arno. Los cuatro niños se quedaron asombrados. Con los ojos como platos, contemplaban el grandioso horizonte. Bajo un manto de lluvia, el mar se extendía hasta el infinito, negro, inquietante, magnífico. En alta mar, recto como un palo, el faro de las Ballenas se erguía en medio de la noche como una antorcha eterna. Colgados entre el cielo y el mar, los niños no podían soñar con un espectáculo más hermoso que aquel.

En religioso silencio, Arno les hizo sentase a su alrededor sobre la paja húmeda que tapizaba el suelo de su gruta. Iluminado por una linterna, el joven les dijo:

—Bienvenidos a mi casa... aquí estaremos tranquilos. Nada podrá pasarnos, porque es un lugar que nadie conoce.

Tom reparó en una pila de libros. Arno se dio cuenta.

—... Sí, aquí es donde venía a leer... antes... a escondidas de mi tío... porque no soportaba verme con un libro en la mano... entonces yo venía por las noches sin que él lo supiese y me pasaba horas leyendo aquí, a veces hasta bien entrada la noche...

todo eso, era antes... antes del drama... mi pobre tío... el único miembro de la familia que me quedaba... ahora ya no tengo a nadie... estoy solo en el mundo...

Su voz estaba llena de tristeza y su mirada llena de rebeldía.

—¿Tus padres están...?

—...muertos, sí, hace mucho tiempo.

Béa no se había atrevido a pronunciar la palabra.

—Yo tenía seis años. Estaba en casa de mis tíos, durante las vacaciones de verano. Era el día de la vuelta al colegio. Yo esperaba impaciente el regreso de mis padres. Lo estaba deseando. Desgraciadamente, en su lugar vinieron dos policías para informarnos de que se habían matado en un accidente de coche. El otro implicado se había fugado. De hecho nunca lo encontraron. Mis tíos me recogieron entonces hasta que mi tía murió también, de pronto, una noche, en su cama. Entonces fue mi tío quien se ocupó de mí. Me cuidó, me educó y me enseñó todo lo que sé... le echo terriblemente de menos...

Arno estuvo a punto de echarse a llorar. Reprimió un sollozo y se recuperó. Los niños, emocionados, le escuchaban sin decir nada.

El viento silbaba. Las nubes descargaban ahora trombas de agua sobre el océano. Los niños, pegados unos contra otros, se calentaban como podían. A Béa le castañeteaban los dientes. Tom le masajeaba enérgicamente la espalda mientras Boris se frotaba las manos.

Adèle, ensimismada, devoraba a Arno con la mirada. Su pelo negro revuelto, sus mejillas hundidas, su magnífica sonrisa y sus grandes ojos de mirada viva hacían que lo encontrase guapo. Sus miradas se cruzaron. Largamente.

—A propósito, ¿por qué os interesáis en el barco de mi tío? —volvió a hablar Arno.

—Porque es una pieza fundamental de un asunto muy importante... —precisó Tom.

—Las razones del naufragio del *Ragedingue* no son las que se cree —dijo Adèle.

—¿Ah?

—El barco de tu tío habría sufrido con certeza el ataque del Kraken —exclamó Béa, orgullosa del efecto que produjo.

—¡¿De QUIÉN?!

—El Kraken... —respondió Boris, como quien no le da importancia—. ¡Oh! Un animalito adorable, encantador, muy simpático y para nada molesto. El único problema es que tiene el tamaño de un edificio de diez plantas y puede hundir un petrolero en pocos segundos cuando está de mal humor... En fin, un auténtico animal de compañía.

—Ahora en serio... —prosiguió Adèle—. Es una criatura gigantesca que habita los fondos marinos y ataca a cualquier navío que encuentra, creyendo que es una presa. Nada se le resiste. Además...

Tom le cortó la palabra.

— ...un monstruo así es una terrible amenaza para un país. Donde vive nuestro abuelo, en Noruega, el Kraken acaba de causar una gigantesca marea negra. Es una catástrofe. Pero nadie lo sabe. Nadie conoce la existencia del Kraken... Por esa razón...

Adèle no le dejó terminar.

— ...Además, aparentemente, ciertas personas tienen razones muy poderosas para querer acallar el asunto y hacer cargar con la culpa a los capitanes de los navíos.

—Eso explicaría lo que... —dijo Arno con aire pensativo—. ¡Pues claro, ahora me lo explico todo!

—¿Qué pasa? —preguntó Boris.

—¡Cuéntanos! —le animó Béa.

—Al día siguiente del naufragio, después de que los policías inspeccionaran el pecio, vi a un hombre entrar en los restos del barco. Permaneció un buen rato y luego volvió a salir sosteniendo en su mano un objeto que no pude ver. Estaba oscuro y desde aquí no lo veía muy bien. Recuerdo que el hombre llevaba una gorra. Desapareció de pronto a través de las rocas. Muy intrigado, bajé. Cuando llegué a la playa percibí, en lo alto de la cala, una luz que se iluminaba y después se apagaba cada diez segundos. El hombre de la gorra enviaba con su linterna señales luminosas en la noche. Me introduje entonces en el interior del pecio y volví a salir instantes más tarde. Justo a tiempo, porque dos hombres subieron a bordo. Me escondí inmediatamente entre dos rocas y escuché sin hacer ruido. Salieron inmediatamente, corriendo como liebres. Segundos más tarde, unas llamas gigantescas salían de los restos. Después el barco de mi tío se inflamó como una antorcha. Eran unas llamas enormes, de varios metros de alto. Fue horrible... Me sentí impotente. El pesquero de mi tío ardía ante mis ojos. No pude hacer nada. Ahora entiendo las razones de ese incendio criminal. ¡Esos hombres fueron allí a destruir las pruebas! ¡Es evidente!

Los niños estaban atónitos ante lo que acababan de escuchar. Si unos individuos corrían tales riesgos, es que el asunto era realmente serio. Con tres hombres, ya no se trataba de un ajuste de cuentas o de una venganza, sino de una organización secreta capaz de lo peor.

El camino de regreso fue algo más apresurado. Tom, Boris y Béa, intranquilos, corrían delante. Estaban deseando llegar al hotel. Todas esas historias de monstruos, naufragios, bandas organizadas e incendios criminales les habían asustado un poco. La oscuridad se cernía sobre ellos. Detrás, Adèle y Arno caminaban lentamente uno al lado del otro sin atreverse a mirarse. Sobre el exiguo sendero que bordeaba el acantilado, sus manos se rozaban de vez en cuando. Arno fue el primero en romper el silencio.

—Me hubiese gustado tener hermanos y hermanas como los tuyos, debe ser estupendo... —dijo Arno.

—Aunque los considere mis hermanos y hermana, de hecho no lo son... —respondió Adèle sin volver la cabeza.

—¿Ah, no?

—Son mis primos... Sabes... Yo soy como tú. Mis padres murieron cuando yo era muy pequeña.

Adèle le explicó que también ella había sido acogida, por sus tíos, a la muerte de sus padres, y que comprendía su desesperación y sus sufrimientos. Esos sufrimientos que consistían en imaginarse a sus padres, en construir en torno a su figura una vida imaginaria hecha de sentimientos y de acontecimientos que nunca existirán; en crear un mundo fantasma compuesto únicamente por su presencia virtual. Esos sufrimientos que consisten en hacerles existir simplemente a través de una vieja foto, en resucitarles gracias a algunos recuerdos vagos, en fabricarles una voz de la que nunca se oirá el sonido, en inventarles una mirada nueva, una mirada de presente, la mirada que hubiesen tenido. Adèle sentía a menudo esa terrible falta. Era como el dolor de un miembro amputado, que hacia recordar constantemente su ausencia.

Hubo un silencio. Arno miró a Adèle. Creyó ver brillar en sus ojos una pequeña lágrima. Arno le cogió de la mano. Adèle se estremeció. Se miraron sin decirse nada. A lo lejos, Boris, Tom y Béa no eran más que espejismos, y el mundo que les rodeaba, un decorado sin consistencia. Avanzaron así, de la mano, hasta el hotel. Ya eran las dos de la mañana cuando volvieron a sus habitaciones. En el pasillo, caminaron de puntillas para no despertar a Bob. Los niños esperaban que no se le hubiese ocurrido comprobar que estaban acostados en sus camas.

—¡Béa! Pero ¿qué haces? —exclamó Boris.

—¡Déjame! Voy a buscar a Nono —contestó Béa que ya tenía la mano en el pomo de la puerta.

—¡Chisssst! No hagas ruido, vas a despertar a Bob —dijo Tom.

Béa entreabrió la puerta de la habitación e introdujo su rostro en el interior, llamando al animal. No obtuvo respuesta. Así que entró.

—¡Pero bueno! Venid a ver —dijo en voz alta, encendiendo la luz.

Bob y Nono no estaban en la habitación. La cama ni siquiera estaba deshecha, y las maletas no se habían movido.

—Espero que no les haya pasado nada... —dijo Tom, un poco inquieto.

—¡No os preocupéis! Aquí no puede sucederles nada... —les tranquilizó Arno desde el pasillo.

—¡Vamos! ¡Ahora todo el mundo a la cama! —ordenó Adèle.

Mientras Béa, Tom y Boris entraban en sus habitaciones, Adèle se quedó sola en el pasillo con Arno. Bajo las puertas escapaban ribetes de luz. Después, sus primos apagaron, dejando a Arno y a Adèle en la penumbra que un panel luminoso de «salida de emergencia» rompía con su resplandor verde. Adèle estaba febril. Su corazón latía con fuerza. Arno se mantenía tímidamente de pie ante ella. El instante era mágico. Clavados el uno frente al otro, se miraban con intensidad. Sus ojos no podían separarse. Los dos sintieron un escalofrío inusitado. Y la sensación extraña de que el mundo a su alrededor carecía de importancia. Los sonidos, los objetos, los lugares, la gente... no eran más que vacío, nada. La realidad se desvanecía de golpe. Un sentimiento único estaba naciendo entre ellos. Arno tomó torpemente la mano de Adèle. Su corazón amenazaba con salirse de su pecho. Se acercó a Adèle, tendió hacia ella sus cálidos labios y, por primera vez en sus vidas, intercambiaron un beso.

25

El intrépido animal

TODAVÍA MEDIO ATURDIDO, Bob recuperaba poco a poco el conocimiento. Le costaba reponerse. La cabeza le daba vueltas y sentía en el cráneo un dolor muy violento. Intentó llevarse las manos a la herida, pero las ligaduras que le sujetaban fuertemente los brazos a la espalda, se lo impidieron. Con las pocas fuerzas que le quedaban, Bob intentó liberarse. Hizo un esfuerzo sobrehumano para incorporarse, pero unas esposas le oprimían las muñecas y los pies estaban atados con una cuerda que le cortaba la circulación y le impedía hacer cualquier movimiento. Desalentado, Bob se dejó caer hacia delante y se desvaneció de nuevo.

Cuando volvió a abrir los ojos, instantes más tarde, todo le daba vueltas. Un remolino de objetos imprecisos bailaba a su alrededor como una espiral infernal. Después, poco a poco, los objetos se hicieron más claros. Estaba prisionero, atado a un poste. ¿Dónde se encontraba? ¿Quién le había secuestrado? ¿Por qué razón? Ahora lo importante era salvar el pellejo, y deprisa. Debía escapar antes de que sus captores regresaran. Pero ¿cómo? Bob observó atentamente el lugar donde le habían encerrado, buscando un medio para liberarse, así como indicios que pudiesen ayudarle a descubrir la identidad de sus agresores. Se encontraba en un hangar húmedo y abandonado, parecido a los que utilizan los estibadores para almacenar mercancías. Un infecto olor a pescado podrido invadía el lugar. Bob dedujo que seguramente debía tratarse de un almacén situado cerca del mar. En una esquina, se escuchaba el ruido regular de las gotas de agua cayendo sobre el suelo. Poco a poco sus ojos se acostumbraron a la oscuridad y consiguió identificar con rapidez las sombras que le rodeaban. Había, dispersos por todas partes, viejos bidones oxidados, cajas apiladas unas sobre otras, cadenas de amarre enredadas y abandonadas negligentemente por el suelo, ganchos y poleas que colgaban de viguetas metálicas, un carro elevador deteriorado que acababa sus días junto al casco desmantelado de un viejo barco y trozos de chatarra amontonados. De vez en cuando, la sombra fugitiva de una rata atravesaba corriendo el hangar.

Bob estaba en una situación muy incómoda. ¿Qué pretendían hacer con él sus agresores? ¿Le torturarían para hacerle hablar? ¿Qué querrían de él? ¿Por qué no le habían matado inmediatamente? Goterones de sudor caían desde su frente. Intentó de nuevo forzar sus ligaduras. Era inútil. Un auténtico peligro se cernía ahora sobre él. Su vida estaba en manos de personas sin escrúpulos. Pero Bob no era de esa clase de gente que se deja impresionar fácilmente. No era la primera vez que se encontraba en una situación parecida. Antiguo mercenario en Kenya, había sido encarcelado y torturado varias veces, y después condenado, en prisiones de África, acusado de diversos tráficos. Le debía la libertad a Abelmans, gracias a él había entrado a formar parte de *Crypto*, un equipo de choque de cazadores de *Críptidos* en el que Bob había sido un colaborador increíblemente eficaz. Su envergadura impresionante, sus nervios de acero, su espíritu de iniciativa y su sentido para la improvisación habían salvado varias veces al equipo de situaciones desesperadas. No iban a ser, pues, dos delincuentes y un par de grilletes los que le iban a amedrentar.

De pronto, un coche aparcó delante del hangar. Bob retuvo su respiración. Sabía controlar su miedo. Se oyó cerrarse la puerta del coche. Después otra. Y otra más. El motor en marcha cubría la voz de los hombres que discutían en la noche: tres, quizás cuatro. Se cerró nuevamente otra puerta y el coche arrancó. Dos hombres hablaban ahora en voz baja sobre el muelle. Se acercaron con paso decidido. Sus tacones golpeaban el asfalto. Bob pensó en Adèle, Tom, Boris y Béa. Eso le daba fuerza y valor. Oyó un chirrido estridente. En el fondo del hangar, la puerta metálica se arrastró lentamente sobre su rail. Dos sombras penetraron en el interior y avanzaron hacia él, sin dudar. La lluvia empezó a caer de nuevo con brusquedad. Martilleaba el techo del hangar, propagando por la chapa un ruido ensordecedor. Las sombras se encontraban ya a pocos metros. Llevaban dos potentes linternas. Bob, doblado en dos, se hacía el muerto. Uno de los dos hombres se acercó, le levantó el mentón con el cañón de su fusil y dijo:

—Tu amiguito nos ha dicho todo lo que queríamos saber antes de morir. ¡Ahora te toca a ti soltar lo que sabes!

Dio a Bob una fuerte patada en las costillas. Bob apretó los dientes para no gritar. El hombre cogió impulso para golpearle de nuevo pero su cómplice lo detuvo.

—Déjalo, no sirve de nada... Ya ves que todavía está atontado... Volveremos dentro de una hora, cuando esté bien despierto, y ajustaremos las cuentas con él, como con el otro. Venga, vamos...

Los dos malhechores apagaron sus linternas y se dirigieron tranquilamente hacia la salida. Una rata pasó rápidamente entre sus piernas. Uno de los dos hombres se sobresaltó automáticamente. Le pegó una patada a un bidón vacío que rodó varios metros haciendo un ruido infernal.

—¡BESTIAS ASQUEROSAS!

Después, los dos hombres salieron, volviendo a cerrar la puerta. En el hangar, se oía la lluvia golpear sobre la chapa. Bob había obtenido un aplazamiento. Pero ¿por cuánto tiempo? Habían dicho una hora.

Instantes más tarde, oyó un ruido que provenía del techo. Sobre su cabeza, sobre la chapa de plástico transparente, correteaba una sombra. Bob la siguió con la mirada. Después sintió una conmoción. La sombra acababa de realizar un agujero en la chapa.

—¡¡NONO!! —gritó Bob.

La cabeza del suricato colgaba a través del agujero que acababa de hacer. El animal buscaba ahora el mejor medio para llegar hasta el suelo. El armazón metálico situado unos metros más abajo constituía un andamio excelente. Pero había que alcanzarlo. Sin pensarlo dos veces, el animal se lanzó al vacío y resbaló de forma desafortunada sobre una de las viguetas, antes de caer como un trapo seis metros más abajo.

—¡NONO!... ¡NONO! —se lamentó Bob en voz baja.

El animal no respondía. Seguía tumbado unos metros más allá.

—Oh... nooo...

El suricato no se movía. Pero después de unos segundos, se estremeció y se incorporó débilmente.

—¡NONO! ¡No estás muerto! ¡Gracias a Dios!

Bob estaba loco de alegría.

Al final de sus patas, el animal estaba dotado de garras gigantescas, afiladas como cuchillos. Era la primera vez que Bob se fijaba en ellas. Se retraían como las garras de un gato y desaparecían en el interior de sus extremidades. El animal se lamió las heridas y se acercó a Bob, gimiendo. Se había roto una pata al caer. Bob no salía de su asombro. El valor y la fuerza de ese animal no dejaban de sorprenderle. ¿Cómo había podido encontrarlo?

—Nono... tienes que ayudarme a soltar esto... ¿Entiendes? Mira...

Movió los pies sacudiendo el busto para indicarle que estaba atado como una longaniza. El suricato le escuchaba moviendo la cabeza de derecha a izquierda.

—Nono... allí... mira... mira...

Bob le indicaba con el mentón un montón de chatarra.

— ...necesito algo muy fino, como un alfiler... ¿lo entiendes?

El animal le miró con sus grandes ojos perdidos.

—¡Ay! Si pudieses entender lo que te digo...

Al oír esas palabras, Nono corrió a través del hangar y saltó sobre el montón de chatarra. Tras revolver unos instantes, volvió con un trozo de alambre completamente oxidado, se colocó detrás de Bob y, en un abrir y cerrar de ojos, abrió las esposas.

—¡Bravo, Nono, magnífico!

Bob deshizo entonces el enorme doble nudo que le ataba los pies y se incorporó sobre sus piernas.

—¡Al fin libre! Ahora vámonos, ¡no hay un segundo que perder!

Bob cogió a Nono en sus brazos, se dirigió hasta la puerta del hangar y corrió con todas sus fuerzas perdiéndose en la noche.

26

Un morboso descubrimiento

ADÈLE DEJÓ SU CUENCO de leche sobre la mesa y giró la cabeza de forma indolente hacia la ventana. Estaba preocupada. El sol, tímido, intentaba imponerse mal que bien en un paisaje nublado. En el bar, algunos marineros que ya habían regresado de faenar tomaban café en la barra. Tom y Boris terminaban de desayunar, mientras Béa no paraba de prepararse rebanadas de pan untadas con mantequilla y espolvoreadas ligeramente de chocolate. Eran su debilidad...

—¡Deja ya de zampar, por Dios! —le dijo Boris con tono seco.

—Déjame en paz —contestó ella, lanzando perdigones.

Tom observaba con mirada desolada los tres grandes trozos de pan que Béa tenía todavía en su plato. Era la glotona de la familia. Debajo de su aspecto jovial y desvergonzado, era una chica acomplejaba que no acababa de asumir sus redondeces. Y con razón. Sus padres, sus hermanos y su prima la señalaban con el dedo a menudo, reprochándole que comía demasiado. Pensaban que podría ser mucho más guapa si comiese menos, que no adelantaba nada siendo ser así y que era una pena que arriesgase de ese modo su físico y su salud. En consecuencia, se permitían todo tipo de reflexiones desagradables respecto a ella, llegando incluso a espiarla durante las comidas y a cuantificar lo que tragaba. Pero esa actitud no había tenido el efecto deseado. Béa era una rebelde que no se plegaba fácilmente a las exigencias de los demás. ¿Querían que adelgazase? Muy bien, pues entonces ¡comería más! Miró a Boris y a Tom con aire arrogante y se metió adrede la mitad de una rebanada de pan en la boca.

—Adèle, ¿sigues preocupada por Bob? —preguntó Tom que, molesto con Béa, encontró rápidamente otro tema de conversación.

—Nos había prevenido que quizás llegaría muy tarde —precisó Boris, que intentaba también ignorar a su hermana.

—Sí, pero de ahí a no volver... —dijo Adèle, sin moverse.

—¿Crees de verdad que puede haberle pasado algo grave? —añadió Tom.

—No sé nada... constato que no es su estilo. Bob es siempre muy preciso. Cuando dice algo, lo cumple...

—¿Has intentado llamarle al móvil? —preguntó Tom.

—Sí, siempre sale el contestador. Le he dejado varios mensajes y varios SMS.

Béa seguía tragando sus rebanadas de pan haciendo un ruido increíble. Se la oía masticar el pan tostado desde el fondo de la sala. Tom, Boris y Adèle se volvieron y la miraron con severidad. Ella se interrumpió bruscamente, con la boca llena y cara de no entender nada.

Desde la barra, Arno no quitaba ojo a Adèle que, esa mañana, le ignoraba. La mente de la joven estaba en otro lado. Bob no había vuelto esa noche y, en unas horas, tenían que partir hacia Tromsø. ¿Qué podía haberle pasado?

—¿Y si avisamos a la policía? —propuso Boris.

—¿Para decirles qué? ¿Qué Bob no ha vuelto esta noche? Se van a reír de nosotros... —apuntó Tom.

—Tenía que ir a Brest... —precisó Béa, que tenía chocolate alrededor de la boca y se lamía las yemas de los dedos—. Podríamos buscar por ese lado... El doctor Mackal, por ejemplo...

Los otros tres se miraron. Había que reconocerlo, la idea era buena, aunque se le hubiera ocurrido a Béa. Tuvieron que admitir que, aunque regordeta, la chica era bastante despierta. Adèle sacó su móvil y llamó a información. No existía ningún Alfred Mackal en toda Bretaña.

—¡Voy a llamar a la policía! —gritó Adèle, que no aguantaba más.

—¡NO VALE LA PENA!

Sintieron una corriente de aire. Un hombre acababa de irrumpir bruscamente en el bar.

—¡¡BOB!!

Los niños se levantaron y corrieron hacia él, locos de alegría.

—¡¡NONO!! Pero, ¿qué te ha pasado?

Escondido detrás de Bob, el suricato tenía un aspecto lamentable. Parecía un espantapájaros andrajoso. Cuando Béa quiso cogerlo en sus brazos, aulló de dolor.

—¡Pero si estás herido! ¿Qué ha pasado? ¡Ay, Dios! ¡Bob! ¿Qué le ha pasado?

Bob no ofrecía mejor aspecto que el suricato. Su rostro no era más que una enorme hinchazón. Tenía moratones por todas partes. Su mentón había doblado su volumen. Un enorme chichón reinaba sobre la cima de su cráneo. Su pelo, pegajoso, indicaba que el cuero cabelludo había sangrado. Los niños quedaron horrorizados.

—No es nada, niños. No tengo tiempo para dar explicaciones. Subid pronto a preparar vuestras cosas, ¡nos vamos inmediatamente! No hay un minuto que perder. Cuanto antes nos vayamos, antes estaremos seguros. ¡Oiga! ¿Puede prepararnos la cuenta, por favor?

Cuando los niños bajaron con sus maletas, el taxi estaba ya allí. Bob ayudó al conductor a meter el equipaje en el maletero mientras Tom, Boris, Béa y Nono esperaban ya en el coche.

En la sala del bar, Adèle y Arno no se atrevían a despedirse.

—¡Pero bueno, Adèle! ¿Vienes o qué? —le gritaron sus primos.

—¡Adèle! Por favor... —gritó Bob, tan inquieto como impaciente.

Arno agarró el brazo de Adèle y le dejó un paquetito en la palma de la mano. Adèle se volvió una última vez y subió al taxi, que arrancó en el acto. Arno salió corriendo fuera, pero el coche había desaparecido ya.

En el mismo momento, a unos centenares de metros de allí, un paseante descubrió por casualidad el cuerpo de un hombre que yacía cabeza abajo. Su rostro estaba enterrado en la arena. Parecía una marioneta completamente desarticulada. El paseante se acercó y se dio cuenta de que el cráneo del moribundo, golpeado en algunas partes, estaba atravesado por dos balas de revólver. Habían debido abatir al pobre hombre antes de tirarlo al vacío desde lo alto del acantilado. Con todas sus fuerzas, el paseante giró el cadáver y lanzó un grito. Era el viejo Jonás.

27

Recuerdo de Bretaña

ADÈLE NO HABÍA bajado a comer. Una profunda melancolía la retenía en su habitación desde la víspera. Había perdido el gusto por todo. Tumbada sobre su cama, los ojos vueltos hacia las estrellas, pensaba en Arno. Revivía cada segundo pasado junto a él. Volvía a ver su rostro, sus cabellos encrespados, su gran sonrisa y sus hermosos ojos marrones. Sentía de nuevo el estremecimiento que recorrió su cuerpo la primera vez que le vio, las miradas que intercambiaron en la gruta, la suavidad de su mano en la suya, el calor de sus labios sobre su boca y sus nervios a flor de piel cuando él le había besado. Su corazón latía todavía. Más fuerte aún. Adèle sostenía entre sus manos el paquete que Arno le había dado y que no se había atrevido a abrir delante de los otros. De pronto se sintió invadida por la tristeza. Ese paquetito era algo así como el único testimonio de todos esos instantes mágicos, el vestigio de una felicidad que hasta entonces no había sentido, el único superviviente de un pasado ahora cumplido y que ya no existía sino en los recuerdos. Una lágrima cayó lentamente sobre su mejilla. Era su primera pena de amor. Dio vueltas y vueltas al paquete y finalmente lo abrió. En el interior, un pequeño frasco de cristal, protegido por un espeso papel plástico, estaba acompañado de una carta.

Querida Adèle:

Cuando leas esta carta, ya estarás lejos. Y quizás me hayas olvidado. Son las tres de la mañana y sigo sin dormir. Hace una media hora que nos hemos besado. Todavía tengo el perfume de tus labios en los míos. Fuera sigue lloviendo, y la lluvia me hace compañía. Estoy solo en mi habitación de la buhardilla y te imagino dos pisos más abajo intentando dormirte. Quizás tú tampoco lo consigas. Si estuviese loco, volvería a bajar, abriría la puerta de tu habitación, te cogería de la mano y te traería conmigo hasta aquí por el resto de la noche. Sólo pienso en ti y estoy deseando que llegue la mañana para volver a verte. De hecho, tendré que decirte algo importante antes de que te vayas. Pero no sé si podré... No es algo fácil de decir... En todo caso, tendré que encontrar un momento para quedarme a solas contigo y poder darte esta carta. Si consigo entregártela, encontrarás un pequeño frasco con ella. Cuídalo. En el interior hay una especie de gelatina. Proviene de los restos del barco de mi tío, donde la recuperé justo antes de que los dos hombres le prendiesen fuego. Estaba todo cubierto de ella. El suelo, las paredes ¡puaj! Te la doy. Te será más útil a ti que a mí y podría interesar a tu abuelo. ¿Quién sabe? En todo caso sería estupendo que tú y tus primos pudieseis algún día desvelar toda la verdad sobre ese horrible Kraken. ¡Cómo os envidio! Ya estáis lejos y os echo de menos. Tienes mucha suerte de haber sido adoptada por una familia tan sensacional. Tus primos, en serio, son adorables. ¡Qué bien lo debéis pasar los cuatro juntos! Debe de ser estupendo estar con vosotros. Yo, ya ves, estoy completamente solo. No tengo a nadie con quien divertirme o pelearme como Boris y Béa. Es duro estar aquí. Me aburro muchísimo. Y mi sueño sería formar parte, como vosotros, de una tribu superunida.

¡Eh, ahora llueve muchísimo! Pero tú no lo oyes... Quizás estés ya dormida. ¡Rápido! Estoy deseando que termine la noche y que se levante el día para ir a llamar a tu puerta para despertarte. Estoy deseando verte. Estoy deseando llevarte el desayuno. Estoy deseando mirarte. Estoy deseando que tú me mires. Te echo de menos. ¿Tendré mañana el valor de decirte lo que tengo que decirte?

Bueno, te dejo. Adèle, estoy empezando a caerme de sueño. Y cuanto antes me duerma, antes te veré.

Un beso,

Arno

PD: Bueno, si por casualidad no consigo decirte lo que quería decirte, que sepas que quería decirte que te quiero.

Adèle estaba conmovida. Su corazón latía con fuerza. Releyó la carta de Arno más de diez veces antes de llevársela a los labios para besarla. Se sentía feliz y a la vez desgraciada. En el instante en que ella amaba a un chico al que sin duda no volvería a ver, descubría que él también la amaba. La vida era demasiado injusta. Adèle era una chica difícil. Nunca había encontrado a un chico que le gustase. Y, sin embargo, no le faltaban oportunidades para codearse con muchachos de toda clase. Los cuatro niños cambiaban a menudo de colegio. En efecto, su padre, diplomático de la ONU, y su madre, médico humanitaria que trabajaba en la OMS, eran destinados, a menudo, a diferentes países, por lo que debían mudarse con mucha frecuencia. Pero, generalmente, Adèle pensaba que los chicos de su colegio eran demasiado tontos o demasiado estirados. En su opinión, carecían de sensibilidad y de profundidad.

Adèle salió de su cama y de dirigió hasta la ventana donde reinaba la noche. Contempló la luna que iluminaba toda la bahía. Bajo sus ojos, el océano se extendía hasta el infinito como polvo de plata. Revuelto por el viento, el ruidoso maelström, acentuaba su angustia. El ruido del mar le recordaba la Bretaña y la noche en la gruta. Pasaba media hora del mediodía. Adèle se imaginaba el ambiente en el pequeño bar. En *La Goélette* se tocaba a zafarrancho. Los pescadores debían estar llegando todos al mismo tiempo para comer y Arno correría ya en todos los sentidos. Y decir que había detestado ese sitio la primera vez que lo vio. Hoy sentía nostalgia de él.

Llamaron bruscamente a la puerta. Adèle, completamente perdida en sus pensamientos, ni siquiera lo oyó. Al cabo de la tercera llamada, se abrió la puerta. Era Ophélie, que venía a buscarla. Esa aparición fue como una puñalada, un regreso a la realidad que la llenó de tristeza. Cuando entró en la habitación, la cocinera descubrió a Adèle postrada ante la ventana, con los ojos húmedos.

—Adèle... Adèle... mi niña... pero ¿qué te pasa?

La cocinera se acercó hablándola en voz baja, como a una enferma. Quiso acariciarle el rostro, pero Adèle volvió la cabeza para esconderla. Ophélie le cogió la mano.

—Adèle... mi pequeña Adèle...

Adèle se volvió hacia ella y estalló en sollozos entre sus brazos. Ophélie la estrechó con fuerza.

—Ay... estás muy apenada... venga, vamos, llora... desahógate...

La gruesa cocinera estaba irreconocible. Había dejado de ser una arpía psicorrígida. Se había vuelto tan tranquilizadora, tierna y protectora como una madre emocionada con las lágrimas de su hija. La besó en la frente, le pasó dulcemente la mano por el pelo, le susurró al oído palabras dulces y consoladoras. Ophélie, que había visto la carta en el quicio de la ventana, lo había comprendido todo inmediatamente.

—Vamos, lo volverás a ver... además, mientras tanto, podréis escribiros, llamaros por teléfono. Quizás él te invite o quizás le invites tú... Nada es definitivo. ¡Ay! El primer amor... duele, pero qué bueno es... es el mejor periodo de la vida... aprovéchalo, pero no enfermes por ello.

Adèle sollozaba todavía.

—Todo se arregla, créeme. Hoy le echas terriblemente de menos, mañana será lo mismo. Y después, dentro de unos días, pensarás en él de forma diferente. Con placer, y no ya con tristeza. Estará en una esquinita de tu cabeza y eso te hará feliz.

—¿Tú también has amado a alguien...? —preguntó tímidamente Adèle, suspirando entre dos sollozos.

—Por supuesto. Tuve un primer amor. Y lo recuerdo como si fuera ayer. Estaba aún más triste que tú ¿sabes? Era muy guapo. Le conocí durante el verano de mis dieciséis años, casi la misma edad que tú. Y después, cuando empezaron las clases, mis padres me metieron en un internado de monjas. Nunca volví a verle. Al principio me sentía infeliz, y después me dije que aquello no servía de nada. Entonces pensé en él como en algo agradable. Y ya ves, nunca lo he olvidado.

Adèle se había calmado. Ophélie la mecía tiernamente entre sus brazos.

—Venga, ven, mi niña... todo el mundo te está esperando abajo. Tu abuelo está inquieto. Se pregunta qué te pasa. ¿No quieres venir? ¿Sí?... Vamos, seca un poco esas lágrimas y ya bajarás cuando tengas ganas... ¿De acuerdo?

Adèle asintió con la cabeza y besó a Ophélie abrazándola con fuerza.

—Todo esto que quede entre nosotras... será nuestro secreto. Yo no se lo diré a nadie, ni siquiera a tu abuelo. Es nuestro secreto, ¿eh? Y si tu abuelo me pregunta lo que estabas haciendo, me inventaré cualquier cosa, no te preocupes.

La cocinera le guiñó el ojo y salió.

Minutos más tarde, Adèle fue recibida en el salón con exclamaciones de alegría.

—¡Aaaah...! Ya llega la más guapa —dijo Abelmans, que presidía la mesa.

Ya estaban en el postre. Ophélie le sirvió el primer plato. Pero Adèle no tenía hambre. Picaba de su plato y se aguantaba para no llorar.

Tras haber contado su exploración del pecio calcinado, Boris, Tom y Béa escucharon a su vez el relato de Bob: el robo, el secuestro, el hangar, los dos hombres, los golpes, la muerte de Mackal, el heroísmo de Nono, la liberación, la huída en la noche... Boris, Tom, Béa, Ophélie y Abelmans no perdían detalle.

—¡Sin Nono, quizás ahora mismo estaría muerto! —explicó Bob—. Es un animal increíble y sorprendentemente inteligente. Béa, puedes estar orgullosa de él, porque me ha salvado la vida. Sin él, no sé como habría podido arreglármelas.

Con su pata escayolada, Nono, cómodamente sentado sobre las rodillas de Béa, devoraba, con ayuda de su única pata sana, los malvaviscos con miel que le había preparado la cocinera. El animal, que sabía que estaban hablando de él, estiró la oreja, para después continuar engullendo imperturbable. Los niños, enternecidos su pequeño suricato, le obsequiaron con un beso y una caricia afectuosa. Béa se sentía orgullosa. Pegó su cabeza a la del animal. Mientras seguía masticando, Nono le dio un rápido lametón y volvió a hundir el hocico en su plato. Béa le estrechó con fuerza entre sus brazos.

Tras la comida, Boris, Tom y Béa se divirtieron dibujando y escribiendo frases cortas en su escayola. El suricato, que adoraba ser el centro de atención, estaba en las nubes.

Por su lado, sentados frente al fuego de la chimenea, Abelmans y Bob conversaban seriamente. Adèle, todavía en la mesa, les oía sin escucharles. Hablaban en voz baja.

—Enojoso, muy enojoso... —gruñía el abuelo—. Hoy por hoy, no tenemos ninguna prueba material de la existencia de *usted ya sabe qué*... Cada vez que alguien está a punto de revelarnos algún tipo de información, o bien desaparece, o bien las pruebas en cuestión se volatilizan pura y simplemente. Hay que continuar, Bob... Hay que continuar buscando... reuniendo pruebas, incluidas las más insignificantes. Y lo más rápidamente posible. Antes de que *ellos* pongan la mano encima. Antes de que *ellos* maten, de que *ellos* asesinen. Porque, ya lo ha comprobado usted por sí mismo, Bob... ¡*ellos* no retroceden ante nada!

—¡Ay! Si hubiese llegado antes... ¡tendríamos las muestras!

—Nuestros enemigos son poderosos, Bob. No los subestimemos. Tienen la ventaja de ser numerosos y de estar en cualquier sitio antes que nosotros. Pero la rapidez con la que se han hecho con las muestras de Mackal me parece sospechosa. Curiosamente, apenas unas horas antes de que usted llegase. Me pregunto si alguien no les previno de su llegada...

—Pero ¿quién?

—No lo sé... Pero lo encontraré...

Adèle sacó de su bolsillo el frasco que Arno le había dado. Lo sostenía entre las manos. Lo contempló con aire triste y melancólico, lo estrechó contra su corazón, se volvió y se lo tendió a su abuelo.

—Toma... ¡esto es lo que buscas!

Abelmans cogió el frasco interrogando a su nieta con la mirada. No comprendía. En el interior, una gelatina transparente y viscosa temblaba al moverse.

—Es un recuerdo... del... *Ragedingue*... —dijo Adèle, entre sollozos.

El rostro de Abelmans se iluminó. No podía creer lo que estaba viendo. Por fin estaba en posesión de la verdad. Estaba allí, entre sus manos. Era como un sueño convertido en realidad. Como la recta final de un fabuloso destino y el fin de toda una vida de humillaciones. Estaba allí, increíble, irreal, inesperadamente. Ahora le pertenecía. Poseía por fin la prueba irrefutable de la existencia del Kraken, ¡el mayor monstruo marino de todos los tiempos! ¡El mayor descubrimiento del siglo XXI! Abelmans estaba loco de alegría.

Por primera vez en diez días, consagró toda su jornada a los niños y disputó con ellos, cerca del fuego, un torneo de ajedrez, y otro de damas chinas con Nono, que se desenvolvía muy bien.

Por la noche, antes de las doce, convocó a todo el mundo en la cima de la torre cuadrada, allí donde el viejo cañón miraba al mar desde hacía siglos. Bob, Ophélie, Tom, Adèle, Boris, Béa y Nono, vestidos con ropa de abrigo, tomaron el ascensor que subía hasta la terraza de la torre, a más de veinte metros del suelo. El sitio era grandioso y ofrecía un punto de vista espectacular sobre toda la región. Cuando llegaron, Abelmans les estaba esperando en su silla de ruedas. ¿Cuál era la razón de aquella extraña cita? El anciano miró su reloj y dijo:

—Atención... va a comenzar... cuatro... tres... dos... uno... ¡En marcha!

Abelmans pulsó el botón de un teclado electrónico que tenía sobre las rodillas y lanzó un gigantesco castillo de fuegos artificiales que podía contemplarse en kilómetros a la redonda. Con un estruendo impresionante, docenas de cohetes salieron lanzados desde el acantilado, expandiendo en el cielo ramilletes multicolores que estallaban y giraban sobre sí mismos. Los niños estaban extasiados. El espectáculo duró varios minutos, hasta el apoteosis final, en el que todos los cohetes se mezclaron para estallar al mismo tiempo y formar cada nombre de los niños: «Adèle», «Béa», «Tom» y «Boris» se inscribieron en el cielo antes de volver a caer como polvo de todos los colores. Después, un último cohete terminó el espectáculo dibujando el contorno de un animal que resultó ser Nono.

—¡Feliz año, niños!

Era 1 de enero. Los niños ni siquiera habían pensado en ello. Saltaron al cuello de Abelmans, conscientes de que su abuelo era un hombre verdaderamente extraordinario. Bob descorchó una botella de champán que había disimulado en su anorak, mientras Ophélie abría una botella de limonada . Todo el mundo brindó frente al mar besándose y haciendo votos de éxito, amor y felicidad.

28

Alerta roja en la Piper IV

En alguna parte en medio del océano, a doscientos cincuenta kilómetros de las costas de Noruega, la plataforma petrolera británica Piper IV se alzaba solitaria en la noche, como un cubo de luz. Encaramado a más de treinta metros de altura sobre cuatro enormes pilares que flotaban sobre un mar embravecido, el coloso de hierro, azotado por vientos de una rara violencia, parecía un mecano gigante perdido en las tinieblas. Era un bloque inmenso del tamaño de un campo de fútbol, constituido por vigas de acero, columnas de hormigón, pasarelas y puentes metálicos al que asediaban olas gigantes. A pesar de sus 45.000 toneladas, sus gigantescos flotadores, sus cables de estabilización anclados a 4.000 metros de profundidad, que impedían la deriva y mantenían el equilibrio en la superficie del agua, la Piper IV se balanceaba anormalmente. A bordo, los 140 miembros de la tripulación sabían que pasaba algo inhabitual. La plataforma, ultramoderna, semisumergible, había sido concebida, sin embargo, para resistir las condiciones más extremas. Su superestructura, extremadamente resistente al peso, realizada mediante enrejados de tubos metálicos, era invulnerable. Aún así, la Piper IV bailaba de derecha a izquierda como un vulgar tapón de corcho. Al máximo de su tensión, los dos poderosos cabos que retenían la estación desde el fondo del océano como a un globo sonda, estaban a punto de romperse. La situación era crítica. Los cables podían ceder en cualquier momento y la plataforma, arrastrada por su balanceo, podía irse a pique.

Inmediatamente prevenido del incidente por Barry Naelson, responsable de la Piper IV, Kurt Sørensen, teniente del centro de salvamento de Bødø, ordenó el despegue inmediato de un helicóptero Super Abejorro de la marina noruega. Cuando llegó a la altura de la plataforma, el piloto, acompañado por su copiloto, constató que la estación presentaba efectivamente un movimiento oscilatorio anormal. El estado de la mar no tenía sin embargo nada de excepcional. Era una marejada completamente insignificante y conforme a las condiciones climatológicas habituales en aquella zona. El piloto dio una vuelta de reconocimiento, pero la lluvia que golpeaba la cabina le impedía ver con precisión, y aunque se acercó un poco más, no constató ninguna anomalía en particular.

De pronto, hubo una terrible sacudida seguida de un ruido metálico que atravesó el cielo.

—¡Ay Dios!

El piloto sólo tuvo tiempo de tirar a fondo de la palanca y el helicóptero giró sobre sí mismo. Arrastrado por una fuerza increíble, uno de los cables que retenía la estación acababa de ceder. Liberado de su tensión, el gigantesco cabo había salido volando por los aires y había pasado a sólo unos metros de las palas del rotor del helicóptero.

Arrancado por una fuerza terrible, el cable soltó una parte de la plataforma petrolera. Esta basculó bruscamente hacia atrás, antes de volver a caer violentamente con todo su peso hacia delante, creando una ola gigantesca que se la tragó a medias. El helicóptero estuvo a punto de ser alcanzado por la ola, que se elevó unos cuarenta metros, pero el piloto consiguió evitarla a tiempo. A bordo de la plataforma, reinaba el pánico. Los miembros de la tripulación gritaban desde el puente principal. Varios hombres cayeron al suelo, otros se golpearon contra los pilares de metal. Algunos fueron arrastrados por la rompiente y cayeron por la borda desde más de treinta metros de altura. Otros, atrapados por el devastador remolino, se ahogaron en su borbotón de espuma. Las sirenas empezaron a sonar. Los que se agarraban a los tubos metálicos, agotados, acababan soltándose y se dejaban llevar por la corriente, gritando. Después, la ola se retiró de golpe, arrastrando todo a su paso, llevándose con ella los cuerpos inanimados que flotaban como muñecos. La Piper IV seguía oscilando peligrosamente. El piloto y el copiloto, quienes desde el helicóptero habían asistido, impotentes, a toda la escena, se acercaron a la plataforma para intentar socorrer a los heridos. De pronto, el copiloto lanzó un grito de horror.

—¡ALLÍ! ¡MIRA!

—¡DIOS MÍO! ¡¿PERO QUÉ ES ESO?!

El Super Abejorro viró de un golpe seco e hizo un picado hacia el mar. El piloto se acercó lentamente a la estructura y estabilizó el aparato a la altura de los pilares flotantes. Los dos hombres presenciaron una visión espantosa. Enredado alrededor de uno de los soportes, un tentáculo gigante, con inmensas ventosas, tiraba de la plataforma con todas sus fuerzas. Después, bruscamente, con un movimiento giratorio, el monstruoso brazo se desenrolló rápidamente y desapareció bajo las aguas. La Piper IV se balanceó durante un momento y recobró poco a poco su equilibrio.

A la espera de socorro, la plataforma contaba sus muertos. Siete miembros de la tripulación habían desaparecido. Sin hablar de los heridos, cuyo número ascendía a más de una treintena. Los daños materiales eran igualmente importantes, pero afortunadamente se había evitado la catástrofe. El pozo de perforación no había sido dañado y los oleoductos estaban intactos. ¡Una auténtica suerte!

Avanzada la tarde, invitados al despacho de Barry Naelson, que dominaba la plataforma, los dos hombres del Super Abejorro contaron, con la mayor de las discreciones, lo que habían visto. Barry Naelson, un hombre alto y fornido de unos cincuenta años, de pelo entrecano, creyó al principio que estaban locos. Pero sus rostros, en los que se advertía aún la marca del miedo, eran una prueba bastante convincente. Barry Naelson recorrió nerviosamente el despacho y después descolgó el teléfono. Segundos más tarde, se presentó ante él un hombre de unos treinta años.

—¡Jack! Quiero inmediatamente todas las grabaciones de vídeo de las cámaras de vigilancia situadas a nivel de los pilares.

—Va a ser difícil, jefe... Toda la red eléctrica ha sido destruida. Ninguna cámara funciona...

—Ah...

—Pasa lo mismo con la red de comunicación, ha sido fuertemente dañada, pero a pesar de todo hemos podido avisar a los equipos de salvamento. Una decena de helicóptero están de camino para evacuar a todos los heridos.

—Gracias, Jack...

El hombre salió.

—Señores, a falta de pruebas que permitan confirmar lo que me cuentan, les pediría que guardasen el más absoluto silencio sobre este asunto. Creo que es inútil alertar a las autoridades sobre un hecho del que no estamos absolutamente seguros. El grupo petrolero inglés PEXA, al que pertenezco, desearía olvidar este incidente. Los intereses financieros y económicos son demasiado importantes como para que nuestro país tenga que soportar este tipo de publicidad. PEXA es una compañía muy poderosa que sabe reconocer el talento de los que le sirven y, si es necesario, recompensarles...

Mientras decía eso, Barry Naelson sacó del cajón de su despacho dos gruesos fajos de billetes que acercó con la mano hacia los dos hombres.

—PEXA sabe reconocer también a los traidores... Pero en ese caso estaríamos hablando de individuos de poca valía... Porque estamos entre caballeros ¿verdad? Y estoy seguro de que personas de su temple saben perfectamente donde se sitúan sus intereses...

El piloto agarró el dinero y lo lanzó a la cara del inglés.

—Señor, ¡creo que es usted un criminal sin escrúpulos, pero no nos vamos a doblegar a sus intimidaciones! Y lo que nos pide es absolutamente imposible. ¿Acaso no oye usted gritar a sus hombres?

Abajo, en el exterior, el viento transportaba el eco de los gemidos.

— ...mientras una parte de su tripulación ha sido diezmada y los supervivientes acuden a ayudar a los heridos ¿qué hace usted? ¡Nos propone un arreglo odioso e intenta comprar nuestro silencio! ¡Lo que he visto esta noche es la cosa más terrorífica que he visto nunca! ¡Y no serán unas cuantas libras esterlinas las que me harán callar!

—Muy bien... —cedió el inglés, con aire despreocupado.

Los dos hombres abandonaron el despacho dando un portazo.

Cuando volvieron al puente principal, ya habían llegado los helicópteros de rescate. Con un estruendo infernal, los Super Abejorro recogían esforzadamente a los heridos uno por uno. Batidos por vientos laterales cargados de lluvia, los aparatos hacían lo imposible para estabilizarse. Algunos helicópteros, ya completos, volvían a marcharse a toda velocidad, internándose en la noche polar, siendo rápidamente reemplazados por otros. De esta forma, los helicópteros se sucedían revoloteando por encima de los heridos como enormes moscas atronadoras. Era un Apocalipsis. La noche, la lluvia, el viento, el intenso frío, el océano enardecido, y esos gritos, esos hombres tumbados en el suelo que sólo pedían una cosa: que se los llevasen lejos de allí.

Tras una hora de lucha encarnizada para evacuar a todos los heridos, los últimos Super Abejorro abandonaron la plataforma. A lo lejos, iluminada por una luz naranja metalizada, la estación se hundía en la noche como un esqueleto de acero.

29

La pesadilla de los abismos

AL DÍA SIGUIENTE, toda la prensa se hico eco de lo sucedido. No se hablaba de otra cosa que de la Piper IV y de la amenaza ecológica que representaban las estaciones petrolíferas en alta mar. En algunos periódicos se hablaba de sabotaje y se apuntaba ya —a pesar de la ausencia que cualquier tipo de reivindicación por su parte— a algunos grupúsculos bien organizados de militantes ecologistas radicales que habían convertido a las compañías petroleras en su principal adversario. Evidentemente, no se hablaba en absoluto de ningún monstruo marino. Ni del testimonio del piloto ni de su copiloto. Y con razón. Los dos hombres habían perecido en un accidente de helicóptero. Obedeciendo órdenes de última hora, habían vuelto a ayudar a sus compañeros sobre la plataforma con el fin de evacuar a los últimos heridos. Pero el mal tiempo fue más fuerte que sus años de experiencia, pues el helicóptero, seguramente arrastrado por ráfagas de viento muy violentas, había desaparecido de golpe de los radares antes incluso de alcanzar la estación Piper IV. Las condiciones climatológicas hacían imposible toda búsqueda, y era de esperar que nunca se encontrarían sus cuerpos, al igual que los restos del aparato.

En la emisora nacional noruega NRK1, el telediario contaba la noticia. Mientras los niños disputaban una partida de ajedrez gigante, en la salita de la televisión que lindaba con el gran salón, Abelmans, sentado en su silla de ruedas, escuchaba atentamente los comentarios del periodista. A la derecha de la imagen, se percibía una foto de la plataforma petrolífera Piper IV.

«Ayer tarde, la plataforma de alta mar Piper IV, de la compañía petrolera británica PEXA, situada a 250 kilómetros de las costas de Trømsø, fue el escenario de un terrible drama. Siete personas han fallecido y treinta y cuatro han sufrido heridas, ocho de ellas de gravedad. Un piloto de helicóptero y su copiloto han sido declarados desaparecidos. El drama tuvo lugar alrededor de las 19,30 horas, durante el relevo de los equipos de trabajo. Tras la ruptura de uno de los dos cables estabilizadores que permiten a la estación mantenerse en la superficie del agua, anclada al fondo del océano, la plataforma basculó bruscamente hacia el mar. Al menos diez helicópteros de la marina noruega fueron necesarios para evacuar a todos los heridos. Todavía se desconocen las causas del drama. ¿Seísmo submarino? ¿Tempestad? No se descarta incluso una relación con el entorno de las asociaciones ecologistas. Los investigadores no excluyen la posibilidad de un atentado. Barry Naelson, el responsable de la plataforma Piper IV, ha afirmado que 'el incidente fue inhabitual'. Escuchemos sus declaraciones.»

Barry Naelson, vestido como un hombre de negocios, respondía a la entrevista de un periodista desplazado al lugar de los hechos.

«La situación está actualmente bajo control. Hemos reaccionado de forma apropiada a los acontecimientos mediante los procedimientos operativos habituales. Según el informe de los especialistas, el incidente ha sido provocado por el mal tiempo. Desde hace varios días, la Piper IV ha estado sometida a violentos vientos de más de 100 nudos, que han hecho caer la temperatura a 30 grados bajo cero. En esas condiciones, el cable no ha resistido. En este momento se está realizando una investigación científica para determinar las causas exactas de esa rotura. Y nuestros equipos están haciendo todo lo posible para reemplazar el cable defectuoso. Una misión submarina que empezará mañana.»

El periodista volvió a aparecer en la pantalla.

«El accidente ha sucedido apenas diez días después de la terrible catástrofe del Explorer. Pero se ha evitado una segunda marea negra. Es lo que afirma la compañía PEXA que, a pesar de los importantísimos daños materiales, descarta cualquier riesgo de contaminación, ya que el pozo de perforación, los oleoductos y las líneas de inyección de gas están en perfecto estado. No hay peligro, pues, de que un millón doscientos mil litros de petróleo bruto se viertan al mar. Los trabajos de reparación necesarios retrasarán varias semanas la puesta en marcha de la estación. Una pérdida neta de varios cientos de millones de dólares para la compañía PEXA.

«Este drama ocurre en plena crisis del petróleo, en la que el precio del barril acaba de rebasar la barrera de los doscientos dólares,

y en el momento en el que se plantea la cuestión preocupante del futuro de la energía. ¿Se deben autorizar la construcción de otras plataformas petrolíferas en nuestra región, con la amenaza que ello supone para el medio ambiente? Es lo que se pregunta en ese momento el gobierno, que ha nombrado un gabinete de crisis...»

Abelmans apagó la televisión, se hundió en su sillón con aire pensativo, murmuró algunas palabras incomprensibles, salió de la habitación y se dirigió hasta su despacho, donde se encerró con dos vueltas de llave.

Mientras tanto, en la Piper IV, colgado de una grúa hidráulica, un extraño aparato amarillo, lastrado por una pesada masa de hierro, descendía lentamente hacia el mar. Se parecía a un enorme escarabajo metálico de múltiples brazos, salpicado de cámaras y proyectores erguidos como antenas, y estaba dotado de un casco que podía resistir presiones hidrostáticas colosales. El Neptuno, un robot teledirigido ultramoderno, una auténtica joya de la alta tecnología, era el único artefacto capaz de alcanzar profundidades inaccesibles para el hombre. Desde la sala de mandos, repleta de pantallas y potentes ordenadores, el ingeniero jefe coordinaba las operaciones de una misión que consistía en reemplazar el cabo y verificar los oleoductos. Bajo sus órdenes, un piloto, sentado ante una consola con multitud de botones y palancas, dirigía la nave a distancia. Tras un largo descenso de varios minutos, el aparato se detuvo a varios metros por encima de las olas. Milagrosamente, la borrasca había remitido. El Neptuno, colgado de su cable, esperaba la inmersión. Reunidos alrededor del ingeniero, dos científicos procedían a las últimas verificaciones usuales antes del descenso: turbinas, timón, fijación del lastre, carga de las baterías, buen funcionamiento de las cámaras, de los sónar, de los escáneres y de la baliza de recuperación. Después, el piloto pulsó un botón y los ocho potentes reflectores del Neptuno se alumbraron en la noche. El sumergible se introdujo entonces suavemente en las negras aguas del mar de Noruega y desapareció. El robot, arrastrado por su lastre de hierro, se hundió como el plomo, desenrollando a medida que bajaba el gigantesco cordón umbilical que lo unía con la plataforma petrolífera.

La inmersión duró casi cuatro horas. Cuatro horas de tensión, durante las que el ingeniero vigiló sin descanso la evolución del Neptuno, mientras los científicos, pegados a las pantallas de televisión, escrutaban con ansiedad la noche submarina. El Neptuno se hundía poco a poco en profundidades cada vez más desiertas, allí donde la luz no llega nunca, allí donde reina una noche absoluta, una noche sin fin. Por fin sonó un bip en el puesto de mando. El robot acababa de llegar al fondo del océano. Por encima, le cubrían cuatro kilómetros de agua, aplastándole con cuarenta y ocho mil toneladas de presión. Su casco soportaba un peso equivalente a un centenar de Boeing 747 apilados unos sobre otros. El piloto estabilizó el lastre de hierro y liberó el robot. Unido por una larga correa a un lastre depresor, el Neptuno se aventuró en las profundidades de los abismos.

Era un universo inquietante, de una negritud impenetrable, un desierto de silencio y de frío en el que la vida parecía no existir. Guiado por sus potentes proyectores, el robot avanzaba muy despacio, descubriendo poco a poco un paisaje desolador, mineral, lunar, hecho de grutas desgastadas, de llanuras, de fallas y de cañones. Un tronco de árbol, fosilizado en la roca, parecía significar que la vida era allí imposible. Más lejos, iluminado por los proyectores del robot, el fondo del océano revelaba su pasado. Costras de lava machacada se apilaban para formar termiteros de atormentadas formas. Sobre las paredes rocosas, estratos de negros sedimentos fosforescentes reflejaban la luz de los proyectores. El Neptuno avanzaba en la fría noche: franqueó colinas, descendió pendientes, atravesó inmensas llanuras sembradas de minerales metálicos, sobrevoló campos enteros de conchas muertas.

De pronto surgieron grandes chimeneas que escupían un humo negro. El Neptuno se acercaba lentamente a aquellos minivolcanes de apenas unos metros de alto, cuando aparecieron, ante sus faros, criaturas de formas alucinantes. Reunidas en torno a esos géiseres de agua hirviendo, que brotaban de las entrañas de la tierra a más de 350 grados, formaban un insólito oasis de vida. Era un mundo extraño y fantástico que no se parecía a ningún otro, un mundo desconocido, como venido de otro planeta, un pueblo de monstruos espantosos que hormigueaban en la noche del abismo. Al pie de los ardientes fumaderos, agitados por el torbellino, manojos de pogonóforos gigantes bailaban mansamente. Eran grandes gusanos blancos de varios metros de largo, parecidos a tubos huecos de carne blanda, similares a los salsifíes. Protegidos por sus cilindros, cientos de cangrejos albinos, molestos por la luz del robot, fueron a esconderse perezosamente entre esponjas diáfanas y anémonas de filamentos gigantescos. Gambas ciegas, en suspensión, se dejaban llevar sin esfuerzo por la efervescencia de las aguas. Apostado en las cercanías de las cálidas fuentes, un pez trípode apareció en la oscuridad como un fantasma. Apoyado sobre largas espinas plantadas en la arena, parecía esperar desde hacía siglos, sin moverse, la llegada de una presa que no vendría. El Neptuno giró sobre sí mismo y barrió la zona, desvelando a pocos metros de allí un mundo aún más fascinante. En el halo de luz apareció una serpiente de cabeza monstruosa, ondulando lentamente. Provisto de espinas transparentes parecidas a sables, el espantoso pez-víbora sembraba el terror en el lugar. Sus fauces inmensas podían abrirse a voluntad para tragarse cualquier animal más grande que él. Más lejos, nadaba lentamente un pez de cuerpo plano en forma de hacha y pigmentado con reflejos metálicos que se reflejaban en la oscuridad como una hoja de aluminio. La criatura poseía a cada lado del vientre un órgano luminoso que atraía a sus presas emitiendo, en la oscuridad, un pequeño resplandor rojo fosforescente. Agrupados a menos de un metro del oasis, tiburones fantasmas, calamares vampiros, peces cobra, peces linterna y pulpos luminosos flotaban despreocupados en las tinieblas. Desde su puesto de control, los dos científicos admiraban ese mundo maravilloso, como a través de un ojo de buey. El piloto accionó una palanca. Cuatro mil trescientos metros más abajo, el Neptuno continuó su camino hacia lo desconocido, abandonando tras él todo un pueblo condenado a la noche eterna.

Se oyó una serie de bips. Las balizas acústicas acababan de detectar algo. Sobre una pantalla, un mapa digital detallado del fondo marino, parecido a una ecografía en tres dimensiones, daba cuenta de una gigantesca vesícula, atrapada entre dos capas de sedimentos. Equipados con gafas rojas y azules que permitían ver en relieve, los investigadores estudiaban minuciosamente la imagen virtual del fondo submarino. Parecía una burbuja de metano, pero no era metano. Era otra cosa. Pero ¿qué? El Neptuno se encontraba tan solo a un centenar de metros de allí. Se le ordenó acercarse. El robot, teledirigido, se dirigió hacia la misteriosa bolsa. Ahora estaba a unos treinta metros. En la oscuridad abisal, las distancias parecen largas, el tiempo interminable. El Neptuno no estaba a más de diez metros. Sólo cinco metros. Tres. Dos. El piloto detuvo la nave. El robot giró ligeramente y apuntó sus poderosos focos sobre la entrada de una enorme gruta.

Las turbinas volvieron a ponerse en marcha y el Neptuno penetró sin dificultad en la cavidad. El piloto maniobraba el artefacto con una habilidad impresionante. El menor movimiento brusco, y el robot podría enredarse alrededor de su cable. Los dos científicos, nerviosos, seguían su progreso en directo, descubriendo a medida que avanzaba un universo hostil y fascinante. Sobre las paredes de la gruta, miles de bivalvos estaban fosilizados en la roca. La vida tuvo que nacer aquí, para después morir bruscamente. La gruta, gigantesca, tenía el tamaño de una catedral. Un túnel que se hundía en el interior de la corteza terrestre, en dirección al centro de la tierra. El Neptuno se introdujo en sus abismos. El suelo estaba cubierto de curiosas bolas de hielo, como si acabara de pasar una tormenta de granizos grandes como puños. Se trataba de gas prisionero en burbujas de agua. A unos metros de allí, un enorme cilindro atravesaba la gruta de lado a lado y se hundía en el subsuelo. Era la cabeza perforadora de la Piper IV, que aspiraba sin descanso los hidrocarburos prisioneros de la corteza terrestre. Un poco más lejos, un espectáculo alucinante esperaba a la sonda submarina. Grandes estalactitas viscosas flotaban desde el techo de la gruta y serpenteaban sobre las paredes rocosas como la cera a lo largo de una vela. Eran inmensos filamentos pegajosos que colgaban como trampas para moscas. En la sala de mandos, los cuatro hombres se quedaron estupefactos. Nunca habían visto nada parecido. El Neptuno serpenteó entre las suspensiones babosas que formaban un entramado de redes cada vez más espeso. El robot se detuvo en seco. Ante la luz de sus proyectores, se erigía una inmensa montaña de gelatina, parecida a la tela de seda de una araña. Era densa y blanquecina, irregular, informe, impenetrable. Disimulado en la red, un orificio servía de entrada a un largo túnel gelatinoso. En la Piper IV, se preguntaban si debían continuar o no la exploración. A más de cuatro mil trescientos metros de profundidad, el Neptuno esperaba órdenes. Tras unos instantes, el sumergible volvió a ponerse en marcha y avanzó lentamente hacia la nasa, desenrollando el largo cable que arrastraba tras él. Después, el robot se aventuró en el interior de la galería. De golpe, la sonda se detuvo. Sobre la plataforma, los ingenieros lanzaron un grito de horror.

—¡Dios mío! ¡Pero qué es eso!

A pocos metros de allí, una masa colosal se movía en la oscuridad. Era un monstruo de dimensiones inimaginables, cuyos tentáculos gigantescos ondulaban como un nido de serpientes gigantes. Sus enormes ojos, amarillos y saltones, brillaban en la oscuridad. Su mirada, de una frialdad increíble, era más aterradora que la de un demonio. El ogro de los abismos, acurrucado en el fondo de su madriguera, observaba atentamente al Neptuno, dispuesto a saltar sobre él. ¡Los científicos acababan de descubrir, por casualidad, al Kraken!

Un ligero golpe hizo estremecerse al robot. Su cable acababa de golpear un grupo de filamentos de baba situado a la entrada de la galería: un detector de movimiento que permitía alertar a la criatura en caso de peligro. De golpe, el Kraken se agitó. Un brazo fenomenal, a lo largo del cual empezaban a estremecerse miles de ventosas, se deslizó por la caverna como una culebra hambrienta y se dirigió rápidamente hacia la cápsula. En la sala de mandos, los cuatro hombres que, a través del ojo del robot, vieron acercarse el tentáculo a toda velocidad, dieron instintivamente un salto hacia atrás. Una nube de polvo cegó las cámaras. El Neptuno había sido alcanzado. El piloto, que ya no estaba en condiciones de controlar correctamente el aparato, intentó por todos los medios volver a tomar el mando. Había que salvar las cintas de grabación digital, únicos testigos de un descubrimiento sin precedentes. El piloto activó los motores de socorro y aceleró las turbinas. El robot arrancó de inmediato y huyó a toda velocidad a través de la gruta. Con la destreza de un maestro, el piloto dirigió la nave, gracias a los sónar, hasta la salida. El Neptuno estaba libre. Pero un centenar de metros lo separaban todavía de su lastre depresor.

De golpe, se produjo un rugido sordo seguido de una onda de choque que estremeció el fondo del océano. Al mismo tiempo, en la plataforma petrolífera, los ingenieros registraban un seísmo de una magnitud de 7,5 en la escala de Richter, cuyo epicentro se correspondía con la situación del Kraken. ¡La cólera del monstruo acababa de desencadenar un terremoto submarino de una potencia increíble! En la superficie, empezaron a formarse grandes olas. Condenado a un fin trágico, el Neptuno grababa sus últimas imágenes. Por primera vez en sus vidas, los investigadores asistían, anonadados, a un fenómeno inédito: una avalancha submarina. Ríos fangosos de rocas negras y rojas caían por las abruptas pendientes de los cañones y se dispersaban en los valles de la plataforma continental para tragarse, a lo largo de centenares de hectáreas, las llanuras abisales, extendiendo así los sedimentos en kilómetros a la redonda. En el corazón de la avalancha, el Kraken, furioso, apareció en medio de una nube de polvo.

30

Unos informes de alto secreto

ABELMANS NO HABÍA vuelto a aparecer en dos días. Cuando los niños preguntaron a Ophélie sobre el tema, ella les respondió que su abuelo se había encerrado en su despacho y había prohibido terminantemente que se le molestara. Hasta tal punto que ni siquiera salía para comer, por lo que la cocinera debía dejar las bandejas de comida delante de la puerta. Las cenas eran muy tristes y silenciosas sin el anciano. Entre Bob, que no era muy expresivo, y Ophélie, que hablaba sin decir nada, los niños no se demoraban mucho en la mesa. Comían lo que tenían delante a toda velocidad y subían inmediatamente a sus habitaciones. Reunidos alrededor de un gran fuego de chimenea, Boris, Tom y Béa se imaginaban a su abuelo solo en su cripta, rodeado de sus libros y sus ordenadores. La expedición bretona no les había bastado. No aguantaban más la inactividad y echaban de menos la aventura y la acción.

Una noche, los cuatro niños esperaron en sus habitaciones a que todo el mundo estuviese acostado. Abelmans, agotado tras dos noches en vela, se había ido a la cama el primero, sin despedirse de nadie. Bob, que había estado cortando leña en el exterior todo el día, le había seguido poco tiempo después. Ophélie fue la más tenaz. Después de mirar distraídamente la televisión, leyó durante un buen rato en el salón y estuvo resolviendo crucigramas delante del fuego que ardía en la chimenea. Nono, a quien Béa había enviado como explorador, vino a avisarles a las once y media de que Ophélie acababa de subir a acostarse. La vía estaba libre. Muy excitada, Adèle se proclamó nuevamente jefa de la misión. A una orden suya, Tom, Boris y Béa se pusieron un chándal encima de sus pijamas, para no coger frío. Se había acordado igualmente que Nono iría con ellos. Béa estaba loca de alegría y el suricato, muy contento, hizo, a pesar de su escayola, varias piruetas y a punto estuvo de caer sobre el fuego de la chimenea. Béa introdujo algunos objetos importantes en una mochila que confió a Nono y que puso sobre sus hombros. Estaban listos. En la mansión sólo se oía el silbido del viento contra los espesos muros y las pequeñas garras del animal cuando golpeaban la escalera de piedra. Los cinco atravesaron el largo pasillo lleno de cabezas de animales disecadas, abrieron la gran puerta de madera esculpida que daba paso a la pequeña habitación de los mil objetos, recorrieron otro pasillo y llegaron por fin hasta el despacho de Abelmans. De pronto, resonaron unos disparos en el salón. Adèle, Boris, Tom y Béa se sobresaltaron. Sobre la rama del cuco reloj de arena, el pájaro, armado con una carabina, disparó sobre doce polillas nocturnas de las que once cayeron como hojas muertas. Desgraciadamente, su carabina se encasquilló y falló la duodécima. El pájaro cazador corrió entonces a refugiarse en su nido y el gran reloj de arena giró. Era medianoche. Esta vez, la puerta del despacho estaba cerrada con doble vuelta, pero eso no iba a ser impedimento. Con la mayor discreción, Béa rebuscó en la mochila de Nono y sacó una gruesa varilla de hierro oxidado, con una extremidad en forma de gancho.

—¿Y eso qué es?

—Esto es una ganzúa que fabriqué ayer mientras vosotros practicabais el tiro al arco con Bob.

Los otros tres se miraron. A la luz de las linternas, se distinguía una sonrisa en sus rostros.

—¡Alumbradme! —dijo ella.

Mientras Boris y Tom apuntaban sus linternas a la cerradura de la puerta, Béa introdujo suavemente la varilla en el interior del orificio. Con un experto movimiento, giró lentamente el gancho de derecha a izquierda y abrió la puerta.

—¡Formidable! —dijo Tom.

Los cuatro niños y el animal entraron en el despacho. Nono cerró inmediatamente la puerta tras él. Nada había cambiado desde la última vez: la atestada mesa con los informes y el teléfono, la pequeña librería con sus libros falsos y la tronera al fondo, a modo de ventana. Adèle y Boris vaciaron a toda prisa los estantes con los falsos libros para permitir el acceso a la pequeña pantalla táctil incrustada en el muro del fondo. Bajo la mirada asombrada de los otros tres, Béa se introdujo, como si fuese una marioneta, un dedo de plástico blando en su índice.

—Confieso que es un pequeño invento del que estoy muy contenta —se enorgulleció la jovencita—. He moldeado mi dedo en elastómero, una sustancia plástica muy práctica que encontré anteayer en la cabaña del abuelo, donde guarda todos sus productos y herramientas, mientras vosotros jugabais al ajedrez en el claustro. He pegado la huella del abuelo, recogida la última vez, sobre la extremidad del plástico, ¡y aquí estoy con mi sexto dedo!

Béa apoyó el índice artificial sobre el emplazamiento previsto y activó el mecanismo de apertura de la puerta. El lienzo de pared giró sobre sí mismo y descubrió la larga galería que llevaba a la cripta. Accedieron al túnel iluminado con antorchas para, minutos después, bajar los cuarenta y siete escalones subterráneos y abrir, con una ligera aprensión, la gran puerta que daba a la cripta. Béa dudó:

—¿Y si el abuelo estuviese aquí?

—No, sabes muy bien que está durmiendo... Venga... ¡entra! —dijo Boris, a quien nadie podía detener.

La cripta seguía siendo tan grandiosa, misteriosa e inquietante, seguía conservando muchos secretos y guardando tesoros inestimables. En la gran chimenea, un enorme montón de cenizas atestiguaba las horas que Abelmans había debido pasar allí. Béa pulsó un interruptor y surgieron grandes llamas de las antorchas fijadas a lo largo de los muros; luego reguló su intensidad, girando la manilla del mecanismo, y las llamas disminuyeron. Las antorchas expandían una luz difusa y cálida haciendo bailar las sombras sobre las piedras.

—¡Démonos prisa, no hay un segundo que perder!

La voz de Adèle resonó como en una capilla. En un abrir y cerrar de ojos, cada uno de los niños ocupó su puesto. Tom, el más erudito de los cuatro, era el encargado de las búsquedas bibliográficas. Encaramado en lo alto de una escalera de la biblioteca, sacaba todos los libros susceptibles de citar al Kraken y revolvía entre los autores antiguos, ojeando las obras a toda velocidad.

Homero, Aristóteles y su *Historia de los animales*, Plinio el Viejo, Charles-Victor Langlois, Olaüs Magnus, Franz Paullinus, Linneo, Denys-Monfort, Julio Verne, Melville, la Biblia o incluso *Las mil y una noches*. A sus nueve años, el pequeño genio estaba dotado de una cultura y una inteligencia fuera de lo común. Apasionado de las ciencias, de la historia y de la literatura, había leído miles de libros. Mientras los otros niños de su edad se pasaban el día jugando con consolas de vídeo, Tom prefería encerrarse para leer. Su madurez intelectual había hecho de él un niño solitario y rechazado por sus camaradas, que disfrutaban de lo lindo insultándole y pegándole en cuanto se les presentaba la ocasión. Por esa razón, Tom había hecho de la lectura su refugio, y de los escritores, sus únicos y verdaderos amigos.

Por su lado, Adèle y Béa se habían apoderado de la gran caja de cartón que había sobre el despacho, en la que Abelmans guardaba todo lo que había podido obtener sobre el Kraken. Las dos chicas se habían repartido la tarea. Béa leía todos los textos en francés, mientras que Adèle, excelente políglota, se ocupaba de traducir los textos en lenguas extranjeras. En cuanto a Boris, as de la informática, se devanaba los sesos intentando romper los códigos y las contraseñas que Abelmans había creado recientemente para proteger sus ficheros. Una forma hábil de demostrarles, sin decírselo, que sabía que Adèle, Boris, Tom y Béa habían descubierto la cripta y habían revuelto en sus informes. En el fondo de la cripta, Nono, liberado de su mochila, se divertía escalando, a pesas de su escayola, montañas tambaleantes de libros e informes, apilados unos sobre otros, y saltando con los pies juntos de montón en montón.

Béa rompió el silencio:

—Creo que acabo de encontrar algo muy interesante...

Blandió un artículo de periódico. Los otros tres se interrumpieron para escucharla.

—Procede del *Boreal News* y tiene fecha de hace cuatro días. Escuchad...

Leyó en voz alta. Trataba de un terremoto de 7,5 grados de magnitud en la escala de Richter, cuyo epicentro se situaba justo debajo de la plataforma petrolífera Piper IV, en la cual se había producido una tragedia el día antes. Un cable estabilizador que permitía a la plataforma mantenerse en la superficie había cedido. El incidente había ocasionado muertos y numerosos heridos, etcétera.

—¿Y qué? ¿Qué relación hay? —exclamó Boris del que no se distinguía más que la parte superior de su cabeza, sobrepasando la pantalla del ordenador.

—¿Qué relación? Pues la nota con grandes letras que ha escrito el abuelo al margen. Os la leo: «¡NUNCA HA HABIDO SEÍSMOS EN ESTA REGIÓN DESDE LA APARICIÓN DEL HOMBRE SOBRE LA TIERRA!» ¡Y está subrayado dos veces!

Hubo un largo silencio.

—¡Esperad! Hay un post-it pegado en el dorso de la hoja —añadió Béa—. «7 de enero: Cita telefónica a las 22 horas con Knut Hansvold de la Piper IV»...

—¿Eso no es pasado mañana? —gritó Tom desde lo alto de la escalera.

—Me gustaría convertirme en un ratoncito para estar allí —dijo Adèle—. Esa conversación tiene toda la pinta de ser muy interesante. ¡Ay! si pudiésemos asistir a ella... ¡Bueno! Boris ¿cómo te va? —preguntó la joven, que empezaba a impacientarse.

—Ya casi lo tengo... —respondió el joven *hacker*—. He conseguido entrar en el ordenador. Pero los ficheros están protegidos con códigos súper complicados. Voy a tener que hacerlo de otro modo. ¡Béa! ¿Has traído el CD que te había pedido?

—¡Está en mi mochila!

—Date prisa, Boris —le apremió Adèle, que temía que Abelmans apareciese en la cripta en plena noche—. No tenemos mucho tiempo.

—¡Estoy haciendo lo que puedo!

Boris revolvió la mochila de su hermana y sacó un CD. Era un programa que permitía examinar el disco duro de cualquier ordenador y recoger todos sus datos. En unos minutos, Boris consiguió extraer todos los informes secretos de Abelmans.

—¡Ya está! ¡Lo tengo! —exclamó.

Béa y Adèle se acercaron al ordenador.

—*«Estudio histológico del pecio»*... ¡Abre la carpeta! —ordenó Adèle.

En la pantalla, aparecieron decenas de páginas repletas de notas atiborradas de fórmulas químicas extremadamente complejas.

—¡Qué galimatías! —exclamó Béa.

—Seguramente se trata del examen de la muestra que Arno me...

Adèle había pronunciado el nombre espontáneamente. Sintió un ligero pinchazo en el corazón y luego se recuperó.

— ...dio.

El texto era el siguiente:

Un examen minucioso, al microscopio, de los cortes practica-

dos en estas muestras debería permitir dilucidar la cuestión: ¿Se trata del tejido conjuntivo de Decapus giganteus o de grasa de cetáceo?

Después de un examen de las muestras tomadas en el pecio del pesquero bretón Ragedingue, parece que la «gelatina» procede de un trozo de piel de cefalópodo y no de grasa de ballena. De lo que deduzco que la piel del monstruo debería tener entre ocho y veinticinco centímetros de espesor. Y, más que parecer muscular, tiene una estructura comparable a la variedad de tegumento duro y elástico que se encuentra en ciertos cefalópodos como el pulpo. Un tegumento tal podría pertenecer al tejido de un pez o reptil desconocido, pero es cierto que se parece, más que a ninguna otra cosa que yo conozca, al que se encuentra sobre la cabeza de un calamar. Además, el colágeno del tejido conjuntivo posee tasas importantes de moléculas de amoniaco. Y, por lo que hoy sabemos, para asegurar su flotabilidad, el calamar está dotado de tejidos llenos de líquido compuesto de amoniaco.

Boris hizo desfilar el documento con la rueda del ratón.

—¡Ahí, mirad!

Adèle acababa de apoyar su dedo en la pantalla y Boris se detuvo en esa página.

—¡Se refiere al capitán escocés Forest Glenn Wood, que fuimos a ver al hospital! —exclamó Béa.

—Tiene toda la pinta —añadió Boris, que empezó a leer el texto en voz alta siguiendo cada palabra con el cursor del ratón.

Clasificado alto secreto: Informe del capitán Forest Glenn Wood del Explorer, del 23 de diciembre de 2007. 73° latitud Norte y 9° longitud Este. 11:24 A.M.

El Explorer ha sido víctima de varios ataques de origen desconocido.

15:45 P.M. Extraño ruido procedente del doble fondo alerta a los maquinistas.

15:55 P.M. Una cosa oscura e informe alcanza al barco, que navega a 12 nudos. ¡Su velocidad es de, al menos, 21 nudos! La cosa ha adelantado al navío a unos 30 metros a babor y se sitúa frente al barco. Nos corta el camino. La cosa no se mueve. Espera flotando. El petrolero se dirige en su dirección. Ordeno el cambio de rumbo, pues la colisión es inevitable. Demasiado tarde. En el momento en que la alcanzamos, la cosa desaparece bajo el agua. Reaparece varios centenares de metros más lejos. La cosa da media vuelta describiendo un arco circular y se precipita contra el navío. Choque de gran violencia. La tripulación y yo mismo somos proyectados hacia atrás. John, mi segundo, me indica que perdemos velocidad. La cosa nos impide avanzar. Sin embargo, los motores funcionan a pleno rendimiento. Veo en la parte delantera del barco una serpiente gigantesca. Se enreda en torno a sí misma y vuelve a caer. No dura más que un segundo. John, los ojos puestos en las pantallas de control, no ha visto nada. Y sin embargo no han sido alucinaciones. He visto una serpiente de una veintena de metros de alto surgir y desaparecer. ¡Espantoso!

—¡IN-CRE-Í-BLE! ¿Estáis viendo lo que yo? —exclamó Béa.

Acompañando a ese clarificador informe, ilustraban el texto fotos del capitán en su cama del hospital, así como primeros planos de sus heridas. Boris, Adèle y Béa intercambiaron miradas atónitas. ¡Los tres acababan de reconocer las fotos que Béa había sacado ese día!

—¿Cómo han llegado aquí estas fotos? —se preguntó Adèle.

—¡Ni idea! —respondió Boris.

—¿Creéis que el abuelo ha podido registrar mis cosas? —preguntó Béa.

—¡No me lo imagino haciendo eso! —respondió Tom que, desde lo alto de su escalera, revolvía entre los treinta y cinco volúmenes de la *Enciclopedia* de Diderot y d'Alembert—. En cambio, sé de alguien que sería muy capaz de haber hecho algo así...

—¡Ophélie! —exclamó Béa sin dudarlo.

—Oh... no, Ophélie está demasiado bien educada para robar cualquier cosa o registrar las pertenencias de otros...

—¡Tom! ¡Suéltalo! Porque aparte de Bob, no veo hasta quién quieres llegar.

—¿Bob? —respondió Tom, que adoraba crear suspense y jugar a las adivinanzas—. ¡No! No ha sido Bob. ¡Está muy por encima de eso!

—¡Entonces ha sido Béa! ¡Por un paquete de galletas sería capaz de traicionar a su madre! —dijo Boris.

—¡Muy gracioso, Boris! De verdad... ¡Me muero de la risa! ¡Qué gracioso eres! ¡Pero qué gracioso! Me río ¡COMO ME RÍO!...

Béa se acercó discretamente a Boris y le agarró del pelo con fuerza, dándole tal tirón que el pobre chico tuvo que suplicar que parase.

—¡Ayy...! ¡Ayyyyy...! ¡Para! ¡Para...!

—¡¡BÉA!! ¡DÉJALO!

Adèle atrapó la muñeca de Béa y la apretó con fuerza para que soltase su presa.

—PERO ¿QUÉ OS PASA A VOSOTROS DOS? ¡DE VERDAD QUE TENDRÍAIS QUE IR A UN PSICÓLOGO!

Boris se frotaba enérgicamente el cuero cabelludo con una mueca de dolor mientras Béa se masajeaba la muñeca.

—¡La próxima vez que os peleéis, volvéis a vuestros dormitorios en el acto! ¡Estoy harta de vosotros dos! ¡Parecéis niños pequeños! Y tú, Tom, deja de jugar a las adivinanzas. Si tienes algo que decir, ¡dilo de una bendita vez! ¡Tenemos más cosas que hacer!

Tom se ruborizó y dijo:

—Estaba pensando en Nono...

Los otros tres le miraron, y después volvieron inmediatamente la cabeza en dirección al animal, que se divertía como podía haciendo escalada con su escayola por toda la biblioteca. Sintiéndose de pronto observado, Nono se detuvo de golpe y provocó una avalancha de libros que lo sepultaron por completo. Cuando su cabeza volvió a aparecer en la cima de la montaña de volúmenes desparramados, Adèle, Boris y Béa se erguían frente a él, con las manos en jarras.

Nono se liberó, no sin esfuerzo, del montículo de libros que le cubría y salió completamente avergonzado. Con las orejas caías, de pie sobre sus dos patas traseras, curvó la espalda como para hacerse perdonar.

—Nono, no me digas que has sido tú el que ha manoseado mis cosas y has robado mi cámara de fotos —preguntó Béa.

El suricato bajó la cabeza y metió la cola entre sus piernas.

—¡Eres un traidor! —exclamó Boris—.¡Un asqueroso entrometido! ¡Siempre dije que esta bola de peluche era un bribón! ¡Qué idea también la de encapricharse de un animal así...! Si fuera por mí, lo abandonaría al borde de una carretera.

Béa atravesó a su hermano con la mirada.

—Bueno, calmaos —dijo Adèle—. Nono seguramente tuvo buenas razones para actuar así...

—¿Ha sido el abuelo quien te pidió hacer eso? —interrogó Béa, amablemente.

El animal, temeroso, afirmó con la cabeza y se hizo una bola temblorosa.

—¡Nono al servicio del abuelo! ¡Bien! ¡Bravo! ¿Y por qué no agente de los servicios secretos, ya que estamos? ¡Ya veo que se puede confiar en él! —dijo Boris.

Béa se agachó y acarició al animal, que estaba helado de miedo.

—¡Venga, no pasa nada!

—¡Pero bueno! ¡Podríamos habernos llevado la bronca del siglo por su culpa, pero no pasa nada! ¡Un besito para agradecérselo y ya está! Olvidado... ¡Oooh! Pobre animalito... hummm, cariñito, mi cosita, ha tenido miedo. Su corazoncito latía demasiado deprisa... ¡Es ridículo! ¿Y quién va a ordenar todos los libros que ha tirado?

—Boris... ya está bien... te estás poniendo pesado, ya...

Nono miró a Béa con aire contrito y le lamió la nariz. Ella le sonrió. Tranquilizado en cuanto a los sentimientos de su ama, el suricato saltó al suelo y empezó a ordenar con su única pata útil, uno por uno, todos los volúmenes caídos. Haciendo de tripas corazón, Boris volvió al ordenador. Eran ya más de las dos.

—En todo caso, si el abuelo le pidió eso a Nono, es que sospecha algo... —murmuró Adèle, pensando en voz alta—. Tom, ¿has encontrado algo interesante?

—Bah... No mucho. Sólo algunas descripciones aproximativas y muy antiguas que no se corresponden exactamente con el Kraken... Pero sigo buscando, sigo buscando...

En cuanto a Boris, acababa de echarle el ojo a un texto extremadamente instructivo de título evocador, *Guarida de metano, ¿el antro del Kraken?*, firmado por su abuelo. Abelmans intentaba formular una explicación plausible referente al despertar súbito del Kraken. Según su hipótesis, el monstruo hibernaría, durante ciclos de quinientos años, en las profundidades abisales extremas, metido en una gigantesca burbuja de hidrato de metano congelado, llamada «clatrato», cuyo volumen alcanzaría proporciones que desafiaban la imaginación. Tuvo que ser durante el curso de una prospección petrolífera, cuando la cabeza perforadora de la Piper IV, al horadar la burbuja, habría importunado involuntariamente al monstruo que, perturbado en su sueño, se habría encolerizado, provocando así una violenta desgasificación. El texto terminaba con una terrible conclusión que les hizo estremecer.

Además de las importantes consecuencias humanas, turísticas y económicas que el despertar provocado del Kraken engendrará en un futuro próximo, hoy se plantea una cuestión inquietante: ¿cuál será el impacto ecológico? La marea negra que sufrimos actualmente no tiene precedente en la historia de Noruega, es cierto. Pero hay algo más grave aún: ¡los efectos dañinos de la liberación del metano oceánico en la atmósfera! Los fondos marinos están compuestos de bolsas de gas que funcionan como reactores gigantes en los que se producen enormes cantidades de metano. La extrema presión y el frío comprimen ese metano no degradado y lo aprisionan en «celdas» de moléculas de agua. Esas celdas, parecidas a placas de hielo de unas decenas de centímetros, son auténticas ollas a presión. Cuando se descomponen, cada una de esas bolas libera ella sola una importante cantidad de metano. Un gas que provoca un recalentamiento veinte veces mayor que el dióxido de carbono, y que representa hoy en día el veinte por ciento del proceso del efecto invernadero.

Cuando el Kraken hizo estallar el gigantesco clatrato que le mantenía en hibernación, el monstruo liberó al mismo tiempo una increíble cantidad de gas que podría ser peligrosa para el planeta. Esa desgasificación masiva, asociada al despertar de la mayor criatura oceánica del mundo, se ha debido a la irreflexión y a la incompetencia de los ingenieros de la estación Piper IV, que se dedicaron a la prospección sin preocuparse de la fauna acuática del subsuelo. La compañía petrolera PEXA está haciendo, de hecho, todo lo posible para callar el asunto. Y no me sorprendería nada que esa empresa esté apoyada por algunos oscuros servicios secretos de gobiernos cuyo principal objetivo sería exterminar al monstruo antes de que el público conozca su existencia. Lo que sería un grave error y constituiría un crimen de lesa ciencia. Esperemos que mis eminentes colegas no dejen que se produzca algo así. Si es que todavía están a tiempo. Porque el mayor peligro no viene del Kraken, sino de los que quieren eliminarlo en silencio. LO MÁS IMPORTANTE: SALVAR AL KRAKEN. ¡OLEARIUS PARA EL PONTOPPIDAN! ¡ENCONTRAR EL «LIBRO» ANTES QUE ELLOS! RÁPIDO.

Los niños no salían de su asombro. Un estremecimiento invadió a los cuatro. En el silencio de la cripta, se escuchaba el viento soplando a rachas sobre las grandes ventanas horadadas en el acantilado. A través de los cristales que se levantaban un centenar de metros sobre el océano, la noche parecía de un espesor inquietante. Ni una estrella, ni un solo rayo de luna. Sólo el profundo negro de las tinieblas y el rumor lejano del maelström. Bajo el efecto de las corrientes de aire, el fuego de las antorchas proyectaba sobre los muros inquietantes sombras que danzaban en todos los sentidos.

—¡Ahora todo está claro! —exclamó Adèle—. La desaparición del capitán del *Explorer*, la muerte del doctor Mackal, el incendio del *Ragedingue*, el secuestro de Bob... ¡Todas las personas que han tenido de lejos o de cerca una relación cualquiera con el asunto del Kraken han sido eliminadas! En cuanto a las pruebas materiales, desaparecen con ellos, y de forma definitiva.

—No es muy tranquilizador todo eso... —apuntó Béa—. Si lo que cuenta el abuelo es cierto, ¡debemos tener mucho cuidado! Nos encontramos frente a gente que no retrocede ante nada... Y por el hecho de que seamos unos niños no nos íbamos a librar... ¡Me pregunto si no deberíamos olvidarnos del asunto!

—Estoy de acuerdo con Béa —dijo Tom—. Rindámonos a la evidencia, no estamos a la altura.

—En la vida hay que saber renunciar... Reconocer los propios límites es a veces una prueba de inteligencia ¿no? —prosiguió Béa, que intercambió una mirada cómplice con su hermano pequeño.

—¡Pero bueno! ¡Míralos, Adèle! ¡Mira a esos dos gallinas! ¡Ay! ¡Qué bonito, los héroes que se habían prometido revelar la verdad al mundo entero! ¡Cobardes que se lo hacen encima de miedo porque una especie de renacuajo gigante de diez patas siembra el pánico entre marineros borrachos en un pueblo perdido en el fondo de la Bretaña! ¡Os creía algo más valientes! ¡Yo, en cambio, pienso que hay que llegar hasta el final en este caso! Digo que el abuelo es incapaz de llevar a cabo una tarea así él solo, ni siquiera con la ayuda de Bob. ¡Debemos encontrar a ese monstruo y desenmascarar a los que quieren destruirlo!

No importa, lo haremos sin Béa ni Tom... ¡Pero yo sigo adelante! ¡Adèle, puedes contar conmigo!

Adéle esbozó una gran sonrisa, mientras que Tom y Béa le lanzaban miradas coléricas. A Boris le encantaba la aventura. Era el tipo de chico despreocupado que no se dejaba impresionar fácilmente. A veces se daba de bruces contra la pared sin medir los peligros ni las consecuencias de sus actos. Actuaba primero y pensaba después. Cabecilla, líder, deportista y fuerte, tenía el alma de un aventurero de verdad. El auténtico retrato de su abuelo a la misma edad.

—Ya hablaremos de todo eso mañana... Es tarde y ya deberíamos irnos. Lo dejamos por esta noche... —anunció Adèle, que se caía de cansancio.

Eran casi las tres de la mañana. Afuera, el viento soplaba más fuerte aún y empujaba las nubes a toda velocidad, dejando aparecer de vez en cuando algunas estrellas solitarias. Los niños ordenaron rápidamente las cosas de Abelmans. Béa colocó cuidadosamente todos los documentos en la caja de cartón. Boris apagó el ordenador y Tom bajó de la escalera, guardando en su bolsillo la hoja con las notas que había tomado. Los niños esperaron cinco minutos a que Nono acabase de colocar los últimos libros que había tirado. Después el animal se echó a los hombros la mochila de Béa y los niños salieron de la cripta. Béa giró la manilla del regulador fijada en la entrada y las llamas de las antorchas se apagaron. La inmensa sala gótica desapareció de pronto en la oscuridad y la gran puerta de madera esculpida volvió a cerrarse sobre todos sus secretos.

31

El «Ombligo del océano»

AL DÍA SIGUIENTE, el viento estaba calmado y las nubes habían desaparecido completamente. La noche noruega era clara. La luna, en todo lo alto, reflejaba sobre la nieve su extenso halo plateado. Miles de estrellas, casi apretujadas unas contra otras, parecían enjambres de luciérnagas. Hacía ya una hora que Boris, Tom, Adèle y Béa, embutidos en gruesos atuendos polares, avanzaban con sus bastones. Bob había organizado una gran marcha de esquí de fondo a través de la isla Moskenesøya, la isla de la mansión de Abelmans. Bob, encabezando el cortejo, arrastraba a su espalda un pequeño trineo de plástico, atado a su cintura, en el que Nono, confortablemente instalado, contemplaba el paisaje. Aunque podía resistir temperaturas muy bajas, el pequeño suricato había sido vestido con botines forrados, cálidas manoplas, una de las cuales cubría la mitad de su escayola, una bufanda, un chaleco de piel de cordero y un gorro rojo con pompón. Una divertida indumentaria que le hacía parecer un duende. Detrás de Bob, Boris, que tenía una condición física impresionante, daba grandes zancadas de maratoniano. En tercera posición, Tom avanzaba a buena velocidad, seguido de Adèle, que se mantenía a buen ritmo. Muy por detrás, a Béa le costaba mucho seguirlos. Resoplaba como una foca y se detenía cada cinco minutos. Para Béa, que era todo lo contrario de una deportista, aquel paseo se estaba convirtiendo en una pesadilla. Pero sabía que debía resisitir. Y que tendría que aguantar, como cada vez que había que hacer un esfuerzo, los comentarios desagradables de sus hermanos y de su prima acerca de su peso. Además, tenía un frío terrible, y sus botas de esquí, que no eran las adecuadas para sus gruesas piernas, le apretaban anormalmente por debajo de las pantorrillas. Prefería no decir nada y sufrir en silencio. Tenía la mala reputación de estar todo el tiempo quejándose y de que siempre le dolía algo. No tenía, pues, la intención de pedir ayuda. No deseaba empañar aún más su reputación, y avanzaba, como podía, apretando los dientes, sin decir nada.

Bob, Nono, Boris, Adèle, Tom y Béa atravesaron lugares majestuosos. Tomaron senderos perdidos que se hundían en bosques de abetos escarchados o que serpenteaban a lo largo de estrechos valles. En el silencio, a veces se escuchaban ruidos. Osos, zorros blancos, renos salvajes o linces, ocultos en la noche, observaban a los intrusos. De vez en cuando, una perdiz de las nieves o un urogallo lira, sorprendidos por un rayo de luna, huían despavoridos sobresaltando a los esquiadores. Tras haber bordeado ríos de aguas heladas, encumbrado pendientes de una blancura infinita, atravesado senderos de nieve virgen, los seis caminantes llegaron a una vasta llanura situada en lo alto de un acantilado que se adentraba en el mar, en el lado más extremo de la isla. Se cobijaron en un refugio inhabitado que dominaba el horizonte. A su alrededor, el océano se extendía hasta perderse de vista.

Béa llegó mucho después que los demás. Cuando entró en el chalet, el grupo ya se estaba calentando alrededor de un guiso que Bob había preparado y en el que flotaban huesos de jamón ahumado que Nono contemplaba con gula. Béa se unió a ellos y engulló su sopa sin levantar la nariz de su plato. A través de los cristales, el paisaje era espectacular. Era ciertamente el lugar más bello de la región. Surgiendo a lo lejos, las sombras de las montañas se elevaban como monstruos terroríficos. Más cercanos, los arrecifes, hundidos en la noche, surgían del agua como dientes plantados en medio del océano. Un ruido ensordecedor procedente del mar invadía todo el espacio y extendía su eco a decenas de kilómetros a la redonda. Cien metros más abajo, atrapado entre dos brazos de islotes rocosos, el *Moskenesstrømmen*, el famoso maelström, borboteaba un agua negra y furiosa. Cada seis horas, centenares de millones de metros cúbicos de agua se introducían es ese estrecho, apenas más ancho que un campo de fútbol. Era como si todo el agua de un río hubiese decidido pasar a través del cilindro de una botella de plástico. Precipitadas a una velocidad vertiginosa, las aguas del maelström se lanzaban en todos los sentidos al asalto de las rocas, forzando a cualquier precio el estrecho pasaje que podía contenerlas. Gigantescos remolinos de varias decenas de metros de diámetro se formaban en la superficie del agua absorbiéndose mutuamente. La leyenda decía que esos terribles sifones desplegaban una potencia de atracción que podía extenderse varios kilómetros, y se tragaban cualquier navío que se pusiese a su alcance. La misma leyenda decía que, una vez atrapado, ningún barco podría escapar a esas espirales infernales.

—En *Veinte mil leguas de viaje submarino*, Julio Verne llama a este lugar el «Ombligo del Océano» —dijo Tom, que no perdía ocasión para hablar de sus lecturas preferidas—. Al final de la novela, el *Nautilus* del capitán Nemo cae prisionero del remolino y es arrastrado hasta el fondo del mar. Deberíais leerlo, ¡es genial!

—¡La sopa es aún más genial! —contestó Boris, a quien molestaba el despliegue de cultura de su hermano—. ¿No es cierto, Béa? —añadió con tono sarcástico, señalando con la mirada el plato vacío de su hermana.

Por una vez, a Béa le importaban un bledo los comentarios de su hermano, la sopa o las rimbombantes aventuras del capitán Tururú y sus desgracias en el mar. Lo único que veía era la aventura que le esperaba de regreso. No sabía exactamente cómo iba a hacer para volver. Imaginarse recorriendo el equivalente de lo que acababa de hacer le producía vértigo. Se sentía absolutamente incapaz. Y, sin embargo, tenía que hacerlo.

Bob anunciaba ya la salida. Después de volverse a abrigar, se calzaron sus esquíes y se internaron en la noche, abandonando a sus espaldas el solitario chalet. En el cielo, la luna descendía lentamente hacia la tierra. La inmensidad de la nieve resplandecía bajo su luz, tiñendo el horizonte con un resplandor pálido. A lo lejos, los búhos ululaban en la oscuridad.

Atajaron, cortaron a través de los campos de nieve y de sotobosque y llegaron por fin a *Sløttsund* justo a la hora de cenar. En el gran salón les esperaba una comida bien caliente y un buen fuego de chimenea. Nono, al que el aire libre había agotado, ni siquiera bajó para comer. Se hizo una bola sobre la cama de Béa y se durmió inmediatamente. A la mesa, Boris, sobreexcitado, no dejaba de contar sus propias proezas deporitivas a Abelmans y a

Ophélie, mientras Tom, le cortaba sin cesar la palabra para introducir referencias literarias, citando a los grandes autores de libros de aventura que se habían inspirado en este tipo de paisajes. Por su parte, Adèle, apasionada por la biología y zoología, había inventariado todas las huellas de animales dejadas en la nieve. No había quién le ganase a identificar, de un vistazo, a un animal a partir de la huella de una pata. Abelmans, muy interesado, le preguntó lo que había visto, y Adèle le enumeró una lista de una veintena de animales diferentes. Por su lado, Béa no tenía nada que decir. Se dedicaba a fingir que le había gustado mucho el paseo. Pero para ella, esa jornada había sido un verdadero suplicio. Estaba deseando subir a su habitación para tumbarse sobre su cama y dormir. Lo que no se hizo esperar. Una fatiga general fue ganando poco a poco al pequeño grupo. Tom se había apagado y Boris entrecortaba sus frases con amplios bostezos.

—Creo que tras una jornada como esta deberíais ir a acostaros —dijo Abelmans.

Los niños dejaron la mesa sin haber terminado siquiera el postre. Besaron a su abuelo, a Bob y a Ophélie y subieron a acostarse. Ophélie se levantó y quitó los cubiertos. Abelmans se volvió hacia Bob.

—Gracias, Bob. Esperamos que este tipo de paseos les quiten las ganas de pasarse las noches en blanco en mi despacho. El aire libre y una buena fatiga, nada mejor para desembarazarse de los curiosos.

Los dos hombres se echaron a reír.

32

Nono juega y gana

CUANDO LOS NIÑOS despertaron a la mañana siguiente, todavía agotados y llenos de agujetas por el esfuerzo del día anterior, era casi mediodía. Nono se había levantado mucho antes que ellos y había desaparecido sin hacer ruido. Adèle, tumbada en su cama, con los ojos abiertos, pensaba en Arno. Era su primer pensamiento cada mañana. Se lo imaginaba en el pequeño bar, secando tazas de café mientras miraba caer la lluvia. ¿Pensaba todavía en ella como ella pensaba en él? Cada mañana, apenas abría los ojos, Adèle le escribía, en su cabeza, siempre la misma carta. Le contaba las últimas novedades y le confesaba su tristeza. Le decía que deseaba verlo pronto, pues su rostro empezaba a borrarse y ya no sabía cómo era. Le decía que pensaba en él todo el tiempo y que lo echaba de menos. Le escribía palabras dulces y terminaba con frases apasionadas. Pero la carta no llegaba nunca a materializarse. Se quedaba bloqueada en el fondo de sus pensamientos.

Adèle se levantó y se vistió. Béa, la cabeza metida entre las sabanas, no se movía. Un terremoto no hubiese sido suficiente para despertarla. Adèle entró en la habitación de los chicos. Tom, todavía en la cama, intentaba leer tranquilamente. Pero el ruido incesante de la consola de videojuegos de su hermano se lo impedía. Boris, Señor del reino de Rondor, al mando de un ejército de elfos y de enanos guerreros, libraba una sangrienta batalla contra Sordon I, el Señor de las Tinieblas, que lanzaba terroríficos sortilegios y temibles maldiciones. Adèle reanimó el fuego en las chimeneas de las dos habitaciones y ordenó a sus primos que se prepararan. Tom, harto del egoísmo de su hermano mayor, dejó el libro sobre la mesa y se puso a la obra.

—¡Espera! ¡Acabo la partida! —exclamó Boris, la nariz hundida en la consola.

—¡Vístete inmediatamente, Boris! —gritó Adèle, que detestaba que no la obedeciesen y a quien su pena de amor volvía irascible.

Boris continuó jugando como si no fuese con él. Tom, que ya estaba listo, se acercó a su hermano y desenchufó la consola. La pantalla se apagó.

—¡Maldito renacuajo asqueroso!

Boris, loco de rabia, saltó de la cama y persiguió a Tom por toda la habitación con la firme intención de infligirle un correctivo del que se acordara el resto de sus días. Tras haber escapado varias veces, Tom acabó por dejarse agarrar y los dos chicos empezaron a pelearse. Aquello se convirtió en una lluvia de golpes. Adèle los separó como pudo. Los gritos de los dos chicos no pudieron, sin embargo, sacar de su sueño a Béa, quien, con la cabeza embutida bajo sus almohadas, seguía durmiendo. Adèle volvió a su habitación acompañada de sus dos primos, temporalmente reconciliados, y entre los tres sacudieron a Béa violentamente. Béa gruñó como un oso en hibernación, se giró hacia el otro lado de la cama y volvió a dormirse.

Los chicos estaban arrepentidos de haberse dormido tan pronto la víspera. Habían perdido toda una noche de búsqueda y ahora deberían esperar a que terminase el día para poder volver a la cripta. Condenados a estar de brazos cruzados todo el día, les irritaba la idea de permanecer allí sin hacer nada.

—Aprovechemos para recuperarnos —dijo Adèle—. Porque esta noche ¡vamos a tener que hacer el doble de trabajo!

Los chicos pasaron toda la tarde en el interior de la mansión. Bob continuaba cortando leña en el parque; Abelmans, como de costumbre, se había ausentado misteriosamente, y Ophélie estaba inmersa en sus crucigramas en la salita de la televisión. Ante el gran fuego de la chimenea del salón, Béa disputaba una partida muy igualada de damas chinas contra Nono, quien por fin se había librado de su escayola. Su herida estaba curada y el animal aprovechaba su buen estado de forma para dar una paliza a Béa. Junto al ajedrez y al dominó, las damas chinas eran un juego en el que el suricato había demostrado ser un maestro. Boris había decidido permanecer solo en su habitación, jugando en la consola, y Tom estuvo leyendo todo el día bajo la mirada amenazante de los monstruos marinos que poblaban los viejos mapas medievales colgados de las paredes del salón. En cuanto a Adèle, se había aislado, sin decir nada a nadie, en la «habitación de los escribas». Situada en el ala norte de la mansión, allí donde se encontraban la sala de torturas y la famosa mazmorra de la bruja, era una minúscula buhardilla, de dos metros por tres, situada bajo un viejo armazón de madera que sostenía el tejado y cuya ventana, un ojo de buey con bastidor, daba al parque. Nadie iba nunca por allí. Casi vacía, la habitación contaba con una silla de paja, una mesa antigua, un viejo taburete completamente apolillado y gruesos candelabros, pues hasta allí no había llegado nunca la electricidad. A la luz de las velas, Adèle, envuelta en una piel de reno y calzada con pantuflas de lana noruega, escribía. Su mano, helada por el frío que reinaba en la habitación, temblaba sobre la hoja de su cuaderno. A la muchacha le gustaba ese sitio. De pequeña, era su refugio. Era la única habitación de la casa donde podía encerrarse con llave para aislarse. Había pasado allí horas magníficas soñando en las noches de luna llena o leyendo a la luz de las velas bajo el cielo estrellado. ¿Cuántas lágrimas había derramado allí? ¿Cuántas horas se había pasado dándole vueltas a la muerte de sus padres? ¿Cuántas penas había consolado aquel lugar? Aquella habitación la había visto crecer. Hoy, convertida en una adolescente, Adèle se refugiaba una vez más para aplacar su tristeza. Ya que no conseguía escribir a Arno, entonces ¡se escribiría a ella misma! En un cuaderno secreto. Lo diría todo, se confiaría, describiría hasta el menor de los detalles, se describiría sin rodeos ni mentiras: sus penas, sus alegrías, sus enfados, sus esperanzas, sus deseos, sus aburrimientos, sus pensamientos, sus estados de ánimo, sus reflexiones más personales. Todo, lo diría todo. En la pequeña habitación que servía de refugio a su melancolía, Adèle empezó la redacción de un diario íntimo.

Lunes 7 de enero

Día horrible. Día de aburrimiento. Ayer me dormí pensando una vez más en Arno. Soñé con él toda la noche. Estaba muy guapo, con sus dientes blancos y su sonrisa. Me cogía de la mano y volábamos como dos pájaros por encima del océano. Esta mañana me he despertado triste. ¿Volveré a verle algún día? Para eso sería necesario escribirle, pero no lo consigo. Tengo miedo de que me interprete mal y de que no me responda. Así que prefiero callar.

Afuera está oscuro, como siempre aquí. ¡Estoy harta de no ver el sol! La noche se acerca. En unas horas, iré de nuevo a acostarme. Y quizás vuelva a soñar con Arno.

Mientras tanto, espero, la aventura continúa...

Adèle soltó el bolígrafo y miró por la ventana oval. En el cielo brillaban las estrellas. Volvió a cerrar su cuaderno y sopló las velas. Volutas de humo blanco y nauseabundo invadieron la habitación. Adèle salió, cerró la puerta de la buhardilla con dos vueltas y puso la llave en su escondite habitual, entre dos gruesas piedras irregulares que sobresalían ligeramente de un trozo de pared situado más lejos, en el pasillo.

Llegada la noche, los niños empezaron a dar infinitas vueltas de una habitación a la otra. A la luz del fuego que continuaba ardiendo en las chimeneas, sus sombras se cruzaban sobre las paredes.

—¿Qué hora es? —preguntó Boris.

—¡Las diez y diez! —respondió Tom.

—Y pensar que el abuelo está en plena conversación con Knut Nosécuantos y que nosotros estamos aquí dando paseos. ¡Me pongo de los nervios! —exclamó Adèle, que no paraba en su sitio.

—Con un poco de suerte, redactará una nota confidencial sobre su conversación —dijo Tom—. Crucemos los dedos.

De golpe, Boris soltó una exclamación.

—¡OH! ¡MALDITA SEA! ¡BESTIA ASQUEROSA! ¡EN CUANTO LE VEA, LE DEGÜELLO!

Los otros tres se miraron, desconcertados.

—PERO ¿QUÉ TE PASA? —le preguntaron todos al mismo tiempo.

—¡BÉA! ¡Tu maldita rata del desierto me ha robado mi MP3!

—¿Estás seguro de que no lo has puesto en otro sitio?

—¡Segurísimo! Antes de la cena estaba todavía en el cajón de mi mesita de noche. He utilizado los cascos para jugar en mi consola durante todo el día. ¡Tu mono de las arenas se está volviendo majara, Béa! ¡Se está convirtiendo en un ladrón! ¡Eso es nuevo! ¡El otro día tu cámara, ahora mi MP3! ¡Son muchas cosas en poco tiempo! ¡Vas a tener que practicarle la eutanasia antes de que se le fundan los plomos y nos degüelle a todos una noche!

—¡Cierra la boca, Boris! ¡No me provoques! —respondió su hermana.

—En todo caso, le interesa devolvérmelo intacto, si no, seré yo personalmente el que se encargue de su futuro en este mundo.

—BORIS... ¡Vas a hacer que PIERDA LOS NERVIOS!

Una vez más, Adèle separó a los gemelos. Tras la pelea de la mañana, tenía la impresión de haber hecho de policía durante todo el día.

Pasaba ya la medianoche cuando los chicos, que empezaban a dormirse, oyeron que alguien arañaba en la puerta de su habitación. Tom se levantó y fue a abrir. Era Nono. Erguido sobre sus patas traseras, la lengua colgando, movía la cola, muy contento. Llevaba al cuello el MP3 de Boris. Las chicas escucharon de pronto un jaleo procedente del otro lado del tabique y se precipitaron en la habitación de los chicos. Iluminado por la luz roja que las brasas expandían por la habitación, Boris corría por todos lados para atrapar al animal. Pero el suricato, más ágil y cien veces más rápido, se escapaba siempre. Cuando Nono vio a Béa, se lanzó hacia ella. ¡Salvado! Boris quiso arrancarle al suricato de sus brazos, pero Béa se resistió. Nono, protegido por su dueña, se burlaba ahora de Boris alisándose tranquilamente los bigotes y lamiéndose las patas como si tal cosa.

—¡Béa! ¡Dame ese animal!

—¡NO!

—¡BÉA! ¡DAME ESE ANIMAL INMEDIATAMENTE!

—¡NOOOO!

El tono subía.

—¡BÉA...! Contaré hasta tres... UNO...

Béa le miraba fijamente a los ojos.

—DOS...

Béa sostenía la mirada de su hermano sin inmutarse.

—¡Y TRES! —concluyó Adèle, que soltó un enorme guantazo a Boris.

El golpe partió sin avisar. Había sonado como un latigazo. Boris se tragó su rencor, se frotó la mejilla para no perder la dignidad, lanzó una mirada desafiante a Adèle y fue a refugiarse en la cama. Adèle exigió a Béa que liberase al animal inmediatamente, cosa que hizo. Colgado de su cuello, Nono llevaba efectivamente el MP3 de Boris. El animal se lo tendió alegremente a Adèle. Ella le dio las gracias con un gruñido. Era la segunda vez que revolvía en sus cosas.

—Sabes, si continúas así, nos veremos obligados a encerrarte o a separarnos de ti...

Nono parecía no escuchar y señalaba el MP3 con el hocico. Después arrancó el aparato de las manos de Adèle y se lo llevó a Tom, gimiendo.

—Está tratando de decirnos algo... —dijo Tom.

—¿Nono?

El suricato se giró hacia Béa.

—¿Qué es lo que quieres decirnos? Enséñanos...

El animal se apoderó de nuevo del aparato y pulsó torpemente varios botones. El MP3 se puso en marcha. Los niños escucharon la voz de Abelmans.

«¡Anda! ¿Pero qué haces tú aquí? ¿De dónde has salido? Sin embargo, he cerrado bien las puertas detrás de mí... Es curioso... ¿Estás solo?... En fin, sé bueno y no molestes... Vamos... Siéntate... ¡Sin moverte!»

—Chisssst, escuchad... —dijo Adèle.

Tras unos segundos de ruidos sin interés, en los que se oía a Nono manipular el aparato y el frotamiento del micro contra su pelo, se oyó de nuevo la voz de Abelmans:

«¿Diga...? ¿Diga...? ¿Eres tú, Knut? ¿Diga... diga...? ¿Knut? Gérald al aparato... ¡Ah! Se oye muy mal... espera, me cambio de sitio... ¿Me oyes mejor ahora? ¿Qué tal por ahí? Bueno, cuéntame... ¿Qué ha pasado? ¿Tienes alguna información? Porque la historia del cabo que se rompe por culpa del mal tiempo no me la he creído ni por un instante... En cuanto al seísmo del día siguiente, sólo un periodista podría creérselo... ¿Tú tampoco? Evidentemente... La versión oficial, claro, me lo imaginaba... ¿Y la versión oficiosa?»

Hubo un largo silencio.

«¿Y ninguna cámara de vigilancia vio nada? ¿Los cables estaban cortados?... ¿Un robot? El Neptuno... Claro... ¿Y bien?... Claro, no te

preocupes. Puedes contar conmigo. ¿Acaso tengo reputación de alguien que divulga ese tipo de información? Yo también me juego el cuello en este asunto. Nos estamos arriesgando mucho... Ya ha habido muertos... Bob ha estado a punto de ser uno de ellos... Y yo en mi silla ¡imagínate! ¿Cómo quieres que me escape?... Bueno, te escucho... ¡¿QUÉ?! ¿Estás seguro de lo que dices? ¿Y se veía bien a la criatura?... ¡Increíble! ¿Hay copias de eso?... ¡Tienes que conseguirlas sin falta!... ¿Un robo...? Llámalo como quieras, me da igual. Necesito esa grabación, ¿lo entiendes? Encuentra la cinta... ¿Quién más lo sabe en la estación? El ingeniero jefe, los dos científicos y tu amigo el piloto del robot, eso hacen cuatro... Y Barry Naelson, me imagino. De acuerdo. Bien, escucha, vamos a dejarlo aquí por hoy porque no me fío del teléfono. Creo que hay muchas posibilidades de que nos estén escuchando. Sí, te llamo desde el móvil, evidentemente... pero sus medios son colosales. Un teléfono sigue siendo un teléfono. No son más que ondas, y las ondas se interceptan. Te haré llegar una señal en cuanto te envíe a alguien para ir a buscar la casete digital. Será Bob. Mañana, seguramente. Te lo haré saber por otro medio. ¿Cómo? Pues bien, ya encontraremos una buena razón para justificar su presencia en la plataforma. Moveré mis hilos... Hasta mañana, Knut. Y cuídate mucho.»

Abelmans colgó.

En la habitación de los chicos reinó un largo silencio. En el hogar, los tizones daban sus últimos suspiros y apenas brillaban de forma intermitente. La noche ganaba terreno. Se tragaba poco a poco las paredes recargadas de grandes tapices medievales cuyos personajes, habitualmente animados por el vacilar de las llamas, se iban fijando uno tras otro hasta volverse inmóviles en la oscuridad. Los chicos estaban estupefactos. ¡Nono había conseguido grabar en el MP3 toda la conversación telefónica de su abuelo! Boris interrumpió su enfurruñamiento para unirse al grupo que, sentado ante la chimenea, formaba un círculo alrededor del artefacto.

—Eso quiere decir que Nono entiende absolutamente todo lo que decimos ¿no? —dijo Béa.

—Me da la impresión de que sí —respondió Tom—. Este animalito posee poderes que ignoramos. ¡Sólo le falta hablar!

—Pero ¿cómo ha podido introducirse en la cripta? El abuelo está encerrado allí desde esta mañana, Nono no ha podido seguirle...

—Efectivamente es muy extraño... —dijo Adèle—. Decididamente, este animal es asombroso.

Béa, orgullosa de él, lo agarró y lo estrechó fuertemente entre sus brazos. Nono se acurrucó entre sus piernas y se durmió mientras su ama le rascaba la tripa.

Los chicos acababan de darse perfecta cuenta de la gravedad y peligrosidad de la situación. Era la primera vez que oían a su abuelo expresarse abiertamente sobre los riesgos que conllevaba aquel asunto. Era algo serio. Al menor paso en falso, a la menor negligencia, Abelmans podría ser asesinado, así, en cualquier momento, en su mansión. El enemigo estaba allí, en cualquier lado. Alerta y esperando el momento adecuado para golpear.

—¡No hay un segundo que perder! —exclamó Boris.

Nono se sobresaltó, abrió pesadamente los ojos, hundió de nuevo su hocico entre sus patas y volvió a dormirse entre las piernas de Béa, que formaban una cesta ideal.

—Y si al abuelo le han pinchado el teléfono, como cree, ¡quizás ya es incluso demasiado tarde! Tenemos que ir a buscar esa casete digital nosotros mismos. Y debemos partir ahora, ¡inmediatamente!

—¡Pero tú estás loco! ¡Son las doce y media! ¿Y cómo crees que iremos? —exclamó Béa.

—Hay que despertar a Bob. Es él quien debe ir. Así que entre esta noche o mañana... Cuanto antes, mejor. Cada hora que pasa es una posibilidad menos de poder encontrar la casete.

—¡Boris tiene razón! —dijo Adèle—. Vestíos, ¡nos vamos a la Piper IV!

33

La cólera del Kraken

CUANDO SE ACERCARON de puntillas a la habitación de Bob, vieron luz por debajo de la puerta. Bob no dormía. Incluso se le oía hablar. Llamaron varias veces, pero no obtuvieron respuesta alguna. Llamaron de nuevo y la puerta se abrió bruscamente, iluminando la oscuridad del pasillo con la luz de la habitación. En el cuadrado de luz, la sombra gigante de Bob se estiraba hasta el techo.

Vestido con su parka, su pantalón de caza, sus grandes botas y su gorro de piel, Bob se disponía a partir. Tras él, en el fondo de la habitación, Abelmans, estaba sentado en su silla de ruedas. El anciano avanzó hacia los inoportunos. Los chicos, que no esperaban para nada encontrarse allí a su abuelo, se sintieron desconcertados.

—¡Pero bueno! ¿Qué hacéis levantados a estas horas? Y además ¿qué hacéis vestidos como si fueseis a una expedición a Groenlandia? ¿Adónde vais así?

Adèle, Boris, Tom y Béa llevaban puestos sus guantes, sus anoraks y sus ropas polares. Nono, que se mantenía detrás, también estaba preparado para el Gran Norte: gorro rojo con pompón, bufanda, manoplas, botines y chaleco de alpaca.

—¡Venimos a buscar a Bob para que nos lleve al sitio donde va!

—Ah... eso es muy interesante, mi pequeña Adèle... —respondió el anciano, frío y distante—. Y... ¿adónde se supone que va?

Los otros se miraron con el rabillo del ojo, preguntándose qué iba a inventar su prima para salir de aquella comprometida situación. Adèle se jugó el todo por el todo y respondió de sopetón:

—¡A la plataforma petrolífera Piper IV, para recuperar una casete!

Abelmans se incorporó en su silla. Estaba anonadado. Intercambió una mirada rápida con Bob, tan sorprendido como él, y miró directamente a los ojos de los cuatro niños, que ahora se mantenían ante él con aire socarrón.

—Ignoro cómo habéis obtenido esa información confidencial, aunque empiezo a hacerme una idea sobre el asunto, pero no es el momento... Hablaremos más tarde. Hijos, acepté enviaros a Bretaña con Bob porque sabía que ese viaje, además de ser beneficioso para vosotros, no representaba a priori ningún peligro. Esta vez es diferente. La misión que Bob debe realizar es de otra envergadura y conlleva un indudable riesgo. Y para bien de mi alma y de mi conciencia, nunca me arriesgaría a enviar a mis propios nietos a enfrentarse a peligros que podrían costarles la vida. Vuestros padres os han confiado a mi cuidado durante las vacaciones. Soy, pues, responsable de vosotros y soy yo el que decide. Así que os ruego que volváis a acostaros. ¡Buenas noches, niños!

Sin moverse, los cuatro observaron a Abelmans con aspecto desafiante. Béa tomó la palabra.

—Bien contento que estuviste de que Nono te acompañase y te salvara la vida —dijo con aplomo, dirigiéndose a Bob—. ¡Si no hubiésemos estado allí quizás estarías muerto!

Bob, que no salía de su asombro, esbozó una sonrisa.

—Béa, cariño —replicó el anciano—. No sé si tu impertinencia es debida a la influencia de tus dos hermanos y de tu prima o es simplemente la consecuencia de una brusca madurez que habrías adquirido durante tu estancia aquí, pero debes saber que el tono desenvuelto que empleas y los argumentos que utilizas no harán que cambie de opinión. No saldréis de aquí, punto final.

—¡Bien contento estabas cuando Adèle te trajo la muestra de Arno! Y sin nosotros... —exclamó Tom, que no era, sin embargo, de los que se rebelaban ni respondían.

Los otros quedaron estupefactos con su reacción. Boris le dio una discreta palmadita en la espalda para felicitarle y animarle. Abelmans quedó sorprendido.

—Tom... no me esperaba eso de tu parte... Tenía alguna esperanza de que alguien tan estudioso, tan serio como tú no caería en la caricatura del niño caprichoso y rebelde. Me habías acostumbrado a algo mucho mejor. Tenía la sensación de estar ante alguien más reflexivo, más razonable. ¿Estaría equivocado? Espero que me demuestres rápidamente lo contrario. Viniendo de Boris o de Adèle, no me extraña esa actitud, pero viniendo de ti, permíteme estar decepcionado y permíteme también decidir por ti. Sólo tienes diez años, y los peligros que esperan a Bob no son para tu edad, ¡créeme!

Tom, como cada vez que se sentía incómodo, hundió torpemente con el dedo sus gruesas gafas sobre su nariz y bajó los ojos.

—Vamos, la discusión ha terminado. Volved inmediatamente a la cama... No querréis que despierte a Ophélie en plena noche para que os obligue a acostaros ¿verdad?

La idea les hizo estremecerse. Imaginarse a la gruesa cocinera despertada a la fuerza en plena noche era lo peor que podría sucederles. De poder elegir, hubiesen preferido sin dudarlo terminar sus días en la jaula de hierro de la mazmorra de la bruja, antes que sufrir las cóleras nocturnas de Ophélie. Los chicos nunca habían visto a su abuelo reaccionar de forma tan radical. Pero Adèle, Tom, Boris y Béa no iban a abandonar la partida tan fácilmente.

Tom, que sabía perfectamente cómo se engatusaba a su abuelo, se jugó todo a una carta y exclamó:

—Y tú, si tuvieses nuestra edad, en las mismas circunstancias, ¿te habrías ido a acostar? ¿No hubieses tenido ganas de ir a ver con tus propios ojos?

El comentario dio en el blanco y Abelmans no supo qué responder.

Horas más tarde, un helicóptero NH90, del ejército noruego, despegaba de la base militar de Tromsø llevando a bordo a su piloto, su oficial, un hombre y cuatro niños acompañados de un suricato. El aparato se elevó por los aires y sobrevoló durante un instante la pista de despegue antes de internarse en la noche. Con la cara pegada a las ventanillas, Adèle, Tom, Boris y Béa miraban maravillados cómo la ciudad se empequeñecía bajo sus pies. No era más que un campo de luces perdido en la inmensidad de las tinieblas. Vista desde el cielo, la ciudad, tan grande en tierra, tenía el tamaño de un juguete. El puente que atravesaba el enorme brazo de mar, uniendo a Tromsø con el continente, parecía una maqueta. A su alrededor, los fiordos nevados que rodeaban a la ciudad como muros inexpugnables no eran más que colinas sin relieve. Bajo los rayos de la luna, su blancura infinita despedía una suave palidez que atenuaba la negrura del cielo. Dispersos a todo lo largo de la costa, los pueblos de pescadores, sembrados al azar como granos de luz, brillaban en la noche. En el mar, los arrecifes, habitualmente tan amenazadores, no eran más que sombras enclenques. En cuanto a los impresionantes acantilados, parecían ridículamente bajos. A lo lejos, podían distinguirse las islas Lofoten. Adèle, Boris, Tom y Béa, la mirada hundida en la oscuridad, intentaban localizar la mansión de Sløttsund. Pero el horizonte era demasiado vasto como para distinguir algo concreto. Al cabo de unos minutos, la costa y sus luces desaparecieron, y las montañas no eran más que una fina línea de sombra que se mezclaba con la noche. Sólo por encima del océano, el helicóptero parecía dirigirse hacia la Luna, cuyos cráteres podían distinguirse con toda claridad.

—Allí, abajo del todo, con sus grandes estrías, está el cráter Tycho... ¡Un macizo montañoso de 4.850 metros de altitud! —precisó Tom, cuyos conocimientos de astronomía no extrañaban a nadie—. Justo encima, aquella gran masa sombría, es el mar de las Nubes. Y más arriba está el cráter de Copérnico. Más a la derecha, la mancha del centro, rodeada por el mar de la Serenidad por arriba y por el mar de la Fecundidad por abajo, es el mar de la Tranquilidad. Allí fue donde Armstrong, el primer hombre sobre la Luna, puso el pie el 21 de julio de 1969.

Tom era una auténtica enciclopedia viviente. Y viajar con él podía convertirse en algo tan interesante como pesado. A menudo, había que frenar su entusiasmo, pues el jovencito, cuando empezaba a dar explicaciones científicas, no sabía parar. Era Boris quien, en tales ocasiones, se encargaba gustosamente de hacerle callar.

A través de las ventanillas del aparato, el mar de Noruega se extendía hasta el infinito. Por encima de sus cabezas, los niños miraban, sobre el fondo estrellado, las palas del rotor que fustigaban el aire a toda velocidad. Veinte minutos más tarde, un minúsculo cubo luminoso, plantado en medio del océano, apareció a lo lejos. La Piper IV acababa de surgir en la noche. La plataforma se acercaba cada vez más. En pocos minutos, el helicóptero llegó encima de la estación. El espectáculo era sorprendente. Se trataba de un entrelazado complejo de vigas de metal y columnas de acero, iluminado por miles de proyectores naranjas, amarillos y blancos, una estructura gigantesca sostenida por cuatro enormes pilares y sujeta al fondo por el cable que había resistido al terrible drama. La Piper IV extendía un halo de luminosidad sobre el océano. A su alrededor se podían distinguir las olas como en pleno día.

El NH90 se estabilizó encima de la plataforma de aterrizaje y descendió lentamente. El piloto apagó los motores. La puerta del aparato se abrió. Un hombre, embutido en un grueso anorak rojo con el logo PEXA, hizo señas a los pasajeros para que le siguiesen. Bob, Adèle, Béa, Tom, Boris y Nono salieron por turnos. Doblados en dos bajo las palas del rotor principal, que batían el aire, corrieron a refugiarse en el interior del edificio donde alguien les estaba esperando. El hombre cerró la puerta y abrazó a Bob.

—¡Qué alegría de volver a verte, viejo granuja!

—¡Este Knut! ¡Maldito canalla...! ¡Anda que no ha pasado tiempo! —respondió Bob, contento de volver a encontrar a un viejo compañero.

Más bajo que Bob, Knut tenía, sin embargo, la misma envergadura. Era fuerte e imponente. Se podía adivinar su musculatura de vikingo bajo su ropa. Rubio, de ojos azules, el rostro surcado de arrugas, parecía más viejo que Bob, aunque los dos tuviesen la misma edad. Knut y Bob se conocían desde hacía mucho tiempo. Habían ido juntos a la Facultad cuanto tenían veinte años. Estudiantes de antropología en la universidad de París, los dos hombres se habían convertido enseguida en los mejores amigos del mundo. Pero tras un terrible drama amoroso, Bob desapareció bruscamente de la circulación. Se refugió en África, donde se convirtió en cazador furtivo y mercenario. Knut no volvió a tener noticias suyas hasta que los dos hombres se encontraron, muchos años más tarde, en el equipo de fuerzas especiales fundado por Abelmans, «Crypto». Un grupo de cazadores de Críptidos que pronto alcanzó fama internacional y que constituía una auténtica pequeña familia con lazos indestructibles. Después, tras el gran revés sufrido por Abelmans y el hundimiento de su organización secreta, el equipo se disolvió. Cada uno se fue por su lado, jurándose, por su honor, ayuda y fidelidad mutua hasta la muerte. Bob permaneció al servicio de Abelmans, y Knut cambió de vida y se convirtió en ingeniero al servicio de diversos grupos industriales, antes de ser contratado por la compañía petrolera PEXA, como consejero científico en las estaciones de alta mar.

—¡Pero si veo que has venido con toda la familia! ¡Me lo habías ocultado, rufián! ¿Todos estos son tuyos? —exclamó Knut, lanzando una mirada divertida en dirección a los chicos...

—Son los nietos de Gérald.

—Pero... ¿Quieres decir que son los hijos de Charles?

—De Charles... y de Philip...

Al escuchar ese nombre, Knut se sintió embargado. Calló y observó a los chicos uno por uno.

—¿Quién de ellos es? —preguntó Knut, desconcertado.

—Es Adèle...

Bob, que se encontraba de pie detrás de los chicos, se acercó suavemente a Adèle y colocó sus dos gruesas manos sobre los frágiles hombros de la muchacha. Knut la observó mucho rato. Sus ojos se humedecieron.

—Así que tú eres la hija de Philip y de Valentine... —dijo con emoción—. ¡Cómo te pareces a tu madre! Conocí muy bien a tus padres, ¿sabes? Tu padre era un hombre fabuloso. El hombre más valiente y más divertido que he conocido nunca. En cuanto a tu madre, era la mujer más hermosa que he visto en mi vida. Y verte aquí, ahora, como si fueses ella... me confunde... os parecéis tanto.

Adèle estaba emocionada. Era la primera vez que alguien hablaba así de sus padres. Hasta entonces nunca había podido obtener información auténtica referida a ellos. Su muerte era un secreto de familia del que no se hablaba jamás. Las escasas veces que Adèle planteaba preguntas para intentar saber un poco más, su tío y su tía, su abuelo, Bob u Ophélie se las arreglaban siempre para cambiar de conversación. Había en la desaparición de sus padres un misterio insondable. Y ella sentía que se le ocultaba la verdad desde su infancia y lo vivía como un sufrimiento.

Knut se rehizo. No era un momento para la evocación del pasado ni para la ternura. Invitó a subir al pequeño grupo en un gran ascensor, que más parecía un montacargas, y descendieron hasta el nivel -3. Bob y los demás siguieron a Knut recorriendo un pasillo sin ventanas, iluminado por potentes neones blancos, parecido a un búnker. Knut se detuvo delante de una puerta y les hizo entrar discretamente. Penetraron juntos en un despacho de tamaño medio que daba al otro lado de la plataforma, con vistas al mar. Los niños se acercaron a la ventana. Abajo del todo, la marejada, llena de rabia, golpeaba la plataforma. Knut miró a Bob e hizo una señal con la cabeza en dirección a los niños.

—Puedes hablar delante de ellos, Knut. Esos niños son tumbas, créeme —le respondió Bob.

—Sí, me imagino que los hijos de Charles, de Philip y Valentine son dignos herederos de sus padres... aunque a Charles nunca le entusiasmó el misterio de los Críptidos ni se interesó mucho por la Sociedad Secreta de Criptozoología de su padre. De hecho, fue el único que nunca se involucró en las misiones «Crypto»...

Los niños intercambiaron miradas de asombro. «El misterio de los Críptidos», «Misiones Crypto», «Sociedad de Criptozoología»... ¿Qué significaba todo aquel galimatías? Tom anotó discretamente todo aquello en el cuaderno que llevaba siempre en el bolsillo, en previsión de futuras pesquisas. Knut se acercó a la puerta del despacho, la abrió con gesto brusco, sacó la cabeza al pasillo, miró a la izquierda, a la derecha, y la volvió a cerrar.

—Comprobaba que nadie nos esté escuchando... Porque lo que voy a enseñarte es ultraconfidencial. Y me estoy jugando el cuello haciéndote venir aquí. Bueno... te explico. Hace seis días tuvo lugar una misión de exploración del subsuelo oceánico en el mayor de los secretos. El motivo eran los extraños incidentes acontecidos recientemente en la estación y la ruptura del cable estabilizador. Como le expliqué a Abelmans, el Neptuno, único robot en el mundo capaz de navegar en profundidades extremas, fue enviado a 4.500 metros de profundidad para ver lo que había pasado. Además, acababa de detectarse una bolsa gigantesca de origen desconocido, alojada en los estratos sedimentarios. Pero lo que el Neptuno descubrió allí abajo sobrepasa los límites de la imaginación. Yo mismo no podía creer lo que veía. Y te aseguro que lo que vas a ver ahora, incluso en la época de nuestras misiones más increíbles, nadie habría podido imaginarlo.

Los niños asistían, intrigados, a una conversación de antiguos combatientes que levantaba el velo de un pasado lejano en el que Abelmans aparecía como un personaje oscuro, enigmático y misterioso. Mientras hablaba, Knut blandía una casete beta digital.

—¿Qué es? —preguntó Bob.

—¡El vídeo del monstruo! ¡El Kraken en carne y hueso! ¡Tal y como nadie lo ha visto nunca!

Un escalofrío general recorrió a todos los presentes. Knut introdujo la casete en un lector de vídeo y pulsó un botón. Bob, los niños y su suricato se acercaron a Knut y formaron un círculo alrededor de la tele que empezaba a proyectar imágenes impresionantes. En la pantalla se percibía la entrada de una gruta submarina de dimensiones gigantescas. El robot avanzaba a hurtadillas en la noche abismal. Los niños y Bob retuvieron la respiración. Por primera vez, podrían poner una imagen a un nombre. ¿A qué podría parecerse el Kraken? ¿Qué monstruo podría esconderse tras un nombre así? El robot continuaba avanzando. El suspense era intenso. De golpe, prisioneras de los faros de la sonda, bailando en el interior de la gruta como espectros de gelatina, grandes barras blancas aparecieron en la pantalla. Después, bruscamente, nada. La imagen desapareció y la pantalla se saturó de puntos grisáceos y señales de interferencia, como si la grabación hubiese terminado. Knut pulsó nerviosamente los botones del mando a distancia. Ninguna imagen volvió a aparecer. Aterrorizado, sacó la cinta y la volvió a introducir. Nada.

—¡ALGUIEN HA BORRADO LA CASETE! —gritó Knut, que se derrumbó con todo su peso sobre un sillón.

Bob y los cuatro niños permanecieron mudos. Una vez más habían llegado demasiado tarde. Los hombres de la sombra se habían apoderado de las pruebas.

De pronto, la sirena de alarma empezó a sonar en toda la estación, dañando los tímpanos de los niños, que se taparon inmediatamente los oídos. Nono aulló de dolor. Al otro lado de la puerta, se oían carreras de hombres por el pasillo.

—Seguramente será un ejercicio de emergencia —precisó Knut.

La puerta del despacho se abrió bruscamente. Un individuo irrumpió dentro.

—¡Knut! ¡Knut! ¡Es una catástrofe! ¡Te necesitamos! ¡Rápido! ¡Date prisa! ¡La cabeza de perforación se ha detenido! ¡No funciona nada! ¡Y la presión del gas aumenta anormalmente! ¡Va a hacer estallar la estación!

—Pero, ¿qué pasa?

—El tubo de perforación ha dejado de aspirar. ¡Como si le hubiesen hecho un torniquete! La presión del gas en el interior está aumentando peligrosamente. Nuestros sónar han detectado el punto de estrangulación del gaseoducto a 4.000 metros de profundidad. ¡Y la presión del gas aumenta tan deprisa que la Piper IV está a punto de estallar!

Knut se volvió, lleno de pánico, hacia Bob y los cuatro niños.

—¡Marchaos! ¡No os entretengáis! ¡Huid mientras estéis todavía a tiempo! —exclamó.

—¿El Kraken? —preguntó Boris.

—Seguramente...

Knut agarró a Bob y le abrazó con todas sus fuerzas, como si le viera por última vez. Acarició la mejilla de Adèle, la contempló un instante y salió corriendo a toda velocidad.

Bob, Nono y los niños se precipitaron a su vez por el pasillo. Aquello era una estampida de hombres que huían. Bob y los niños salieron pitando a toda velocidad, subieron los escalones con grandes zancadas, atravesaron pasillos en todas direcciones, se abrieron camino como pudieron entre la marea de hombres aterrorizados. Por fin, alcanzaron la pista de aterrizaje de la plataforma donde les esperaba el NH90, cuyas palas cortaban ya el aire. Apenas habían saltado al interior del aparato cuando un terrible golpe hizo que la estación se estremeciera. El helicóptero fue arrastrado ligeramente hacia un lado. Un golpe sordo, procedente de las profundidades del océano, hizo vibrar toda la estructura. Se oía el chirriar de las viguetas. Un chirrido estridente de metal a punto de ceder resonó en la noche. Sintieron una tercera sacudida. Más violenta, más terrible. La Piper IV se escoró. El piloto tiró de la palanca y el helicóptero voló por los aires. Desde el cielo, Bob y los niños contemplaron en silencio el funesto drama que tenía lugar abajo. La plataforma Piper IV oscilaba. Los hombres corrían en todos los sentidos, como hormigas. Grandes olas comenzaban a formarse. El NH90 sobrevoló unos instantes la estación. Después, como por milagro, tras unos minutos, todo volvió a la calma. La Piper IV se estabilizó poco a poco y la marejada se calmó. A lo lejos,el helicóptero que transportaba a los niños desaparecía poco a poco. Sólo se oía el eco del rotor perderse en la inmensidad desierta del mar de Noruega.

34

La Sociedad secreta

—¡ES UN ESCÁNDALO!

Boris tiró el periódico al suelo. Al día siguiente, el *Boreal News* publicaba en primera página el nuevo incidente. Era, como de costumbre, una sarta de mentiras. Hablaba nuevamente de perturbaciones en las entrañas de la tierra, pero esta vez el periodista, ávido de sensacionalismo, había abandonado la tesis del seísmo para inventarse algo más espectacular y comercial: la erupción de un volcán submarino. Pero lo que más indignó a Adèle, Boris, Tom y Béa, era una falsa entrevista con ellos publicada bajo el artículo, entrevista ilustrada con una gran foto de los niños acompañados de su suricato. El periodista, informado de alguna manera de su presencia en la Piper IV, había publicado una especie de estrafalaria novela folletín en torno a los cuatro niños y a su animalito, convirtiéndolos en los héroes del día, atribuyéndoles peripecias inverosímiles e inventando mil y una historias sobre ellos. En cuanto a su presencia en la estación, estaba rodeada por un espeso halo de misterio que aportaría sin duda algunos centenares de abonados más al periódico. Pero lo más escandaloso era que el periodista, en su encuentro imaginario con los niños, les hacía decir cosas inexactas. Según la «redondita Béatrice, cuyas mejillas hablan mucho de su forma de comerse el mundo», habría sido su animal de compañía, «una ardilla de América del Sur», quien habría detectado el peligro, varios minutos antes de la erupción, y habría dado la alerta. Adèle, la mayor del grupo, «tan masculina como sus hermanos», habría tomado entonces la decisión de prevenir al director de la plataforma, salvando así a la tripulación de un drama que habría podido cogerles por sorpresa. En lugar de eso, todo el mundo tuvo tiempo de prepararse para la evacuación. En cuanto a su viaje en un helicóptero del ejército del aire, era digno de una novela de espías o de una película de James Bond.

—¡Qué sarta de estupideces! —dijo Béa, molesta por el retrato que había hecho de ella.

—Es delirante —concluyó Adèle.

Béa consultó la hora en su móvil. Era más de medianoche y Tom no había vuelto todavía de la cripta.

—Pobre, espero que no le haya pasado nada —dijo Béa, que empezaba a inquietarse de verdad.

—¡Mira que eres cagueta! ¿Qué quieres que le haya pasado? —replicó Boris.

—Quizás le hayan pillado el abuelo u Ophélie —contestó Adèle, preocupada.

—No estaba hablando de Tom, sino de Nono... —respondió Béa con tono seco.

Metida entre sábanas, con las manos bajo la almohada, miraba las sombras de las camas bailar sobre las paredes. Sus ojos empezaban a cerrarse.

—¡Eh! ¡A ver si te calmas con tu «ardilla de América del Sur», como diría el periodista! Te estás pasando de ridícula...

—Dejad de pelearos los dos. Mira que sois cansinos.

Desde su cama, Adèle arrugó el periódico y lo lanzó hecho una bola a las brasas de la chimenea. Segundos después, el papel se inflamó espontáneamente y las llamas expandieron por la habitación grandes halos de luz.

Treinta metros más abajo, en alguna parte del subsuelo de la mansión, un bolígrafo corría nerviosamente sobre una hoja de papel. Alumbrado únicamente con una pequeña lámpara colocada sobre la mesa, Tom escribía con un furor apasionado. A su alrededor se amontonaban pilas de libros. Volúmenes de todos los tamaños dispuestos unos sobre otros hasta formar auténticas torres de Pisa a las que un simple roce hubiese derribado sobre la mesa. A sus pies, el suelo estaba cubierto de libros abiertos y archivos antiguos que Tom había desplegado inteligentemente de forma que, de un solo vistazo, podía consultarlos sin agacharse. Hundido en la noche, estudiaba desde hacía horas toda la literatura relativa al famoso Kraken y a la misteriosa *Sociedad Secreta de Criptozoología*, que había mencionado Knut en la plataforma. En cuanto a la extraña nota que el doctor Abelmans había escrito en su cuaderno, estaba desplegada bien a la vista ante él: *«LO MÁS IMPORTANTE: SALVAR AL KRAKEN. ¡OLEARIUS PARA EL PONTOPPIDAN! ¡ENCONTRAR EL «LIBRO» ANTES QUE ELLOS! RÁPIDO»*. Nono, tranquilamente enrollado sobre las rodillas de Tom, dormía un sueño profundo al que sólo los movimientos del chico venían a agitar de vez en cuando.

Con la tenacidad de un archivero, Tom realizaba un trabajo de búsqueda titánico, pasando por la criba decenas y decenas de informes confidenciales, guardados en cajas clasificadas por años bajo nombres codificados e incomprensibles. Tras una larga búsqueda infructuosa, estaba a punto de abandonar cuando, por casualidad, cayó en sus manos un informe que le intrigó.

Sobre la gruesa carpeta de cartón estaba escrito *Sociedad Secreta de Criptozoología* (SSC). ¡Acababa de encontrar lo que buscaba! Lo abrió. En el interior, subcarpetas ordenadas por años contenían documentos confidenciales, en su mayoría precintados. Tom se interesó en el primer informe del montón. Se trataba de los estatutos de la misteriosa *Sociedad Secreta de Criptozoología* (SSC) y de la lista completa de todos sus miembros, desde su fundación en noviembre de 1962. Tom despegó con cuidado el lacre que sellaba el documento y lo estudió atentamente. El papel, algo amarillento, olía a viejo desván. El texto estaba mecanografiado y cada página llevaba en la parte superior derecha un sello que representaba un escudo grabado con las iniciales SSC y flanqueado por un grifo con cola de dragón y un unicornio alado. Bajo el escudo, una fina banderola en la que estaban inscritas unas misteriosas iniciales: V.I.T.R.I.O.L. El conjunto estaba rodeado por un círculo en forma de serpiente con las fauces abiertas. El texto era muy largo. Tom recorrió rápidamente el documento administrativo, un tanto pesado, y se detuvo en algunos puntos que le parecieron interesantes.

Estatutos de la «Sociedad Secreta de Criptozoología (SSC)

ARTÍCULO 1 – Objeto

Queda fundada, en este día 12 de noviembre de 1962, una sociedad denominada: «Sociedad Secreta de Criptozoología (SSC).

Definiciones:

a) La *Criptozoología* (del griego antiguo *kryptos* «escondido» y *zoon* «animal») es la ciencia de los animales misteriosos, enigmáticos y todavía no identificados, a los que la ciencia oficial niega cualquier autenticidad.

b) Los *Críptidos* son las «criaturas criptozoológicas» que la ciencia oficial niega. Animales nunca vistos hasta nuestros días o monstruos que se creían imaginarios o legendarios, pero que existen realmente.

Ejemplos de Críptidos: el monstruo del lago Ness, el Yeti, el Kraken, la Gran Serpiente de Mar u otros menos conocidos pero igual de aterradores: El chupacabras (vampiro de Puerto Rico), el Mapinguari de Brasil, la serpiente gigante del Congo, la bestia de Bodmin Moor...

ARTÍCULO 2 – Objetivos

La Sociedad Secreta de Criptozoología (SSC) tiene por objetivos:

-reunir a todas las personas que, en todo el mundo, estén animadas por una misma voluntad de búsqueda y descubrimiento de esas criaturas misteriosas que pueblan nuestro planeta;

-resolver los enigmas más grandes de la criptozoología;

-estudiar todos los animales cuya existencia está puesta en duda y recurrir a la ayuda de los datos científicos experimentales más recientes procedentes de la genética, la medicina y la física cuántica, así como de ciencias históricas como la paleontología o la arqueología, por ejemplo;

-aportar pruebas de la existencia de esas criaturas (los «Críptidos») en las que nadie quiere creer.

Tom pasó directamente al artículo siguiente.

ARTÍCULO 4 – Composición

La Sociedad Secreta de Criptozoología (SSC) está compuesta por:

a) Miembros de honor: científicos de renombre.

b) Miembros benefactores: mecenas que realicen una aportación de 30.000 francos (treinta mil francos) o un derecho de entrada de 10.000 francos (diez mil francos).

c) Miembros activos: cada miembro activo de la SSC será designado bajo el nombre de «criptozoólogo». Se califica como «miembro activo» aquel que participa en las misiones criptozoológicas. Cada miembro activo realizará una aportación de 5.000 francos (cinco mil francos) o un derecho de entrada de 2.500 francos (dos mil quinientos francos).

Estas cantidades podrán variar y serán fijadas por asamblea general cada año.

Para formar parte de la SSC, se deberá contar con el apadrinamiento de uno o varios miembros de la SSC.

Tom se saltó algunas páginas.

ARTÍCULO 9 – Consejo de administración

El consejo de administración está compuesto de:

1) Un presidente:

La Sociedad Secreta de Criptozoología (SSC) tendrá por presidente, elegido de por vida por sus cincuenta y cuatro miembros, a Gérald Abelmans, Presidente Director General del grupo industrial ACINOR y padre de la «Criptozoología».

2) Un vicepresidente:

Stanislas Thoyrof, entomólogo, elegido por sus miembros durante tres años.

3) Un secretario general:

Rosemary Smithson, esposa de Abelmans, conservadora jefe del British Museum de Londres y archivera de la SSC, elegida por sus miembros por tres años.

El consejo de administración representa a los miembros durante las reuniones.

El consejo de administración elige entre sus miembros, mediante escrutinio secreto, una mesa compuesta de:

1) Un presidente: Bernard Gouazé, neurofisiólogo.

2) Un secretario: Brigitte Beille, profesora de Anatomía de la Universidad de Medicina de Tours.

3) Un tesorero: Wilfried Oelschlaeger, bibliotecario de la Biblioteca Nacional de Viena, Austria.

Tom sobrevoló las páginas siguientes y se detuvo en un pasaje muy interesante.

ARTÍCULO 13 – Misiones CRYPTO

Todos los años, durante la asamblea general, se elegirán algunos miembros de la SSC para formar un equipo bautizado «CRYPTO».

Su misión será surcar el planeta en busca de criaturas misteriosas, observarlas, protegerlas y, llegado el caso, proteger a la población del peligro que los Críptidos pudiesen representar.

En colaboración con diversos gobiernos asociados a estas misiones, CRYPTO podrá proponer sus servicios a los diferentes países donde hayan sido vistos o percibidos los Críptidos y trabajar en estrecha colaboración con ejércitos, servicios secretos u otras fuerzas policiales en estos países.

CRYPTO actuará siempre a la sombra, de forma oficiosa, e intervendrá en el mayor de los secretos.

Durante sus misiones, el equipo CRYPTO:

-deberá evitar que las criaturas sean abatidas,

-no deberá jamás ser instigador de cacerías con trofeo;

-respetará el medio natural de las regiones del globo que visite;

-respetará el medio cultural de los pueblos y tribus del mundo con los que se encuentre;

-será sensible en materia de defensa de la naturaleza.

Juramento:

Los miembros de CRYPTO:

-se jurarán fidelidad y ayuda mutua hasta la muerte;

-se comprometerán a no revelar nunca su verdadera identidad.

ARTÍCULO 14 – Modus operandi

Los miembros de la SSC son alertados por sucesos, testimonios e indicios objetivos.

Los criptozoólogos podrán pedir la apertura de una investigación.

Los miembros de la SSC deberán entonces convocar una asamblea general extraordinaria con el fin de valorar la necesidad de esa investigación, tras la cual el consejo de administración dará o no su autorización y votará, en caso de que la investigación sea autorizada, un presupuesto.

Antes de su partida, los criptozoólogos se documentarán lo más exhaustivamente posible sobre el animal en cuestión y se apoyarán en documentos auténticos: testimonios, atestados y denuncias, informes clasificados de alto secreto, artículos de prensa, investigaciones periodísticas...

La SSC pondrá igualmente a disposición de los investigadores los equipos necesarios para llevar a buen término su misión.

a) El criptozoólogo debe:

-saber hablar al menos tres idiomas;

-familiarizarse con las costumbres de los diferentes países y su historia política;

-saber reconocer las huellas de pasos y tomar muestras de ellas;

-tener nociones de zoología, etnología, paleontología, entomología y biología;

-saber nadar, navegar, orientarse;

-tener nociones de supervivencia y primeros auxilios;

-saber utilizar armas de todo tipo.

b) El criptozoólogo no debe nunca:

-matar un Críptido, salvo en caso de extremo peligro.

ARTÍCULO 15 – Reglamento interior

Los miembros de la SSC utilizarán como señal de reconocimiento la contraseña siguiente: VITRIOL.

Este código no deberá nunca ser revelado, bajo pena de expulsión inmediata.

Firmado en París, el 12 de noviembre de 1962.

Presidente, Gérald Abelmans.

Después de los estatutos seguían varias páginas de firmas. Sobre una hoja grapada a las precedentes y con fecha de 1963, es decir, un año después de la creación de la SSC, se añadían una decena de firmas más. Al final del documento original, Abelmans había anotado a mano: *«15 de agosto de 1963, nacimiento de Philip: los monstruos no están dispuestos a desaparecer. ¡El relevo está, desde ahora, asegurado!»*

Tom acababa de levantar el velo sobre uno de los grandes misterios relativos a su abuelo. Poco a poco empezaba a dibujarse su auténtica personalidad. ¡Abelmans presidente de una sociedad secreta! Tom tenía la piel de gallina. En un anexo, figuraban páginas y páginas de nombres ficticios, clasificados por orden alfabético, correspondientes a todos los miembros de la SSC desde su creación. Al lado de cada pseudónimo figuraban los auténticos nombres y apellidos de los signatarios, así como su fecha de ingreso, su nacionalidad, su profesión, su fecha de nacimiento y, en algunos casos, su fecha de defunción. Un signo distintivo en forma de fauces de serpiente indicaba a aquellos que habían pertenecido al equipo CRYPTO, con los años correspondientes seguidos de cifras romanas que seguramente enviaban a fichas más detalladas.

Tom recorrió la lista de una ojeada. Había varios cientos de nombres, y una noche no habría bastado para leerlo todo. Procedían de todos los países, de todas las profesiones, de todos los entornos: pakistaníes, irlandeses, malteses, franceses, japoneses, indonesios, libreros, escritores, profesores, comerciantes, abogados, médicos... Gente conocida, incluso famosa, como ministros, estrellas de cine o científicos de fama internacional se codeaban sin discriminación con gente corriente. En el seno de la SSC, eran todos iguales.

Tom buscó a Bob en la lista, pero no lo encontró. Bob sólo era un apodo que no se correspondía con ningún pseudónimo. Después, de repente, su dedo se detuvo sobre un apellido. Frente al pseudónimo «Ícaro» estaba escrito: *Philip Abelmans — ING el 15 de enero de 1983 (nacido el 15 de agosto de 1963 — fallecido el 16 de julio de 1991), abogado. Francés. Misiones CRYPTO de 1986 a 1991. XXIII ⇨ XXVIII. Una hija, Adèle. Casado con Valentine Pinault (⇨Ariane).* «Ariane» era el pseudónimo de la madre de Adèle, muerta exactamente el mismo día que su marido. Tom pensó en su prima y se preguntó si debería hablarle de ello. Volvió al trabajo diciéndose que ya vería eso más tarde, porque el tiempo corría. Ya eran las tres de la mañana. En el silencio de la cripta, se escuchaba la respiración lenta de Nono, que había hecho de las rodillas de Tom un cojín ideal.

Tom releyó el mensaje de Abelmans: *«LO MÁS IMPORTANTE: SALVAR AL KRAKEN. ¡OLEARIUS PARA EL PONTOPPIDAN! ¡ENCONTRAR EL «LIBRO» ANTES QUE ELLOS! RÁPIDO.»* Echó un último vistazo a la lista de miembros de la SSC, pero no apareció ningún Pontoppidan. Quizás tendría más suerte con el otro nombre. De pronto, Tom soltó una exclamación de alegría que sobresaltó a Nono.

—¡Bingo! ¡Nono, vamos por buen camino!

El animal, despertado por el sobresalto, le miró con aire perplejo, se arellanó confortablemente y volvió a dormirse.

—¡Oléarius es el pseudónimo de Wilfried Oelschlaeger! ¡Ya podíamos estarlo buscarlo! ¡Cuando les cuente esto a los demás!

Tom estaba hablando consigo mismo.

—Wilfried Oelschlaeger fue nombrado el 12 de noviembre de 1962. Formaba parte, pues, de los primeros signatarios de los estatutos... Es un librero alemán nacido en 1933. Tiene la misma edad que el abuelo y formó parte de la primera misión CRYPTO y de las siguientes hasta 1991. Soltero y sin hijos «ENCONTRAR EL "LIBRO"»... —pensó Tom en voz alta—. Por un lado un librero miembro de la SSC y amigo del abuelo, por otro un «Libro» importante...

Tom rebuscó en otra subcarpeta y encontró la agenda de direcciones completa de los miembros de la SSC.

Oelschlaeger Wilfried, Bogenstrasse 12, 48143 Münster, Alemania.

Estaba anotando la dirección en su cuadernillo cuando, bruscamente, Nono se incorporó. El animal se levantó y saltó al suelo sobre sus patas traseras. Inmóvil como un perro de caza, se quedó clavado en el sitio, alargando el hocico.

—¿Has olido algo, Nono?

El suricato lanzó una mirada a Tom que quería decir «sí» y gimió señalando la puerta de entrada a la cripta. El chico comprendió enseguida. Rápido como un rayo, Tom se puso a recoger los libros esparcidos por el suelo. A toda velocidad, cerró los informes y archivos que cubrían la mesa, los ordenó en la biblioteca y, en un abrir y cerrar de ojos, apagó la linterna, agarró a

Nono por la piel del cuello y corrió a esconderse en el fondo de la cripta, tras uno de los gruesos pilares que sostenían la gran bóveda gótica. Justo a tiempo. Ya chirriaban los goznes de la puerta de la cripta. Apareció una sombra. La puerta volvió a cerrarse y la sombra se introdujo en la sala. Tom retuvo su respiración. Asomó la cabeza y vio que la sombra se acercaba. El individuo se sentó ante la mesa y encendió un ordenador. En el silencio podía oírse el ruido del disco duro del PC. La pantalla se iluminó de golpe y Tom reconoció al hombre. Era Bob. ¡Conocía, pues, el pasaje secreto que llevaba hasta allí! ¿Qué vendría a hacer a las cuatro de la mañana? ¿Qué estaría buscando? ¿Le habría enviado Abelmans? ¿Por qué permanecía en la oscuridad? ¿Por miedo a ser descubierto? ¿Por qué tantas precauciones? ¿Por qué tanto misterio? Tom le observaba. Encontraba extraña su actitud. Bob no se comportaba como de costumbre. Parecía nervioso y se detenía a veces para aguzar el oído y asegurarse de que nadie viniese a sorprenderle. Su comportamiento era sospechoso. Tom tuvo un extraño presentimiento. Su instinto le dio la razón. Bob rebuscó unos diez minutos en los archivos informáticos confidenciales, conectó un pendrive en la CPU del ordenador, lo volvió a guardar en su bolsillo y después apagó el aparato y se acercó sigilosamente al gran libro antiguo de caracteres misteriosos colocado en una esquina y atado a un pupitre con una cadena. Lo abrió delicadamente y, con la ayuda de una fotocopiadora en miniatura, escaneó varias páginas. Volvió a cerrar el libro, se dirigió hasta la salida con pasos de lobo y desapareció sin hacer ruido. La puerta se cerró discretamente. El silencio y la oscuridad que reinaban entonces en la cripta asustaron al muchacho. Era hora de marcharse. Su presencia allí ya no servía de nada. Había obtenido toda la información que necesitaba. Esperó unos minutos más en la oscuridad, dando tiempo a Bob para que volviese a la superficie, y salió a su vez, abandonando la cripta y sus importantes secretos.

35

El misterioso librero

SALIR DEL PAÍS fue un juego de niños. En el aeropuerto de Tromsø, Adèle, que aparentaba sin problemas ser mayor, presentó los falsos pasaportes y las falsas autorizaciones firmadas por los padres, que Béa había fabricado con toda la maestría de la que era capaz. Y esta vez, Béa se había superado a sí misma. Los aduaneros ni se inmutaron, y Adèle, orgullosa de sus dieciocho años, interpretó su papel de «mayor» a la perfección y se aprovechó de su nuevo estatus temporal de adulta para dirigir a sus primos con mano de hierro, cosa que estos sólo apreciaron a medias. Pasaron pues sin problemas por el control y se marcharon ante las mismas barbas de las autoridades noruegas.

En el avión de la compañía SAS Scandinavian que les conducía a Alemania, Tom aprovechó para contarles diez veces seguidas a los otros sus hazañas nocturnas en la cripta de los secretos. Con una habilidad inigualable para la hipérbole y un don innato para la exageración, enriquecía su relato a medida que lo repetía, inventándose miles de detalles nuevos que no existían en las versiones precedentes.

—¡Ya nos estás hartando! —exclamaba regularmente Boris, que no conseguía detenerle.

—¡Déjanos en paz ya! —añadía Béa que, por una vez, opinaba lo mismo que su hermano.

Adèle, por su lado, había sacado su diario íntimo.

Los cuatro niños y su suricato se habían marchado sin avisar. Habían dejado una nota a la vista sobre la mesa del salón y se las habían arreglado solos para llegar hasta el aeropuerto de Tromsø. Con la mitad de sus ahorros y el dinero que habían recibido en Navidad, habían podido pagarse el viaje en clase turista en un vuelo *low cost* con destino a Münster.

Cuando, tres horas más tarde, llegaron a Alemania, recuperaron a Nono, recogieron sus mochilas y se dirigieron hasta el centro de la ciudad. Los cuatro niños se sentían muy felices de volver a ver la luz del día. La noche noruega era dura de soportar. Y las lámparas artificiales de luminoterapia, aunque aportaban energía y estimulaban el organismo, no reemplazaban al sol. Nada era mejor que un día que amanece, una noche que cae o una tarde lluviosa como aquella. Una tradición popular contaba que, en Münster, o llueve o suenan las campanas. Llovía.

Con mil doscientos años de historia, la ciudad había conservado un encanto ancestral que daba la impresión al visitante de efectuar un viaje en el tiempo. El casco viejo, donde les dejó el autobús, estaba formado por un auténtico laberinto de calles empedradas, de patios floridos y de placitas escondidas donde vendedores ambulantes ofrecían a gritos, en cualquier época del año, sus frutas y verduras. Diversas fuentes, adornadas con estatuillas de personajes tradicionales, jalonaban las plazoletas y propagaban un ruido de agua que participaba en el ambiente general, aportando una auténtica quietud al barrio. Las viejas casas de entramados, perfectamente conservadas, parecían salir de otra época. Sus vigas de madera pintadas de rojo, amarillo, verde, rosa o beige, eran como la sonrisa de la ciudad. De sus fachadas emanaba una alegría armoniosa. Todas irregulares, apiladas unas contra otras, las casas parecían fichas de dominó a punto de caer y hacían que uno se preguntara cómo hacían para mantenerse en pie. Los coches, prohibidos en el centro, habían sido reemplazados por bicicletas que se libraban a auténticos conciertos de timbres para pedir a los peatones que se echaran a un lado. Bajo la mayoría de las casas, largos soportales de estilo gótico, sostenidos por gruesos pilares de piedra, albergaban galerías comerciales y establecimientos de todo tipo. Tiendas de ropa y de juguetes, farmacias, carnicerías, panaderías, supermercados, ultramarinos, restaurantes, cafés... Separadas la una de la otra por el mercado principal y el ayuntamiento, la catedral de San Pablo y la iglesia de San Lamberto se dedicaban, día y noche, a conversar a base de campanadas intercaladas. En lo alto de la iglesia de San Lamberto, podían distinguirse tres siniestras jaulas de hierro colgadas del campanario, que servían antaño para colgar a los prisioneros en el vacío.

La Bogenstrasse, la calle que buscaban Boris, Tom, Adèle y Béa, estaba situada en la continuación de la arteria principal, entre la catedral de San Pablo y los jardines del Teatro. Adèle, que hablaba alemán perfectamente y casi sin acento, preguntó a un viandante si conocía la librería de Wilfried Oelschlaeger. La respuesta, aunque muy amable, fue desgraciadamente negativa. Sin embargo, el hombre les propuso acompañarlos hasta la Bogenstrasse, situada a quinientos metros de allí. Era una calle peatonal muy estrecha, llena de aparcamientos para bicicletas y salpicadas de terrazas de restaurantes vacíos, a las que las sillas inclinadas contra las mesas empapadas, goteando sobre el empedrado, conferían un aire triste, si bien dejaban adivinar un festivo ambiente durante el verano.

El número 12 de la calle, situado justo en frente del famoso Spiekerhof, un albergue célebre por su cerveza de malta, formaba un ángulo con una callejuela que desembocaba en la Domplatz, justo detrás de la catedral. Era una librería de forma ligeramente redondeada que hacía esquina con la otra calle. La fachada, extremadamente vieja, no invitaba a entrar. Detrás de la vitrina, se acumulaban polvorientos y amarillentos libros que parecían no haberse movido de allí en años. En el exterior, delante de la tienda, en cajas de cartón completamente rotas colocadas sobre el suelo, y que servían de cajón de sastre para los libros no vendidos, se acumulaban obras de saldo que no interesaban a nadie. Los cuatro niños se armaron de valor y abrieron la puerta del local. Sonó una campanilla. Cuando entraron en la tienda, se creyeron dentro de un auténtico bazar. La habitación era una incalificable leonera en la que reinaba un desorden inimaginable. Miles de libros apilados unos sobre otros ascendían hasta el techo y sobresalían de las paredes, en las que las estanterías, llenas a rebosar, cedían bajo su peso. En medio de la tienda, pilas de libros de varios metros de alto formaban pasillos artificiales apenas más anchos que una persona. Había que tener bastante cuidado para poder moverse en un espacio tan estrecho sin derribar las inestables montañas de papel.

Al cabo de unos segundos, una mujer de cierta edad y aspecto arisco se acercó a los niños. Sus lentes apoyadas sobre su nariz, su moño gris y su falda de flores completamente pasada de moda le hacían parecer una vieja institutriz jubilada que respiraba cierta hostilidad.

—¿Qué desean? —exclamó en alemán, con un tono que quería decir más bien «¿para qué me molestan?».

—Desearíamos hablar con el señor Oelschlaeger, Wilfried Oelschlaeger. Venimos de muy lejos para verle.

La anciana levantó la cabeza y miró fijamente a Adèle con expresión huraña.

—Se han debido equivocar, no hay ningún señor Oelschlaeger aquí.

—¿Esto no es el número 12 de la Bogenstrasse?

—¡Claro que sí! —respondió la anciana, cortante.

—¿Esta librería no pertenece al señor Oelschlaeger?

—Les repito que no conozco a ese señor. Tengo trabajo y me están molestando. Adiós.

—¿Quién es el propietario de esta tienda? —insistió Adèle, a quien la anciana no impresionaba en absoluto.

—¡Esta librería pertenece a la familia Göttorf desde 1663, y el señor Adam Göttorf es su propietario desde hace treinta y cinco años! Si no van a comprar nada, les ruego que se vayan inmediatamente.

—¿Y el nombre de Oléarius no le dice nada?

La anciana lanzó a Adèle una mirada helada que petrificó a Tom y a Béa.

—¡Ahora salgan! Si no, voy a llamar a la poli...

De pronto, una voz nasal surgió del fondo del local.

—Déjelo, Gisela, déjelo... yo mismo me ocuparé de estos jóvenes...

Un anciano encorvado, de miserable aspecto, barba hirsuta y

cabellos grasientos, que vestía un pantalón demasiado ancho y un chaquetón remendado, avanzó con paso seguro entre las filas de libros. Parecía un mendigo. Además de sus mejillas huecas, poseía un mentón afilado que culminaba en un hoyuelo horrible, y llevaba gafas redondas de miope que le hacían unos ojos malvados, perdidos bajo una barra de cejas negras. El anciano era repugnante. Cuando se acercó, los niños hicieron un gesto de rechazo. Nono, en guardia, estaba dispuesto a saltarle encima.

—¿Qué queréis vosotros del señor Oelschlaeger?

—¿Le conoce usted? —preguntó Adèle.

—En cierto modo.

—¿Qué quiere decir? ¿Es amigo suyo?

—Lo era. Ahora está muerto.

Adèle tradujo la mala noticia a sus primos. Se miraron. ¡Todo aquel viaje para nada!

—¡Maldita sea! ¿Cuándo? ¿Hace poco?

—¡Oh, no! Hace mucho tiempo... ¿Por qué queríais verlo?

Adèle sintió que el anciano sabía más cosas de las que quería decir.

—Teníamos cosas muy importantes que preguntarle a propósito de «Pontoppidan», pero no creo que eso pueda interesarle... —respondió Adèle con tono provocador.

Al escuchar esa palabra, el anciano no pudo disimular un movimiento de sorpresa y cambió repentinamente de actitud. De pronto, se puso nervioso, casi ansioso, y muy desagradable.

—¡Es la segunda vez en dos días que me preguntan eso! Os responderé como lo hice ayer noche a los dos hombres que vinieron a preguntarme sobre el tema: ¡no sé nada! ¡No sé de qué me habláis y lo que quiero es que me dejen en paz!

El librero agarró un viejo paraguas completamente roto cuyas ballenas sobresalían de la tela y empujó a los niños con él.

—¡Ahora, marchaos! ¡Fuera! ¡Es tarde! ¡Voy a cerrar! ¡Vamos, venga! ¡Largo! ¡Y no volváis más!

Nono, dispuesto a atacar, empezó a enseñar los dientes. Pero en unos segundos, los niños y el suricato se encontraron sobre la acera. Ayudado por Gisela, Adam Göttorf, los brazos extendidos, bajaba ya la persiana de hierro. A través de la vitrina, Adèle utilizó su última baza.

—¡Somos los nietos de Abelmans!

El anciano, agarrado a la persiana, se quedó inmóvil y miró fijamente a Adèle. Hizo una señal a la vieja vendedora, que se retiró a la trastienda, y volvió a abrir la puerta del local.

—¿Habéis dicho Abelmans?—dijo el librero, esta vez en francés.

—Sí, Abelmans ¡Gérald Abelmans! Es nuestro abuelo y es él quien nos envía.

Adèle ni siquiera tuvo tiempo de terminar su frase, el librero ya estaba haciéndolos entrar de nuevo.

—¡Gisela! ¡Puede usted marcharse! Esta noche seré yo el que cierre la tienda.

La anciana se puso el abrigo y lanzó a los niños una mirada fulminante.

—¡Buenas noches, señor Göttorf!

—Buenas noches, Gisela.

La anciana salió y desapareció en la calle. Sin decir palabra, el librero cerró la persiana de hierro desde el interior y después la puerta de la tienda. La librería quedó sumida en la oscuridad. El librero encendió las luces e invitó a los niños a que le siguiesen al fondo de la tienda.

36

El *Libro de las Runas*

—AYUDADME... —dijo el anciano librero en un francés impecable.

Tom, Boris, Adèle y Béa ayudaron a Adam Göttorf a retirar las pilas de libros que cubrían una gran trampilla disimulada en el suelo. El anciano agarró la anilla que servía de empuñadura y tiró hacia arriba con todas sus fuerzas. La trampilla se abrió y apareció un gran agujero negro por el que descendía una escalerilla de madera.

—Seguidme... hablaremos mejor abajo...

Adèle, Boris, Tom, Béa y Nono penetraron, no sin aprensión, en aquel misterioso sótano. Cuando llegaron abajo, el viejo librero encendió la luz.

Los niños soltaron un grito. La habitación, un gran sótano abovedado, estaba repleta de miles de objetos tan increíbles como heteróclitos. Era un auténtico guirigay en el que, en completo desorden, se amontonaban momias egipcias, estatuas antiguas, libros raros y manuscritos originales, muebles extraños, pieles de animales, cuadros, espejos insólitos, insectos disecados, fósiles de origen desconocido, herbarios, minerales diversos, cajas de mariposas, conchas gigantes... un auténtico museo de los horrores que encerraba auténticos tesoros. Pero el gabinete de curiosidades de Adam Göttorf era sobre todo conocido por los especialistas gracias a su asombrosa colección de animales extraños, en su mayoría especies desaparecidas, cuyos esqueletos y carcasas, impecablemente conservados, producían escalofríos. Todo un mundo de espantosas y extraordinarias criaturas poblaba las entrañas del sótano: unicornios rayados, cerdos espalda de cuchilla, pájaros dodo, ranas antorcha, serpientes volantes, tiburones pala, truchas velludas, tortugas gigantes, pájaros cocodrilo, bueyes marinos, monjes de mar...

Fascinados, los niños se pasearon un instante entre las maravillas de aquella fabulosa colección, única en el mundo. Había monstruos disecados por todas partes. En una esquina, especímenes de sapos lanzaveneno ahogados en formol, gusanos paralizantes y serpientes híbridas de varias cabezas o con dientes de tiburón, enrolladas sobre ellas mismas, flotaban dentro de unos frascos. Más lejos había estanterías en las que se apilaban tubos que contenían sangre azul de dragón y esencia de cuerno de unicornio. Murciélagos siameses colgaban del techo como marionetas atadas a sus hilos, mientras que un hombre lobo de piel polvorienta parecía querer atrapar a un calamar de quince metros de largo.

De pronto, el librero lanzó un grito:

—¡NO SE TE OCURRA TOCAR ESO, INFELIZ!

Los niños se sobresaltaron. Boris, que estaba a punto de acariciar a un perezoso gigante que colgaba de una rama agarrado de una pata, retiró la mano.

—¡El pelo del Mapinguari de Brasil, incluso muerto, segrega un veneno mortal! ¡Una sola picadura y habrías muerto al instante, jovencito!

Tom, Béa y Adèle miraron a Boris, que se puso blanco y estuvo a punto de desmayarse.

—Los animales almacenados aquí son generalmente especies extremadamente peligrosas, y la mayor parte de ellas poseen defensas que todavía desconocemos. Os recomendaría que no los tocaseis más que con la mirada... Bueno, al grano —añadió el librero—. Así que sois los nietos de Abelmans.

—Sí, señor...

—¿Quién me lo prueba?

—¡VITRIOL! —exclamó Adèle, segura de su efecto.

Al oír esa palabra, el anciano dio un salto. Levantó los ojos y contempló a Adèle por encima de sus gafas. Comprendió que lo sabía todo, o casi todo. El viejo librero no era tonto. Sabía muy bien que Adèle mentía y que los cuatro mocosos que tenía delante habían debido hurgar en los archivos de Abelmans. Porque nunca, ni siquiera bajo tortura, Abelmans habría entregado dicha información. VITRIOL formaba parte de los secretos mejor protegidos por los criptozoólogos y no creía que su viejo amigo pudiera confiarse tan fácilmente, ni siquiera ante sus propios nietos. La mentira y el descaro de Adèle no eran por ello menos entrañables, y la curiosidad e ingenuidad de aquellos cuatro niños, venidos a Alemania probablemente sin que lo supiese su abuelo, merecían el abandonarse a la confidencia.

—VITRIOL... No había oído esa palabra desde hacía una eternidad... —dijo con aire soñador y nostálgico—. Abelmans... sois los nietos de Abelmans...

El librero miró a los niños uno por uno, como si buscara un parecido con su abuelo.

—¿Qué os trae por aquí? ¿Qué andáis buscando?

—Buscábamos a Wilfried Oelschlaeger. Teníamos cosas importantes que preguntarle a propósito de una palabra cuyo significado ignoramos y que nuestro abuelo había anotado como muy importante... Una palabra, según él, sólo conocida por Oléarius. Pero, desgraciadamente, creo que nuestra búsqueda termina aquí, pues está muerto.

El librero se rascó el mentón, dudó un instante, y exclamó:

—Yo soy Wilfried Oelschlaeger.

Los niños se quedaron con la boca abierta. Era un auténtico golpe teatral.

—¿Por qué nos ha dicho entonces que había muerto?

—Porque Wilfried Oelschlaeger, *alias* Oléarius, pertenece ya al pasado. En realidad me llamo Wilfried Adam Göttorf von Oelschlaeger. Adopté el nombre de Wilfried Oelschlaeger cuando ingresé en la SSC en 1962, el año de su fundación, y después viví los años más hermosos de mi vida bajo ese diminutivo. Wilfried Oelschlaeger es el nombre del joven aventurero que fui y que ya no existe. Wilfried Oelschlaeger era el nombre de mi juventud. Pero esa juventud murió un día de 1991, durante la última y trágica misión de CRYPTO, y dio paso a otro hombre. Un hombre herido, roto, envejecido, llamado Adam Göttorf.

El librero contaba todo aquello de forma muy emotiva. Era evidente que estaba reviviendo los instantes magníficos, que nunca volverían, de su juventud perdida. Tom, que sabía lo que significaba el año 1991, contempló a Adèle con una mirada tierna y desolada. «Si ella supiese», pensó.

—¡Ah...! ¡Menudo equipo formábamos! ¡Los últimos años de CRYPTO fueron los mejores! —exclamó el viejo librero con su voz cascada—. La selva de Nueva Guinea, la caza del Bigfoot en las Rocosas, el Gazeka en los ríos de Sudáfrica, la Tortuga Gigante en Bangla Desh, el dragón de Osaka... ¡Era palpitante, excitante! ¡La aventura! ¡La aventura, niños! Y después, de un día para otro, el drama. Una misión que se pone difícil y que termina en un baño de sangre. De las doce personas de aquella misión, solo sobrevivieron cuatro: vuestro abuelo, Straw, otro y yo mismo.

—¿Straw? —preguntó Béa.

—Straw, Robert Straw, pero todo el mundo le llamaba Bob.

Los niños se observaron, atónitos. Era la primera vez en sus vidas que oían pronunciar el verdadero nombre de Bob.

—Al día siguiente de aquella carnicería, Abelmans fue señalado con el dedo, tachado de asesino. El mundo entero lo arrastró por el lodo, y todos los que hasta entonces lo estimaban y habían hecho de él un héroe le volvieron la espalda cobardemente. La Sociedad Secreta de Criptozoología fue disuelta y todos sus miembros cambiaron de vida, mientras continuaban apoyando a Abelmans en secreto. Vuestro abuelo se retiró definitivamente a su mansión de Noruega y nadie más tuvo noticias suyas, salvo unos pocos fieles. Y nunca tuvo tiempo para realizar su sueño. Un sueño absolutamente loco que era el de crear, sobre una isla, el primer zoológico del mundo compuesto únicamente de Críptidos. Recuerdo que iba detrás de aquello desde hacía años. Cuando todo se detuvo bruscamente en 1991, vuestro abuelo me juró que un día volvería a reconstruir la sociedad secreta con el fin de realizar su viejo sueño...

El librero permaneció pensativo y después añadió:

—Bueno, ahora decidme lo que estáis buscando.

Los cuatro niños empezaron a contarle, con gran número de detalles, el relato de sus intrépidas aventuras: el *Ragedingue*, el *Explorer*, la Piper IV, la casete borrada misteriosamente, el secuestro de Bob, la desaparición del capitán escocés, la marea negra, la preocupación de Abelmans...

—¡El Kraken! ¡Dios mío! ¡*Ellos* han despertado al Kraken! ¡Misericordia! —exclamó el librero, a quien esta historia había excitado tanto como preocupado.

—Debe usted ayudarnos, señor —concluyó Tom.

—Llamadme Oléarius, eso me recordará un poco mi juventud... ¿En qué puedo ayudaros?

—¿Qué significa este mensaje del abuelo? —preguntó Tom, que sacó de su pantalón una hoja doblada en cuatro que mostró al viejo librero.

—«*LO MÁS IMPORTANTE: SALVAR AL KRAKEN. ¡OLEARIUS PARA EL PONTOPPIDAN! ¡ENCONTRAR EL "LIBRO" ANTES QUE ELLOS! RÁPIDO*» —leyó el anciano en voz alta.

—¿Qué quiere decir «Pontoppidan»? —preguntaron al mismo tiempo Boris y Béa.

—¡Ay! Es una historia muy larga. Y somos muy pocos los que la conocemos. Os la voy a contar. Poneos cómodos y abrid bien los oídos.

Adèle y Boris se sentaron sobre la espalda de un cocodrilo disecado que les había indicado el librero, en tanto que Tom y Béa se instalaron entre las patas de un tigre dientes de sable tumbado en el suelo. En cuanto a Nono, recorría el sótano y se entretenía desafiando a cada criatura, comportándose ante ellas como si estuvieran vivas. Oléarius se sentó a su vez sobre un taburete en forma de tablero de ajedrez y empezó su relato.

—Desde la Antigüedad, el Kraken constituye un auténtico misterio, y son incontables los textos que le mencionan, aunque sin describirle. La Biblia, en el salmo 104, le llama Leviatán: «*Allí está el mar, grande y dilatado... y ese Leviatán que tú formaste para jugar con él.*» Aparece como un monstruo catastrófico capaz de destruir el mundo. En el libro de Job, se dice: «*Se vuelve feroz cuando se le despierta, nada puede resistírsele.*» En la Edad Media, representa al que se traga las almas y simboliza la entrada en el Infierno. En los relatos árabes, el Kraken se asimila a una tortuga gigante, mientras que en el bestiario anglosajón es una ballena que se traga a los hombres. En la *Odisea*, Homero habla de la terrible Scylla, monstruo de varias cabezas que abate a los navíos. En el folclore noruego, se habla de la «Serpiente Mundo», capaz de los peores estragos. Pero la primera descripción del Kraken se encuentra en la obra de Francesco Negri, un viajero italiano del siglo XVI que, en su obra titulada *Viaje septentrional*, datada en 1501, describe un monstruo desmesurado al que los pescadores locales llaman *sciu-crack*, que se convirtió por deformación en Krake y después en Kraken. La criatura «*agarra los pequeños esquifes de los pescadores e intenta hundirlos*» cuenta.

En el silencio del sótano, los niños escuchaban, fascinados, el relato del viejo sabio.

—Según Negri, el *sciu-crack* sólo emerge durante el solsticio de verano y cuando el mar está en calma. Asciende de las profundidades de los océanos y se apodera de los barcos, que confunde con presas vivas y que arrastra hasta el fondo. Pero hay que esperar hasta el siglo XVII para que un pastor danés llamado Erik Ludwigsen Pontoppidan se interese por ese monstruo marino...

—¡Pontoppidan es el nombre de una persona! —interrumpió Boris, muy sorprendido.

Los niños se miraron. El viejo librero prosiguió su relato.

—El monstruo fue avistado varias veces por marinos, y algunos testigos aseguraron haber sido atacados en alta mar por la mayor criatura que hubieran visto jamás. El pastor se interesó entonces en esa historia y se lanzó a perseguir a la criatura, convirtiéndose sin saberlo en el primer criptozoólogo de la historia. El danés escribió un libro relatando esa persecución. Entre 1652 y 1653 redactó una obra magistral de dos volúmenes titulada *Historia Natural de Noruega*, auténtica enciclopedia sobre el monstruo. Ahora bien, desde aquella época, el Kraken no había vuelto a aparecer y, por consiguiente, no ha podido ser estudiado mediante las técnicas modernas y los conocimientos científicos que poseemos actualmente. El trabajo de Pontoppidan sigue siendo el único estudio científico y zoológico que poseemos sobre el Kraken hasta hoy.

—¿Y dónde podríamos encontrar ese libro? —preguntó Tom, siempre muy interesado cuando se trataba de literatura.

—Desgraciadamente, no lo tengo. Era un libro sorprendente del que sólo han existido dos ejemplares en el mundo. Considerado escandaloso, perverso y contrario a los conocimientos científicos y a las ideas religiosas de la época (siendo Dios incapaz de enviar tales criaturas sobre la Tierra, símbolos del Mal Todopoderoso y del Caos, «Blasfemia de la Creación», como se dijo), la obra, considerada herética, fue prohibida, requisada y destruida ante el tribunal de la Inquisición que condenó a Pontoppidan a cadena perpetua. En otros tiempos, el pobre pastor hubiera sido quemado en la hoguera en una plaza pública, como Juana de Arco. Sin embargo, su suerte no fue mejor. Lo llevaron a un calabozo de la prisión de Bergen, en el que fue torturado durante semanas y donde le fueron arrancados los ojos para que no pudiese escribir una línea nunca más. No pudiendo sobrevivir a sus heridas, murió meses más tarde entre atroces sufrimientos. Afortunadamente, el genial Pontoppidan tuvo la intuición de lo que le iba a pasar y tomó la sabia precaución de hacer él mismo una copia de su obra en alfabeto rúnico, una escritura extremadamente complicada que sólo dos o tres sabios en Europa dominaban en aquel entonces. El pastor era uno de ellos. Después, días antes de su arresto, apenas tuvo tiempo de esconder su preciosa obra en alguna parte de su iglesia de Hopperstad, cerca del pueblo de Vik, en Noruega, en un lugar conocido sólo por él y sus dos hijos. Poco después de su muerte, comenzó a hablarse de la existencia del libro de Pontoppidan, pero aquél era el secreto mejor guardado de Europa. Un misterio planeaba en torno a esa iglesia, que algunos curiosos iban a visitar por la noche. ¿Dónde habría podido esconder el pastor Pontoppidan aquel tesoro capaz de hacer temblar al Vaticano? Toda la parroquia sufrió pillajes salvajes. Se descubrieron tumbas profanadas y expoliadas, la iglesia fue saqueada, los árboles de alrededor fueron arrancados y las casas del pueblo asaltadas. El misterioso libro desataba pasiones. Su existencia le hacía objeto de todo tipo de codicias. Alrededor de la iglesia de Hopperstad se sucedieron fenómenos extraños. Hubo muertes sopechosas. En febrero de 1715, el abate Rescanièler, un viejo amigo francés del pastor, fue encontrado muerto en su presbiterio. Había recibido poco tiempo antes la visita de dos individuos a los que no se volvió a ver y que los testigos intentaron en vano identificar. Su correligionario, el abate Boudet, que decía saber mucho sobre su muerte, no tuvo tiempo de hablar. Fue degollado en su cama. En 1897, descubrieron al abate Uwe Markus con el cráneo destrozado en el coro de la iglesia de Frankfurt. Estaba en relación desde hacía años con el bisnieto de Pontoppidan. En los años 1900, se encontraron a menudo cuerpos en descomposición alrededor de la iglesia de Hopperstad. Nunca pudieron ser identificados. En cuanto a los descendientes del pastor, prefirieron todos cambiar de nombre, pero aquello no bastó, al parecer, pues todos murieron en circunstancias extrañas. Hoy en día, el misterio permanece intalterable y nadie sabe si el ejemplar del libro escondido de Pontoppidan existe todavía. La leyenda dice que ese «libro que mata» o ese «libro del Demonio» trae mala suerte y lleva a la muerte a quien lo posee. Ese libro del siglo XVII, único en su género, es la mayor frustración de mi vida. Soñaría con poder contemplarlo al menos una vez y moriré sin haber podido tener entre mis manos ese fabuloso tesoro. No sé a qué se parece, pero puedo deciros una cosa, ese libro, codiciado desde hace cuatro siglos, contiene informaciones cruciales sobre el Kraken. Es el único que puede aportar todas las respuestas a las preguntas que os planteáis. Ese libro es la clave. El que lo posea salvará quizás al mundo y a la criatura que lo amenaza. Pero muchos criptozoólogos se han dado ya de bruces... así que dudo mucho que lo consigáis... no puedo daros muchas esperanzas, hijos míos...

—¡Por lo menos habrá que intentarlo! —dijo Adèle, dirigiéndose a los demás.

—Eso está muy bien, pero ¿como? —contestó Béa.

—Quizás yo tenga una pista —dijo el viejo librero, que se rascaba la cabeza como si tuviese piojos—. Hace algunos años, me enteré por un informador de que el último descendiente del pastor, su tataranieto, vivía todavía en alguna parte de Irlanda. Pero ¿posee él el libro? Nunca lo supe. ¿Ese buen hombre sigue todavía vivo? Misterio. Si es el caso, ahora debe ser un señor casi centenario, porque en aquella época era ya un anciano...

—¡Hay que encontrar al descendiente del pastor! —exclamó Boris, excitado con la idea de volver a la aventura.

—¿Pero dónde? ¿Recuerda usted el lugar donde vivía? —preguntó Adèle, por si acaso.

—En aquella época vivía en una torre cercana a un pueblo perdido de Irlanda. En la región del condado de Clare... ¡Ay! no recuerdo el nombre... esperad, lo tengo en la punta de la lengua... Li... Li... ¡Liscannor! ¡Eso es! Liscannor.

Tom sacó su cuaderno y anotó el nombre del pueblo.

—Ha mencionado usted antes un alfabeto extraño en el que habría sido copiado el libro... —apuntó Béa.

—El rúnico.

—¡Sí, eso es! ¿De qué se trata?

—Es un alfabeto compuesto de siglas muy extrañas, utilizado por los antiguos pueblos de lenguas germánicas y del que existen varias versiones. En su libro, Pontoppidan se habría servido de la forma más compleja, el *futhark* de 24 letras, la forma original de las runas nórdicas que empleaban los vikingos. A partir de la Edad Media, fueron redescubiertas. Ese alfabeto, reservado a los sabios más eruditos y más dotados de su tiempo, fue empleado muy rápidamente para la codificación de mensajes secretos y se convirtió en un lenguaje críptico y eficaz, utilizado en la magia, las ciencias ocultas y el espionaje. En la época de la gran Inquisición, la Iglesia católica persiguió sin descanso a los heréticos que utilizaban ese lenguaje impropio e impuro, pues era un medio eficaz de escapar a su censura y a todos sus controles. Todos los que presumían de conocer y enseñar el rúnico fueron exterminados. Solo muy pocos eruditos, en su mayoría monjes, salvaron la piel *in extremis* y fundaron sociedades ocultas en las que continuaban enseñando el rúnico en el mayor de los secretos. Pero esas sociedades secretas fueron extinguiéndose poco a poco con el transcurso de los siglos, hasta llegar a Pontoppidan, que fue su último representante. Si el pastor pudo copiar su obra en rúnico, fue gracias al trabajo del osado Thibaud d'Assigny, obispo de Orleans, que redactó, en 1453, el famoso *Libro de las Runas*, un libro de gramática y de alfabeto rúnico incluido en el Índice por el Vaticano y que permitió a generaciones de eruditos traducir cualquier lengua al rúnico...

Ese nombre no le resultaba extraño a Boris. Lo había visto en alguna parte. Pero no recordaba en absoluto en qué circunstancia había podido oír hablar de él. Era incluso posible que lo hubiese visto escrito en alguna parte. Pero ¿dónde? Estaba borroso. En todo caso, lo que era seguro es que todo aquello no le era desconocido.

—Se imprimieron únicamente una decena de ejemplares y el libro fue perseguido por toda Europa. Y de esa «Piedra Roseta» que los sabios se pasaron de siglo en siglo, no queda hoy ningún ejemplar. El último fue el que utilizó Pontoppidan. Encontrado poco después de su muerte entre las pertenencias de un monje del Monte Saint-Michel que fue denunciado por otro hermano, el libro fue confiscado y desapareció. Hoy, ese tesoro inestimable no existe y el rúnico ha caído en el olvido de la historia. Bueno, ya lo sabéis todo.

Hubo un largo silencio. Los niños, subyugados por aquellas historias de libros prohibidos, muertes sospechosas, desapariciones, caza de brujas, lenguas extrañas y tribunales de la Inquisición continuaron durante un momento haciendo viajar a su mente por ese universo misterioso del pasado. Se imaginaron los rostros, las voces y los lugares llenos de castillos, austeras fortalezas, monasterios e iglesias perdidas en la niebla. De golpe, un ruido de cristal roto les devolvió a la realidad.

—¡AY, DIOS!

El anciano dio un salto y se precipitó hacia Nono, al que atrapó en el aire tirándole del collar.

Un frasco con un líquido gelatinoso en ebullición humeaba en el suelo. Sobre la etiqueta de la botella vertida, se podía leer «*Baba de hombre lobo*». Salpicado por el peligroso líquido, el animal contemplaba beatífico las burbujas hirvientes que formaban una espuma corrosiva sobre sus patas delanteras. El librero lo secó rápidamente con la ayuda de un viejo trozo de trapo que cubría un viejo piano y constató con estupefacción la ausencia total de marcas de quemadura. Los pelos de Nono seguían impecables.

—¡Esto sí que no lo entiendo! La baba de hombre lobo es el ácido más poderoso del mundo. Una gota de ese líquido puede agujerear cualquier material en pocos segundos. ¡Es la primera vez que veo esto!

El librero dejó a Nono en el suelo. El animal, consciente de haber hecho algo malo, se refugió en los brazos de Béa bajo la mirada de reproche de Boris.

Los niños se levantaron. Era la hora de marcharse. En el momento en el que se acercaba a la escalera, Tom se volvió hacia Oléarius y dijo:

—Tengo una última pregunta para usted...

—Te escucho...

—¿Qué quiere decir la palabra VITRIOL?

—V.I.T.R.I.O.L. son las iniciales de una fórmula simbólica empleada hace siglos por los alquimistas, que la Sociedad Secreta de Criptozoología adoptó y que resume perfectamente su doctrina. V.I.T.R.I.O.L. son las iniciales de *Visita Interiorem Terrae Rectificando Invenies Operae Lapidem*. Que significa «*Visita el interior de la Tierra y, rectificando, encontrarás la piedra escondida*». En otros términos, quiere decir que sólo librándonos de la ignorancia y los prejuicios que están en el fondo de nosotros encontraremos la Verdad y nos convertimos en otro, en una persona nueva, una persona mejor.

—¿Y la serpiente que rodea el sello de la SSC?

—Es el símbolo de la protección del saber, del saber oculto. Es ella la que protege el Conocimiento y la Verdad. La que rechaza el oscurantismo, la ignorancia y la incultura.

Mientras hablaba, el anciano apagó la luz, subió la escalera, seguido de los niños y de Nono, agarró la anilla que servía de empuñadura y cerró la trampilla. Sobre la pared de la entrada de la librería, un viejo reloj de péndulo indicaba ya las ocho y diez.

—Pero ¿he estado hablando todo este tiempo? —exclamó Oléarius—. ¡Deberíais haberme dicho que era tan tarde!

—¡Oh, no, ha sido apasionante! —replicó Adèle.

—¡Cómo ha volado el tiempo! —añadió Béa, que llevaba a Nono de la mano.

—¡Ha sido genial! —dijo Tom mientras guardaba su cuaderno en el bolsillo de su abrigo.

Después, cada uno cogió su mochila y se la colgó a la espalda.

—¡Cuidaos mucho! —dijo el viejo librero mientras se subía el pantalón por encima del ombligo—. Os deseo todo lo mejor para vuestras pesquisas... ¿Qué vais a hacer ahora?

—Primero descansar una buena noche en un hotel y, mañana mismo, ¡nos vamos a Irlanda! —exclamó Adèle.

—¡Igual que vuestro abuelo! No renunciáis ante nada... es una gran cualidad, pero, atención, puede ser muy arriesgado. Mantenedla. Conservad esa llama que os anima. Sois jóvenes. Nada puede deteneros, salvo la vejez. Así que no lo dudéis un segundo. Arriesgaos. Marchad hacia delante. No perdáis el tiempo. Porque la vida no es más que una sucesión de instantes que pasan rápido. No los malgastéis. Llenadlos de aventura y de acción. La inactividad es la muerte. Vamos, daos prisa. ¡Marchaos! El destino os llama. No le hagáis esperar. Corred a su encuentro. Y sobre todo no olvidéis nunca: ¡*Visita el interior de la Tierra y, rectificando, encontrarás la piedra escondida*! ¡VITRIOL!

—¡¡VITRIOL!! —respondieron a un tiempo los cuatro niños.

El librero abrió la puerta de la tienda y levantó a medias la persiana de hierro. Uno tras otro, Adèle, Tom, Boris y Béa estrecharon la mano del anciano con un «Hasta pronto, Oléarius», antes de agacharse y salir a la calle desierta. Wilfried Adam Göttorf von Oelschlaeger permaneció de pie detrás de su escaparate, mirando como desaparecían los niños en la noche.

De pronto, dos hombres surgieron de entre las sombras, armados, y se precipitaron sobre el anciano. Lo empujaron violentamente hasta el interior de su tienda y bajaron la persiana de hierro. Se escuchó un grito en la noche. Luego nada.

En la calle, la lluvia resonaba sobre el empedrado.

37

En *Mulligan's*

AL DÍA SIGUIENTE, los niños cogieron un avión hacia Irlanda y llegaron tres horas más tarde a Shannon, en el condado de Clare. Allí alquilaron unas bicicletas y, embutidos en sus chubasqueros, su mochila a la espalda, recorrieron los sesenta kilómetros de zigzagueantes carreteras que les separaban de Liscannor. Hacía un frío de muerte. Como de costumbre, Boris pedaleó a toda prisa y se distanció rápidamente del pelotón un kilómetro largo. Lo que no le daba ninguna ventaja ya que, al no entender nada de gaélico, se veía obligado a detenerse en cada cruce y esperar a que Adèle le diese el nombre de la dirección que debían tomar, perdiendo así todo el beneficio de su esfuerzo, con el enfado consiguiente. Tom y Adèle avanzaban tranquilamente, pedaleando uno al lado del otro, mientras que Béa, que no soportaba ir en bicicleta porque le producía dolor de posaderas, rodillas, pantorrillas y manos, avanzaba muy retrasada, a paso de caracol, parándose cada diez minutos. Los otros se pasaban el tiempo esperándola, lo que retrasaba aún más su llegada. Así que Boris tuvo la idea de marcar con una discreta crucecita cada indicador a seguir.

—Igual que Pulgarcito... ¡Así, al menos, no tendremos que ocuparnos de ella! ¡Es culpa suya! Si no estuviera tan gorda, se cansaría menos y no tendríamos que esperarla... —dijo en tono burlón.

Nono, hecho una bola en una cesta de mimbre colgada del manillar de Béa, se dejaba llevar como un pachá. Abrigado bajo un chubasquero dispuesto a modo de tienda, el animal, al que los baches de la carretera impedían dormir, miraba desfilar el paisaje con el hocico apoyado en el borde de la cesta. La campiña irlandesa, fría, silenciosa y nostálgica, se extendía hasta perderse de vista. Era una inmensidad verdosa dividida por muros de piedra y de setos, con colinas de hierba helada y vastas mesetas rocosas, a través de las que serpenteaban tortuosos caminos que subían y bajaban a lo largo de kilómetros y kilómetros. Cuando el sol desaparecía tras las espesas nubes, el cielo se cubría bruscamente con un gris tormentoso y envolvía las colinas con una sombra ondulante que se propagaba como una ola lanzada con fuerza sobre el relieve. El gris del cielo resaltaba todas las tonalidades del verde, transformando así el campo en un suntuoso camafeo adornado con un trocito de mar azul, atrapado a lo lejos entre dos colinas.

Durante todo el día el sol estuvo jugando al escondite entre las nubes, alternándose sin descanso lluvias glaciales y breves claros. Además del penetrante frío, los niños sufrieron trombas de agua que los empaparon de la cabeza a los pies. Los caminos, muy resbaladizos, parecían torrentes de lodo que arrastraban el agua de las colinas. Las ruedas traseras de las bicicletas levantaban chorros de agua que, a pesar de los guardabarros, manchaban de tierra la espalda de los ciclistas. Béa ya no aguantaba más. Subir y bajar, subir y bajar... El frío le helaba los pulmones. Era un verdadero infierno. La carretera le parecía interminable, y cuando miraba el horizonte y toda la distancia que le quedaba por recorrer, lloraba desanimada. Las colinas sucedían a otras colinas, los rebaños a otros rebaños, todos los pueblos se parecían, y Béa tenía la impresión de que volvía a pasar ante las mismas casitas solitarias de coloridas fachadas y ante las mismas iglesias, de que lo lejano seguía lejos y de que el horizonte era un punto imaginario al que no llegaría nunca.

Tras kilómetros de virajes, de curvas entrelazadas, de valles que subían y bajaban como montañas rusas; después de haber soportado la lluvia, el viento y los caminos semi helados, Boris llegó por fin el primero a la pequeña plaza del pueblo de Liscannor, seguido, diez minutos más tarde, de Tom y de Adèle. Apenas se bajaron de la bicicleta, los niños, agotados, dejaron sus mochilas en el suelo y se derrumbaron sobre un banco de piedra, al pie de un árbol centenario que estaba frente a un pub. Sobre la fachada color verde manzana del establecimiento, destacaba en amarillo un nombre pintado a mano: *Mulligan's*. El lugar estaba desierto. Perdido en medio de la campiña irlandesa, el pueblo apenas contaba con una veintena de casas reunidas en torno a la placita en la que desembocaban cuatro caminos. A la entrada del pueblo, las ruinas de una vieja iglesia románica del siglo XII, construida sobre un talud, dominaban el paisaje. Con tiempo despejado, desde allí podía verse el mar, que estaba a varios kilómetros. De pronto, se puso a llover de nuevo. Los tres niños encadenaron a toda prisa sus bicicletas alrededor del árbol y corrieron a refugiarse en el *Mulligan's*. Al entrar en el pub, Adèle, Tom y Boris se sorprendieron de encontrar tanta gente en un lugar tan desierto, pues la calma que reinaba en la pequeña plaza no dejaba presagiar tanta vida en el interior y Liscannor les había parecido un pueblo fantasma. Sin embargo, eran más de veinte las personas que, con cara divertida, les vieron entrar. Los tres niños fueron acogidos, entre una espesa nube de humo de tabaco, por comentarios de individuos ya bastante achispados. Se acercaron a la barra y Adèle preguntó al patrón, en un gaélico aproximativo, si era posible alquilar habitaciones. El hombre pareció bastante asombrado, ya que hacía más de diez años que nadie había reclamado una habitación. No se veían muchos turistas por allí. Finalmente, les tendió las llaves y les indicó la escalera que subía a la primera planta.

La pequeña habitación olía a cerrado. Adèle se dirigió inmediatamente a la ventana para airear el cuarto.

—¿Estás loca? —exclamó Boris—. ¡Vuelve a cerrar, o nos helamos!

Afuera llovía a cántaros. Mientras Adèle sacudía las mantas de las camas llenas de polvo, Tom y Boris la miraban, atónitos.

—Eres una auténtica melindres —dijo Boris.

—Me da asco la suciedad, ¡eso es todo! —replicó Adèle con tono seco.

Tom volvió a cerrar la ventana y contempló la vista. La habitación, que daba a la plaza, dominaba la región. Abajo, atadas al tronco del árbol, las tres bicicletas chorreaban agua. Eran las cinco de la tarde. Empezaba a caer la noche y Béa y Nono no habían llegado todavía. Inquieto, Tom escrutaba el horizonte para intentar divisarlos. No había ni rastro de su hermana y de su suricato.

Adèle, Tom y Boris volvieron a bajar. Sentados frente a un chocolate caliente, los ojos clavados en la ventana del pub, se sentían cada vez más inquietos.

—¿Creéis que ha podido pasarle algo? —preguntó Boris, nervioso.

Se sentía responsable de haberla dejado abandonada en plena campiña irlandesa y estaba tremendamente arrepentido. En el fondo, quería a su hermana gemela más que nadie en el mundo, pero, a causa de un orgullo masculino mal entendido, evitaba expresar cualquier sentimiento al respecto. Y fiel a la conocida frase «quien bien te quiere te hará llorar», se pasaba el tiempo agrediéndola, sin demostrar jamás ningún tipo de ternura. Ahora lamentaba haber actuado así. ¿Y si le hubiese pasado algo grave? Sería culpa suya, completamente suya. Se arrepentiría el resto de su vida y sólo le quedaría dejarse morir de pena. El pobre chico estaba en esas reflexiones cuando, de pronto, apareció en la noche una silueta de formas generosas, empujando una bicicleta. Era Béa, sana y salva, que llegaba por fin, con más de una hora de retraso. La jovencita encadenó su bici a las otras tres, cogió a Nono en sus brazos y se dirigió con naturalidad hacia las únicas ventanas iluminadas en la noche. Desde el exterior se oía la bulla distendida del pub: una mezcla de risas gruesas y voces broncas mezcladas con los sonidos de una música tradicional compuesta de violín, flautín, gaita, acordeón y banjo.

—¡Béa! —exclamó Tom.

Temblando de frío, la cara sudorosa, empapada de la cabeza a los pies, Béa parecía una fregona recién salida de un cubo de agua. Casi sin poder sostenerse, avanzó con sus últimas fuerzas hacia el grupo de tres, incómodos ante sus tazones de chocolate caliente, y exclamó a voz en grito:

—¡Gracias! ¡Ha sido fantástico! ¡Me ha encantado! ¡Sesenta kilómetros completamente sola bajo la lluvia y el frío, sin nadie que te espere, es una experiencia realmente estupenda que recomiendo a todo el mundo! Te doy las gracias, Adèle, por haber participado en este jueguecito ¡En cuanto a ti, Boris, ésta te la guardo! ¡No lo voy a olvidar fácilmente! Ya hablaremos de todo esto con papá y mamá. ¡En todo caso, nunca olvidaré estas vacaciones con vosotros! ¡Realmente geniales! ¡Bueno, la gordita se va! ¡Chao!

A pesar del ruido, Béa no tuvo necesidad de gritar para hacerse entender. Se podía leer todo lo que decía en su cara. Cogió a Nono de la mano, se dirigió hacia la barra, donde el patrón le entregó la llave de la habitación de las chicas, y desapareció por la escalera.

Por la noche, Béa consintió unirse a ellos en el pub para cenar. Pero una guerra fría, que parecía de larga duración, se había declarado entre ellos. En una esquina, un grupo de hombres y mujeres, rodeados de vasos de cerveza colocados ante ellos sobre una mesa, tocaban una música muy pegadiza. Adèle y Boris se levantaron e interrogaron a los lugareños presentes sobre un anciano llamado Pontoppidan. Con un terrible acento irlandés, que incluso a un inglés o un americano les hubiera costado entender, el patrón, Pat Mulligan, les respondió con tono tajante:

—¿Pontoppidan? No, ¡no hay nadie con ese nombre en todo el condado de Clare!

Después se dirigió a un viejo barbudo, tocado con una gorra, que estaba tumbado sobre la barra ante su quinta pinta de Smithwick's.

—¡Eh, O'Neal! —gritó el patrón con una voz atronadora que el ruido de los instrumentos apenas cubría.

El viejo barbudo, medio ebrio, se sobresaltó, levantó la cabeza en dirección al patrón, vació su pinta de cerveza de un solo trago y extendió su vaso vacío, como si escuchar su nombre desencadenara en él un reflejo automático consistente en volver a pedir de beber. El patrón colocó una nueva cerveza ante sus narices.

—O'Neal, estos chicos buscan a un anciano... Pontoppidan, ¿te suena de algo?

—¿Cómo? ¿Qué dices?

—¡PONTOPPIDAN! ¿LO CONOCES?

El patrón le gritaba en la oreja. Con la música, las risas y las conversaciones por todos lados, apenas se le oía.

— ...estos chicos le buscan...

El viejo barbudo bebió la mitad de su cerveza de un trago y se limpió la espuma que quedó alrededor de la barba con el revés de la manga.

—No... no lo conozco...

—¿Un viejo? ¿No será el viejo loco que habita en los Cliffs?

La voz grave de un hombre de unos cincuenta años, vestido con una camisa de cuadros y unos vaqueros pasados de moda, que estaba apoyado en una pared, se elevó desde el fondo de la sala. Otro le respondió:

—¿Estás hablando de Boyle, el viejo tarado que habita en la Torre O'Brien?

—¡Sí, eso es! —respondió el primero—. Quizá sea él.

—¡Con la de tiempo que ha pasado debe estar muerto! —replicó el patrón, provocando la risa general—. Hace seis meses que no se le ha visto.

—¡Se lo ha debido llevar el viento!

Una nueva carcajada atronó la sala.

—Mirad —dijo el patrón, dirigiéndose a los niños—, ¡ese andrajo suyo está todavía ahí! Hace seis meses que está, desde la última vez que vino. No sé qué hacer con ella. Nunca volvió a buscarla... por eso digo que quizás se ha muerto en su torre. De hecho, si no viene antes de que acabe la semana, la tiro a la basura! ¡Esa porquería apesta!

En la entrada, una vieja capa de lluvia completamente remendada colgaba del perchero.

—Si en seis meses y un día el viejo no ha vuelto, ¡entonces te pertenece, Pat! —exclamó un hombre, provocando una carcajada en todo el pub.

—¡Muy gracioso, Blai!

—¿Qué edad tiene? ¿Lo sabe usted? —preguntó Boris que, pese a no haber captado todas las sutilezas humorísticas locales, había comprendido, a grandes rasgos el tema de la conversación.

—Yo qué sé... ¡Eh, chicos! ¿Qué edad puede tener ese viejo loco de la Torre O'Brien? —preguntó el patrón.

—¡Es un vejestorio!

—Sí, casi no puede ni andar, el pobre viejo. ¡Pero eso no le impedía venir aquí de vez en cuando a llenarse el cuerpo de Guinness!

—¡No es eso lo que estoy preguntando!

—¡Bah! ¡Venga! ¡Si no pasa de los noventa años, es que pronto se va a acabar el mundo!

—¿Estás de broma? ¡Tiene muchos más que eso! ¡Se acerca al centenar, el viejo fósil!

Los niños, divertidos por ese caluroso intercambio de preguntas y respuestas, comenzaban a disfrutar de las costumbres locales y se sentían verdaderamente a gusto en ese ambiente jovial típicamente irlandés que consiste en sentirse como en casa en unos minutos.

—¡Y a su edad consigue caminar solo para venir hasta aquí! —exclamó Adèle, que no podía creerse la hazaña.

—¡Nooo! Es Foyle, su enano, el que lo acompaña.

—¿Tú crees que monta a caballito sobre su espalda para ir más rápido? —dijo un parroquiano.

—¡Fíjate, la ventaja es que no necesita escalerilla para montar sobre sus hombros!

Las risas volvieron a estallar. Los niños fueron acogidos inmediatamente entre los parroquianos, que no perdían una ocasión para divertirse. De pronto, el grupo de músicos empezó a interpretar un aire tradicional con mucho ritmo, y hombres y mujeres se levantaron, formaron parejas y bailaron alegremente lanzando gritos de alegría por toda la sala. Adèle, arrastrada por uno de los hombres, intentaba seguir como podía el ritmo endiablado de aquella farandola improvisada. Después le tocó el turno a Tom, a Boris y a Béa de ser invitados a bailar. Los irlandeses, sentados en torno a las mesas, daban palmas y silbaban. Nono, que se movía por todos lados, tuvo también su momento de gloria. Su número de danza tribal tuvo un éxito triunfal. En cuanto a su interpretación de claqué irlandés, que el animal realizó con sus largas garras desplegadas para la ocasión, fue digno de los más grandes competidores de la región. La noche fue una sucesión de bailes célticos que rivalizaban en desenfreno y diversión. Irlanda no era solo carreteras que suben y bajan. Era también momentos intensos de alegría, de risas y de fiesta sin igual. Béa, a quien se le había pasado el enfado por completo, se divirtió como una loca hasta bien entrada la noche.

38

La torre del fin del mundo

EL DESPERTAR DEL DÍA siguiente fue difícil para todo el mundo. Sobre todo para Béa que, ya en circunstancias normales, tardaba horas en despejarse. Tras una ducha rápida y un cepillado de dientes supersónico, se vistieron rápidamente y bajaron a la sala donde les esperaba un buen desayuno. Eran las diez pasadas. Patrick Mulligan les saludó con una gran sonrisa y les señaló sus mochilas de senderismo, en las que les había guardado un copioso picnic para el mediodía. Luego se sentó con ellos y les explicó el camino a seguir para ir hasta la Torre O'Brien, poniéndoles en guardia:

—Una vez lleguéis a los acantilados de Moher, sed extremadamente prudentes y sobre todo no os acerquéis al borde. Los vientos allí son a veces terribles, tan fuertes que podrían arrastraros al vacío. Aunque hoy lo que más os va a preocupar es la niebla.

Los niños se miraron, un poco asustados.

—No lo olvidéis: a lo largo del camino que tomaréis a partir de la vieja iglesia en dirección al este, hay tres cruces célticas separadas entre sí por algo más de un kilómetro. ¡Debéis pasar necesariamente delante de las tres si no queréis perderos en las landas! Os aconsejo que no os desviéis de los senderos. En la primera, la cruz de Ahenny, tomáis el de la derecha. En la segunda, la cruz de Muiredach, de los tres caminos seguís el que parte más hacia el este. Por fin, en la tercera, la cruz de Cashel, no os equivoquéis, hay cuatro senderos. Seguid el que parte todo recto, ligeramente hacia el norte. Al final del camino, llegaréis al cabo de la Bruja del Mal. Allí veréis los restos de una vieja abadía y dos pórticos bastante bien conservados. Uno al sur, el otro al norte. Atravesad el pórtico norte y seguid el sendero que allí empieza. Después de media hora larga, divisaréis la Torre O'Brien, colgada sobre un pico, en la punta extrema del acantilado. Allí es donde vive el anciano. Buena suerte, chicos, y hasta esta noche.

Mientras los niños se ponían sus abrigos para salir, Nono, vestido con un chubasquero, improvisado con una bolsa de plástico recortada, olisqueaba la vieja capa de tweed gastado colgada del perchero. Después salió con los niños. En el exterior, una niebla que podía cortarse con un cuchillo había invadido toda la campiña. Desde el pub, apenas se distinguía el árbol centenario que estaba enfrente. Adèle, Tom, Boris y Béa soltaron sus bicicletas y subieron a pie la cuesta que ascendía hasta la iglesia, de la que apenas se percibía su perfil. Nono saltó a su cesta de mimbre y se encajó lo mejor posible para evitar ser sacudido al menor bache. Una vez arriba, los niños subieron a sus bicicletas y, con la promesa de mantenerse agrupados, se adentraron lentamente en la niebla. Sin ver más allá de sus narices, descubrían el sendero a medida que avanzaban. Al cabo de diez minutos, pasaron delante de la primera cruz. En la segunda, los niños se agruparon en torno a Nono, cuyo collar brújula regalo de Navidad les indicó la dirección este. Volvieron a ponerse en marcha. La naturaleza parecía completamente inmóvil entre la niebla. No se escuchaba más que el graznido lejano de algún cuervo invisible, perdido en la bruma, y el crepitar de las ruedas de las bicicletas rodando sobre la grava del sendero. Cuando llegaron a la cruz de Cashel, empezaron a discutir. ¿Había que seguir por la derecha, en dirección sur, o a la izquierda hacia el este?

—¡Os digo que ha dicho todo recto! —exclamó Boris, seguro de sí.

—Ya estás viendo que todo recto no quiere decir nada —replicó Adèle—. Todo recto quiere decir de frente, y enfrente hay dos caminos posibles.

—Jo, tendría que haberlo anotado —murmuró Tom, que se arrepentía de haber sentido pereza de sacar su cuaderno.

—Yo le oí decir al sur... —apuntó Béa.

—Que no, eso es más adelante... ¡es uno de los pórticos de la abadía! —gritó Boris, que empezaba a enfadarse.

—¡Eh, tranquilo! —respondió Béa—. ¡Haber estado escuchando, como todo el mundo! Y creo que deberías controlar tus nervios hoy, ya sabes lo que quiero decir... —añadió, en tono amenazante.

—¡Bueno, calmaos! —exclamó Adèle—. Yo creo que hay que continuar hacia el este...

—¡Pero qué dices! ¡Nunca dijo eso! —gritó Boris.

—¿Tienes una solución mejor?

—¡Bueno, ya está! Podemos darnos por perdidos... —concluyó Tom, al que los otros fusilaron con la mirada.

En ese momento, Nono, que les escuchaba desde hacía un

rato, saltó de su cesta y se dirigió hacia un camino que partía ligeramente hacia la derecha. Se levantó sobre sus dos patas traseras y se volvió hacia los niños, que seguían discutiendo sin prestarle atención.

—Creo que Nono quiere decirnos algo —dijo Béa interrumpiendo a todo el mundo.

Los otros miraron al suricato, que parecía indicarles la dirección.

—Nono, ¿estás seguro de que es por ahí? —le preguntó Adèle.

El animal movió la cola como para decir «sí».

—¿Cómo esa especie de rata del desierto iba a saber mejor que nosotros por dónde tenemos que ir? No me digáis que vamos a confiar en ese animal —exclamó Boris.

—Más que en ti, en todo caso...

Nono corría ya. Sin pensárselo, Adèle, Tom y Béa subieron a sus bicis, dejando a Boris plantado, y se lanzaron a perseguir al suricato, que desapareció corriendo a cuatro patas en la niebla.

—¡Espéranos! Vas demasiado deprisa —le gritó Béa, orgullosa de él.

Guiado por un olfato fuera de lo común, Nono ponía a los niños sobre la pista correcta.

Al cabo de un cuarto de hora, surgiendo poco a poco de la bruma, apareció de golpe una sombra espantosa de contornos desbaratados. Al acercarse, los niños sintieron un escalofrío. En medio de la niebla, la inquietante abadía de Hag's Head se alzaba como un esqueleto de piedra. A la izquierda del monasterio, en el cementerio abandonado, sembrado irregularmente de lápidas y sepulturas gastadas por la lluvia, cúmulos de niebla rondaban sobre las tumbas que el viento había terminado por derribar. Los destripados panteones permitían imaginar que los fantasmas habían hecho de ellos su refugio y que, todas las noches, salían para aparecerse en el lugar. Como la bruja del Mal, que había sido ahorcada allí y cuyo espíritu atormentaba aún el lugar. Tras los muros en ruinas, se adivinaba el acantilado y el ruido de las olas abajo. Allí las tempestades eran terribles, y las ráfagas de viento, devastadoras. Había sido necesaria toda la ingeniosidad y el arte de los cistercienses para que, novecientos años después, el monasterio del cabo de la Bruja del Mal siguiera aún en pie. Un cuervo vino a posarse sobre una tumba.

—Será mejor que no nos entretengamos aquí —dijo Béa, que no se sentía muy tranquila.

—¡Ah! ¡Estás asustada! —dijo Boris, que continuaba pinchándola y a quien la lección del día anterior no parecía bastar.

Béa prefirió no discutir. Nono, arrastrando el hocico, dudó un instante y después decidió dirigirse a la derecha del monasterio. Los niños, siguiendo su rastro, pasaron bajo un pórtico ojival que, en solitario, se mantenía de pie entre la bruma. De ahí partía un sendero que el animal tomó sin dudar, seguido de Adèle, Boris, Tom y Béa, que aceleraron para no perderle de vista. Siguieron efectivamente, como les había indicado Mulligan, el camino que bordeaba la costa y desembocaba en una meseta rocosa hundida en una niebla aún más espesa. Bajaron de sus bicicletas y siguieron a pie, casi a tientas.

—No deberíamos estar lejos —dijo Tom en un susurro.

En aquel momento, la Torre O'Brien, redonda y siniestra, apareció ante ellos.

39

El fabuloso tesoro de sir John William Boyle

La torre O'Brien era una antigua torre vigía fortificada de principios del siglo XIX. Situada al borde de un pico rocoso, en la cima de los acantilados más altos de Europa, la torre disfrutaba de una vista extraordinaria. Con tiempo despejado, podían verse las islas de Aran, mar adentro, y las montañas de Connemara situadas más al norte, a un centenar de kilómetros de allí. Al pie de la torre, un barranco vertiginoso de más de doscientos metros de alto, azotado por feroces vientos, caía sobre un mar revuelto. Bordeando el océano, unos picos espectaculares, golpeados por olas de rara violencia, serpenteaban a lo largo de kilómetros y kilómetros de costa.

Boris, Tom, Adèle y Béa dejaron sus bicicletas en el suelo y se acercaron lentamente a la torre, cuya mitad superior, cubierta por la niebla, permanecía invisible. Los niños se acercaron tímidamente a una pequeña puerta de entrada. Se preguntaron para saber quién llamaría primero. Tom fue inmediatamente elegido. Dio dos golpecitos discretos que no tuvieron ningún éxito. Boris le empujó con gesto brusco y dio unos puñetazos decididos.

Instantes más tarde, se oyó el ruido de una serie de cerrojos y la puerta se abrió lentamente con un chirrido. Entonces apareció un enano pelirrojo, vestido con un peto azul y un jersey de marinero negro y blanco con cuello vuelto. Tenía la altura de un niño de seis años y, por primera vez en su vida, Tom sintió la impresión de ser un gigante. El hombrecillo levantó los ojos y con voz nasal les preguntó quiénes eran y qué querían. Adèle tomó la palabra. Después, sin miramientos, el enano les cerró bruscamente la puerta en las narices.

—¡Simpática acogida! —señaló Boris.

Minutos más tarde, el enano reapareció y les dejó entrar. Les señaló una escalera y pasó delante de ellos.

—¡El ascensor no funciona! —les informó.

La escalera, de piedra, era una escalera de caracol que bordeaba los muros de la torre y por la que se accedía a habitaciones redondas, dispuestas en pisos unas sobre otras, como en un faro. Los pies desnudos y gruesos del hombrecillo resonaban golpeando contra los escalones. Los niños subieron varios pisos antes de llegar, sin aliento, hasta una vasta habitación situada casi en la cima de la torre y cuya pared circular estaba completamente cubierta de libros hasta una altura de varios metros. El esfuerzo había valido la pena. Además de su originalidad y sus anchas y atípicas ventanas, que se abrían 360 grados sobre el mar y la campiña irlandesa, la habitación, parecida a un museo, estaba suntuosamente decorada con objetos raros. En el centro destacaba un magnífico globo celeste de bronce, de 1,60 metros de diámetro, sobre el que estaban grabadas todas las constelaciones, planetas, galaxias y estrellas conocidas en el siglo XVIII. Instrumentos astronómicos que habían pertenecido a grandes hombres de ciencia de los siglos pasados constituían verdaderas piezas de colección expuestas aquí y allá: gafas, telescopios, cuadrantes, prismáticos, cartas celestes de la época de Galileo y hasta un globo lunar sobre un pedestal de madera preciosa que indicaba las diferentes fases de la luna. Pero lo más impresionante era el magnífico planetario animado que ocupaba todo el techo y que simulaba nuestro sistema solar, reproduciendo a escala distancias, velocidades y movimientos de los planetas, de sus satélites, y de los cometas más conocidos.

—¡GENIAAAL! —exclamó Tom, fascinado—. ¡Eh, allí, mirad!

Señaló con el dedo una bolita con una larga cola luminosa que avanzaba a toda velocidad hacia Júpiter.

—¡ES EL COMETA HALLEY!

Los niños se sobresaltaron. Un hombrecito extremadamente delgado acababa de irrumpir en la habitación. En el quicio de la puerta, el anciano, elegantemente vestido, se mantenía de pie, la mano derecha apoyada en su bastón.

—Y allí, al final, escondido detrás de Plutón, está el cometa Encke... —dijo el anciano en un francés impecable con un ligerísimo acento irlandés—. Se interesa usted por la astronomía, jovencito... está muy bien...

Tom recolocó sus gafas sobre la nariz con la punta del dedo. Mientras hablaba, el anciano, que casi no podía sostenerse, pero cuyo espíritu vivo y alerta vencía a su físico, atravesó dificultosamente la habitación hasta un sillón Voltaire en el que se dejó caer. Luego tendió su bastón al enano, que lo colocó delicadamente sobre el apoyabrazos.

—Puede salir, Foyle. Déjeme solo con estos niños.

El enano obedeció y salió de la habitación cerrando discretamente la puerta.

—Acercaos niños, no tengáis miedo de un pobre viejo como yo. No me como a nadie.

Adèle, Tom, Boris y Béa avanzaron hacia el anciano, que les tendió una mano huesuda y temblorosa.

—Me presento: sir John William Boyle, propietario de esta torre desde 1946, rentista y astrónomo aficionado. La gente de por aquí me toma por un loco, pero debo deciros inmediatamente que mi salud mental es perfecta. A pesar de mis noventa y siete años, no tengo ni Alzheimer ni nada parecido, a pesar de lo que digan mis contemporáneos en *Mulligan's*.

El anciano conservaba un sentido del humor y del sarcasmo asombroso para su edad. Mientras hablaba, Nono se divertía haciendo girar el globo lunar de madera a toda velocidad.

—En cuanto a vosotros, niños, habéis sido unos inconscientes aventurándoos con esta niebla. ¡Incluso la gente de por aquí se pierde fácilmente en las landas!

Sir Boyle señaló con el dedo las grandes ventanas tras las que la espesa niebla daba la extraña impresión de estar colgando de las nubes.

—No os preocupéis, voy a pedir a Foyle que avise a vuestros padres para que vengan a buscaros y, mientras esperáis, podéis quedaros conmigo.

—Es inútil, señor... —dijo Tom en voz baja.

—Nuestros padres no están aquí... Hemos venido solos... —añadió Béa.

—Y no nos hemos perdido, bueno, casi... —dijo Boris lanzando una mirada vengativa a los demás.

—¡Es a usted a quien venimos a ver , y hemos viajado expresamente desde Noruega! —concluyó Adèle.

El viejo caballero, extrañado al principio, puso cara de desconfianza. Observó a los niños en un silencio que sólo interrumpieron las payasadas de Nono. En aquel momento la Luna giraba tan deprisa que amenazaba con salirse de su pedestal. El anciano empuñó su bastón, golpeó violentamente el suelo varias veces y miró a Nono con desaprobación. El suricato se quedó petrificado y corrió a refugiarse en los brazos de Béa. La Luna seguía girando pero empezaba a ir más despacio.

—¿Puedo saber a qué debo el honor?

—Somos los nietos del doctor Gérald Abelmans —explicó Boris, que había retenido la lección del episodio del librero alemán y se servía ahora del nombre de su abuelo como de un talismán.

—No conozco a ese señor en absoluto. ¿Debería?

—Venimos también de parte de Adam Göttorf von Oelschaeger, llamado Oléarius... —añadió Béa.

—No he oído hablar de él...

—En cambio, creo que el nombre de Erik Ludwigsen Pontoppidan le evocará a usted algunas cosas —replicó Adèle, afirmativa.

La flecha dio en el blanco. El viejo caballero se irguió sobre el sillón y abrió los ojos como platos. Parecía un viejo búho sorprendido en pleno día. Adèle insistió sin desanimarse:

—¡Debe ayudarnos señor! Todo parece indicar que es usted el último descendiente del pastor Ludwigsen Pontoppidan. Estamos al corriente de toda la historia de su familia. Sabemos que quizás existe en alguna parte el único ejemplar de la *Historia Natural de Noruega* en versión rúnica, ese libro perdido desde hace siglos al que hombres malintencionados están buscando a cualquier precio. Y si estamos hoy aquí, es para hacerle una pregunta que podría cambiar el curso de la historia: ¿posee usted la versión rúnica de la *Historia Natural de Noruega* que escribió su antepasado?

Hubo un largo silencio. Adèle, Boris, Tom y Béa, pendientes de sus labios, esperaban ansiosos el momento tan esperado en el que el anciano pronunciaría el «sí» mágico que anhelaban. Las manos crispadas sobre su bastón, sir William Boyle reflexionaba. Clavaba fijamente la mirada sobre los cuatro niños que estaban de pie frente a él. Era inútil mentirles. Habían acertado. El anciano respiró hondo y respondió de un tirón:

—No tengo ni la menor idea de cómo habéis conseguido obtener informaciones tan confidenciales, y me gustaría mucho saber cómo habéis hecho para llegar hasta eso y, sobre todo, hasta aquí. Confieso que me asombra. Estoy muy impresionado de que niños de vuestra edad sean capaces de venir a llamar a mi puerta para plantearme una pregunta de la que el mundo entero busca conocer la respuesta. Vuestra juventud, vuestro descaro y vuestro coraje me gustan. Así que os voy a revelar uno de los secretos mejor guardados de toda esta historia. ¡Sí, soy el descendiente del pastor Erik Ludwigsen Pontoppidan!

Una inmensa felicidad recorrió a los niños.

—En cuanto al libro, el famoso libro de mi antepasado que ha provocado tantas víctimas y tantos muertos; ese libro misterioso, ese libro negro que fue prohibido, después perseguido y por último destruido, el libro más buscado y del que sólo un ejemplar pudo ser salvado...

Un suspense insoportable tenía a los niños sin aliento.

— ...ese libro que ha atravesado tantos siglos, podría ser que estuviese en mi poder...

Aquello fue como un electrochoque. Adèle, Boris, Tom y Béa explotaron de alegría. Lo iban a conseguir. Por fin.

—Pero ¿por qué estáis tan interesados en ver ese libro? —preguntó el anciano.

Una vez más, los niños empezaron a relatar sus aventuras: hablaron de su abuelo, de su preocupación por la posible aparición del Kraken y de su mensaje acerca del libro de Pontoppidan.

Sir Boyle no era ni de lejos un emitaño asocial completamente retirado del mundo y anclado en el pasado. Se interesaba muy de cerca por la actualidad y había tenido conocimiento de los extraños acontecimientos que habían sacudido Noruega. Estaba al corriente del petrolero misteriosamente desaparecido, de la plataforma Piper IV que había estado a punto de hundirse... Sin embargo, lo ignoraba todo acerca del naufragio del *Ragedingue*. Los niños le explicaron lo que habían visto, le contaron la muerte del profesor Mackal y el atentado contra Bob. El anciano les escuchaba atentamente, cerrando los párpados. Después, como para concluir su relato, dijo:

—Oh sí... Lo sé... Han despertado al Kraken... Se arrepentirán, y nosotros con ellos. El hombre moderno deberá pagar su torpeza. ¡Porque la criatura no tendrá piedad! Es lo que dice el libro: «*Desgraciados sean los que despierten al monstruo, ¡pues su cólera será terrible!*» La profecía acaba de cumplirse, desgraciadamente. A causa de su codicia y de su sed inagotable de riqueza, los hombres acaban de desencadenar una catástrofe sin precedentes.

Los niños no comprendían.

—Os lo voy a explicar. Sentaos a mi alrededor.

Boris, Tom, Adèle y Béa se sentaron en el suelo. Béa agarró a nono que ya se marchaba a saber dónde y lo encajó a la fuerza entre sus piernas. El animal hizo una mueca de disgusto y, con aire enfurruñado, apoyó el mentón sobre las rodillas de Béa. Sentado en su sillón Voltaire, con las manos apoyadas una sobre otra en la empuñadura de su bastón, sir John comenzó su relato.

—El Kraken es una terrible criatura —les explicó el viejo—, que ha hecho de los abismos su refugio. Creo que al perforar la corteza terrestre submarina para buscar siempre más petróleo y más gas, los hombres han agujereado el antro de la bestia. Probablemente han molestado su sueño, perturbando su ciclo de hibernación, lo que ha debido volver a la criatura aún más agresiva. Ahora temo que ya nada pueda detener su cólera...

La biblioteca de la torre se llenaba poco a poco de un espeso misterio. La voz temblorosa del anciano y la inquietud que podía leerse en su rostro añadían un matiz angustioso a su relato.

—Pero ¿por qué todos esos muertos? ¿Por qué esos secuestros y desapariciones misteriosas? ¿Qué relación tienen con el monstruo? —preguntó Béa.

—Mi querida señorita... ¿Ha pensado usted en las terribles consecuencias que podría ocasionar una revelación de ese calibre? ¿Ha reflexionado sobre los desastrosos efectos que la existencia del Kraken podría engendrar? ¡Si alguna vez la prensa y el público conociesen la razón auténtica de los últimos seísmos submarinos y de todos esos naufragios sería terrible! ¡Ni un solo pescador querría echarse al mar! ¡Los turistas desertarían de las playas! Los cargueros y los petroleros cambiarían de destino y los grandes grupos petroleros cesarían sus actividades de alta mar en las regiones frecuentadas por el Kraken. Todo eso tendría enormes consecuencias en la producción de petróleo y de gas y en el precio del barril. Sin mencionar las importaciones y exportaciones de productos que ya sólo se harían por avión, pues ninguna empresa seria se arriesgaría a ver todos sus productos hundirse en el océano. ¡Os aseguro que si ningún barco pudiese navegar, la economía se hundiría! ¡Y la bancarrota se extendería por el planeta! ¡Imaginaos por un momento el impacto!

En el silencio de la biblioteca, que sólo el murmullo del desplazamiento de los planetas del planetario venía a perturbar, Adèle, Boris, Tom y Béa escuchaban, atónitos, los alarmantes argumentos del anciano.

—Por eso los gobiernos de los países costeros de Europa, como Noruega, Francia, Escocia, Inglaterra, Irlanda, España, Portugal, Alemania, Holanda, y también los de Canadá, Estados Unidos y Groenlandia no quieren que la presencia de una criatura así en los océanos llegue a saberse. Estos gobiernos tienen únicamente un solo objetivo: silenciar el asunto por todos los medios posibles y hacer creer al mundo que los acontecimientos que han tenido lugar recientemente, y que se repetirán en un futuro próximo, no son más que cataclismos naturales debidos al recalentamiento del planeta, consecuencia de la sobreexplotación humana. Por esa razón, una campaña de prensa falaz, organizada por los gobiernos y puesta en marcha por los periodistas a sueldo del poder, ha empezado a propagar falsos rumores. He sabido por mi red de informadores que emisarios europeos, norteamericanos y canadienses habían creado recientemente una célula especial de crisis, que lleva el nombre en clave de *Octopus*, cuya finalidad es coordinar todos los servicios secretos de los diferentes países afectados (CIA, MI5,

BND, DST, DGSE...) y poner en marcha misiones comando ultrasecretas que tienen como finalidad destruir sistemáticamente todas las pruebas que puedan afirmar la existencia del Kraken y eliminar pura y simplemente a todos los testigos de este asunto, así como a todos aquellos que puedan obstaculizar su camino. Esta alianza internacional permite, desde luego, la libre circulación de sus agentes especiales en todos los territorios: hombres altamente entrenados que tienen carta blanca para infiltrarse, robar y asesinar sin escrúpulos. Reciben órdenes y les pagan por cumplirlas. Ocultar la verdad a cualquier precio, esa es su tarea. Y por eso quieren el libro. ¡Porque constituye la última prueba! Destruirlo es su última misión.

Los niños no salían de su asombro. Aterrados por lo que acababan de escuchar, les invadió un sentimiento de miedo e inseguridad. Ahora comprendían la violenta reacción de su abuelo cuando hizo todo lo posible por alejarlos del peligro que les acechaba. Béa, intranquila, echaba de vez en cuando una mirada hacia las ventanas, como para verificar que nadie había escalado la torre para espiarles.

—Pero ¿qué contiene el libro, que sea más importante que la existencia del monstruo, como para que los gobiernos de diez potencias occidentales quieran hacerse con él? —preguntó Boris, al que fascinaban las historias de espionaje.

Sir John respiró hondo y dijo:

—Je, je... Ahí precisamente está el meollo de la historia. El libro aporta la prueba de la existencia del Kraken, pero sobre todo contiene el *secreto* que necesitan...

Los niños abrieron los ojos como platos. Esperaban la continuación, inmóviles y silenciosos. En el techo, mientras Marte continuaba su camino acercándose al Sol, Saturno se alienaba con la Tierra.

—Mi antepasado pasó más de diez años de su vida estudiando al Kraken en la más absoluta clandestinidad. A espaldas de la Iglesia, dedicó cuerpo y alma a seguir las huellas de la criatura prehistórica más monstruosa que haya sobrevivido hasta hoy, recogiendo y acumulando todas las pruebas, orales y escritas, comprobando su existencia, recorriendo Europa entera en busca de algún testigo vivo que hubiese visto al Titán o que fuesen víctimas supervivientes suyas. Pontoppidan tuvo que darse prisa, porque los testigos desaparecían de forma extraña y encontraban la muerte en circunstancias inexplicadas. Roma presentía que todos esos testigos representaban una auténtica amenaza para la Iglesia. Así que el Vaticano decidió crear un ejército de choque formado por los inquisidores más temibles de la Congregación del Santo Oficio. Fueron éstos los encargados de peinar Europa con el fin de encontrar y suprimir, uno tras otro, a quienes pretendían haber visto a la criatura del diablo, así como a todos sus allegados. En 1632, un navío de la flota escocesa fue atacado misteriosamente en plena tempestad por una criatura extraña de brazos tan largos que se enrollaron hasta la cima de los tres palos del barco. Los rayos desgarraban el cielo. De pronto, un rayo cayó sobre el monstruo, que soltó su presa. Días más tarde, un pescador a la deriva encontró su cadáver, de unos cincuenta metros de largo, varado en una playa de un islote desierto frente a Bergen, en Noruega. Mi antepasado pagó muy caro el silencio del pescador, desembarcó inmediatamente en la isla y permaneció allí varios días con el fin de proceder, en absoluto secreto, a realizar la autopsia del monstruo. Esos resultados fueron tan excepcionales y tan revolucionarios que decidió escribir un tratado incluyendo en él todo el trabajo de investigación de sus largos años de búsqueda. Ese libro en dos volúmenes, auténtico diccionario sobre el Kraken y cuyo título, que no tenía nada que ver con el contenido, no era más que una argucia para escapar de la censura, fue impreso bajo el nombre de *Historia Natural de Noruega.* Semanas después de su salida, el libro supuso un escándalo tal que fue incluido en el Índice. Sin embargo, la curiosidad fue más fuerte, y en todas las cortes de Europa empezaron a circular bajo cuerda ejemplares de ese libro increíble del que todo el mundo hablaba y que comenzaba a hacer temblar a la Iglesia. Entonces se dio orden de arrestar a su autor y de perseguir sin descanso las copias todavía en circulación, así como a sus lectores.

«En su libro, Pontoppidan daba la clave que permitía destruir al Kraken, pero también la que permitía capturarlo sin matarle. Pontoppidan describe, con una precisión que haría palidecer a nuestros zoólogos actuales, la anatomía de ese monstruo de más de cincuenta metros. Todo está extremadamente bien detallado. Al final, el pastor termina su obra magistral con una nota más filosófica. Explica que la destrucción del Kraken sería un crimen en la historia de las especies animales. En efecto, el Kraken, auténtico dinosaurio de los mares, es la única especie prehistórica que ha sobrevivido. Estaba persuadido de que otro Kraken vivía en alguna parte del océano y los acontecimientos actuales son la prueba de que mi ancestro tenía razón. Pero matarlo sería exterminar definitivamente esa especie única en su género. Un crimen zoológico del que la humanidad acabaría arrepintiéndose. Más aún, teniendo en cuenta que el pastor aporta los medios para solucionar el problema y salvar a la especie.

«Esa es la razón por la que ese libro único, del que ya no existe en el mundo más que un único ejemplar, interesa a las más altas esferas políticas de los países amenazados por el Kraken. Pero el libro de mi ancestro es inutilizable sin otro libro que debe acompañarlo. Un libro igual de raro, igual de valioso, igual de difícil de encontrar y del que no existen, que yo sepa, más que dos ejemplares en el mundo: el *Libro de las Runas*. Sin ese libro, nadie puede descodificar la *Historia Natural de Noruega*. Durante un tiempo poseí ese libro. Antes de habitar esta torre... No podría, pues, deciros lo que ha pasado con esa obra. Sólo espero que no haya caído en manos de los que intentan por cualquier medio recuperar la de mi antepasado.

«Conforme a los deseos de mi ancestro, el pastor Pontoppidan, toda nuestra familia actuó de forma que, durante el transcurso de lo siglos, el secreto fuera conservado a toda costa. Y pagamos un caro tributo. Muchos de mis antepasados murieron por haber querido guardar silencio y para que el secreto se perpetuase de generación en generación. Hoy soy el último eslabón de una cadena cuya historia terminará conmigo. Heme aquí, el último entre los últimos de una gran familia que luchó para guardar su secreto. La muerte de mis dos hijos, hace mucho tiempo, rompió desgraciadamente la larga línea de los Pontoppidan, y el secreto del monstruo marino dejará pronto de formar parte de la Historia. Pues seré yo el que se lo lleve a la tumba. Hubiese preferido que fuesen mis hijos. Desgraciadamente, la vida decidió otra cosa. Pero hoy soy un hombre feliz y moriré feliz. Gracias a vosotros, niños. Sí, gracias a vosotros. Pues me habéis permitido librarme de un terrible pasado. Un pasado de cuatrocientos años. Un pasado que nunca pude contar a nadie. Ni siquiera a mis propios hijos, muertos demasiado pronto... Tengo noventa y siete años. Voy a morir. Todavía ayer, tenía miedo a la muerte. Tenía miedo de que me llevase sin haber tenido tiempo de confiarme. Hoy la espero. Estoy deseando que me lleve de la mano y reunirme por fin con los míos. Gracias niños, gracias.»

El anciano temblaba de emoción. Sus ojos, húmedos, dejaron escapar una pequeña lágrima que cayó a lo largo de su mejilla siguiendo un complicado circuito de arrugas. Los niños, muy emocionados, observaban en un silencio religioso a ese anciano cuya alma se había iluminadode golpe. Lo encontraron bello, conmovedor, sublime. Béa, emocionada, lloraba también. Sir John Boyle les miró con aire tranquilo y después, como si una luz de esperanza hubiese atravesado su espíritu, se recuperó y dijo:

—Después de todo, el futuro quizás no haya terminado... ¡Esperadme aquí!

El anciano se apoyó en su bastón y, con un esfuerzo que requirió el conjunto de sus fuerzas, se levantó penosamente de su sillón. Adèle y Boris se levantaron para ayudarle. Pero él no los necesitaba y los apartó con un movimiento de su bastón, para dirigirse después lentamente hacia la puerta y abrirla de golpe. El enano pelirrojo, agazapado tras ella, dio un salto.

—¡BICHO ASQUEROSO! —gritó sir John—. ¡Ahora te dedicas a escuchar detrás de las puertas! ¡Miserable espía! ¡Lárgate de aquí, retaco! ¡Que no te vuelva a pillar!

El anciano fustigaba el aire con su bastón como para golpearlo. El enano huyó a toda velocidad. Se le oía bajar las escaleras a grandes saltos.

Diez minutos más tarde, el anciano reapareció seguido de

Foyle, que sostenía en sus brazos un gran cofre metálico rodeado por una gruesa cadena y protegido con tres candados. El enano depositó el extraño objeto sobre una mesa redonda en medio de astrolabios antiguos, cuadrantes solares y valiosos sextantes, y salió de la habitación. Con un gesto del mentón, sir John indicó la puerta a Boris, que se acercó sin un ruido antes de abrirla bruscamente para sorprender al enano espiándoles. Pero esta vez no había nadie. Los niños se reagruparon en torno al anciano, que destornilló la empuñadura de su bastón y sacó de él tres llavecitas escondidas en el interior. Abrió los candados, quitó la cadena, levantó la tapa del cofre metálico y sacó un objeto rectangular, envuelto en una piel de becerro, que depositó sobre la mesa. Cuando sir John retiró la piel que protegía el objeto, los cuatro niños quedaron maravillados. Los dos volúmenes del misterioso libro de Pontoppidan, el libro más buscado de todos los tiempos, estaban allí, ante ellos. ¡Un tesoro único en el mundo con cuatro siglos de historia! El famoso «Libro del Diablo», responsable de tantos crímenes, de tantas persecuciones, objeto de tanta codicia, testigo singular de las persecuciones y las cazas de brujas más represivas, estaba allí, intacto. Una gran emoción invadió a los niños, tan perplejos por la presencia de ese increíble objeto como por la confianza que les demostraba el anciano. Eran dos incunables de unos veinte centímetros de ancho por una treintena de largo, encuadernados con un simple estampado de piel de cerda, con una cubierta oscura que no llevaba ningún título y cuyas páginas eran de *vellum*, una piel de ternero muy fina y extremadamente resistente. Sir John Boyle se puso unos guantes de seda y abrió delicadamente el primer volumen. El anverso de la primera página mostraba caracteres muy extraños.

HISTOIRE NATURELLE DE LA NORVEGE

ᛚᛉᛒᚺ ᚹᛏᚺᛒᛁᚺᛏ

—*Historia Natural de Noruega, tomo primero*—leyó el anciano susurrando.

Boris tuvo una extraña sensación de algo ya vivido. Después, sir John volvió las páginas, una por una. El libro era una maravilla. Los niños descubrieron, con la boca abierta, el alucinante trabajo del genial pastor. Además de ser un documento histórico capital, el volumen constituía una auténtica obra de arte en sí mismo. En las páginas, donde el texto, escrito en apretada caligrafía, se dividía en dos columnas, abundaban los motivos entrelazados, las formas decorativas y fantasiosas de color rojo, amarillo, verde y negro, las cuadrículas asimétricas y complejos juegos de círculos que se integraban en el cuerpo del texto. Más adelante, páginas con iluminaciones excepcionales representaban al Kraken según los distintos testimonios. Unas veces como un pulpo de diez brazos, otras como un calamar gigante cuyos ocho tentáculos se agarraban como lianas alrededor de los palos de un navío. El tomo II era mucho más técnico. Imágenes de anatomía descriptiva mostraban con precisión las entrañas del monstruo. Modelos anatómicos de gran belleza así como dibujos en corte transversal y en tres dimensiones representaban cada parte de la criatura: sistema respiratorio, sistema nervioso, aparato reproductor, ojo, bolsa de tinta, fauces, rádula, ventosas, garras, aguijones... Un tratado de zoología digno de las obras científicas modernas más importantes. A medida que el anciano pasaba las páginas, los niños, maravillados, lanzaban gritos de admiración. Desde hacía un instante, Boris, hundido en un mutismo inhabitual, reflexionaba. Ese libro le recordaba algo. Pero ¿qué?

—Desde el siglo XVII, sólo un puñado de privilegiados han tenido la suerte de poder contemplar este libro —dijo sir John—. Quizás seáis los últimos. Miradlo bien. Impregnaos de su recuerdo. ¡Porque voy a destruirlo!

Los niños miraron al anciano, estupefactos.

—Así se cerrará el círculo y el último de la dinastía de los Pontoppidan habrá cerrado para siempre la tapa de esta caja de Pandora que fue abierta en 1652 por el primero de una larga dinastía de hombres y mujeres que lucharon por la Verdad. Esta obra ha sembrado demasiada confusión, ha provocado demasiada violencia y ha derramado demasiada sangre. Ha llegado la hora de detener cuatro siglos de crímenes que han ensangrentado la Historia. Esto debe acabar. Y puesto que su destino me pertenece, seré yo quien escriba el final. Pero gracias a vosotros, niños, gracias a vosotros que habéis visto el libro, su recuerdo se perpetuará y se convertirá en una leyenda que llevaréis en vosotros y que transmitiréis como una llama a las generaciones futuras. Gracias a vosotros, muero en paz.

Después el anciano cerró el libro, lo envolvió de nuevo en su piel protectora y lo volvió a colocar delicadamente en su cofre. Afectado por un repentino vértigo, sir John empezó a tambalearse. Adèle y Boris le ayudaron a caminar hasta su sillón y allí se derrumbó.

—Estoy cansado... No puedo más. Todas estas emociones han acabado conmigo. Ahora deberíais volver a casa. Aprovechad ahora que todavía hay luz... Lo siento... Pero os voy a pedir que me dejéis... Venid a verme mañana... antes de destruir el libro, os revelaré el famoso secreto...

Sir John cerró los párpados y empezó a dormirse. Agarró su bastón y dio dos golpecitos lentos en el suelo, seguidos de tres golpes rápidos. Instantes más tarde, el enano Foyle entró en la habitación.

—Foyle... Acompañe a estos niños. Hasta mañana, hijos míos...

Fuera, la niebla se había hecho aún más espesa. Los niños, que apenas podían ver a una distancia de diez metros, caminaron a tientas hasta sus bicicletas. Se oía subir desde el pie del acantilado el rugido de las aguas. Adèle, Boris, Tom y Béa subieron a sus sillas y siguieron a Nono, que huía como una flecha por el sendero de vuelta. Tras ellos, la Torre O'Brien, portadora de un tesoro inestimable, había desaparecido ya en la niebla.

40

El pergamino

Al día siguiente, como habían convenido, Adèle, Boris, Tom y Béa, acompañados de su suricato, se presentaron a la cita. La niebla había desaparecido completamente durante la noche y los niños atravesaron la campiña, esta vez sin perderse, descubriendo el paisaje por primera vez. Cuando llegaron, volvieron a ver con asombro la Torre O'Brien, cuyo aspecto, con tiempo despejado, había cambiado bastante. Parecía más alta, más voluminosa , más monumental y también más vieja. Enclavada en una meseta árida y desolada, se alzaba peligrosamente casi en el borde de un precipicio vertiginoso. ¡Unos pasos de más en la niebla y hubiese sido una caída mortal! Ante la idea de que ayer habían, quizás, rozado la muerte, Béa sintió un escalofrío.

Batido por vientos inusualmente violentos, el lugar, a pesar de ofrecer un panorama espectacular sobre el Atlántico, tenía algo de inquietante. Los acantilados de Moher, erguidos como murallas frente al horizonte, serpenteaban hasta perderse de vista a lo largo del mar. Al pie de esos gigantescos abismos, el océano lanzaba olas inmensas que se pulverizaban contra la negra roca. En el cielo, decenas de pájaros, que anidaban en las paredes más abruptas, se dejaban llevar tranquilamente por el viento. Reunidos en colonias, miles de gaviotas, cuervos, cormoranes y chovas pitirrojas mezclaban sus gritos estridentes con el murmullo del océano. Doblados en dos sobre la cornisa, a los niños les costaba avanzar hacia la torre. Las salpicaduras de las olas, proyectadas por un viento azotador, golpeaban sus rostros. Potentes ráfagas les empujaban hacia atrás. Adèle, Tom, Boris y Béa tenían dificultades para mantenerse de pie y sostener sus bicicletas, que parecía que se iban a echar a volar. Tras una difícil caminata bordeando el vacío, alcanzaron por fin la torre. Dejaron sus cuatro bicicletas en el suelo, unas sobre otras, y se acercaron a la pequeña puerta. En el momento de golpear con el puño, como en la víspera, Boris comprobó que ya estaba entreabrierta.

—¡Ah! Nos están esperando —exclamó.

—No sé... —murmuró Adèle, que encontraba aquello sospechoso.

Los niños penetraron en la torre, y como no había nadie para recibirlos, tomaron la iniciativa de subir solos. En el interior se oía el rugir del viento y el eco de sus pasos que se propagaba por la escalera. Nono, a cuatro patas, saltaba de escalón en escalón.

—¡Eh, oh!... ¿Hay alguien? —gritó Boris, cuya voz, cavernosa, resonó hasta la cima de la torre.

No hubo respuesta.

—¡Sir Jooohn! ¿Está usted ahí? —preguntó Adèle.

Nada. Los niños, inquietos, subieron con paso precavido. Era mejor estar en guardia. Al llegar el primero al primer piso, Nono se detuvo bruscamente ante el umbral de la puerta y gimió para prevenirlos. Se unieron a él de inmediato y, soltaron un grito al unísono. La gran cocina, o más bien lo que quedaba de ella, estaba patas arriba. La habitación había sido saqueada. Cacerolas, sartenes, vajilla rota, latas de conserva y alimentos destrozados yacían por el suelo. Los cajones de las alacenas habían sido registrados y vaciados completamente. Los niños subieron rápidamente a los otros pisos: dormitorios, cuarto de baño, salón, comedor... todas las habitaciones habían sido saqueadas y destrozadas. Los muebles habían sido volcados, los adornos destrozados, las lámparas arrancadas.

—¡Rápido! ¡La biblioteca! —exclamó Tom.

Los niños, invadidos por el pánico, se lanzaron a toda velocidad por la escalera. Sus pasos sonaban sobre los escalones como metralletas. Cuando llegaron a la pieza, sir John Boyle estaba tendido boca abajo en medio de un auténtico caos.

Los miles de libros que llenaban la gigantesca biblioteca estaban revueltos por el suelo. Los valiosos globos, astrolabios, telescopios, cuadrantes solares y sextantes habían sido volcados y rotos. Sólo el planetario se había librado. Los niños se precipitaron sobre el anciano. Lo giraron suavemente y lo colocaron boca arriba. Adèle, que había aprovechado bien su curso de socorrista y tenía nociones de medicina, no necesitó auscultarle mucho rato para realizar un diagnóstico: sir John William Boyle estaba muerto. Conmocionados, los niños contemplaron en silencio el cuerpo inerte del anciano.

—¡Ooooh! ¡Nooo! ¡Es horrible! —exclamó Béa, hundiendo su rostro entre las manos.

—Pobre hombre... —añadió Tom.

—¡Meterse con alguien tan mayor! ¡Hay que ser realmente

cobarde! —exclamó Boris, cuya cólera le servía para enmascarar su tristeza.

—*Ellos* han debido empujarlo con violencia y, seguramente a causa de su edad, la caída ha sido fatal para sir John —precisó Adèle, muy emocionada.

—Qué horror... —dijo Béa, que no se atrevía a mirar el cadáver del anciano.

—¡MIRAD!

Tom sacó de entre los escombros el cofre metálico que contenía la *Historia Natural de Noruega* de Pontoppidan. La cadena había sido forzada y los candados rotos. Cuando levantó la tapa, vio que los dos volúmenes habían desaparecido.

Los cuatro niños se miraron con desánimo, como si ahora todo hubiese terminado. Habían fracasado. Desde el principio de este asunto, habían desobedecidoy mentido, se habían fugado, habían engañado a todo el mundo y faltado a la autoridad de sus mayores; habían corrido riesgos insensatos y recorrido varios países y miles de kilómetros andando, en bici, en autobús, en helicóptero y en avión; habían tenido encuentros arriesgados; habían evitado peligros que podían haberles costado la vida y se habían pasado horas y horas investigando y estudiando, encerrados en la cripta de los secretos; habían acumulado pruebas únicas, descubierto montones de secretos... y todo eso ¿para qué? ¡Para nada! Todo había terminado. Ya sólo les quedaba marcharse con las manos vacías. Colérico, Boris dio una patada de rabia a los libros que cubrían el suelo. Adèle se incorporó y se unió a sus primos, que ya salían.

—Nono... venga, ven con nosotros... Nos vamos... Volvemos a casa —dijo Béa con voz desanimada.

El animal se movía agitado en torno al cuerpo del anciano. Intentaba abrirle el puño por todos los medios, lanzando gruñidos feroces. Béa insistió, pero no había nada que hacer. El suricato no obedecía. La joven, que no toleraba la insubordinación de su animal, atravesó la biblioteca a grandes zancadas y lo agarró firmemente por el collar. Aferrado al brazo del cadáver , Nono se negaba a soltarlo. De pronto, Béa lanzó una exclamación:

—¡Eh! ¡Venid a ver! ¡John Boyle tiene algo en la mano!

Los demás corrieron hasta el difunto. Sir John tenía en su puño crispado un trozo de papel.

—¡Eso es lo que Nono quería enseñarnos! ¡Bravo, Nono! —dijo Tom acariciando al animal.

A Boris le costó muchísimo separar los dedos rígidos del muerto. Finalmente retiró una hoja completamente arrugada y la desplegó. Llevaba escrito, con una caligrafía apresurada y temblorosa, el siguiente mensaje:

No es la de Adán, sino la de la hembra del pato.

—¿Qué chorrada es ésta? —exclamó Boris.

—Seguramente es un mensaje cifrado —dijo Adèle—. Al redactar esta nota, sir John Boyle debía ya saber que no le encontraríamos vivo. Cuando escuchó a los ladrones entrar en la torre, imagino que tuvo unos minutos para garabatear esta frase. Una adivinanza era el mejor medio, creo, para decirnos algo sin que sus agresores, si la encontraban, sospecharan algo.

—¿Y qué quiere decir? —preguntó Béa.

—Yo, en eso... ¡me rindo! —dijo Boris, ya desanimado.

—Creo que la solución depende ahora del especialista en la materia... —dijo Adèle volviéndose hacia Tom.

Tom, criptólogo fuera de serie, era la mente lógica del grupo. Su pasión eran los mensajes ocultos, los enigmas, los crucigramas, los rompecabezas y las adivinanzas de todo tipo. Y, en general, ningún código secreto se le resistía. El niño agarró el trozo de papel y reflexionó un instante.

—Lo que podía pertenecer a Adán...

—¡Eva! —respondió ingenuamente Béa.

Adèle y Boris se miraron y sofocaron una risotada.

—¡No os riáis! ¡Quizás tenga razón! —exclamó Tom.

Adèle y Boris intentaron adoptar una actitud seria, se miraron de nuevo y se echaron a reír.

—¡Qué bien... muy gracioso! —les dijo Béa, que se sentía ridícula.

—Ahora ¿la hembra del pato?

—Laa pataaa —dijo Boris, imitando a Béa con voz de bebé.

Boris y su prima se pellizcaban para no reírse. Béa les lanzó una mirada asesina. Ya llegaría su turno.

—La pata, eso es... —dijo Tom.

—Eva y pata... eso no quiere decir nada... —murmuró Tom. «La de Adán»... «La de Adán»... quizás sea la manzana... ¡la manzana de Adán! ¡Sí, eso es!... Manzana y pata... Manzana y pata... ¡Claro! ¡Por supuesto! ¡Adèle! ¡Pásame el bastón de sir John!

Adèle se lo entregó. La empuñadura tenía forma de manzana.

—¡El anciano nos señalaba simplemente la empuñadura de su bastón[2]! ¡Recordad que se destornilla!

---

2 La palabra *pomme* significa en francés «manzana» y también «empuñadura». *Canne*, por su parte, significa «pata» y «bastón». De ahí el juego de palabras. (N. T.).

Mientras hablaba, el chico abrió el bastón y, ante la mirada de sorpresa de los otros tres, extrajo un pergamino enrollado de su interior.

—¡IN-CRE-Í-BLE! —exclamó Boris, que había dejado de reír.

—¡Felicidades, hermanito!

Los niños lo desenrollaron y reconocieron una de las páginas del libro de Pontoppidan escrito en rúnico, que el anciano debió arrancar justo antes de morir. Después, de golpe, Boris lanzó un «hurra» que sobresaltó al resto.

—¡Ya está! ¡Ya sé dónde he visto por primera vez todos esos signos extraños!

Boris, loco de alegría, agarró a Nono por las dos patas delanteras y se puso a baliar con él una danza del pub de *Mulligan's*, lo que divirtió mucho al suricato.

—¿Puedes explicarnos lo que te pasa en lugar de hacer el tonto? —gritó Béa, molesta por aquel momento de intimidad con su animal.

—Recordaréis que al salir de la librería de Münster os dije que ya había visto en alguna parte la palabra «Runa»... ¡Incluso Béa se rió en mis narices, diciéndome que era capaz de inventarme cualquier cosa para conseguir «el papel protagonista, cuando no era más que un simple figurante desde el principio de esta aventura»!

Béa le miró extrañada.

—¡Que sí, Béa! ¡Fue lo que me dijiste! ¡No lo niegues!

—Sí... bueno, vale... —aceptó Tom.

—Ayer, al ver todas esas misteriosas letras en el libro del pastor, me di cuenta de que también las había visto en alguna parte. Y desde entonces he estado pensando y pensando… hasta este instante, cuando, al verlas en el pergamino, me he acordado. ¡EL *LIBRO DE LAS RUNAS* SE ENCUENTRA EN SLØTTSUND, EN LA CRIPTA!

La noticia cayó como una bomba. Adèle, Tom y Béa se miraron, lívidos.

—¿Estás seguro de lo que dices?

—Completamente. Es el gran libro que está encadenado sobre el pupitre del abuelo, en el fondo de la sala.

—Claro... ¡Claro! ¡Eso es! —gritó Tom, sobresaltando igualmente a todo el mundo—. ¡Ahora me acuerdo también! ¡La noche que descubrí los informes de la SSC, recordáis, os conté que había visto a Bob abrir un libro y escanear varias páginas! ¡Era eso...!

El silencio cayó sobre ellos. Los niños se observaban. Tenían miedo de comprender.

—Bob ¿un espía? ¡Inimaginable! ¡No tiene sentido! —dijo Béa.

—Es cierto que a mí también me cuesta creerlo... —añadió Adèle.

—Yo sólo os cuento lo que vi... Después de todo, no sabemos quién es Bob exactamente. ¡Ni siquiera sabíamos cómo se llamaba hasta anteayer!

Había algo de verdad en lo que Tom decía. Boris rompió el silencio.

—En todo caso, la buena noticia es que vamos a poder traducir esta página. Vamos a hacerlo en cuanto lleguemos a la mansión.

—Sí ¡en el caso de que el libro esté todavía allí! ¡Y cruzo los dedos para que cuando lleguemos no encontremos la mansión en el mismo estado que esta torre, y al abuelo, a Ophélie y a Bob tumbados sobre un charco de sangre! —exclamó Adèle.

—Bueno, en el caso de Ophélie... —añadió Boris de broma, para relajar un poco la atmósfera.

—De hecho... ¿Nadie se ha preguntado dónde está el enano? —apuntó Béa.

Su comentario dejó a todo el mundo atónito.

—¡Claro, el enano! ¡Rápido! ¡Vamos a buscarlo!—exclamó Adèle—. Si aún sigue aquí, sólo puede estar arriba.

Los cuatro niños subieron hasta el último piso de la torre. Era una magnífica terraza arbolada, situada bajo una gran cúpula de vidrio que, los días de verano, podía abrirse en dos. El sitio era absolutamente fabuloso. La terraza dominaba todo el horizonte en un radio de 360 grados y permitía, por la noche, estar prácticamente en las estrellas. En el centro, el anciano había instalado un enorme telescopio a motor de dos metros de diámetro, equipado con una óptica activa y un filtro infrarrojo que los malhechores habían roto. Era a este observatorio donde sir John Boyle venía a estudiar los astros. Y allí era también, seguramente, donde cenaba las noches de verano. Por desgracia, la larga mesa de jardín y sus dos sillas, que los agresores habían derribado, ya no esperarían a nadie nunca más.

—¡El enano no está en ninguna parte! ¡Ha desaparecido! ¡Hop! ¡Evaporado! Es extraño ¿no? —exclamó Tom.

—¿Crees que ha sido él quien lo ha organizado todo? —preguntó Boris.

—Es posible... —respondió Adèle—. Pero no lo sabremos nunca... La investigación lo dirá, quizás... Pero dudo que lo volvamos a ver.

—A mí no me parecía del todo limpio, ese tipo... —añadió Béa—. Tuve un mal presentimiento en cuanto le vi...

—Bien, creo que ya no nos queda nada que hacer aquí. Vamos a avisar a la policía y nos volvemos a casa —concluyó Adèle.

Los niños bajaron lentamente los ocho pisos y salieron de la torre. El viento, más fuerte que nunca, se introducía en sus abrigos y los inflaba como globos. Cogieron sus bicicletas y las agarraron firmemente para alejarse sobre el sendero que bordeaba el acantilado. Una vez al abrigo del viento, se volvieron, lanzaron una última mirada a la Torre O'Brien y sonrieron imaginándose el alma del viejo sir John William Boyle reunida ya con los suyos y reposando en paz al lado de sus dos hijos. Después, los cuatro montaron en sus bicicletas y desaparecieron a través de la campiña.

41

El gran secreto

NUNCA, EN TODA SU VIDA, los niños habían debido soportar una cólera tan violenta como la que les reservaba Ophélie a su vuelta de Irlanda. Cuando los vio llegar a la mansión en plena tarde, como si no hubiese pasado nada, tras cuatro días de ausencia, se lanzó primero a preguntarles si estaban bien, si no les había pasado nada grave, y después, una vez tranquila, descargó sobre ellos todas aquellas jornadas de inquietud y de angustia que habían estado a punto de volverle loca. La palabra rabiosa no basta para describir su estado. Hinchada completamente, Ophélie había doblado de volumen. Parecía una bolsa escarlata a punto de estallar. Los niños se taparon los oídos. Alertado por los gritos que resonaban en toda la mansión, Abelmans apareció en su silla de ruedas. Miró a los niños sin saludarles. Su mutismo era todavía más terrible que la cólera de Ophélie y hacía presagiar lo peor. Cuando apareció, Nono corrió hacia él a toda prisa y saltó sobre sus rodillas moviendo la cola. Abelmans acarició cariñosamente al animal, lanzó una última mirada a los niños, que se mantenían de pie frente a él completamente avergonzados, se volvió sin decir palabra y desapareció. Ya estaba dicho todo. El final de las vacaciones se acercaba. Se decidió que Adèle, Boris, Tom y Béa pasaran esos últimos días en la mansión, sin salir. Hasta les fue prohibido el parque y el acceso al claustro.

Sus habitaciones les parecieron muy tristes cuando entraron en ellas. Se notaba que no habían sido habitadas durante varios días. Estaban heladas y, por primera vez, ningún fuego ardía para acogerlos. Sólo un montón de lúgubres cenizas, acumuladas la víspera de su partida. Encontraron sus cosas amontonadas, allí donde las habían dejado.

Para castigarlos, Ophélie se había desinteresado completamente de ellos y se había negado a ordenar sus cuartos. Alemania e Irlanda estaban ya lejos. Y la noche noruega les pareció desapacible y aburrida en comparación con el ambiente alegre y festivo de *Mulligan's*. Les invadió una terrible depresión. Sin decir palabra, se instalaron cada uno por su lado. Tom retomó sin convicción una novela que le costaba terminar. Boris, tumbado en la cama, los cascos en sus oídos, divagaba con los sonidos de una música melancólica. Béa, que no sabía qué hacer, cepillaba a Nono que tenía todo el pelo enredado. En cuanto a Adèle, se refugió en la habitación de los escribas, al otro lado de la mansión, para escribir en su diario. Pero se notaba claramente que los cuatro tenían la cabeza en otra parte. Cada uno en su rincón, pensaban en los cuatro días formidables que acababan de vivir: Münster, el viejo Oléarius, la historia del pastor Pontoppidan, el *Libro de las Runas*, Irlanda y sus sublimes paisajes, el ambiente del pub, la niebla, la abadía de la Bruja del Mal, la increíble Torre O'Brien y el pobre caballero irlandés con su fabuloso tesoro, su pergamino escondido y todos sus telescopios.

Adèle mordisqueó pensativamente el bolígrafo y escribió:

Lunes 14 de enero.

Estoy de vuelta en la mansión, con mis primos. ¡Qué tristeza! Está oscuro, hace frío, pero lo peor es el aburrimiento. Qué tristeza, de verdad. Nunca nos habíamos divertido tanto como durante estos cuatro días en Alemania y después en Irlanda. Ha sido realmente fantástico. Irlanda es un país que me encanta . Dios ¡qué bonito era! Volveré algún día ¡lo prometo! Boris, Tom y Béa han estado realmente estupendos. Decididamente, adoro a mis primos. Y a Nono también, por supuesto. Sin él, no sé cómo hubiéramos hecho para encontrar el camino. Porque estábamos realmente perdidos en la niebla. Y gracias a él pudimos recuperar el pergamino que contiene el mayor secreto de todos los tiempos. Nono me impresiona. Es increíble.

Hoy vuelvo a pensar en Arno, cosa que no había hecho últimamente. . Salvo el primer día en Irlanda, lo confieso, cuando atravesamos la región en bici. Me imaginaba que estaba con nosotros. Lo echo de menos. Pero no en la forma de antes. Me gustaría escribirle para contarle todas nuestras aventuras.

Tuve miedo hace un rato, al llegar, de que el abuelo nos devolviese a casa de nuestros padres. Nunca le había visto tan distante. Ophélie nos organizó una buena. Pero el abuelo tenía una expresión realmente terrible. ¡Ojala consigamos desvelar el secreto del libro de Pontoppidan! El abuelo estaría tan orgulloso de nosotros que olvidaría todo lo que hemos hecho. En fin, eso espero. Ma-

ñana por la noche volvemos al ataque. ¡Kraken, mucho cuidado con nosotros cuatro! ¡O más bien cinco, no olvidemos a Nono!

¡VITRIOL!

¡Ah! Qué rabia me entra de quedarme aquí sin poder hacer nada, mientras un secreto nos tiende la mano.

Adèle dejó el bolígrafo y, con los codos apoyados sobre la mesa, la mirada perdida en la noche, pensó con emoción en Irlanda. Cuando volvió a subir a los cuartos, los demás ya estaban durmiendo. Había cuatro bandejas ante la puerta principal. Una estaba llena, las otras tres vacías. Evidentemente, Béa se había tragado todo, incluido lo de sus dos hermanos, porque Tom y Boris, vencidos por el cansancio, se habían acostado sin cenar. Adèle, que tampoco tenía mucho apetito, pasó por encima de su cena, atravesó la habitación de los niños y se introdujo en su cama sin hacer ruido.

Béa dormía profundamente, y Nono, enrollado en sus brazos, ronroneaba como un gatito. Adèle cerró los ojos. Medio dormida, las imágenes del día anterior la invadían, mezclándose con las más lejanas de su escapada a Münster. El pub se parecía al sótano del librero y todos los habitantes de Liscannor invitaban a bailar a los monstruos disecados, que empezaban a animarse al son de los banjos que sir William Boyle acompañaba golpeando un tambor con ayuda de su bastón. Patrick Mulligan, dotado de varios tentáculos, servía diez pintas de baba de hombre lobo a la vez. Después, en el momento en que el enano Foyle sacaba su telescopio de bolsillo para hacer adelgazar a Béa, Adèle se durmió.

Al día siguiente por la noche, tras haber pasado la jornada entera encerrados en la mansión, los niños, impacientes, esperaron a que todo el mundo estuviese acostado para entrar de nuevo en la cripta de los secretos. Recorrieron la larga galería, después la escalera de piedra de cuarenta y siete escalones y abrieron la puerta de madera maciza por la que se accedía a la cripta. Béa reguló la luz de las antorchas, que inundaron la gran sala con un resplandor suave y aterciopelado. Un montículo de cenizas llenaba el hogar de la gran chimenea, señal de que Abelmans había debido pasar muchas horas en la cripta durante los cuatro días que ellos habían estado ausentes.

—¡Rápido! ¡El libro! —exclamó Adèle, susurrando.

Con Boris a la cabeza, los niños se precipitaron hasta el fondo de la sala, donde les esperaba el gran libro, atado a un pupitre por una cadena. Era un volumen muy antiguo encuadernado en piel con estampaciones de oro.

—¡Uf! ¡Todavía está aquí! —dijo Béa, más tranquila.

Los niños contemplaron en silencio aquel fabuloso tesoro. A pesar de sus más de quinientos años de antigüedad, se conservaba en perfecto estado.

—¡Y decir que teníamos la llave del enigma al alcance de la mano desde el principio! —comentó Béa, que se puso dos guantes de cirujano y abrió delicadamente la pesada cubierta del incunable.

—¡Guauuuu...!

Los cuatro niños se quedaron perplejos. En la primera página pudieron leer:

Libro de las Runas

Alfabeto, gramática y diccionario rúnico
por
Thibaud d'Assigny, obispo de Orleans

En el año
MCDLIII

—Y pensar que muchos hombres han muerto por haber visto lo que estamos viendo —dijo Adèle—. Ahora nos parece tan sencillo, tan normal. Pero ha habido gente que fue asesinada junto a toda su familia por el simple hecho de haber osado poner los ojos sobre ese libro. Y ahora está aquí, ante nosotros, como si no fuese nada. Y con aspecto de un objeto cualquiera...

—Esto... no es eso exactamente —replicó Tom—. Adèle, ¿debo recordarte que hay gobiernos que están sobre su pista y que agentes secretos sin piedad matan para encontrarlo?

—Quizás no...

—¿Qué quieres decir? —inquirió Boris.

—¡Quiero decir que este libro no *les* interesa!

—¿Perdón? ¿Es nuevo? ¿De dónde te sacas eso?

—Si este libro tuviera tanta importancia para *ellos*, habrían venido a buscarlo, porque no serán un inválido, una cocinera, cuatro niños y un leñador los que van a darles miedo.

—Explícate, no entiendo nada —dijo Béa.

—Acordaos. Sir John nos dijo algo muy importante que ignorábamos: existen, en el mundo, dos ejemplares de este libro. Así pues, si el del abuelo sigue aquí, es que *ellos* no lo necesitan porque han puesto sus garras sobre el segundo. Puede, incluso, que ignoren que existe un segundo libro y que se encuentra aquí. De hecho, es una suerte que hayan encontrado el otro en primer lugar, si no, no sé qué podría habernos pasado. ¡Quizá a estas horas estaríamos todos muertos!

Boris, Tom y Béa escuchaban, con gesto dubitativo, las deducciones de su prima.

—En resumen, estás diciéndonos que en este mismo momento los especialistas más eminentes del planeta están descifrando el libro de Pontoppidan gracias al segundo ejemplar del *Libro de las Runas* —resumió Tom.

—Exactamente.

—Y que, si lo consiguen, el Kraken podría desaparecer pronto...

—Eso es.

—Salvo que les falte una página —añadió Boris—. ¡Y esa página la tenemos nosotros!

—¡Una página que ya sería hora de descifrar! —dijo Béa, mirando su reloj.

—¡Vamos, al trabajo! —exclamó Tom, completamente excitado con la idea de poder demostrar por fin la amplitud de sus talentos—. Traedme una silla y dejadme solo...

Adèle, Boris y Béa fueron a sentarse en los grandes sillones con orejas ante la chimenea. Nono les imitó y se instaló como un pachá en un sillón sólo para él.

Tom desenrolló la página arrancada del libro de Pontoppidan. Contenía un título seguido de un largo texto en rúnico a dos columnas.

Tom, a quien tanto gustaban los rompecabezas, tenía mucha tarea por delante. De rodillas sobre su silla, se enfrascó en el estudio del *Libro de las Runas*.

La obra tenía más de seiscientas cincuenta páginas, así que era imposible leerla íntegramente. Procedió, pues, a una lectura rápida de los capítulos que le parecían más importantes, garabateando un montón de notas sobre varios folios. A veces, cuando no entendía nada, se desesperaba. Pese a la ayuda de una tabla de equivalencias fonéticas establecida por el obispo de Orleans, no conseguía encontrar la lógica de aquel lenguaje tan complicado que mezclaba varios sistemas lingüísticos basados en el islandés, el alemán antiguo, el danés y el noruego. Además, ciertas siglas, que se repetían frecuentemente como vocales, no se correspondían con ninguna letra conocida, como þ, η, ð u ø.

Pasó una hora.

—¿Crees que lo conseguirás? —preguntó Boris, que no aguantaba más sentado en su sillón.

—¡No lo desconcentres! —replicó Adèle.

Después, al cabo de un instante:

—¡Ah! ¡Ya está, lo tengo!

—¿Qué? ¿Lo has encontrado? —inquirió Boris, que se levantó de un salto.

—Acabo de entender por fin que en la versión original utilizada por Pontoppidan, a saber, el *futhark* de veinticuatro letras, las letras estaban organizadas en tres grupos de ocho... —afirmó Tom en voz alta, como si hablara para sí mismo.

—¡Bieeeen! ¡Estupendooo! —soltó Boris con tono burlón, hundiéndose en su sillón—. ¡Geniaaaal! ¡Nos deja más tranquilos, tu galimatías! Aparte de eso, Einstein, ¿cuándo crees que vas a poder impresionarnos?

—Cállate, Boris, ¡qué pesado te estás poniendo! —dijo Béa—. ¡Déjalo en paz!

Tom volvió a hundir la cabeza en el viejo manuscrito del siglo XV sin haber oído siquiera los sarcasmos de su hermano mayor. Pasó otra hora. En el silencio de la cripta no se oían más que ronquidos. Adèle, Boris y Béa dormían con un sueño profundo. Solo en la noche, Tom seguía con la nariz metida en el *Libro de las Runas*. Volvía nerviosamente las páginas, yendo y viniendo, volviendo atrás, garabateando notas apresuradamente sobre hojas sueltas que se amontonaban al pie de su silla.

—¡Alucinante! ¡Increíble! —exclamó.

Adèle, Boris y Béa se despertaron sobresaltados.

—¿Qué es lo que pasa? —preguntó Béa, despertada de un sueño en el que devoraba kilos de chocolate sin engordar un gramo.

—¡Ya está! ¡Ya está! ¡Lo he conseguido!

Tom estaba entusiasmado. Los demás se levantaron pesadamente de sus asientos y se acercaron a él.

—¿Es cierto? ¿Has terminado? —preguntó Béa.

—¡Sí, ya está, he terminado! ¡Y el final es asombroso, os lo reservo como sorpresa!

—¡Bueno! ¡Venga! ¡Suéltalo! —dijo Boris, con expresión de hartazgo.

—De acuerdo. Bueno, os ahorro explicaros todo el trabajo que me ha llevado...

—¡Eso, abrevia! ¡Abrevia! —exclamó Boris con un tono bastante hiriente.

—Pues bueno... Se trata de un texto muy especializado concerniente al sistema reproductor del Kraken. Pontoppidan describe en él el aparato genital de *Decapus giganteus*, también llamado Kraken, centrándose sobre todo en su dimorfismo sexual. Pontoppidan nos revela esta información capital: ¡el Kraken es una criatura hermafrodita! Es decir, que es a la vez macho y hembra. Nos explica que su aparato genital está constituido por un ovario único y un pene...

Tom enrojeció al pronunciar esa palabra.

— ...y que las glándulas que proveen habitualmente los...

—¡Eh! ¡Newton! ¡Resume! Son las tres de la mañana, así que tu conferencia sobre la cosa dismornoséqué del gigante-*patatín-patatán*, te la vas a meter... —interrumpió Boris.

—Sí, por favor, Tom... Ya nos explicarás todo eso mañana... —añadió Adèle, con algo más de suavidad—. Leénos el final.

Tom se colocó las gafas sobre la nariz y prosiguió:

—Bueno, de acuerdo... Abrid bien los oídos. Así es como el pastor Pontoppidan concluye su capítulo. Escuchad esto... *«Para encontrar el huevo que salvará la especie, aparta los brazos de la criatura y atraviesa su pico. Una vez dentro, húndete en sus entrañas y encontrarás en el fondo de sus órganos la bolsa que contiene el embrión. Seas quién seas, haz buen uso de él, pues recuerda que no existe, en todo el mundo, criatura ni más valiosa ni más peligrosa que el Kraken.»*

Adèle, Boris y Béa se quedaron atónitos. El gran secreto del libro del pastor Pontoppidan acababa de ser desvelado con una frase lapidaria. Cuatrocientos años de crímenes y de sangre contenidos en esas pocas palabras casi anodinas, perdidas entre las miles y miles de páginas que algunas personas habían protegido durante siglos. ¡Se trataba, pues, de eso! Pontoppidan había encontrado el medio de proteger la raza de ese dinosaurio de los mares dando la clave para su supervivencia a las generaciones venideras.

—Esperad, eso no es todo. Aquí está la sorpresa.

BylemJianotixidwilohl: sivuesanursiverinelgcittat

—¿Y bien...? —dijo Boris, molesto.

—¿Qué quiere decir eso? —interrogó Béa.

—Es un anagrama. Basta con poner las letras en el orden correcto para obtener la solución —indicó Tom.

—¡Y tú tienes, evidentemente, esa solución! —concluyó Adèle.

—Esto... es decir que... no exactamente... digamos que sólo he conseguido descodificar la primera parte. Por suerte, las mayúsculas me han facilitado la tarea. *BylemJianotixidwilohl*, puesto en orden, quiere decir: *JohnwilliamBoyledixit, John William Boyle dixit*, lo que quiere decir: John William Boyle dice (*dixit* en latín). Dicho de otro modo, fue el mismo sir John quien añadió, en el último momento, esta línea manuscrita, ¡lo que significa que el anciano sabía leer y escribir perfectamente el rúnico!

—Y que quería decirnos algo, darnos un índice suplementario antes de morir... —reflexionó Adèle, pensativa.

—Y esa es la frase que, desgraciadamente, no consigo descifrar.

—¡Y para eso nos despiertas! —murmuró Boris.

—¿Lo has intentado todo? —preguntó Béa.

—He puesto las letras en todos los sentidos... no he encontrado nada... Me temo que está escrito en latín... y no sé suficiente latín. Tendrás que ayudarme, Adèle.

—¡De acuerdo! ¡Entre los dos será más fácil!

—En todo caso, debe ser extremadamente importante como para que sir Boyle haya inventado un anagrama en latín que después ha traducido al rúnico.

Tom y Adèle se pusieron al trabajo. Tras Intentar decenas y decenas de combinaciones, después de tres cuartos de hora llegaron a la solución correcta.

—¡Guauuu! ¿Qué es eso? —exclamó Boris.

En un trozo de papel, Adèle había anotado:

Si invertatur elanguescit vis

—Creo que podremos agradecérselo a sir Boyle... Es latín —explicó Adèle—. Y quiere decir: «*Si se invierte, su fuerza se desvanece.*»

—¡El segundo secreto del libro! —exclamó Tom—. El que indica cómo neutralizar al Kraken sin matarlo! ¡Fabuloso!

—¡Increíble! —dijo Béa.

—¡Confieso que es impresionante! —añadió Boris.

—¡Gracias, sir Boyle! —dijo Adèle, levantando los ojos al cielo—. Gracias a usted, quizás salvemos al último espécimen de una especie en vías de extinción. ¡Ahora llevaremos con nosotros, para siempre, el secreto de su familia!

42

Ajuste de cuentas

AL DÍA SIGUIENTE, CUANDO los niños bajaron en pijama al salón para desayunar, Abelmans estaba todavía en la mesa ante su tradicional plato de arenques frescos. La cabeza hundida en el periódico, ni siquiera levantó la vista para mirarlos y continuó tranquilamente su lectura, ignorándolos. Adèle, Boris, Tom y Béa intercambiaron miradas interrogativas y se sentaron en sus respectivos asientos, observando a su abuelo. Nunca le habían visto así. ¡El final de las vacaciones prometía ser divertido! Cuando Abelmans terminó su plato, dobló su periódico y, sin dirigir una mirada a los niños, se alejó de la mesa e hizo rodar su silla hasta la escalera del salón, donde los escalones se inclinaron para formar una pendiente. Abelmans avanzó suavemente, encajó las ruedas en el raíl eléctrico que alzó su silla y desapareció por el pasillo. Segundos después, se oyó cómo cerraba la puerta de su despacho. Ophélie apareció en ese momento. Atravesó nerviosamente el salón y recogió el desayuno de Abelmans sin decir una palabra. Tenía el rostro de hielo. Se llevó la vajilla a la cocina, volvió a pasar un trapo rápidamente sobre la mesa y volvió a desaparecer.

—¡Guauuu! ¡Menudo ambiente! —exclamó Boris.

—Los dos días que nos quedan van a ser realmente divertidos —añadió Béa.

—Creo que deberíamos hablar con el abuelo... —propuso Tom—. ¡No podemos dejarlo así! ¿Qué pensáis?

—En mi opinión, estás soñando. Me parece que va a seguir enfadado durante una buena temporada —opinó Boris.

—Yo no tengo ganas de que me echen una bronca como la última vez. Ya tengo de sobra... Además, dentro de dos días, nos vamos... —añadió Béa, que era de la misma opinión que su gemelo.

—¡Tom tiene razón! —exclamó Adèle—. No sirve de nada cerrarse en banda. El abuelo ha debido pasar mucho miedo para ponerse así. Deberíamos ir a pedirle disculpas...

—Pues bien ¡ve tú sola! —contestó Boris.

—¡Estoy de acuerdo! Yo no iré —replicó Béa.

—¡Ni hablar! ¡Nos fuimos los cuatro! ¡Y los cuatro iremos a pedir disculpas! —ordenó Adèle.

Con un nudo en la garganta, los niños se levantaron de la mesa, dejando a Nono disfrutar de sus malvaviscos con miel, y se dirigieron hacia el despacho de Abelmans. Ante la puerta, se pusieron a discutir:

—Boris, entra tú primero —dijo Béa.

—¡De eso, nada! ¡Ve tú!

—¡No! No ha sido idea mía... ¡Ha sido de Adèle!

—Vamos, Adèle... ¡Entra tú la primera!

—De verdad, Boris ¡Qué valor! —replicó Adèle.

—Bueno, ya que estamos así, ¡iré yo! —concluyó Tom.

Los niños se callaron y Tom dio tres golpecitos. No hubo respuesta.

—Tal vez esté en la cripta —apuntó Béa.

—No creo, he oído ruido... —respondió Tom.

Tom insistió. La voz grave de Abelmans resonó detrás de la puerta:

—¡ADELANTE!

El tono era seco. Tom entró en primer lugar, seguido de Adèle, de Boris y de Béa, que cerró tímidamente la puerta. Abelmans, sentado a su mesa, se quedó mirándolos. Su rostro era severo y su mirada inflexible. Los niños presentían que iban a pasarlas canutas.

—Si es para pedirme algo, es inútil, ya podéis iros —dijo con tono cortante.

Los niños tenían el corazón en un puño. Se sentían como si fuesen alumnos convocados al despacho del director. Armándose de valor, Adèle tomó la palabra.

—Abuelo... Veníamos a pedir perdón...

Abelmans permaneció impasible. Hundido en su silla de ruedas, examinaba al grupo con una flema terrorífica.

—¡Lleváis ya un día de retraso...! ¡No creo que vuestras excusas sean válidas!

—Lo sé, deberíamos haberte avisado y pedirte autorización... pero tú nunca hubieses consentido dejarnos partir... Estamos vivos . Eso es lo más importante ¿no? —dijo Adèle con aplomo.

—Te lo ruego, Adèle... ¡déjate de sarcasmos! ¡Todas las excusas del mundo serían insuficientes para hacerme olvidar vuestra incalificable actitud! Os he dejado, me parece, mucha libertad durante estas vacaciones. ¡Y habéis abusado un poco de ella! Creo que no os dais cuenta de la inquietud y la angustia en la que estábamos sumidos Bob, Ophélie y yo mismo durante estos cuatro días interminables. ¡Hemos tenido mucho tiempo para imaginar que os ocurrían las cosas más atroces! ¡Ni una noticia! ¡Ni una llamada! ¡Ni un mensaje! ¡Nada! ¿Pensáis que eso es normal? Además, te equivocas, Adèle... Si me hubieseis pedido permiso, seguramente habría terminado aceptando vuestra partida. ¿No lo hice la vez que insististeis tanto para acompañar a Bob a la Piper IV? ¡Sois unos inconscientes! ¿Habéis pensado en nosotros, aunque fuera una sola vez? ¡No! ¡Imaginaos la situación si os hubiese ocurrido algo grave! ¿Qué les habría dicho a vuestros padres? ¡Lo siento, Charles, lo siento, Eva; Adèle, Boris, Tom y Béa se han ido y no han vuelto! Desde el principio de las vacaciones, me he pasado el tiempo cubriéndoos cada vez que vuestros padres llaman por teléfono...

Los cuatro niños, sorprendidos, se miraron entre ellos.

— ...Pues sí, no os lo había dicho, pero cada vez que vuestro padre o vuestra madre querían hablar con vosotros, me inventaba mil excusas para decirles que os habíais marchado a pasear con Bob u Ophélie, o que estabais ocupados jugando en el fondo del parque, o qué sé yo dónde... ¿Y me lo agradecéis fugándoos varios días? La próxima vez, no os cubriré más. Os las arregláreis solos para justificar vuestras ausencias.

—Abuelo... lo sentimos mucho... si supieses cómo lo sentimos... —dijo Tom con una vocecita quejosa cuyos efectos enternecedores sobre Abelmans ya conocía—. No volveremos a hacerlo... Prometido...

El anciano empezaba ya a animarse.

—¿Nos perdonas, abuelo? —encadenó Béa, que era igualmente un as de los melindres.

—¡Me habéis dado un susto de muerte! Vamos niños... ¡Venid a darme un abrazo!

El hielo se había roto. Boris y Adèle dirigieron un guiño discreto a Tom y a Béa, y los cuatro avanzaron hacia su abuelo y se lo comieron a besos.

—Ahora bien, para haceros perdonar —dijo el anciano—, exijo que me lo contéis todo. Y sin olvidar nada... de la A a la Z...

Adèle y sus tres primos comenzaron el relato de sus rocambolescas aventuras, cuidando de omitir ciertos detalles que habrían podido comprometerlos e inventando otros que redondeaban la historia. El secreto de su presencia nocturna en la cripta permaneció, así, intacto. Boris contó, por ejemplo, que se habían enterado del mensaje de Abelmans referente a la búsqueda del libro de Oléarius, encontrando por azar, en su habitación, un trozo de papel que Nono, atacado por una crisis repentina de cleptomanía, había sustraído del despacho del abuelo y llevado hasta allí. Béa le lanzó una mirada de desaprobación. Pero Nono era una buena excusa y Abelmans se dejó engañar. Tom tomó entonces la palabra y, lanzando un farol arriesgado, explicó que había escuchado una conversación entre Abelmans y Bob referente a Oléarius, librero de Münster. Había sido, pues, muy fácil encontrar al hombre en cuestión. Abelmans, que había tenido numerosas conversaciones secretas con Bob sobre ese tema, no encontró nada sospechoso en ello, salvo que Tom era decididamente un pequeño fisgón. En cambio, se mostró muy emocionado con la evocación de su viejo amigo alemán y con la idea de que sus nietos le hubiesen visto. Después, Béa, fulminando con la mirada a los otros, contó sus hazañas en Irlanda. Y Adèle terminó el relato refiriéndose al viejo caballero irlandés, del que Abelmans no había oído hablar nunca, que les reveló todos los secretos del libro de Pontoppidan, omitiendo así su presencia, la noche anterior, en la cripta. Abelmans puntuaba su relato con exclamaciones: «¡Formidable!», «¡Increíble!». Por fin, Adèle le recitó de memoria los dos secretos que conocía al dedillo.

—Ya está, abuelo, ahora lo sabes todo.

Abelmans contempló a sus nietos. Una viva emoción humedeció sus ojos verdes. Abrió los brazos de par en par y abrazó de nuevo tiernamente a los cuatro.

Vuelta la paz a la mansión, Adèle, Boris, Tom, Béa y Nono, embutidos en sus anoraks, sus guantes y sus gorros, jugaron una partida de ajedrez gigante en el claustro. Sentían un gran vacío y casi estaban tristes. Ahora que su abuelo conocía el famoso secreto, la aventura se acababa para ellos. Abelmans se encargaría en adelante del resto. Él alertaría a la opinión pública. Y él revelaría la presencia en el mar de Noruega de la criatura más grande del mundo, pues por fin poseía una prueba, la prueba que buscaban los gobiernos de varias grandes potencias occidentales. Tenía en sus manos la clave del gran misterio. ¡Qué venganza después de tantos años de humillación y de silencio! Abelmans pronto podría saborear su revancha. Él, el proscrito, él, el paria megalómano y mitómano que había sido señalado con el dedo, que había sido insultado y al que habían destrozado la carrera. El doctor Gérald Abelmans, padre de la criptozoología, pronto renacería de sus cenizas. Ahora se le escucharía, se le respetaría. Se creería en él. Sería un triunfo, el triunfo de toda una vida, el de la Verdad. Y ese triunfo, se lo debía a sus nietos.

Adèle y Béa, ayudadas por Nono, se enfrentaban a los chicos, que jugaban con las negras, o más bien las verdes color agua de menta. Tom había comenzado sin convicción con una apertura Caro-Kahn, adelantando su peón a c6. Sentados sobre sus grandes sillas de árbitro, similares a las de los campos de tenis, Adèle y Tom dirigían las operaciones, mientras Béa y Nono por un lado, y Boris por el otro, hacían que las piezas de hielo se deslizaran suavemente sobre el tablero. A pesar de que solo eran las tres de la tarde, la noche era monótona, fría y deprimente. Las vacaciones llegaban a su fin. Al día siguiente los niños abandonarían la mansión de Sløttsund y volarían rumbo a Nueva York. Hasta entonces, no tenían nada mejor que hacer que dedicarse a juegos de críos. ¡Fin de la aventura! Vuelta a la insulsa realidad . ¡Qué largo les parecía el tiempo! Cada hora que pasaba parecía una eternidad.

—E4 a e5 —dijo Adèle, cuya voz resonó por todo el jardín.

—¡La reina, Tom! ¡La reina! —insistió Boris.

—Si quieres... Reina a e5... —respondió Tom.

Boris, muy contento, empujó la reina, cuidando de no resbalar, y retiró del tablero el peón blanco adversario.

—¡Nono! ¡Caballo en c3! —replicó inmediatamente Adèle.

Nono, con el hocico levantado, parecía haber olido algo. Hacía ya un rato que se mostraba anormalmente agitado.

—¡Eh! ¡Nono! —insistió Adèle—. ¿Me oyes?

Béa desplazó el caballo a su lugar.

—No sé que le pasa , pero nunca lo había visto así... —constató Béa.

De pronto, el animal se puso a saltar mientras gemía. Después, bruscamente, atravesó el tablero como una flecha derribando todas las piezas y corrió hasta los grandes ventanales situados sobre el pasillo que dominaba la costa. Revoloteaba, saltando en todos los sentidos, como si hubiese percibido algo en el horizonte.

—¡Está completamente alocado! ¿Qué le pasa? —exclamó Boris.

Béa se acercó a él, pero el animal, muy excitado, no se dejó atrapar; huyó a toda velocidad a través del claustro y dio varias veces la vuelta al jardín corriendo como un conejo.

—¡Hay que pararlo! ¡Se ha vuelto loco! —gritó Béa, que no reconocía a su suricato.

De pronto, justo encima de ellos, un zumbido sordo rasgó el cielo. Surgidos de ninguna parte, dos helicópteros NH90 del ejército noruego pasaron por encima de la mansión. Los niños levantaron la cabeza para distinguirlos, pero los dos aparatos estaban ya muy lejos. En el claustro, Nono les seguía lanzando gritos.

—¡Guauuuu! —exclamó Boris, a quien fascinaban los aparatos militares.

—¿Qué pasa? ¿Estamos en guerra o qué? —dijo Béa, algo inquieta.

—Parecen iguales al que cogimos la última vez —precisó Tom.

De pronto, aparecieron otros dos helicópteros, que pasaron aún más cerca de la mansión, antes de desaparecer en la noche siguiendo a los dos primeros. Nono ya no podía permanecer en su sitio. Saltaba y corría sin parar, lanzando gruñidos desconocidos.

—Aquí pasa algo... ¡Deprisa! ¡Entremos! Vamos a avisar al abuelo —exclamó Adèle, que subía ya a toda velocidad la escalera exterior de piedra que permitía el acceso al claustro.

En el momento en que abría la puerta, Nono empujó a los niños y desapareció en el interior como una flecha. Nunca lo habían visto así. Su comportamiento estaba completamente fuera de lo normal. Desde el pasillo del despacho se oía el sonido del televisor. Atravesaron el gran salón y entraron en la salita donde estaba el aparato.

—¡Abuelo! ¡Hay heli...! —exclamaron los niños antes de interrumpirse brutalmente.

Con los ojos fijos en la pantalla, Bob y Ophélie, de pie tras la silla de Abelmans, escuchaban, en un silencio abrumador, el reportaje especial de última hora retransmitido por la redacción de la cadena noruega NRK1.

—Venid a sentaros —dijo el anciano sin volverse.

Bob, con los brazos cruzados, mostraba un aire circunspecto que los niños sólo habían visto durante los acontecimientos graves. En cuanto a Ophélie, su rostro era una pura mueca de horror. Abelmans, recto en su sillón, permanecía impasible y frío. Adèle, Tom, Boris y Béa se instalaron en el suelo delante de la tele. Las imágenes mostraban a un periodista con su micro delante del mar. Tras él, se distinguían en la noche varios helicópteros y un gran grupo de gente reunida.

«*No, no se trata de una alucinación colectiva* —afirmó el reportero—. *Sino quizás del mayor acontecimiento que haya conocido el hombre hasta nuestros días. Hace apenas una hora, ha sido avistada una espantosa criatura marina frente al pequeño pueblo de Ramberg, en la isla de Moskenes. Los testigos, habitantes del pueblo, vieron surgir del océano una masa descomunal que agitaba sus tentáculos y cuya longitud sobrepasaría la altura de un edificio de diez plantas. Después, el monstruo se sumergió en el agua, provocando una ola gigantesca que se abatió sobre la magnífica playa de Ramberg. Un hombre de unos treinta años, que paseaba en ese momento, fue arrastrado por ella, según nos cuenta otro testigo. Ha sido declarado desaparecido. En estos momentos, como pueden constatar detrás de mí, cuatro helicópteros del ejército noruego, que han despegado inmediatamente, están sondeando toda la zona. Según nuestras fuentes, la fragata de la armada* Fridtjof Nansen *estaría de camino hacia aquí. Prueba de que las autoridades se están tomando este asunto muy en serio...»*

Los niños abrieron los ojos como platos. El Kraken había sido descubierto. Había sido visto por decenas y decenas de personas y la verdad iba a explotar muy pronto. Pero ¿a qué precio? La presencia del ejército estaba lejos de ser tranquilizadora, y Adèle, Béa, Tom y Boris sabían lo que eso quería decir: la muerte definitiva del Kraken.

Sentado recto como un palo en su silla de ruedas, la mirada fija en la televisión, Abelmans se dirigió a Bob sin volverse:

—¡Tome a los niños con usted y vaya a Ramberg antes de que sea demasiado tarde!... Me temo que la gran masacre va a ocurrir esta noche... —murmuró en voz baja el anciano.

—Bien, señor.

Bob hizo una seña a los niños y, tras haber recuperado a Nono, que esperaba ya, impaciente, en el recibidor, subieron todos al viejo taxi, que arrancó como una exhalación.

43

La gran batalla

CUANDO LLEGARON A LA playa de Ramberg, tras una hora recorriendo carreteras nevadas, todos los habitantes estaban allí reunidos, detrás de un perímetro de seguridad vigilado por el ejército, y observaban, atemorizados, el extraño ballet de los helicópteros, que barrían las negras aguas con sus potentes proyectores. Un inmenso círculo de luz blanca se deslizaba por la superficie del agua, permitiendo ver como si fuese pleno día. Algo apartada en la oscuridad, se alzaba la sombra de dos enormes fragatas F300. Con su tripulación de ciento treinta hombres, su cañón Super Rapid, sus ocho misiles antinavío, su doble ametralladora, su lanzatorpedos y su radar de persecución ultramoderno, formaban parte de los navíos de guerra más temibles del mundo. Semejante despliegue de artillería parecía ridículo. ¡Se diría que iban a cazar moscas a cañonazos! En todo caso, esta vez, parecía que la criatura no tendría ninguna oportunidad de escapar. Y se había dado la orden de abatirla en cuanto emergiese. Los niños estaban resignados: en unas horas, el último representante de una especie prehistórica de varios millones de años de edad desaparecería para siempre. El último dinosaurio de todos los tiempos moriría tras haber sobrevivido durante milenios. Su suerte parecía echada. En aquel momento nada podría impedir su destrucción. Los hombres lo habían decidido así. El mayor crimen de toda la historia de la zoología se iba a cometer esta noche, ante una asamblea de periodistas y de gente anhelante por presenciar la batida.

Aunque Nono se había calmado ligeramente, mostró de pronto nuevas señales de nerviosismo. Béa, que lo sostenía firmemente entre sus brazos, no pudo retenerlo, y el animal, retorciéndose como una anguila, se liberó con un movimiento brusco, profiriendo un gruñido y huyendo hacia el mar tras colarse entre las piernas de los militares.

—¡NONO! —gritó Béa, lanzándose en su persecución, pero siendo detenida inmediatamente por el cordón de seguridad.

De pronto, surgieron del gentío gritos de pánico:

—¡MIRAD! ¡ALLÍ! ¡MIRAD! ¡MIRAD!

—¡OOOH, DIOS MÍO!

—¡¿PERO QUÉ ES ESO?!

En el mar, en el centro de los círculos luminosos que proyectaban los helicópteros, el agua borboteaba. Una onda empezó a crecer y grandes olas se levantaron bruscamente. De repente, una enorme masa blanquecina, semitransparente, todavía medio sumergida, se alzó, rugiendo, de las aguas. ¡Era algo sobrenatural! La multitud reunida en la playa lanzó un grito de pánico y se echó hacia atrás instintivamente. Después, surgiendo de un impresionante remolino de espuma, apareció una cabeza, inmensa, terrorífica, flanqueada por dos enormes ojos globulosos, hinchados de odio. La criatura se elevó, provocando una marea más violenta, y su cuerpo, brillando a la luz de los proyectores, emergió de las aguas negras del océano. Ante ese espectáculo alucinante, retransmitido en directo por las televisiones del mundo entero, el planeta retenía el aliento. En la playa, los lugareños estaban paralizados de terror. Los periodistas, petrificados, habían soltados sus micrófonos, y los cámaras, el ojo pegado al visor, filmaban como autómatas. Por su parte, los militares, asomados a las ventanillas de los helicópteros y agrupados en el puente de los navíos, contemplaban enmudecidos aquella escena apenas creíble. De golpe, diez tentáculos gigantescos de varias decenas de metros de alto se irguieron en el cielo, provocando con ello olas inmensas. Similares a un nido de serpientes gigantes armadas con ventosas, los tentáculos del monstruo se retorcían en todos los sentidos. Ante los espantados ojos de los espectadores, el Kraken estaba allí, enorme, desmesurado, increíble.

Súbitamente, las dos fragatas, que habían permanecido en la sombra, encendieron sus proyectores. Prisionero de los haces de luz, el Kraken, cegado, se convertía en un blanco perfecto. Mientras los helicópteros tomaban altura, manteniendo sus potentes focos apuntando al monstruo, los marineros corrían sobre el puente de los barcos.

—¡A SUS PUESTOS!

—¡PREPAREN LAS AMETRALLADORAS!

—¡ARMEN LOS CAÑONES!

La fragata *Roald Amundsen* apuntó su terrible cañón Oto Melara Super Rapid sobre el Kraken.

—¡FUEGO!

Con una cadencia impresionante, el Super Rapid escupió sus balas mortales que resonaron como truenos.

—¡TOCADO!

Acribillado a balazos, el Kraken lanzó un rugido terrible cuyo eco se propagó por toda la costa. Pero aquello no pareció inmutarle. Con una rapidez y agilidad sorprendentes, el monstruo desplegó bruscamente sus inmundos tentáculos, que batieron el aire para atrapar a los helicópteros. Lanzados como látigos, sus diez largos brazos golpeaban el cielo, formando temibles trampas que impedían acercarse a los aparatos. Los helicópteros revoloteaban en todos los sentidos para esquivar las colosales trompas, capaces de derribarlos en pleno vuelo.

—¡NH1, su turno!

Uno de los helicópteros, designado por su nombre en código, recibió la orden de atacar. En el momento en el que el Kraken, distraído por los otros tres aparatos, levantaba sus grandes brazos, el artefacto se lanzó contra él.

—¡TORPEDO ARMADO!

—¡LANZAMIENTO!

Se vio una estela en el cielo acompañada de un silbido estridente. Después, una explosión provocó un géiser de agua.

—¡FALLADO!

El torpedo había caído en el océano. Mientras estaba ocupado girando sus largos brazos, en un intento de atrapar a los aparatos que le sobrevolaban como moscas, el Kraken, cuyos ojos le permitían ver en un ángulo de 180 grados, percibió al NH1, que intentaba escapar. Rápido como un rayo, el monstruo lanzó un tentáculo y cazó al aparato. En la playa, la gente lanzó un grito. Adèle, Tom y Béa, agrupados en torno a Bob, se taparon los ojos. Boris, fascinado, no se perdía un detalle. Pegado a las ventosas del tentáculo, el helicóptero prisionero intentó soltarse. En vano.

Había caído en la trampa. El brazo se enrolló sobre sí mismo y pulverizó al aparato. Se oyeron gritos, la gente lloraba. Pero todos permanecieron allí, como hechizados por aquel espectáculo apocalíptico.

—NH2, NH3, NH4, ¡¡¡FUEGO!!!

Los torpedos partieron de los tres helicópteros restantes. Dos de ellos fallaron el blanco y se hundieron en el agua. El tercero se alojó en uno de los brazos del monstruo, haciéndolo volar en pedazos, que cayeron sobre la playa como una lluvia de carne blanda. Béa se quitó el gorro. Estaba cubierto por una gelatina viscosa igual a la que había recogido Arno en los restos del barco pesquero bretón. Bob, Adèle y Tom se limpiaron los anoraks, igualmente manchados.

—¡¡DIOS MÍO!! ¡MIRAD!

—¡ES MONSTRUOSO!

Surgió un muñón: el tentáculo, recién arrancado, volvía a crecer y a tomar forma a toda velocidad, como el cuerno de un caracol. Era una visión absolutamente espantosa. Entre la muchedumbre hubo personas que se desmayaron. Otras sufrieron crisis de nervios. Los servicios de emergencia, desconcertados también por lo que veían, intentaban como podían evacuar a esas almas sensibles y trataban de calmar a aquella masa presa del pánico.

Mientras los tres helicópteros sobrevolaban la criatura esperando órdenes, las dos fragatas *Roald Amundsen* y *Fridjof Nansen*, armadas con sus misiles antinavío, hicieron fuego.

—¡MISIL 1, FUEGO!

—¡MISIL 2, FUEGO!

Formando estelas que atravesaron el mar, los cohetes submarinos se lanzaron al asalto del Kraken. Pero de golpe, la bestia herida, más furiosa que nunca, se irguió con toda su masa, blandiendo en la noche sus largos y serpenteantes brazos, y volvió a caer con estruendo en el agua antes de hundirse formando enormes olas que llegaron hasta los pies de los enloquecidos espectadores. Los dos misiles fallados rozaron al Kraken y colisionaron entre ellos, provocando una impresionante explosión que pudo escucharse a muchos kilómetros de distancia.

Después todo volvió a la tranquilidad. La marejada se calmó. No se oía más que el zumbido de los helicópteros, que registraban el océano con ayuda de sus potentes sónares y sus gemelos de visión nocturna. El Kraken había desaparecido misteriosamente. Los tres aparatos ampliaron su zona de búsqueda. Se podía distinguir, a lo lejos, el círculo de luz desplazándose sobre el agua. El espectáculo había terminado. La gran apoteosis final no había tenido lugar y el monstruo de los mares seguía con vida.

De pronto, empezaron a sonar las sirenas de alarma de las dos fragatas. Los sónares de proa acababan de detectar nuevamente al monstruo, que se dirigía a toda velocidad hacia los dos navíos. En el cono de luz proyectado por los helicópteros, una sombra se deslizaba bajo las aguas, más rápida que un submarino. El Kraken reapareció en la superficie. Semisurmergido, avanzaba furiosamente hacia las fragatas, dibujando sobre el mar una estela gigantesca. Después, lanzado de cabeza a más de ochenta nudos, la temible criatura golpeó al *Roald Amundsen*. El choque fue terrible. Unos cincuenta hombres cayeron a las heladas aguas, y la fragata, a pesar de sus cinco mil toneladas, fue desplazada a una considerable distancia. A la luz de los proyectores, los marinos gritaban peticiones de auxilio. Barridos por el inmenso olejae, se les veía ahogarse, uno tras otro, bajo la mirada impotente de las cámaras de televisión que, desde los helicópteros y la playa, filmaban toda la escena. La imposibilidad de prestarles ayuda lo hacía todo aún más terrorífico. El Kraken impedía cualquier maniobra de aproximación. Más lejos, la fragata, cuya proa había desaparecido, se hundía como el plomo. Los hombres que permanecían sobre el puente, presas del pánico, saltaban por la borda. Desde la *Fridjof Nansen*, la otra fragata, el vicealmirante Jan Reksten, jefe de la comandancia de operaciones, contemplaba, impotente, el espantoso drama. Con tantos hombres en el agua, el lanzamiento de torpedos submarinos y de misiles antinavío era demasiado arriesgado. Había muchas más posibilidades de matar a los marineros que de acabar con el Kraken. El vicealmirante estaba loco de rabia.

—¡ACABAD CON ESA BESTIA INMUNDA! —ordenó a los tres helicópteros.

El monstruo estaba bien a la vista. Los tres aparatos dispararon una auténtica salva de fuegos artificiales: torpedos MU90, misiles Exocet, misiles Harpoon y misiles Penguin fueron lanzados contra la bestia desgarrando el cielo con un ruido ensordecedor. El Kraken apenas tuvo tiempo de utilizar su monstruoso enjambre de brazos como escudo para protegerse. La mayoría de sus tentáculos fueron despedazados, pero volvieron a crecer inmediatamente. El Kraken, indiferente a aquellos ataques venidos del cielo, continuaba sembrando el terror. En aquel momento se abatió sobre los marineros, a los que decapitaba uno tras otro haciendo girar sus largos brazos como guadañas en la superficie del agua. Al mismo tiempo, atrapaba a otros a puñados, los sacaba del agua como si fuesen vulgares tapones de corcho y los hacía girar en el aire a toda velocidad antes de lanzarlos lejos. Horrorizado, el vicealmirante tomó la decisión de disparar los misiles. Sabía que, en cualquier caso, sus hombres estaban perdidos. La fragata *Fridjof Nansen* avanzó hacia la bestia. Los siete torpedos antinavío estaban listos. Maestres y contramaestres esperaban la orden de disparar. La fragata se acercó aún más. Pero el Kraken, que había detectado la maniobra, lanzó al vacío a los hombres que sostenía en sus brazos, dio media vuelta y se precipitó sobre el navío como si quisiera tragárselo.

—¡DIOS MÍO! —murmuró Jan Rek
sten, petrificado de terror.

El vicealmirante nunca había visto nada parecido. Empezaron a sonar las sirenas del barco. Los marineros corrían en busca de refugio. Algunos, aterrorizados, se arrojaron al agua, prefiriendo morir ahogados antes que acabar entre las mandíbulas del monstruo. Ante la proa del navío, el Kraken separó lentamente sus diez tentáculos como si fueran los pétalos de una flor. En el interior, un orificio de varios metros de diámetro, formado por pelos y un inmenso pico de loro, afilado como una navaja de afeitar, se abrió bruscamente, liberando una lengua terrorífica que se retorcía en todas direcciones y buscaba ciegamente a sus presas. De golpe, se extendió como un muelle y agarró al azar a un oficial que intentaba escapar. Se enrolló en torno al hombre y lo arrastró hasta su pico asesino, donde las aristas cortantes empezaron a lacerarle. La víctima se debatía, lanzando gritos mientras era triturado y masticado hasta no ser más que una bola de carne que desapareció en la boca del monstruo. La cortina de pelos dispuesta alrededor de la boca del monstruo había retenido los trozos más grandes, los que no podían ser digeridos. El Kraken los escupió, afiló su pico y sacó de nuevo su lengua diabólica.

El vicealmirante estaba como loco.

—¡MACHACADLO, POR DIOS! ¡MACHACADLO!

El monstruo les daba la espalda, era el momento. Los tres helicópteros descargaron sobre él sus últimas municiones. Los misiles partieron uno tras otro, silbando y clavándose en el cuerpo gelatinoso del monstruo antes de estallar.

—¡SÍ! ¡YA ESTÁ! ¡ESTA VEZ, CREO QUE LE HEMOS DADO! —exclamaron los pilotos, locos de alegría.

El Kraken sufrió una terrible convulsión y todos sus tentáculos de cerraron nerviosamente. Lanzó un rugido terrible antes de hundirse con toda su masa en el océano. Sin embargo, la criatura no había abandonado la partida. Después de sumergirse, se situó bajo el casco del navío y lo levantó con su cuerpo. La embarcación se escoró y toda su tripulación fue proyectada en tromba al revuelto mar. Se oían sus gritos entre las olas. En la playa, la multitud asistía con ojos desorbitados a una escena sacada directamente de los Infiernos. A la luz de los focos, el Kraken vomitaba chorros de sangre negra. Trozos de carne gelatinosa, que expandían un olor nauseabundo, flotaban alrededor de los marineros. Enloquecido de rabia, el monstruo reunió sus últimas fuerzas, giró sobre sí mismo y empezó a nadar en círculos rápidos, creando un remolino gigante que aspiraba todo a su paso. Los marineros, ya sin fuerzas para luchar contra la poderosa corriente, se dejaron arrastrar para siempre a las profundidades del océano. En cuanto a la fragata *Fridjof Nansen*, irremediablemente atraída por la columna de agua, desapareció en pocos segundos por el ojo del remolino. La respuesta no se hizo esperar. Desgarrando el cielo a más de quinientos kilómetros por hora, un avión de caza F16 Fighting Falcon, llamado como refuerzo, apareció de pronto. Todas las miradas se elevaron para intentar distinguirlo. El avión desapareció en la oscuridad para reaparecer bruscamente. Efectuó un giro cerrado por encima de la muchedumbre y se dirigió en picado hacia el Kraken. El piloto fijó el blanco y lanzó sus dos poderosos misiles aire-mar guiados por radar. Segundos después, una explosión gigantesca convulsionó el océano. Montañas de agua se elevaron hacia el cielo, proyectando a lo lejos trozos de cuerpos y toneladas de objetos flotantes que volvieron a caer peligrosamente dispersos. Los helicópteros se acercaron prudentemente a la zona de la explosión. En medio del círculo de luz que dibujaban sus proyectores, el Kraken ya no se movía. Extendido a todo lo largo sobre un mar que había recobrado por completo la calma, su cuerpo, destrozado, flotaba sin vida. Después de varias horas de combate, la mayor criatura del mundo acababa de ser abatida. En la playa, la masa, histérica, aplaudía la muerte del animal. Se oyeron hurras, silbidos y gritos de alegría. Adèle, Boris, Tom y Béa intercambiaron una mirada de desolación. Dudaban entre el alivio y la decepción. Bob, por su lado, parecía saborear esta victoria. El avión de caza dio una última vuelta sobre el océano y partió como un cohete entre las aclamaciones del público. Durante este tiempo, dos helicópteros, cuyas hélices no dejaban de rizar la superficie del agua, rescataron uno a uno a los supervivientes que milagrosamente habían podido escapar al drama, y desaparecieron a toda velocidad en la noche.

Veinte minutos más tarde, el *Nørdnørge*, el célebre remolcador del teniente Kurt Sørensen, llegó al lugar. La tripulación, ayudada por el último helicóptero presente, envolvió el cadáver del Kraken en una gran red y lo arrastró hasta la playa. Tras varios minutos de complicada maniobra, el NH90 consiguió izarlo sobre la arena. Un nuevo perímetro de seguridad se organizó rápidamente en torno a los restos del coloso. El Kraken, de cincuenta y seis metros de largo, parecía todavía más impresionante. La muchedumbre se amontonaba para verlo de cerca. Los militares no conseguían rechazar a los miles de personas histéricas que se pisoteaban para acercarse al cadáver del animal. Los mismos periodistas se peleaban para ser los primeros en filmar sus despojos. Había que abrirse paso a codazos para poder acercarse, y Adèle, Boris, Tom, Béa y Bob necesitaron varios minutos para hacerse un camino entre aquel barullo.

—¡NONO! ¡NONO! —gritó Béa, que reconoció a lo lejos al suricato gracias a su gorrito rojo con pompón.

Pero el animal no la escuchó y se introdujo discretamente en el perímetro de seguridad.

—Pero... ¡mirad adónde va! —exclamó Boris.

El animal, erguido sobre sus dos patas traseras, protegidas del frío por sus botines forrados, comprobó que nadie le miraba y después, como si tuviera un plan en su cabeza, se introdujo a cuatro patas entre los tentáculos del monstruo y desapareció en el interior del Kraken. Media hora más tarde, Nono reapareció todo pegajoso, sosteniendo su gorro rojo en la mano. Se unió a los niños en el gentío y saltó a los brazos de Béa que, asqueada por la gelatina que lo cubría, lo rechazó suavemente. Previsora como una madre, la joven quiso volver a ponerle el gorro en la cabeza para que no cogiese frío, pero el suricato se negó y lo conservó firmemente agarrado contra él. El gorro presentaba un bulto sospechoso, como si Nono tuviese escondido algo. Béa prefirió no insistir.

Bob, de brazos cruzados, permanecía mudo. Miraba al horizonte con aire pensativo. No olvidaba que había sido secuestrado y que había estado a punto de morir por culpa de la bestia. Ahora el mundo entero sabía la verdad. La criatura estaba muerta y podían contemplarse sus despojos. La aventura había terminado.

Ya era medianoche. El viejo taxi ascendió lentamente por el pequeño sendero en dirección a Ramberg y desapareció en la oscuridad. En la playa, el mar continuaba arrastrando enormes bloques informes de gelatina viscosa y blanquecina. En el coche, mientras Nono se esforzaba por no perder de vista el gorro que aún sostenía con firmeza, los niños, sobreexcitados, se entregabana una discusión acalorada sobre la muerte del Kraken y pasaban revista a todas las etapas de su aventura.

—¡Y pensar que estábamos en posesión del secreto que hubiera permitido salvarlo! —exclamó Béa, que no soportaba ver morir a un animal, fuera el que fuese—. ¡Odio a la raza humana!

—Pero ¿tú te das cuenta de lo que estás diciendo, Béa? —replicó Boris, indignado—. ¡»Salvar» al Kraken! ¡No tiene sentido! ¡Ese monstruo ha matado a decenas y decenas de personas ante nuestros ojos! ¿Y ellos? ¿No crees que no hubiesen preferido ser salvados antes que morir? ¡Y tú hubieses querido que protegiésemos a ese monstruo! ¡Qué tonterías dices! ¡Las chicas no deberían tener derecho a hablar para decir cosas parecidas! ¡El Kraken ha sido destruido y bien hecho está!

—Estoy bastante de acuerdo con Boris —dijo Tom—. El Kraken no era un animal como los demás. Era un peligro. Muchos hombres han muerto por culpa suya.

—Yo no estoy del todo de acuerdo —intervino Adèle—. ¡Deberían haberlo capturado sin matarlo! Existía un medio para hacerlo... ¡Y ese medio lo teníamos nosotros! ¡Os recuerdo que sir John confió en nosotros y nos reveló el secreto que sus antepasados habían protegido durante cuatro siglos! Nos hemos pasado noches enteras intentando descubrir ese secreto. ¿Y para qué? Para que todo termine en una carnicería. Si al menos hubiesen podido escucharnos...

—Era inevitable... ¡debía terminar así! ¡Eso es lo que pienso! —respondió Boris.

—No... —contestó Adèle—. Alguien lo sabía todo... una sola persona en el mundo hubiera podido evitar esa carnicería... ¡pero no ha hecho nada! ¡Y eso me vuelve loca de rabia!

—¿QUIÉN? —preguntaron los demás.

—¡El abuelo, evidentemente! Se lo habíamos dicho. Lo sabía todo. ¡Y no se ha movido! No ha hecho nada. ¡Ni siquiera ha intentado salvar al Kraken! ¡No lo entiendo y estoy furiosa con él! ¡Sólo él hubiese podido prevenir a las autoridades, explicarles que había quizás un medio de capturar al Kraken vivo! ¡Y no lo ha hecho!

Boris, Tom y Béa se quedaron sin habla. Había algo de verdad en lo que Adèle estaba diciendo. Bob, que escuchaba, la miró por el retrovisor. Estuvo tentado de responderle, pero prefirió no decir nada.

Cuando llegaron a la mansión, Ophélie, impaciente, salió a su encuentro. Quería saberlo todo, conocer todos los detalles que no había podido ver en la televisión. Pero los niños no estaban de humor. La ignoraron y se dirigieron presurosos, con Adèle a la cabeza, hacia su abuelo, que estaba sentado cerca de la chimenea del salón. A lo lejos se oía la televisión, todavía encendida. Nono, viscoso, con el pelo cubierto de gelatina, siguió al grupo, con su gorro siempre en la mano. Adèle se plantó ante Abelmans con una mirada llena de cólera e incomprensión. Sus tres primos, que se quedaron detrás, formaron un círculo alrededor del anciano. Abelmans parecía haber previsto esa escena y, lejos de extrañarse, dijo con una flema desconcertante:

—Y bien, niños... ¿qué sucede? ¿Qué pasa? Adèle... Tienes algo que decirme, según veo...

Durante ese tiempo, Bob se había unido a ellos.

—¡CREÍA QUE EL OBJETIVO ERA SALVAR AL KRAKEN! —gritó Adèle—. ¡Y TÚ HAS DEJADO QUE LO MATARAN SIN HACER NADA! ¡HEMOS RECORRIDO PAÍSES, VIAJADO KILÓMETROS Y KILÓMETROS EN BUSCA DE PRUEBAS PARA AYUDARTE A DESVELAR SU EXISTENCIA Y, EN EL MOMENTO EN QUE LLEGAMOS POR FIN A LA META, NOS DEJAS TIRADOS Y ASISTES SIN DECIR NADA A LA MASACRE DEL MONSTRUO QUE DESEABAS PROTEGER!

Boris, Tom y Béa se quedaron perplejos. No salían de su asombro al ver a su prima en ese estado.

—Cálmate, Adèle... Cálmate... —respondió Abelmans con tono tranquilo y sosegado.

—Pero ¿por qué no has hecho nada? —insistió Béa.

—¡Pues yo digo que esa criatura debía morir! —exclamó Boris.

El anciano inspiró profundamente:

—Escuchadme... Voy a confesaros algo... Comparto, por haberla sentido yo mismo durante mi juventud, esa fogosidad que os anima y ese sentimiento de pérdida que sentís ahora, esa frustración frente a tantos esfuerzos y energías realizados... Conozco todos esos sentimientos de memoria. Todos esos sentimientos que conducen al mal camino. Hace mucho tiempo, yo también era como vosotros, todo fuego en las venas, desbordante de vida. He sido un hombre joven lleno de ilusiones y, desgraciadamente, lleno de orgullo. Demasiado, incluso... Porque no pensaba más que en una cosa: la gloria. Tenía la fortuna, pero necesitaba la fama. La ambición me devoraba. Ser reconocido por mis semejantes, ser la admiración de todos los hombres de mi siglo, convertirme en el mayor zoólogo de la modernidad. Sólo pensaba en eso... Y me dejé entonces llevar, muy a mi pesar, por la desmesura y los honores, olvidando cuál era el verdadero sentido de mi vida. A la búsqueda de la Verdad, preferí el reconocimiento, la gloria, la inmortalidad. Mi juventud deseaba siempre más y cada vez iba más lejos. No sabía detenerme. Después llegó el drama. Había pecado de orgullo y el destino se vengó de mí... Una misión extremadamente peligrosa a la que había conseguido arrastrar, a su pesar, a varias personas, terminó mal. La vida me castigó atándome definitivamente a esta silla de ruedas. Pero lo más terrible es que hubo gente que murió por culpa de mis sueños de grandeza, únicamente por haber compartido mis ambiciones... hombres y mujeres que murieron, que perecieron en plena juventud...

—¿Como los padres de Adèle? —exclamó Tom, sin darse cuenta de la enorme metedura de pata que acababa de cometer.

Dándose cuenta de repente de su error, Tom se llevó la mano a la boca y miró a Adèle, que había abierto desmesuradamente los ojos. Abelmans, incómodo por aquel comentario totalmente imprevisto, se revolvió en su silla lanzando una mirada molesta a Bob.

—Sí... como los padres de Adèle —respondió el anciano, que ya no podía mentir—. Pero yo... yo no estoy preparado todavía para contarte eso, Adèle... ¿lo entiendes? ¿lo comprendes?... Un día, te lo diré todo... te lo prometo.

Adèle estaba conmocionada. Acababa de comprender que sus padres habían muerto durante una expedición organizada por su abuelo y que Tom estaba al corriente. Nadie le había dicho nunca nada. Se sentía traicionada. Estaba deshecha. El mundo se hundía a sus pies.

Boris y Béa miraron a su prima con expresión triste.

—...Lo siento, Adèle... Pero, ves, si la ciencia niega o reniega de esos animales monstruosos, es precisamente porque son monstruosos, porque plantean problemas éticos... ¿Hay que matarlos? ¿Hay que protegerlos? ¿Hay que ignorarlos? Cuando una especie se convierte en una amenaza y resulta imposible coexistir con ella ¿no es mejor proteger al hombre en primer lugar? Eso era lo que en mi juventud me negaba a admitir. Por un instante creí que podríamos salvar al Kraken. Pero los acontecimientos de esta noche han demostrado lo contrario. ¿Qué decirles a todas esas familias de luto? ¿Qué decirles a los hijos de todos esos militares y marineros inocentes que han luchado y que han muerto en el mar simplemente por cumplir con su deber? ¿Podemos realmente permitirnos decirles que exterminar al Kraken es un crimen? ¿Que la ciencia necesitaba conservar a ese monstruo en nombre de la Historia de la Tierra? ¿Y la marea negra? ¿Podíamos ignorarla? ¿Y las otras especies amenazadas? ¿Era necesario sacrificarlas? Llega un momento en el que el instinto de supervivencia es más importante que todo lo demás. El hombre se ha defendido. Es cierto, hemos destruido el último ejemplar de una especie que creíamos desaparecida desde hacía millones y millones de años. Pero lo hemos hecho por la supervivencia de nuestra especie. Creedme, la caza de los Críptidos no es como la caza del jabalí... Está llena de peligros auténticos. Pero no olvidéis nunca, niños, que el mayor peligro procede de uno mismo. Perder la razón, no escuchar a nadie, es lo que lleva al fracaso. Sólo la humildad y la sabiduría pueden luchar contra la fogosidad de la juventud. Herodoto decía: «*Mira a los animales que tienen un tamaño excepcional: el cielo les envía rayos y no les deja disfrutar de su superioridad. Mira las casas más altas, y los árboles también: sobre ellos desciende el rayo, pues el cielo rebaja siempre al que sobrepasa la medida.*» ¡Ay! ¡Si hubiese podido entender esa frase mucho antes! Todo aquello quizás no habría pasado.

Abelmans, muy emocionado por su propia confesión, se incorporó en su silla. Un largo silencio se adueñó de la gran sala. De pie ante el fuego que crepitaba, los niños, conmovidos por la confesión de su abuelo, no se atrevían a moverse.

—Venga... ya es la hora de irse a la cama... creo que mañana os tenéis que levantar temprano.

Besaron al anciano uno por uno y subieron a sus habitaciones.

—Habrá que decírselo algún día, señor... Adèle debe saberlo... —dijo Bob.

—Lo sé... lo sé... pero fue... tan terrible... tan terrible... Cómo relatarle algo parecido...

Abelmans, los ojos en el vacío, derramó una discreta lágrima.

De pronto, Nono vino a interrumpir sus pensamientos. El animal le tiró nerviosamente de la manga.

—¿Pero qué tienes ahí?

El suricato le tendió su gorro sin soltarlo y gimió.

—Ven conmigo...

Instantes más tarde, en la cripta de los secretos, Abelmans blandía el gorro que Nono acababa de entregarle.

—¡Nono, eres el animal más inteligente que he visto nunca!

El suricato presumía sosteniéndose con la punta de los pies.

Los ojos de Abelmans brillaban con un verde centelleante. El anciano contemplaba el tesoro que sostenía en la mano. Sonreía.

44

El adiós

Al día siguiente, los niños fueron despertados muy pronto por un tornado llamado Ophélie. A las seis en punto, la cocinera irrumpió bruscamente en las habitaciones, sacudiendo todas las mantas y abriendo las ventanas de par en par. La tortura era inhumana. El frío polar que invadió inmediatamente las dos habitaciones obligó a Adèle, Tom, Boris y Béa a precipitarse a toda velocidad bajo la ducha y a vestirse deprisa y corriendo. Cuando volvieron a sus habitaciones, las camas estaban ya deshechas y sus grandes maletas vacías les esperaban en medio de la habitación.

—¡Haced-primero-las-maletas-y-ya-bajaréis-a-desayunar-después! —ordenó Ophélie, que hablaba como una ametralladora—. ¡Y-no-os-retraséis-nuestro-avión-sale-a-las-siete-de-la-tarde-y-hay-que-estar-en-el-aeropuerto-al-menos-cuatro-horas-antes-para-facturar-los-equipajes-y-tenemos-cinco-horas-de-camino-hasta-Tromsø-así-que-a-las-nueve-como-muy-tarde-tenemos-que-estar-en-el-coche! —soltó sin respirar—. Después, salió.

Cada uno por su lado, los niños guardaron sus cosas en silencio. Nono, que no tenía que ocuparse de nada, había sido autorizado para bajar a comer. Las vacaciones se habían terminado. En menos de tres horas, abandonarían la mansión. Esta noche, Noruega, y mañana por la mañana, a la misma hora, pisarían suelo americano, allá a lo lejos, al otro lado del Atlántico, allí donde les esperaban el colegio y el aburrimiento. Los cuatro sentían, sin decirlo, una gran tristeza, una angustia por la vuelta a clase. Encerrado cada cual en su melancolía, ordenaban su equipaje sin hablarse. Mientras Tom llenaba su maleta de libros, Béa guardaba delicadamente, entre su ropa, todo su material de detective (linternas, radiografías, lupa, tubos de ensayo, bolígrafo de tinta simpática regalo de Navidad, destornillador de bolsillo, pincel para tomar huellas digitales...). Por su lado, Adèle, refugiada en sus pensamientos, doblaba su ropa maquinalmente. Miraba en la noche la inmensa luna que le sonreía detrás de la ventana. Mientras guardaba sus cosas, encontró la carta de Arno y sintió una gran emoción. Muy sensible por la partida y el final de las vacaciones, derramó una discreta lágrima que secó con gesto rápido. De nuevo echaba de menos a Arno. Terriblemente. Y la vuelta a Nueva York, con sus miles de kilómetros de distancia, reforzaba esa sensación de ausencia y de falta. Sabía que probablemente no le volvería a ver, que el océano les separaría para siempre y que el tiempo acabaría con sus sentimientos. Adèle posó suavemente sus labios sobre el sobre y lo escondió en su maleta. De pronto, unos ruidos sordos procedentes de la habitación de los chicos la sobresaltaron. Se les oía gritar.

—¡DÉJALO YA! ¡ESTÁS LOCO! ¡VAS A ROMPERLA, IMBÉCIL! —protestaba Tom.

—¿VAS A CERRAR YA LA BOCA O QUÉ? ¿LA VAS A CERRAR DE UNA VEZ? —gritaba Boris, que saltaba con los pies juntos sobre su maleta.

Como de costumbre, Boris había guardado sus cosas en desorden y la pobre maleta no era más que una bola de ropa que desbordaba por todos lados. El orden y el método no eran su fuerte, en tanto que el caos y el desbarajuste formaban parte de sus atributos. Boris prefería la fuerza a la lógica. Se dedicaba, pues, a aplastar con todo su peso la montaña de ropa que sobresalía de la maleta, prefiriendo estropearla antes que doblarla normalmente como todo el mundo. Y si se negaba a hacerlo, era menos por pereza que por machismo. Pues Boris consideraba que doblar su ropa no era trabajo para un chico, y en ningún caso iba a dedicarse a hacer tareas de niñatas.

Cuando los niños terminaron, contemplaron sus habitaciones durante un momento. Ya no quedaba nada, y los dos cuartos parecían vacíos de toda sustancia. La vida había escapado de ellos. Los niños sintieron un pinchazo en el corazón y notaron un nudo en la garganta. Béa se contuvo para no llorar. Habían vivido tantas cosas aquí. Aquellas paredes guardaban tantos recuerdos. Todas esas noches interminables cerca del fuego, todas esas noches estrelladas hablando sentados en el suelo, todas esas noches hechas de enigmas y misterios, esas noches sin final en las que la inquietud, a veces, les atenazaba hasta el día siguiente. Todas esas noches en las que el viento silbaba y traía pavorosos ruidos del océano. Todas esas noches llenas de alegría, de risas, de gritos y de felicidad. Ahora todo parecía muerto. En los grandes tapices, los personajes tomaban poco a poco posesión de sus paredes y, sobre los doseles de las camas, todo un pueblo de animales fantásticos se despertaba de nuevo para echar a los niños, convertidos de golpe en extraños en ese universo que había sido el suyo. Salieron con sus maletas. En el pasillo, Adèle lanzó una última mirada sobre lo que había sido su nido, su cuartel general, el punto de partida de todas sus aventuras. Después cerró la puerta, como si fuese la de un santuario.

Como hacía cada mañana, Gérald Abelmans les esperaba en el gran salón, sentado a la mesa, en su silla de ruedas, ante sus arenques, al lado de Bob, de Ophélie y de Nono, quien, cubierto con una gran servilleta atada a su cuello con una pinza, devoraba a dos manos sus malvaviscos tostados con miel. El anciano se había vestido para la ocasión. Había prescindido de su legendaria camisa roja de cuadros y su pantalón marrón, para llevar un traje de terciopelo negro y una camisa blanca. Bien afeitado, la perilla recortada, incluso se había perfumado, lo que hacía rara vez. Estaba muy guapo y su aspecto no disgustaba a Ophélie, que le lanzaba, en cuanto tenía ocasión, miradas de soslayo. Tras haber besado a Bob y a su abuelo, los niños se sentaron cada uno en su sitio. Adèle, Tom, Boris y Béa contemplaban la gran sala con una tristeza apenas contenida. Cuando desayunaran antes de ir al colegio, ya no tendrían sobre ellos esos magníficos arcos góticos que sostenían el techo, ni esas grandes ventanas ojivales con vidrieras que coloreaban los rayos de luna de todos los colores. Ni esos inmensos pilares de granito sobre los cuales criaturas extrañas lanzaban al vacío sus inmundas fauces. Todavía menos la gran chimenea, cuyo fuego no había dejado de crepitar día y noche desde su llegada. Ni el gigantesco abeto de Navidad de guirnaldas multicolores, ni esos mapas antiguos colgados de los muros, esos planisferios medievales o esos ex-votos representando un pulpo gigante enrollado alrededor de un navío y que, para ellos, significaba tanto ahora. Se acabó la gran mesa y las copiosas comidas, se acabaron las discusiones acaloradas con su abuelo. Dentro de un año, quizás, volverían, pero no era seguro porque, después de su famosa fuga, Abelmans ciertamente no estaría dispuesto a acogerlos durante las vacaciones. Los niños, con un nudo en el estómago, no tenían demasiada hambre. La partida les había cortado el apetito. E incluso Béa, que acostumbraba a comer como cuatro, no había cogido más que dos trozos de brioche. En el silencio de la sala, interrumpido sólo por el ruido de los cubiertos, Abelmans tomó de pronto la palabra. Los niños levantaron la cabeza.

—Hijos míos, espero que vuestra estancia en la mansión haya sido buena y que vuestras vacaciones AQUÍ, en Noruega, os hayan gustado...

Abelmans intercambió una mirada cómplice con Bob y Ophélie, que contestaron con un pequeño rictus.

—Espero que os hayáis divertido, que hayáis aprovechado bien el tiempo y que estéis lo suficientemente descansados como para enfrentaros al colegio como es debido. Por mi parte, y pienso que Ophélie y Bob estarán de acuerdo conmigo...

El mayordomo y la cocinera, que ya sabían lo que Abelmans iba a decir, asintieron.

— ...me he sentido... cómo decirlo... muy...

Adèle, Tom, Boris y Béa se esperaban lo peor. Ya anticipaban el final de la frase: «muy decepcionado por vuestra actitud y siento deciros que ¡no deseo veros aquí de vacaciones en mucho tiempo. ¡El año próximo iréis a un campamento!».

— ...me he sentido tan contento de teneros aquí que estoy dispuesto a acogeros el año que viene...

El rostro de los cuatro niños se iluminó. Sonrieron y hubo una explosión de alegría.

— ...ya que he podido ver hasta qué punto habéis madurado durante esta estancia y hasta qué punto habéis ganado en seguridad. Ya no sois pequeños, y creo que ahora sois lo suficientemente grandes como para quedaros aquí más tiempo. En todo caso, estoy muy contento de que lo hayáis pasado bien. Estas vacaciones han sido para mí la ocasión de veros madurar, de descubriros mejor, de saber quiénes erais realmente y de darme cuenta de que puedo confiar en vosotros...

Bob y Ophélie se miraron. Su gesto lo decía todo: al anciano le cegaba la pasión, pero ellos no se dejaban engañar.

—Sois cuatro niños absolutamente adorables y estoy orgulloso de ser vuestro abuelo. Es, de hecho, lo que les decía ayer noche a vuestros padres por teléfono...

—¿Papá y mamá han llamado...? —dijo Tom con tono incómodo.

Recordaba perfectamente lo que Abelmans les había dicho la última vez, que ya no los cubriría más.

—Sí... estaban muy preocupados con esta historia del Kraken, y asustados de que el drama hubiese tenido lugar cerca de aquí. Estaban muy inquietos ante la idea de que hubiese podido pasaros algo... sobre todo vuestra madre...

Abelmans calló un segundo. Los niños esperaban, pendientes de sus labios.

—«¿Qué puede pasarles, Eva? ¡La criatura no va a trepar hasta aquí para buscarles en sus habitaciones! Tus hijos son ejemplarmente buenos. ¡No he tenido ninguna queja! ¡Han estado perfectamente tranquilos las tres semanas!», le respondí.

El anciano les dirigió un guiño de complicidad y añadió:

—¡Adèle, Tom, Boris, Béa! ¡Venid a darme un beso, hijos míos!

Corrieron a sus brazos. Imperturbable, las mejillas llenas de malvaviscos, Nono miraba mientras masticaba cómo el anciano era asediado a besos y risas por sus nietos. Bob y Ophélie reían también.

De golpe, un soplo de aire seguido de un choque brutal y de un ruido de bola que rebota sobresaltó a todo el mundo. Sobre la rama del cuco reloj de arena, el pájaro había desenrollado un «green». Vestido con una gorra blanca, un polo caqui, pantalón corto a juego y zapatos de golf, acababa de lanzar su primera bola. Nono había dejado de comer y observaba al ave con mirada de predador. El pájaro colocó entonces una segunda bola sobre el punto de saque, se puso en posición ligeramente flexionada y, con un gesto ágil y enérgico, la golpeó fuertemente con ayuda de su palo. La bola partió como un cohete y golpeó por segunda vez en la boca entreabierta de uno de los tres autómatas que presidían el salón. ¡Fallado! La bola rebotó sobre el suelo antes de terminar su carrera en algún lugar debajo de la mesa. Nono, molesto con el espectáculo, dudaba si saltar encima del pájaro para comérselo de un bocado. El ave falló ocho tiros seguidos. El noveno fue el bueno. La bola cayó dentro de la boca del autómata, que se puso a cantar a grito pelado levantando el sombrero, acompañado de su acólito, que tocaba la guitarra, y del perro que movía la cabeza mecánicamente de arriba abajo. Un alegre jolgorio invadió bruscamente el salón. En un abrir y cerrar de ojos, el pájaro corrió a refugiarse a toda velocidad en su nido, arrastrando tras él su carrito de golf. En el momento en el que introdujo la cabeza en el interior, el gran reloj de arena giró sobre sí mismo. Eran las nueve.

Ophélie dio una palmada como una maestra de escuela y se levantó de un salto.

—¡Niños, es la hora!

Aquella frase fue como una puñalada hundida en sus corazones. Una ola de tristeza les invadió de pronto. Adèle, Tom, Boris y Béa se levantaron de la mesa y reunieron todas sus cosas en el recibidor de la casa. Mientras Bob cargaba el maletero, la cocinera subió rápidamente a las habitaciones para comprobar que los niños no hubiesen olvidado nada.

—¡SÍ! ¡TOMA LA MEDICINA!... ¡NONO! ¡TRÁGATELO! ¡NONO, VEN AQUÍ!

Béa no bromeaba en absoluto. Agarró al animal, que intentaba huir y, como de costumbre, le hizo tragar a la fuerza su *Vomicalm*, un ligero sedante para evitar que el suricato, sensible al mareo, vomitara durante el trayecto. Béa le abrió completamente la boca, como cada vez, y metió la cápsula hasta el fondo de la garganta. Esperó unos segundos a que la tragase y le soltó. Terriblemente asqueado por esa medicina infame, Nono sacudió la cabeza y se puso a hacer muecas y a agitar los bigotes.

Abelmans se había reunido con ellos en el recibidor y miraba con ojo divertido todo esa confusión de última hora.

—¡BUENO! ¿NO–HABÉIS–OLVIDADO–NADA...? ¡VENGA! ¡DADME–VUESTROS–PASAPORTES–Y–VUESTROS–BILLETES–DE–AVIÓN! ¡NO–TENGO–GANAS–DE–QUE–PASE–CO-

MO–LA–ÚLTIMA–VEZ–Y–TENGAMOS–QUE–ABRIR–VUESTRAS–MALETAS–EN–EL–MOMENTO–DE–FACTURAR....

Los niños obedecieron a Ophélie. Boris rebuscó en sus bolsillos pero no los encontró.

—¡BORIS! ESTABA-SEGURA... ¡ERES-REALMENTE-INCREÍBLE! ¡PERO-DÓNDE-TIENES-TU-CABEZA! ¡Y-JUSTO-CUANDO-NOS-VAMOS! BOB,-SI-ES-USTED-TAN-AMABLE...

Bob volvió a sacar la maleta de Boris del maletero y se la tendió. Boris, incómodo, se vio obligado a abrir la maleta delante de todos. Béa reía entre dientes, mientras que Tom y Adèle, la cara crispada, anticipaban ya la reacción de la cocinera. Boris corrió lentamente la cremallera que tanto le había costado cerrar y la presión de la ropa hizo que la maleta se abriera de un golpe.

—NO-PERO, ¡MIRA-ESO! ¡MÍRALO! ¡MIIIRA-ESOO! —gritó Ophélie—. PERO ¿QUIÉN-PODRÍA-ENCONTRAR-NADA-AHÍ-DENTRO? ¡BORIS! ¡VAS-A-TENER-QUE-APRENDER-A-GUARDAR-CORRECTAMENTE-TUS-COSAS! ¡ESTO-NO-PUEDE-SEGUIR-ASÍ! ¡DAME-TU-PASAPORTE-Y-TU-BILLETE-Y-GUARDA-TUS-COSAS-INMEDIATAMENTE! ¡YA-NO-NOS-QUEDA-TIEMPO!-¡NOS-VAMOS-A-RETRASAR-POR-TU-CULPA! —soltó Ophélie sin respirar.

Boris lanzó una mirada asesina a la risueña Béa, hundió las dos manos en su bola de ropa y la revolvió en todos los sentidos hasta encontrar su billete y su pasaporte, que Ophélie le arrancó de las manos. Bob volvió a meter el equipaje en el maletero y anunció en el umbral de la puerta:

—¡El coche está listo!

Fuera, se oía ya el ruido del motor.

—¡BIEN! MUY BIEN, ESTA VEZ NOS VAMOS. ADÈLE, BÉA, TOM, BORIS... DECID ADIÓS A VUESTRO ABUELO...

Los niños se acercaron a Abelmans y le dieron un beso cada uno. Los cuatro se echaron a llorar. El anciano estaba igualmente emocionado.

—Gracias, abuelo... —dijo Tom.

—De nada, Tom... Y continúa estudiando así. Eres un chico muy inteligente. Tengo mucha confianza en ti, ya sabes...

—Gracias... abuelo... —dijo Béa, a la que le temblaba la voz.

—De nada... Tú, Béatrice, no te preocupes por lo que digan los otros. La glotonería nunca ha sido un crimen y estoy seguro de que más adelante te convertirás en una mujer muy guapa, como tu madre.

—¡Gracias! —dijo Boris.

—De nada. Espero que te hayas divertido... estudia mucho y ¡cuidado con la disciplina! Escucha bien lo que te dicen...

Abelmans le dio un beso en la frente.

—Abuelo... yo...

—Adèle...

El anciano la tomó del brazo y la estrechó muy fuerte contra él. Ella hundió la cabeza en su hombro. Tenía unas ganas irresistibles de echarse a llorar. Abelmans se dio cuenta y le acarició el pelo para calmarla. Adèle se levantó. Una lágrima invisible había surcado su mejilla.

—Adèle... Cuida bien de ellos... Te necesitan... Cuídate tú también... Te estás haciendo una mujer... Es un momento importante... No lo eches a perder. Sigue siendo como eres, sigue siendo tú misma, déjate guiar por tu juventud... Adèle... estoy muy orgulloso de ser tu abuelo...

Adèle quiso responderle, pero la emoción le había puesto un nudo en la garganta.

Nono, que quería tener igualmente su parte de caricias, saltó sobre las rodillas de Abelmans y le lamió enérgicamente el rostro mientras gemía. El anciano lo rechazó riendo.

—¡Ja, ja, ja! ¡Me haces cosquillas con tus grandes bigotes! ¡Tú no hagas tonterías en el avión! ¡Vamos, vete!

El suricato saltó de la silla de ruedas y se reunió con los niños que ya se acomodaban en la parte trasera del coche.

—Hasta la noche, señor —exclamó Bob, que salió dejando a Ophélie sola unos instantes con Abelmans.

—Gracias por todo, Ophélie. Venga a darme un beso...

La cocinera se acercó a él y se inclinó para besarle la mejilla. El anciano la tomó delicadamente el rostro y le dio un beso en la frente. La cocinera se sintió repentinamente acalorada y se incorporó, vacilante. Su rostro, habitualmente tan frío, tan seco, se había vuelto completamente rosa. Respondió con una sonrisa tímida que le hacía casi guapa. Turbada como una jovencita, Ophélie se alejó titubeando y subió a la parte delantera del coche, sin decir palabra. Los niños se habían vuelto para ver a su abuelo, en el umbral de la puerta.

—¡Dad un beso a vuestros padres! —exclamó—. Les avisaré que habéis salido bien.

El coche arrancó y ascendió la avenida nevada hasta la verja del parque. Solo al pie de la mansión, Abelmans no era más que un punto negro que se alejaba. Desde la ventana trasera, Adèle, Tom, Boris y Béa le hacían grandes signos de adiós a los que él respondía. Los niños vieron desvanecerse poco a poco todos sus recuerdos. Una tristeza abominable les pinchaba en el corazón.

Adiós a las estrellas, adiós a la noche, adiós al esquí y a las batallas de nieve en el parque. Adiós a la cámara de los escribas y a la cripta de los secretos, adiós al claustro y a sus partidas de ajedrez a cielo abierto. Adios al *Libro de las Runas*, adiós a Münster, a Irlanda, a Plouarec y el viejo librero. Adiós al Kraken. Adiós a la aventura. Adiós.

Bob abrió los batientes del portal, bloqueados por la nieve, sacó el coche, volvió a cerrar el portal y arrancó. A lo lejos, detrás de la verja, la mansión de *Sløttsund* no era más que una sombra austera y sin alma que desapareció en la noche. En su silla de ruedas, Abelmans lloraba en silencio.

El camino de regreso fue el mismo que a la ida, tan hermoso, tan espectacular, con sus vistas increíbles sobre el océano, con sus islotes nevados, sus montañas rasgadas, sus acantilados vertiginosos que caían hasta el mar, sus pueblos de cabañas sobre pilares, brillando con mil colores, y sus extensiones de nieve infinitas que reflejaban su blancura en la inmensidad del cielo. Adèle, Boris, Tom y Béa miraban desfilar el paisaje con nostalgia. Nono, echo una bola sobre las rodilla de Tom, roncaba ya con un sueño profundo.

—¡MIRAD! —exclamó Boris, sobresaltando a todo el mundo y especialmente a Ophélie, que soltó un grito preguntándose qué pasaba.

—¿Qué? ¿Dónde? —respondieron los demás.

—¡ALLÍ! ¡EN EL CIELO! ¡MIRAD!

—GUAUUUU —exclamaron los otros tres a coro.

—Muy bonito, muy bonito... —añadió nerviosamente Ophélie, que prefería asegurarse de que Bob estaba atento a la carretera.

—¡FANTÁSTICO! ¡ES UNA AURORA BOREAL! —exclamó Tom, que no podía evitar dar un nombre científico a todo lo que veía, para desesperación de Boris, a quien exasperaba, y de Béa, que hubiese preferido algo más de poesía—. Es un fenómeno muy frecuente en la región de los polos —añadió—. De hecho, es debido a una erupción solar. Unas partículas muy cargadas de electricidad son expulsadas por el sol hacia el espacio y cuando entran en contacto con la atmósfera terrestre, entonces...

—¡EH, CÁLLATE UN POQUITO! —replicó Boris.

—SÍ... ¡CÁLLATE Y DÉJANOS MIRAR! —estuvo de acuerdo Béa.

—Tom... por favor... —añadió Adèle.

En el cielo tapizado de estrellas, un gigantesco manto, de un verde luminiscente, cubría la noche. Era como si una lluvia de luz cayera sobre la tierra. Después, el velo se desplegó como la larga estela de un espectro y formó volutas de polvo rojas y azules que chisporroteaban. Los niños asistían, maravillados, a ese espectáculo mágico. Parecía que el cielo se hubiese puesto sus mejores galas para desearles un feliz regreso. Después, la nube se deshizo en un polvillo multicolor que acabó por apagarse poco a poco.

En el aeropuerto, Bob aparcó el coche y acompañó a Ophélie y a los niños hasta el mostrador donde facturaron sus equipajes. Después se dirigieron a la oficina de registro de animales domésticos para dejar allí a Nono. En la parte delantera del carrito de equipajes, el animal dormía como un lirón. Béa entregó su carné de vacunación a un hombre, que comprobó que todas las vacunas estuviese al día y que tecleó sobre un ordenador el número del tatuaje situado bajo la oreja del suricato. Todo estaba en orden. El hombre devolvió a Béa el carné y volvió segundos más tarde con una jaula en la mano. Béa colocó delicadamente a Nono en el interior y el hombre la cerró con un pequeño candado. Los niños se miraron ahogando un ataque de risa. Recordaban la escena que Nono había organizado a su llegada, hacía tres semanas. Luego la jaula fue colocada en una cinta transportadora y el suricato desapareció tras una cortina de plástico, en dirección a la bodega del avión.

Al fin llegó el momento, tan temido, del embarque. Y aunque no podían evitar el considerar a Bob de otra forma, y teniendo todavía alguna duda sobre él, los niños le abrazaron.

—Feliz regreso, niños... Cuidaos mucho.

Después se dirigió a Adèle y se la llevó a un lado.

—Toma, Adèle, es para ti. Ha llegado esta mañana...

Bob sacó discretamente una carta del bolsillo de su anorak y se la dio. Adèle reconoció inmediatamente la letra. Era de Arno. Su corazón empezó a latir. Miró a Bob fijamente y se arrepintió de haber juzgado mal a aquel hombre. Sentía remordimientos por haber imaginado durante un momento que hubiese podido tener malas intenciones y que hubiese podido ser un espía. Recordó de pronto que ese hombre tan bueno, tan atento, tan generoso, tan servicial, tan fiel hacia su abuelo, y al que ella había menospreciado, había estado a punto de morir. Se echó sobre él y le besó de nuevo. Los adioses fueron desgarradores. Ophélie le dio las gracias a Bob y le tendió una mano amistosa. Desde el otro lado arco electrónico, los niños le hicieron grandes gestos. Bob les saludó por última vez y desapareció.

Las diez horas y media de vuelo pasaron rápidamente. Ophélie roncó desde el primer hasta el último minuto, Boris y Béa no dejaron de pelearse, Tom leyó toda la noche sin dormir siquiera, y cada uno por su lado recordó cada minuto de aquella espantosa y fabulosa aventura que todavía les fascinaba. Pues hasta el final de sus días recordarían al terrible Kraken. Adèle, por su parte, con la cabeza y el corazón en las nubes, leyó cinco, diez, cien veces la más hermosa carta de amor que jamás hubiese recibido.

Adèle,

Cuando leas esta carta, quizás estés allí, al otro lado del océano, en otro continente. En una tierra de la que desconozco todo y en una ciudad de la que no sé nada, una ciudad llena de ti. Desde ayer tengo ante mí fotos de Nueva York que un tipo de por aquí me ha dado. Las miro, las contemplo y las observo como si estuvieses delante de mí. Se parecen a ti. Son como tú. Son Tú. ¿Dónde vives? ¿Aquí o allí? Te busco. Me fijo pero no te veo. Cojo una lupa y me acerco. ¡Ah! Ya está, ¡creo que te he visto! ¡Error! No eres tú. Pero entonces ¿dónde estás? Dímelo. He cogido un plano de la ciudad y te busco por todas parte en calles que no me dicen nada. ¡Ay! ¡Maldita sea, me he perdido! Pregunto a un transeúnte para que me indique dónde puedo encontrarte. Le explico que eres hermosa. Le describo primero tus cabellos negros, cortos y finos como hilo de seda. Le explico que tus ojos son dos joyas y que tu mirada es la felicidad, que tu piel es suave como una pluma. Me dice que te conoce. Que sólo hay una como tú en toda la ciudad. Y que vives por allí, en alguna parte. Entonces te imagino aquí o allí. Y sueño contigo. Quizás no volvamos a vernos nunca. Pero para siempre estarás allí conmigo. O aquí, cerca de mí. Adèle, creo que te amo, pero no se lo digas a nadie, porque el mundo entero sentiría celos.

Te echo de menos como a una parte de mí mismo. Afortunadamente, el recuerdo está aquí para reparar tu ausencia.

Te quiero... y si tú no me quieres, peor para mí.

Arno

PD: Para conseguir tu dirección, miré en la ficha que tu tío rellenó cuando llegasteis al hotel.

A las 23,45, hora local, Ophélie y los cuatro niños aterrizaron en el aeropuerto internacional J. F. Kennedy. Tras haber recogido sus maletas y a Nono que, adormecido por su medicamento, apenas se estaba despertando, atravesaron la aduana y salieron al vestíbulo de llegadas, donde Eva Abelmans, la madre de Tom, Boris y Béa, y madre adoptiva de Adèle, les recibió con grandes gestos y unos «¡Eh! ¡Eh!» escandalosos. Era una mujer pequeñita, de treinta y ocho años, resplandeciente y siempre de buen humor. Morena, con media melena, vestida de forma muy informal, parecía una adolescente llena de energía. Desbordante de alegría, saltaba entre el gentío como una pulga, agitando sus bracitos y llamando a gritos a sus hijos. Todo el mundo la miraba.

—Allí está mamá... —previno Tom quien, rojo de vergüenza, se colocó las gafas sobre la nariz bajando la cabeza como para que no le viesen.

—¡Gracias, no nos habíamos dado cuenta! —replicó Béa que miraba al techo.

—¡No es muy discreta, nuestra madre! —añadió Boris que hacía como que no la veía.

Como cualquier niño que volvía de unas largas vacaciones o de un viaje excepcional, Adèle, Boris, Tom y Béa no saltaban precisamente de alegría con la idea de volver junto a sus padres. De hecho, cuando su madre se precipitó sobre ellos para abrazarlos, ellos se hicieron los duros. En el coche, Eva no se tenía en su sitio. Hablaba sola. Les hizo mil preguntas, quería saber qué tal había ido todo, después les cortaba para darles noticias de casa, donde la vida había continuado sin sorpresa, luego volvía a sus vacaciones, que debían haber sido apasionantes. ¿Y las Navidades? ¿Y la nieve? ¿Y el esquí? ¿Y el trineo? Eva era un auténtico peligro público. Excitada por haberse reencontrado con sus hijos, estaba mucho más preocupada en hacer preguntas por el retrovisor que concentrada en su conducción por la ciudad.

—¡Bueno, contadme! Decidme lo que habéis hecho... —dijo.

Tom, el más serio de los cuatro, tomó la palabra:

—Oh... ya sabes mámá, no hemos hecho gran cosa. Sobre todo hemos descansado y nos hemos quedado mucho tiempo en casa.

Los niños miraron a Ophélie que se había vuelto para lanzarles un guiño cómplice. Adèle, Tom, Boris y Béa le respondieron con una sonrisa relajada.

—¡VITRIOL! —exclamó de pronto Boris.

—¡VITRIOL! —respondieron los otros tres.

Y los cuatro se echaron a reír.

Nono, de pie sobre las rodillas de Adèle, les imitó con un chillido.

A seis mil kilómetros de allí, en la cripta de los secretos, un extraño animal transparente, del tamaño de un pez rojo, nadaba en el fondo de una pecera colocada sobre un estante, al lado de un gorro rojo con pompón. En la etiqueta de la pecera, se podía leer:

Decapus giganteus

15 de enero de 2008

ÍNDICE